教育部哲学社会科学研究后期资助项目

南社文人与日本

陈春香 著

商务印书馆
创于1897 The Commercial Press
2013年 · 北京

目　录

序　言 …………………………………………………… 1
绪　论 …………………………………………………… 5

第一章　苏曼殊与日本 …………………………………… 27
第一节　苏曼殊早期文学活动与日本 …………………… 29
第二节　苏曼殊的外国诗歌翻译与日本 ………………… 51
第三节　苏曼殊诗歌创作中的中国传统与日本意象 … 65

第二章　高旭与日本 ……………………………………… 82
第一节　高旭的新思想接受与日本 ……………………… 86
第二节　高旭与吉田松阴 ……………………………… 103
第三节　高旭的涉日诗歌 ……………………………… 122

第三章　马君武与日本 ………………………………… 145
第一节　马君武在日本 ………………………………… 148
第二节　马君武的外国文学译介与日本 ……………… 155
第三节　马君武的非文学译介与日本 ………………… 173

第四章　郁曼陀与日本 …………………………………………… 185
第一节　郁曼陀的日本诗缘 ……………………………… 189
第二节　《东京杂事诗》描绘的日本 …………………… 205

第五章　南社其他作家与日本 ……………………………… 220
第一节　从《蒙边鸣筑记》看叶楚伧的日本认识 …… 221
第二节　陈去病、柳亚子的戏剧观与日本 ……………… 240
第三节　田桐及其《扶桑诗话》 ………………………… 259
第四节　景梅九与日本 …………………………………… 288

第六章　南社的国粹主义与日本 …………………………… 305
第一节　南社与国粹派 …………………………………… 306
第二节　中日国粹主义之关系 …………………………… 322
第三节　《政艺通报》、《国粹学报》与《日本人》、
《日本》 …………………………………………………… 343

第七章　南社的国民性批判与日本 ………………………… 357
第一节　中国的国民性批判与日本 ……………………… 359
第二节　《觉民》月刊的国民性批判 …………………… 381
第三节　南社作家创作中的国民性批判 ………………… 393

余　论　南社诗歌与日本明治时期的汉诗 ………………… 401
参考文献 …………………………………………………… 419
后　记 ……………………………………………………… 440

序 言

王向远[1]

《南社文人与日本》是作者在博士论文的基础上完成的一部书，也是教育部哲学社会科学后期资助项目，现在就要由商务印书馆出版了，作者陈春香教授让我来作个序。我是个南社研究的外行人，本来是没有资格作序的，但我作为当初博士论文的指导教师，作为《南社文人与日本》最早的读者，对本书及其作者都很熟悉，承作者雅意，占用序言的宝贵位置，向读者做一简单介绍，兼谈我的一点感受。

回顾我十几年来所指导的博士论文中，其中《南社文人与日本》是让我最“省事”的论文之一。当然，作为指导教师，对博士生及其论文写作，费力操心都是应该的。但对春香的这篇论文，我实在没费多少心力。先说选题，对博士论文写作而言，“写什么”比“怎么写”往往更令人踌躇不决，是否找到好的、有价值的选题，是论文成败的关键。《南社文人与日本》这个选题最初是春香自己提出的，这个选题甫一提出，就与我一拍即合，因为它的学术价值与重要性是不难判断的。此前的研究，无论是南社研究，还是中日近代文学关系研究，对南社与日本的关系固然有所涉及，但系统、全面、深入的研究成果却一直付之阙如，因而很有必要填补这一空白。

① 王向远，北京师范大学文学院教授、博士生导师。

在论文的写作过程中，春香教授也是一板一眼、稳步推进，从来没有让我站在旁边着急捏汗。在整个过程中，相关的研究成果陆续发表，也让我很是放心。当然，这是我在旁观者角度上的观察。实际上她在写作过程中所付出的辛苦与努力，恐怕是一般的三十来岁的年轻博士生所不能比的。在她这个年龄，上有老、下有小，内有家、外有校，一边攻读博士学位，一边自己还要承担所在学校的课程、并指导着硕士研究生，事情多、压力大是可以想象的。在北师大文学院攻读博士的三年多时间里，她要经常在北京与太原之间奔波。但更多的时间，她是待在各大图书馆里读书，查找资料。她曾多次跟我说过：北京各图书馆的关于南社的资料，她基本上都翻遍了。细心的读者可以看出，《南社文人与日本》之所以在众多的南社研究成果中独树一帜，首先是依赖于对相关资料的全面收集和使用。这既是脑力劳动，也是繁重的体力劳动。在写作过程中，春香教授还利用去日本访学的机会，在日本收集相关资料。可以说，《南社文人与日本》在史料的收集和利用上是十分充分的，共参考了近三百种中日文文献，这就保证了论文的学术质量，也为读者提供了在其他书籍、文章中所见不到的文献信息。如田桐的《扶桑诗话》是笔者跑遍北京从国家图书馆古籍部查到的，之前很少被人注意到；叶楚伧的《蒙边鸣筑记》、郁曼陀的《静远堂诗抄》、《东京杂事诗》、《觉民》月刊等文献过去也很少有人进行研究；日文本的吉田松阴的《幽室文稿》及相关文献、景梅九回忆录《罪案》的日译本《留日回顾》等，在过去的研究中也几乎无人涉及。

从全书的定稿来看，作者以比较文学与比较文化的视角，把南社放到近代中日关系的大背景下，有系统、有重点地考察了南社作家的文学活动、政治文化活动与日本明治维新时期的文学潮流、社会文化思潮之间的关系。全书分“绪论”、“苏曼殊与日本”、“高旭与日本”、“马君武与日本”、“郁曼陀与日本”、“南社其他作家与日本”、“南社的国粹主义与日本”、“南社的国民性批判与日本”和“余论”九个部分，尽可能地将南社与日本相关联的问题涵盖并予以廓清。作者既注意考察南社主要作家与日本文人的交往及接受日本明治时期文化思潮影响的情况，也注意考察他们经由日本接受西方思想、西方文学影响的情况，将实证性的“传播研究”方法和文本分析的“影响分析”方法结合起来，将文学研究与文化研究结合起来，探讨了苏曼殊、高旭、马君武、郁曼陀、陈去病、柳亚子、田桐、叶楚伧等南社文人的文化活动与日本的关联；梳理了与南社人有密切关系的清末国粹主义思潮和国民性批判思潮与日本的关系，并提出了一系列新的观点与看法。本书使南社研究这一老课题得以更新、得以深化。其中，作者对过去没有或很少有人研究的高旭、郁曼陀、田桐、叶楚伧、景梅九等南社文人及其文学活动做了开创性的研究，如对叶楚伧小说《蒙边鸣筑记》抗日内容的研究；对苏曼殊、柳亚子、马君武等过去学术界有较多研究的南社文人则从中日文学与文化关系的新角度探讨了他们的政治活动、文学活动与日本的关系，发现其新的意义与价值，如对马君武在近代外国文学翻译介绍方面作用的研究，对于清末的一些社会思潮和文学思潮也结合当时的世界文化语境和中国社会现实做出了新的阐释，如对国粹主义思潮中日本影响因素的研究。该书为南社研究打开了一个新的窗口，具有创新意义和填补空缺的价值，对中国近现代文学的研究也具有一定的启示作用。

显而易见，春香教授具有很强的创新意识，她在写作的初期就深刻意识到了博士论文贵在创新。因此，《南社文人与日本》并不是对南社所有成员与日本之关系的全面考察与研究，而是要在材料的挖掘、问题的发现、事实的考证等方面尽量填补以往研究的空白与盲点。而对以往研究成果较多的问题，作者也不是要总结归纳既有成果，而是要发表自己从新的角度研究获得的新发现和新见解。大约是基于这种考虑，书中对个别与日本有密切关系的南社文人(如李叔同)基本上没有涉及,这当然不是作者的疏漏,主要原因恐怕还是作者感到难以超越已有的研究成果,所以宁可略而不论,也不做一般化的综述。我想,这样做是值得推崇的,这也应该是该书与当下一些“专著”的不同之处。

总之,《南社文人与日本》是国内第一部从比较文学角度研究南社的专著,凝聚了作者近八年的心血。本来这本书早就成稿了,但春香教授一直置于案头,加以沉淀、打磨和修改,直到现在才拿出来出版。春香就是这样一个不慌不忙、不急功近利、井井有条的人,是一个不为外物纷扰、纯粹做学问的人。在当今中国高度行政化的大学里,这样埋头做学问的人即便被边缘化也罢,他们实为真正的大学精神的守护者,我引为同道,并希望读者朋友能在她的著作中,读出那种为发掘事实、为探求真理、为学术创新而孜孜以求、一丝不苟的精神与态度。

王向远

2013年4月21日

绪　论

南社的成立带有传统文人结社的色彩，但它的成员及其活动却与古代的文人结社大不相同，可以说南社是中国近代文学史上一个具有现代色彩的文学社团。

然而，它与现代文学意义上的社团又有着很大的区别。它没有共同的文学纲领，也没有相对一致的创作风格，使南社人走到一起的是对国家、民族命运的关注，是反满革命的政治要求。如柳亚子所说的那样："天梅的诗派和我的不同，不过在以文学提倡排满的一点上，我们是志同道合的。"①他们倡立南社，就是为了"网罗当世骚人奇士，以抡扬风雅为革命先导。"②其实，"南社"这一名称就很能说明问题："钟仪操南音，不忘本也。"（宁调元语）"南之云者，以此社提倡于东南之谓。"（高旭语）"南者，对北而言，寓不向满清之意。"（陈去病语）很明显，他们是以"南"表示对北方统治者的不满。从历史上看，南社在一定程度上继承了明末清初的复社、几社砥砺气节的传统，与明末清初的汉族文人反清斗争有一定的关联，他们也认为自己

① 柳亚子《我对于创作旧诗和新诗的经验》，见《磨剑室文录》下册，上海：上海人民出版社，1993年12月，1144页。

② 刘谦《宁调元先生事略》，见《辛亥革命史料选辑》续编，长沙：湖南人民出版社，1983年11月，218页。

是继承了“几、复风流”；从现实角度看，南社与清末的反清革命组织同盟会、光复会关系密切，许多南社成员都曾参加过同盟会或光复会，南社的发起人和主要成员多是同盟会的骨干，柳亚子更是同盟会、光复会的双料会员。胡朴安在《南社诗话》中曾说：“同盟会在日本是做革命实际工作的，南社在国内是做革命鼓吹工作的。”[①]“南社本是与国民党先后组织的，国民党为革命实际之行为，南社为革命文字之鼓吹。民国成立，民党报纸，其任编辑者，多半是南社社员，常与非民党报纸，以笔墨相战斗。”[②]

因此，有人开玩笑说，南社简直就是同盟会、国民党的宣传部。话虽夸张，但却道出了南社最本质的一面。可见，无论从对传统的承续还是对现实的关照来看，南社都不是一个纯文学的社团，它带有相当强烈的政治色彩，它的成员也多是从事新闻、出版、教育、文艺创作等各种文化行业的人员。这就决定了南社在与国外的文化发生关联、在接受外来文化的时候，决不局限于文学角度，而是以其政治上的适用为原则，接受、吸收所有能为他们代言张目的文化资源。这也就决定了我们在研究南社与外来文化的关系时，不能从单纯的文学角度入手，而必须采用大文化的视野，否则就很难认识并理清它与外来文化的关系。

由于南社的文学提倡民族气节、倡导民族主义，所以研究者一般对它的定位是“民族主义”，学界很少或基本不谈它与外来文化的关系。其实，“民族主义”（Nationalism）这一概念和词

① 胡朴安、曼昭《南社诗话两种》，北京：中国人民大学出版社，1997年3月，160页。

② 同上书，149页。

汇本身就是外来的。这一词汇在欧洲大约出现于15世纪初，它是欧洲近代历史上随着反宗教、反封建专制的斗争逐渐形成的（西方民族主义发展分为两个阶段，第一阶段是建设民族国家的阶段，也就是由王朝国家向近代民族国家转变的过程），到法国大革命时期，近代意义的民族主义形成，[①]并很快成为一种社会思潮迅速传播。汉语的“民族主义”这一词汇来自日语，大约出现在19世纪末。[②]由于中国当时面临着外有西方列强和日本瓜分的威胁、内有满清王朝（当时汉人认为他们是异族入主）的专制统治这样复杂的局面，加上达尔文进化论的强大影响，民族主义在中国与固有的种族主义结合在一起，成为爱国保种、反清革命的最有力的号召，南社的民族主义无疑是具有这种色彩的。这也就是说，仅从民族主义这点看，南社也是一个与外来文化密切相关的文化团体。

产生于清末这一历史时期的南社，由于它与维新改良、反清排满的政治活动有着不可分割的关系，这就已经决定了它与外来文化，尤其是与来自于日本的文化影响有着必然的联系。

这首先决定于中日甲午战争后，日本成为中国学习的榜样和输入西方文化的通道这样一种局面。19世纪后半叶，在西方咄咄逼人的进攻面前，日本先行一步进行了改革，甲午一战就充分展示了明治维新后日本开国进取、锐意改革的成果。战败激起了中国向日本学习的热潮，官派、自费前往日本留学、游学

① 李宏图著《西欧近代民族主义思潮研究》，上海：上海社会科学院出版社，1997年3月，10页。

② 参见冯客著、杨立华译《近代中国之种族观念》，南京：江苏人民出版社，1999年9月，100～101页。

的人不断乘槎东渡，以至于形成了赴“日本游学者相望于道”的景观。这些人中绝大部分属于中国传统社会中“士”这一阶层或他们的子弟，儒家治国平天下的传统在他们头脑中根深蒂固，甚至可以说是溶化在他们血液中的。他们留学日本对中国历史影响深远，这也是中国近、现代史上许多著名人物多出自留日学人中的一个原因所在。这些人具有以天下事为己任的观念与责任感，当他们发现依靠传统文化已不能治国平天下时，在外国文化中寻求批判和更新传统文化、寻求救国新民的资源就成为必然的选择。

在这浩浩荡荡的留日学人队伍中，就有不少是后来的南社成员。笔者根据郑逸梅的《南社丛谈》、柳无忌和殷如安的《南社人物传》、王学庄和杨天石的《南社史长编》做了粗略的统计，发现辛亥革命前后活跃于文坛、政坛和报界的南社成员中，有留日经历的就有70余人，如：陈去病、高旭、马君武、苏曼殊、宁调元、黄节、包天笑、张继、朱少屏、李叔同、冯心侠、刘三、沈尹默、钱玄同、吴虞、李根源、陈陶遗、刘成禺、邵飘萍、林白水、林寒碧、欧阳予倩、郁曼陀、费公直、俞剑华、雷昭性、邵力子、邵元冲、丁右任、田桐、宋教仁、陈其美、黄兴、居正、戴季陶等。南社的创始人和主要作家除柳亚子外，都曾经留学日本。而且，近代留日潮中，中国留学生在日本创办的24种刊物中，有9种是由南社成员创办、编辑的。

其次，康、梁的改良派和孙中山的革命派都与日本朝野有着密切的联系，日本几乎就是晚清时期中国持不同政见者和反政府武装的大本营。虽然日本明里暗里扶持改良派和革命党是别有用心的，但作为流亡者而又要实现自己的理想，他们也别无选择。日本与中国一衣带水的地理位置和“同文同种”的文化优势，也都是他们需要利用的资源。于是，清末中国的反政府派云集日本，也就是一种必然。

当时的改良派，不仅其主要舆论机构如《清议报》、《新民丛报》、《新小说》等都在日本，他们还在日本横滨办了“大同学校”，以培养人才；孙中山领导的同盟会成立于日本，其舆论机关《民报》社也在日本；清末中国无政府主义者刘师培等也在日本办《天义报》和“社会主义讲习会”等来宣传自己的主张。来自中国各地的留学生也在日本办了不少报刊，如高旭等江苏人参与编辑的《醒狮》(1905)、李根源等云南留日学生主编的《云南》(1906—1911)、景定成等山西留日学人办的《第一晋话报》(1905—1906)和《晋乘》(1907—1908)、河南留日学生办的《河南》(1907—1908)、湖南留日同乡会办的《游学编译》(1902—1903)、湖北留日学生办的《湖北学生界》(后改名为《汉声》，1903)、河北留日学生办的《直说》(1903)、浙江留日学生办的《浙江潮》(1903)、江苏留日同乡会办的《江苏》(1903—1904)等等。这些报刊不仅倡导呼吁中国社会的变革、介绍西方和日本的各种思想理论文化著作，也发表进步的文艺作品。报刊的编辑者和撰稿人，大多数随着中国改良派与革命党之间关于社会变革的论争和双方力量的消长，经历了思想上由改良到革命的转变，其中一大部分人成为同盟会早期的会员。

仔细查看，我们还发现，几乎每种刊物的主要撰稿人中都有后来的南社成员。这不仅决定了南社文学与中国反清革命紧密相关的品格与命运，也道出了为什么东南地区文人组织发起的南社中，会有四川、山西、云南等内陆省份和边远地区的人加入的原因。正是日本这个平台使他们能够结识于反清革命的大旗之下。

在这样的历史背景下形成的文学社团——南社,其思想、文化、文学方面和日本发生关系也就是一种必然。通过南社的主要作家及其活动来考察中国近代文学、文化与日本发生的关联,我们发现主要有以下几种情况:

第一种是以日本为媒介、通道把西方文化、思想引入中国。南社人通过日本这个“二传手”,把日本翻译、介绍、接受的西方思想文化和文学著作接受过来,再传到中国。

日本当时是中国人了解西方的一个窗口,也是中国人接受西方先进思想文化的一个便捷、重要的通道。日本明治维新后从上到下的欧化运动,不仅模仿西方人穿衣吃饭,也学习西方的政治经济运行机制,还介绍、翻译西方不同时代的各种思想著作、文学作品。可以说,当时的日本汇集了西方几百年来积累下的思想文化成果。从思想理论方面看,从文艺复兴时期的人文主义,到启蒙时期的天赋人权、自由平等思想,再到社会主义、无政府主义、女权主义;从法国的自由主义到德国的国家主义,几乎样样俱全。从文学方面看,从莎士比亚、拜伦、雪莱、王尔德到歌德、席勒、尼采,再到大小仲马、雨果、左拉,直至屠格涅夫、托尔斯泰、惠特曼、易卜生,欧美各国不同时代的作家、作品差不多都有介绍。当然,日本人的引进有点像“阿里巴巴和四十个大盗”中的强盗那样,觉得是好东西就一股脑儿先搬回来,放入“洞”中归为己有,需要的时候再从中选择;而当时中国人的情况就有点像闯入藏宝之洞的阿里巴巴,面对日本这样一个储满西方文化宝藏的“山洞”,有点儿眼花缭乱,不知如何选择，难以确定哪些资源是自己急需的。

这时，中国人的办法就是观察、模仿，看日本人是如何选择和怎样吸收的，然后向他们学习。于是就出现了西方什么思想理论在日本流行，这些思想理论就会被介绍到中国；日本对西方作家、作品的评价侧重哪一方面，中国在接受和介绍时也同样会重视哪一方面的局面。例如：19世纪末无政府主义思潮传入日本并产生影响，20世纪初的1902年，正在日本的马君武就翻译了介绍无政府主义的《俄罗斯大风潮》。需要注意的是，日本思想界当时把无政府主义、社会主义、虚无主义和俄国民粹派思想等多种东西混在一起，统统称为无政府主义或社会主义，这不仅造成了日本思想文化界对这些思想分辨不清，还造成了中国对它们认识的混乱；明治一二十年代，日本把雨果作为一个政治作家介绍到日本，马君武、苏曼殊等在介绍、翻译雨果及其作品时也是这样看待雨果的；还是在明治一二十年代，拜伦与雪莱和他们的作品几乎同时传到了日本，但日本文学界对拜伦的重视程度明显高于雪莱，于是苏曼殊的拜伦、雪莱翻译、介绍，就明显呈现出这种态势。这表明，中国以日本为通道翻译、介绍的西方思想文化与文学，经过了日本这个过滤器之后，已经多多少少偏离了它的原态，带有了日本的色彩。而中国的接受者们由于急于寻求救国的思想文化武器，根本来不及认真选择、分辨，更谈不上客观的研究态度。因此，这一时期介绍、翻译的西方文化、文学著作，可以说大多都带有某种程度的日本色彩，是不完整、不完全的，对其认识也是不够客观、不够实事求是的。

第二种是与日本本土的文化现象及思潮发生共鸣进而接

受其影响。由于历史上日本曾长期大量接受中国文化，因此，日本的传统文化中总有一些在中国人看来似曾相识、感到亲切的东西。如：幕末时期在和西方对峙中日本人所表现出的华夷观念，知识分子的以天下事为己任的使命感、气节，还有日本知识阶层的汉学修养、写作汉诗文的能力等等。这都使当时的中国知识分子，尤其是像南社成员那样的、未完全摆脱中国传统的“士”这一阶层特点的人，对之心仪、向往，并产生强烈的共鸣。高旭、梁启超等受日本幕末志士吉田松阴的思想、人格的影响，以及南社成员对日本国粹主义的接受，很大程度上就是受这些因素的影响。由于这样的文化背景，再加上清末中国反清排满的政治革命的需要，在当时民族主义激情的支配下，他们接受吉田松阴思想、日本国粹主义思潮的影响时，基本是遵循实用主义的原则，取我所用，而对其文化思想根本不去、或者根本就不想去进行全面的了解。因此，他们有意或无意地忽视了一些东西，如：吉田松阴的侵略性和日本国粹主义思潮中的国家主义倾向。吉田松阴留下了大量的、赤裸裸的表示对中国存有野心的文字，但是从康有为、梁启超到高旭，他们都对吉田松阴推崇备至，也写过不少赞美、钦佩他的文字，唯独对这一点只字不提；日本国粹主义思潮的代表人物中有不少是有强烈的国家主义倾向的，但中国的国粹派在接受其思想文化主张时避过这一点，完全忽视了它的存在。

如果说上述两种南社与日本文化的关联主要是接受，并且接受的方式受当时中国政治革命形势的支配，服从于政治需要，采取的是实用主义的、非学术研究的态度的话，那么，另外两种南社与日本文化发生关联的情况则稍稍接近文化、文学自身发展的规律，影响也更深远一些。

其一，是受日本文化思潮的影响、启发而产生的文化、文学现象。如：中国近代由改良派和革命派知识分子共同参与的、关于国民性的批判和讨论，就是在日本明治时期的启蒙主义和国粹主义思潮影响、启发下出现的。日本的国粹主义在反对政府全盘西化政策之时，提出了坚守民族性的问题，强调以弘扬日本文化来对应西方文化的入侵。国粹派的主将三宅雪岭写的《真善美日本人》和《伪恶丑日本人》，志贺重昂写的《日本风景论》等代表性著作，引发了日本人对其民族性的思考和讨论。就在日本的国粹主义方兴未艾之际，因为变法失败而流亡日本的梁启超在总结他们政治改良失败的原因时，发现广大民众的麻木无知是重要原因之一。于是他很自然地从日本的启蒙主义思想和民族性讨论中找到了武器，提出了“欲行革命先启民智”的口号，并引发了以改良派为核心的轰轰烈烈的“新民”运动。中国的革命派，包括南社的成员，在文化上其实都是受改良派影响极深的，可以说他们是“喝着”改良派的文化乳汁成长起来的。所以，他们不仅毫不犹豫地加入到新民运动中，还进一步提出了“觉民”的口号，使新民运动进一步深化。高旭叔侄创办的《觉民》月刊就是以此为目的的，当时南社成员积极参与的“女权运动”、“白话文运动”等也都是以此为指向的。

由“新民”、“觉民”到国民性批判，是近代的中国要求民众近代化这一重要课题在日本影响下，由政治领域进入文化领域的一个自然的、也是关键的转化。国民性批判先是在现实领域中展开的，如马君武的《创造文明之国民论》(1903)、《论公德》(1903)、《论中国国民道德颓落之原因及其救治之法》(1903)，高旭主编的《觉民》月刊刊载的《敬告我国民》、《顺民之由来》和《支那人之卑劣根性》等都是对现实中的中国民众存在的问题进行批判的。而最早使国民性批判问题进入文学领域的是苏曼殊。他不仅写了《呜呼广东人》一文，还在他翻译、创作各半的小说《惨社会》中，塑造了满周苟、商人妻子、金华贱、吴齿、明顽、范桶、"尚海志士"等形象，开启了中国文学中国民性批判的先河。需要注意的是，日本国粹派虽然也曾写过《奴隶根性与义务心》（三宅雪岭）、《岛国根性与海国思想》（三宅雪岭）以及《花卖》（内藤湖南）等对国民性略有批判的文章，但日本的国民性讨论是以夸耀为主，为的是增强日本民族在与西方文化对峙时的自信心。这与中国主要是以批判国民劣根性有明显的不同。

南社与日本文化、文学发生关联的第四种形式是南社作家笔下描写的日本形象。这种日本形象的描述可分为两种情况：一种是有留日经历的作家、诗人们把他们在日本的经历、感受，以及他们对日本的认识和看法通过文学的形式表现出来，像高旭、陈去病、苏曼殊、郁曼陀等南社成员旅日时期创作的作品都属于此类。另一种是作家虽然没有留日的经历，但他们以历史与现实中中日关系的发展、变化为依据，把他们对日本的认识和看法表达出来，并且是借助文学艺术的形式来表达，叶楚伧以清末日本在中国东北地区的特务活动为题材的小说《蒙边鸣筑记》就属于这一类。南社作家的这两类文学创作形成了一定规模的"涉日文学作品"，塑造了他们心目中的日本形象。这些创作是作家们真情实感的流露，文学色彩也相当浓厚。但由于南社作家中几乎没有纯粹的文学家（连苏曼殊这样的诗僧都是带有极强的政治色彩的），他们大多是以救国新民、反清排满的政治斗争为“正业”的，这种文学创作只是他们斗争的手段，表达思想、抒发情感的方式，或者仅仅是他们革命事业之外的“副业”和余绪。因此，南社作家的文学创作依然与政治、与国家和民族的命运紧密相关，绝不是独立于社会政治之外的“纯文学”。

除上述四种情况外，把南社文人与日本幕末至明治时期的文人放在一起相比较，我们发现还有一种使中日两国文人联系更紧密的东西，那就是汉诗这一文化传统。到19世纪，汉诗传入日本已经有一千多年的历史。经过千余年的濡染，当时的日本文人已经不把汉诗看作外来文化，而是将其当作他们自己文化传统的有机组成部分了。从幕末时期开始，日本的汉诗中就已经出现了关心社会现实、具有浓厚的儒家经世思想的特点。尤其是幕末“志士”诗人的创作，“将儒家的忠孝思想张扬到极致，汉诗成为‘尊皇攘夷’、救国图强的号角和檄文，从而为明治维新制造了舆论，培养了大批人才。”[①]到“明治维新期间，汉诗人面对着国家多变的政治局势、脱亚入欧的思想潮流，他们站在不同的角度，用诗歌来表达自己或赞成、或反对、或惶惑、或眼花缭乱而不知所从等种种复杂的感情。”[②]可以说日本幕末和明治时期，汉诗所表现出的与时代、政治的密切关系，以及诗人们通过诗歌所表现出的忧国伤时的情怀，已经非常接近中国传统诗歌理论所强调的“兴、观、群、怨”的要求。诗人们以汉诗丰

① 高文汉著《日本近代汉文学》，银川：宁夏人民出版社，2005年4月，8页。

② 王晓平著《近代中日文学交流史稿》，长沙：湖南文艺出版社，1987年12月，126～127页。

富多彩的表现形式，表现了“那个变动的时代中，那种复杂的、躁动的情感和多变的生活节律”。[①]我们发现，无论是所处时代的剧烈变动、作为知识分子的社会责任感与使命感，还是文学（以诗歌为主）在他们爱国主义活动中的从属地位……在这诸多方面，南社诗人们与日本幕末、明治时期的汉诗人们都极为相似。也许正是这种相似性所产生的共鸣，成为了南社诗人田桐写作《扶桑诗话》的动因，使中国文学史拥有了一部以外国人作的汉诗为主要对象的“诗话”作品，也使近代中日文学交流产生了一种新的形式和样本。

虽然一些南社作家受日本影响很深，尤其是以日本为中介接受西方思想文化和文学时受到了日本接受西方思想文化、文学取向的强烈制约，但是仍然表现出一定的民族文化需求的自主性选择，而这种自主性基本是以中华民族的民族、民主革命实际需求为原则的。比如：对英国浪漫主义诗人拜伦的接受，虽然在翻译篇目、欣赏标准、重视程度上都不同程度地受到日本文坛拜伦接受的影响，但是由于中国当时的处境和国际地位与日本明显不同，因此，出现了与日本的拜伦接受明显不同的局面。对于日本文坛迎合社会上扩张主义思潮而翻译并推崇的所谓礼赞强者的拜伦作品《海盗》、《锡隆的囚徒》和《曼弗雷德》等，中国的翻译者们表现得非常冷淡，而对直至明治末年在日本尚无译本的《哀希腊》，他们却一再翻译，1902—1907年间就有梁启超（片断）、马君武和苏曼殊的三个译本。对于拜伦本人，他们赞美的也是他为帮助希腊民族独立斗争毁家纾难、英

① 王晓平著《近代中日文学交流史稿》，长沙：湖南文艺出版社，1987年12月，127页。

勇献身的精神，而不是日本文坛看重的孤独傲世和独立不羁的自由精神。再如，南社人对日本国粹主义的接受也与日本的应对过分欧化不同，南社人接受国粹主义是以为中国近代的民族、民主革命，为反清排满寻求学理依据、制造舆论为目的；日本由国粹派发起的、以增强民族自信心为目的的"国民性"讨论，在传到中国后，也变成了与中国当时的启蒙新民运动密切相关的国民性批判热潮。

此外，在对待日本汉文学的态度上，由于"同文同种"的亲切感和"文化上国"的自我陶醉，近代中国文人(包括南社人)往往忽视创造这些汉文学的幕末"志士"和维新政治家的极端民族主义，回避他们对中国怀有野心的事实。这正是面对中日两国文化上的亲缘关系和近代两国间国家利益的矛盾，中国的知识分子在文化的优越感和现实的耻辱感间挣扎的表现。

通过以上梳理分析，我们发现，上述以南社为代表的中国近代文学与日本思想、文化、文学的关联是很有时代特点的。它不但与中国当时反清排满的政治斗争相关，还是中国近代启蒙新民文化运动的推动力之一，也在某种程度上折射了近代以来中日两国间关系的发展、变化。

我们把这种情况和中国现代文学与日本的关联做一个比较就会看出，由于近代知识分子摄入外来文化时主观上带有极强的政治意图与实用倾向，并与他们保种图存、挽救民族命运的斗争密切相关，中国近代文学与现代文学对外来文化的吸收明显有别，对于外来文化的选择有明显的不同。中国近代的进步知识分子多涉足政治，他们的翻译与创作活动多为其政治目标服务或含有极深的政治情结，而且他们大多把创作作为政治斗争、社会活动的工具。从某种程度上看，他们的文学活动不仅与日本幕末志士和明治初期启蒙家的文学活动相似，也与18世纪欧洲启蒙作家的文学活动极其相似，在他们那里，形式是文学的，但内容却是政治的。诚如汪精卫在1923年为《南社丛选》所作的序言中所说：

中国之革命文学自庚子以后始日以著，其影响所及，当日之人心为之转移，而中华民国于以形成。此治中国文学史者所必不容忽也。近世各国之革命，必有革命文学为之前驱，其革命文学之采色，必烂然有以异于其时代之前后。中国之革命文学亦然。核其内容与形式，固不与庚子以前之时务论相类，亦与民国以后之政论绝非同物。盖其内容则民族民权民生之主义也。其形式之范成则涵有二事：其一，根抵于国学，以经义、史事、诸子文辞之菁华为其枝干；其二，根抵于西学，以法律、政治、经济之义蕴为其条理。二者相依而亦相扶。无前者，则亡国之痛、种沦之戚，习焉已忘，无繇动其光复神州之念。无后者，则承学之士犹以为君臣之义无所逃于天地之间，无繇得闻主权在民之理。且无前者则大义虽著，而感情不笃，无以责其犯难而逃死。无后者则含蕴虽富，而论理未精，无以辨析疑义，力行不惑。故革命文学必兼斯二者，乃能蔚然有以树立。其致力于前者，则有《国粹学报》、《南社集》等。其不懈于前者而尤能致力于后者，则有《民报》等。……革命党人所以能勇于赴义,一往无前,百折不挠者,恃此革命文学以自涵育。所以能一变三百年来奄奄不振之士气,使即于发扬蹈厉者,亦恃此革命文学以相感动也。

胡朴安选录《南社丛选》上册,
解放军文艺出版社,2000年7月,1页

汪精卫的这段话正是对20世纪初中国的革命与文学、政治与艺术之关系的极好概括,也是对南社文学的极好总结。他道出了包括南社文学在内的中国近代文学从现实政治的需要出发,紧紧依附于政治的本质特征。汪精卫总结出了近代以宣传革命为主的文学的两大类型:一是由曾经留学海外、熟悉西学的作者们直接运用、发挥西方的思想学说,阐发革命道理的作品;一是由国学根底扎实、了解中国历史文化的作者们借经史立论,以民族情感来打动人心的作品。可以说,这既是对南社文学的高度概括,也是对中国近代文学由传统向现代过渡的特点的精辟分析。而当我们审视中国现代文学的发展历史时,我们会发现,中国的现代文学虽然并没有摆脱受政治制约的宿命,但现代作家们多有文学本位的观念,他们反对把文学作为政治及其活动的附庸和传声筒,他们大多自觉地追求文学的独立品格,这实际是现代文学区别于近代文学的一大特征,也是中国文学完成由传统向现代转型的标志。

另外,在对待外来文化与文学的态度上,由于现代作家摆脱了近代作家的执着于政治、习惯以政治和实用的眼光审视外来文化、文学的局限,他们对待外来文化与文学有着更为宽广的胸襟,因此,他们接受外来文学的规模和种类,以及对外来文学、文化思潮的理解与接受的深度都是近代作家难以望其项背的。

正是由于南社文学在文学与政治的关系、在接受外来文化影响等方面，都集中、突出地体现了中国近代文学的从属性和实用性特点，因此，以现代意义的文学观念去看，它与真正的文学相去甚远，完全不符合人们对新文学的要求与期待。于是，它不仅遭到来自各方面的诟病，也在很长时间内被文学研究者冷落。另外，由于南社的主要成员大多是同盟会会员和后来的国民党党员，许多人还曾是民国政府的官员，在我们这个几千年来以成败论英雄为史学传统的国度里，当国民党当局败走台湾后，学术研究冷落南社就是必然。而国共之间意识形态上的对立，更使本就被冷落的南社研究雪上加霜。

由于上述原因，关于南社的研究虽然从20世纪30年代就已经开始，但到80年代为止，其研究工作一直未能深入开展，学术成果更难以令人满意。可以说，在中国近代历史与文学研究中它一直是一个软肋。20世纪30年代到1949年，南社研究的主力是柳亚子、柳无忌父子，其成果主要有：柳亚子的《南社纪略》（中华书局，1940）；柳亚子、柳无忌编辑整理的苏曼殊作品和研究集——5卷本的《苏曼殊全集》（北新书局，1930）；此外，还有新南社成员徐蔚南的《南社在中国文学史上的地位》、曹聚仁的《纪念南社》（均出自《南社诗集》第1集，中学生书局，1936）。这一时期的成果，主要是史料的汇集、考订和对南社在辛亥革命中的作用、地位的研究。对南社作家来说，除苏曼殊外，其他南社作家基本尚未被研究，而对苏曼殊的研究也多是在史料的考订和其身世的探讨方面做文章。

20世纪50年代到70年代，是一个沉寂的时期。由于南社活动的特殊时代和它与同盟会、国民党的特殊关系，加上许多南社成员又是民国时期政界、文化界的要人，因此，南社研究几乎成为政治雷区，敢于涉足者寥寥，成果自然也寥寥。这一时期称得上研究论文的仅有：白坚的《南社杰出诗人周实》（人民日报，1962年5月26日）、《〈龙禅室摭谭〉及其作者庞树柏》（《江海学刊》，1962年第10期）、章培恒的《论高旭的诗》（光明日报，1965年9月19日）和杨天石的《越社与南社》（《文史》第3辑）等，文学史中对南社的评述则很少。直到20世纪80年代，随着中国改革开放出现的学术复苏，南社研究才出现了转机。

20世纪80年代到90年代初，随着中国政治的变化，南社研究也开始有了复苏、发展的迹象。这一时期的成果主要表现在三个方面：一是柳亚子、苏曼殊、黄节、宁调元、叶伧楚等人的诗、文集相继问世。二是出现了关于南社的专著与纪念性文集，其中杨天石、刘彦成合著的《南社》（中华书局，1980），虽然篇幅不长，但却是他们多年研究的成果，堪称改革开放后南社研究的奠基之作；郑逸梅的《南社丛谈》（上海人民出版社，1981）以当事人的见闻和史家的博学汇辑了南社的史料，至今仍是研究南社不可多得的资料来源；柳无忌的《苏曼殊传》则是他多年执着研究的结晶，不但资料来源广泛可靠，而且殊有见地，至今仍无人可以超越；此外，邵迎武的《苏曼殊新论》和李蔚的《苏曼殊评传》、《纪念南社成立八十周年》、《柳亚子先生诞辰一百周年纪念专辑》、《柳亚子先生纪念文集》等也是这一时期的成果。三是出现了一定数量的论文，像王晶垚的《南社始末》（中国社会科学，1980年第4期）、裘柱常的《关于南社》

(上海师范学院学报，1980年3期)、王承礼的《辛亥革命时期的南社》(华东师范大学报，1981年1期)等论文都具有一定学术价值。据笔者粗略统计，这一时期关于南社的文章有50余篇，有关南社作家的文章有千余篇，散见于国内各种报刊。其中，虽不乏有一定数量的学术性论文，但总体上来说是回忆、纪念性的文章占绝大多数，而且作者也多是南社成员的亲朋故旧和子孙后裔，许多文章缺乏理性分析与认识，感情色彩过于浓厚。同时，研究对象冷热悬殊极大、分布极不平衡，如同为南社发起人的高旭、柳亚子、陈去病三人，关于柳亚子的文章有151篇，关于陈去病的只有2篇，而高旭的仅1篇。这当然与三人各自在政治风云中的态度和处境有关。从这里也可以看出，我国20世纪80年代的学术研究与政治仍有着极为密切的关系。此外，这一时期台湾出版了陈敬之的专著《首创民族主义文艺的南社》，虽然不够全面，但对南社大部分的主要作家都有论述。另外，刘心皇、唐润钿也有关于苏曼殊生平、创作的若干研究专著。

20世纪90年代以后，南社研究进入了理性发展的时期。以1989年南社成立80周年为契机，以柳亚子之子柳无忌为核心，港澳台及海外的一些学者和南社成员的后裔成立了“国际南社学会”(1989年5月)；1990年11月，在北京成立了“中国南社与柳亚子研究会”。这两个社团的成立，极大地促进了南社研究的开展与深化。这一时期取得的主要成果有：由柳无忌等海外学者及南社后裔资助，由中国人民大学出版社和社会科学文献出版社出版了“南社丛书”共三套近20本；从1991年至1999年编辑出版了7期《南社研究》(中山大学)；另外，香港国际南社学会秘书处还编辑出版了《国际南社学会丛刊》和《南社通讯》。"丛书"以南社文献和南社作家的诗文遗著为主，为南社研究提供第一手资料，包括《高旭集》、《南社人物传》、《柳亚子文集补编》、《姚光集》、《徐蕴华、林寒碧诗文合集》、《南社诗话两种》等，也有具有研究性的专著，如《南社史长编》、《苏曼殊评传》等；《南社研究》、《国际南社学会丛刊》在史料发掘与交流研究信息的同时，也注重学术研究，刊发了一些有一定学术价值的论文，如管林的《试论柳亚子的文学思想》、袁凯声的《苏曼殊与郁达夫——文化冲突的双重选择与感伤主义》、陈永标的《略论苏曼殊诗歌的审美意象和抒情风格》、黄刚的《于右任的边塞行和他的边塞诗》、马以君的《略论苏曼殊》、柳无忌的《南社对中国近代文学的贡献》、高君湘的《记述柳亚子与南社兼谈诗界革命》等。(以上论文均发表在《南社研究》或《国际南社学会丛刊》上)除上述由"国际南社学会"资助出版的研究成果外，还有孙之梅的专著《南社研究》(人民文学出版社，2003年9月)和杨天石的论文《苏、陈译本〈惨世界〉与中国早期的社会主义思潮》、《南社的酝酿》、《陈去病评传》、《柳亚子评传》、《柳亚子与胡适——关于中国诗歌变革方向的辩论及其他》①。杨天石的几篇论文虽然对个别问题的看法有"左倾"影响的痕迹，但见地确实不凡，给人不少启发。另外，还有散见于国内报刊的关于苏曼殊的文章20多篇，关于柳亚子的10余篇，及个别研究其他南社作家的文章，但总体上看，质量不高。20世纪90年代以来，文学史对南社的研究与关注也大有进展。其中以管

① 以上均见杨天石著《从帝制走向共和——辛亥前后史事发微》，北京：社会科学文献出版社，2002年10月。

林、钟贤培主编的《中国近代文学发展史》(中国文联出版公司,1991年)和郭延礼著的《中国近代文学发展史》(高等教育出版社,2001年)最有代表性。尤其是郭著,以3章近10万字的篇幅专论了南社文学及作家,吸收了迄今为止南社研究的最新成果,并从近代文学的发展、演变中来关照南社文学,对我们了解、认识南社文学的整体情况和重要作家颇有帮助。

另外,20世纪80年代以来,在包括港台大陆在内的大学和研究机构中,出现了8篇研究南社的硕士、博士论文。有中国社会科学院研究生院马德福的硕士论文《南社的诗论和诗歌创作》(1981)、北京大学张中的硕士论文《柳亚子与南社》(1981)、台湾师范大学历史研究所陈香杏的硕士论文《南社研究》(1992)、香港中文大学朱少璋的硕士论文《清末民初南社社员之诗歌活动》(1994)、北京大学郑勇的硕士论文《社会转型中的文人结社——以南社为中心》(1996)、山东大学孙之梅的博士论文《南社极其重要诗人研究》(2000)、华中师范大学芦文芸的博士论文《变革与局限——南社文化论》(2002)、台湾师范大学林香伶的博士论文《清末民初文学转型的标志——南社文学研究》(2003)等。台湾学者的论文因笔者未能拜读,不敢妄加评论,而大陆几位作者的论文由于研究角度比较一般,作者视野也不够开阔,所以总体上看,对已有的南社研究并没有多少突破。

国外对南社的研究一直很少,笔者所知的有:日本学者仓田贞美著的论文《南社的诗人》、《南社文学与"诗界革命"》和翁聆雨、罗郁正的《中国最后一个王朝的诗人和诗》(《东、西方文学》*Literature, East and West* 第9期,1965年12月)。另外,日本学者也有关于苏曼殊的一些文章，如：米泽秀夫的《苏曼殊之生涯与作品》，饭塚朗的《苏曼殊》、《苏曼殊和沙恭达罗》、《飘零的作家苏曼殊》、《苏曼殊与我》，松崎治之的《苏曼殊记录——燕子龛诗》、《从境遇中出逃的诗僧——苏曼殊》等，但他们的兴趣多集中在苏曼殊特殊的身世上。此外，英国汉学家亨利·麦克阿里弗也写过一篇题为《苏曼殊——一个中日混血的天才作家》（1969）的文章，但柳无忌认为该文的资料错误和个人臆测极多，缺乏科学性。

经过几十年，尤其是20世纪80年代以来学人们的努力和南社成员亲朋后裔的资助，南社资料的整理、出版和研究都取得了不少成果，但整体上看，还存在不少问题。首先，研究视野不够开阔，大部分论文著作都是局限于就中国历史和文学的范围而论，没有把南社及其作家放在20世纪初中外关系的大背景下去考察，因而未能发现和探讨南社与外来文化、文学的密切关系，也没有去追问南社及其文学"本来是怎么样的"、"为什么会是这样"等一些深层次的问题。其次，研究大多集中在个别作家身上，而对另外一些南社主要作家却很少或基本没有研究。这虽然可能与资料的不足和政治对学术研究的干扰有关，但的的确确影响了我们全面、客观、科学地了解和评价南社及其文学在历史上的作用。第三，一些关于南社文学的非常重要的资料一直没有受到重视，也从未有人去研究，因而成为研究中的盲点。同时，对作为研究热点的作家，大家也多是一哄而上，集中在某些问题上做文章，而对一些比较重要的问题未能涉及、开拓。第四，还有一些研究在资料的甄别上不够细致，对于历史、文化现象的来龙去脉梳理不清，有的甚至以讹传讹，缺乏严谨的科学性。第五，一些研究中存在感情有余、理性不足的问题，这主要是因为一些研究者本是南社人的亲朋故旧、故里同乡，他们有时会不由自主地从感情出发去处理非常严肃的学术问题。

鉴于上述研究现状，笔者的研究侧重以下几个方面：第一，把南社放到近代中日关系的大背景下，考察南社作家作品、思想文化思潮与日本思想、文化文学的关系。在中日文化、文学关系这一大框架下谋篇布局，全书分为“绪论”、“苏曼殊与日本”、“高旭与日本”、“马君武与日本”、“郁曼陀与日本”、“南社其他作家与日本”、“南社的国粹主义与日本”、“南社作家的国民性批判与日本”和“余论”九个部分，尽可能地将南社与日本相关联的问题涵盖并廓清。第二，本文不是对南社及所涉及作家进行的全面考察与研究，而是要在材料的挖掘、问题的发现、事实的考证等方面尽量填补以往研究的空白与盲点。第三，对以往研究成果较多的课题，本文也不是要总结归纳既有成果，而是要发表自己从新的角度研究所获得的新发现和新见解，尽可能地使南社研究的新课题得以开发，老课题得以深化。

在研究方法上，笔者将从比较文学的立场出发，用比较文学“传播研究”、“影响分析”的方法，以科学严谨的态度研究南社作家在思想、文化、文学活动等诸方面与日本之间存在的关系，以及这种联系产生的结果。

由于本课题是一个涉及政治、历史、文学的交叉课题，而笔者的“本业”仅仅是文学，因此，以笔者的能力、学识驾驭这样一个课题实属不易，如果本文能够抛砖引玉，笔者也将无憾。

第一章
苏曼殊与日本

在对南社作家的研究中，苏曼殊研究恐怕是最为繁荣的。仅笔者所见大陆和港台出版的苏曼殊传记就有十余种之多，从20世纪20年代柳亚子、柳无忌父子开始，研究他本人及其创作的论文更是不计其数。就文学史而言，自20世纪30年代钱基博的《现代中国文学史》起，凡涉及中国20世纪初期文学的文学史，几乎都会有关于苏曼殊作品的评介。在研究南社的论著、论文中，苏曼殊更是一个绕不开的课题。虽然“从整个中国文学史来看，苏曼殊确实算不上什么了不起的作家，严格地说，他的作品无论在思想方面还是艺术方面都是不成熟的，都存在着明显的缺陷。”[①]但作为“在20世纪初年曾使读者‘倾倒一时’的南社诗人”[②]，他在中国近代文学史上的地位之重要，是有目共睹的，因此，他引起研究者的注意也是必然的。但作为20世纪初特殊历史背景下的文学家，又有着中日混血儿的特殊身份，苏曼殊文学活动的颇具时代色彩和个性的方面，似乎还没有被

---

① 裴效维《苏曼殊小说诗歌集·前言》，北京：中国社会科学出版社，1982年9月，24页。

② 柳无忌《苏曼殊研究的三个阶段》，见柳亚子著《苏曼殊研究》，上海：上海人民出版社，1987年12月，517页。

充分注意，如苏曼殊文学活动与日本文坛的联系。本章拟从比较文学的角度，就以下三个方面来论述这一问题：一、苏曼殊早期文学活动与日本；二、苏曼殊的外国诗歌翻译与日本；三、苏曼殊诗歌创作中的中国传统与日本意象。

第一节　苏曼殊早期文学活动与日本

近代的中国文学深受日本的影响，而南社作家苏曼殊更是一个与日本有着千丝万缕关系的作家。除了他那众所周知的中日混血儿身份之外，他的文学活动也与日本颇具渊源。考察他早期的文学活动，我们会发现他深受19世纪90年代日本文坛雨果热和无政府主义思潮的影响。

苏曼殊的文学活动是从1903年开始的。这一年春，他考入日本成城学校习陆军。同年4月，在留日学生风起云涌的爱国运动中，他加入"拒俄义勇队"和"军国民教育会"等留学生爱国组织，后因不向反对他参加爱国活动的表哥妥协，他失去经济来源，无法维持学业。9月，苏曼殊回国，辗转于苏沪间，后在《国民日日报》任英文翻译，与陈独秀、章士钊为同事。这一年10月，他在《国民日日报》上发表诗歌《以诗并画留别汤国顿二首》[①]、《女杰郭尔缦》[②]、《呜呼广东人》[③]，同时，他将雨果的《悲惨世界》(*Les Misérables*)翻译为14回章回小说《惨社会》，并被连载

---

① 1903年10月7日《民国日日报》，据柳亚子《苏曼书研究》，上海：上海人民出版社，1987年12月，80页。

② 1903年10月7、8、12日《国民日日报》，据柳亚子编《苏曼殊全集》第1册，北京：中国书店影印北新书局版，1985年，151～155页。

③ 1903年10月24日《国民日日报》，据柳亚子编《苏曼殊全集》第1册，北京：中国书店影印北新书局版，1985年，156～159页。

于10月至12月的《国民日日报》上，[1]借以影射晚清社会的黑暗。由于译文的首尾八回有改动，而中间六回又系创作，所以，有论者认为《惨社会》是创作而不是翻译。[2]

就苏曼殊这一时期的文学活动来看，有两点值得注意：一是他为什么会选择翻译、改写雨果的作品，二是他的作品中表现出的明显的无政府主义思想色彩。关于苏曼殊为什么选择雨果的《悲惨世界》，杨天石先生在《苏、陈译本〈惨世界〉与中国早期的社会主义思潮》一文中认为："打动了苏曼殊和陈独秀的正是雨果对下层人民及其悲惨命运的同情。"[3]另一论者毛策先生也认为："他选择雨果作品作为改写对象，说明苏曼殊和雨果在思想上有一定相通之处，使他能从雨果著作中，看到自己身处其中的苦难中国的影子。雨果的浪漫主义杰作超越时空地引起曼殊的共鸣，致使苏曼殊把《悲惨世界》中部分题材与中国晚清社会现实结合起来，并在中国传统文化的意义上，创作出新的小说。另外，篡改原著、杜撰人物情节是那个时代为适应政治斗争需要十分流行的风尚。"[4]这些话有一定道理，而且还触及《惨社会》与当时中国的政治小说的亲缘关系。但如果继续追问：曼殊在哪里读了雨果的《悲惨世界》？他翻译所依据的版本是法文？英文？亦或日文？而且在当时汹涌东来、汗牛充栋的西方小说中，他为什么会选中雨果的《悲惨世界》？我们

① 关于此书的翻译和版本问题，详见柳亚子《〈惨社会〉与〈惨世界〉》一文，见《苏曼殊研究》，上海：上海人民出版社，1987年12月，378～384页。

② 见裴效维《苏曼殊研究中的几个问题》，《中国近代文学研究集》，北京：中国文联出版公司，1986年，170～178页。

③ 见杨天石著《从帝制走向共和》，北京：社会科学文献出版社，2002年10月，402页。

④ 毛策著《苏曼殊传论》，北京：中国人民大学出版社，1995年4月，26页。

会发现还有许多问题需要澄清，这实际上涉及翻译研究的另一面——输入研究。梁启超在《清代学术概论》中曾说："壬寅（1902）、癸卯（1903）间，译述之业特盛。定期出版之杂志不下数十种，日本每一新书出，译者动数家，新思想之输入，如火如荼矣。"曼殊的这部"译作"是否也是这其中的一种，虽不能确定，但这样的背景却是不能不考虑的。

从曼殊的生平看，他15岁东渡日本就读于横滨大同学校；四年后，也就是1902年，入东京早稻田大学高等预科中国留学生部；1903年9月回国，10月即开始在《国民日日报》上发表《惨世界》。从时间上和当时中日文坛的情况看，曼殊接触、阅读雨果的《悲惨世界》只能是在日本。曼殊一生虽四处漂泊，去过许多地方，但却从未涉足欧洲，尤其是1903年以前他活动的范围除中国外只有日本。《潮音跋》中说他"孑身遨游，足迹遍亚洲"。据现有史料看，中国当时尚未有雨果作品输入。①而最早关于雨果的介绍是梁启超在日本横滨办的《新小说》1902年第2号②中，该期图画栏刊登了雨果（嚣俄）和拜伦（摆轮）的肖像，并做了介绍。大同学校与康、梁渊源颇深，苏曼殊在大同学校读书时又曾是梁启超的学生③，思想上受改良派影响是很自然的事。虽然从苏曼殊1903年的表现看，他更接近革命派，但正

① 据《民国时期总书目·外国文学》，我国最早的雨果作品译本是1907年商务印书馆编译所译的《孤星泪》；但郭长海先生发表于《中华读书报》2002年6月5日的《雨果作品的中译补谈》中说，马君武在1903年3月出版的《新民丛报》第28期上的《欧学之片影》中有雨果诗译文，三个月后鲁迅又译雨果作品《哀尘》。

② 郭长海先生《雨果作品的中译补谈》中认为马君武的《欧学之片影》"是最早以文字介绍雨果生平事迹和作品的"。见上注，不确。

③ 苏曼殊年谱，见毛策著《苏曼殊传论》，北京：中国人民大学出版社，1995年4月，155页。

如杨天石在《苏、陈译本〈惨世界〉与中国早期的社会主义思潮》一文中所说，“革命派兴起后，政治上虽与梁启超等人对立，但文化上却受其影响颇多。他们同样重视小说的政治宣传作用。”[①]故说苏曼殊曾受《新小说》的影响并非无稽之谈，苏曼殊对雨果产生兴趣，很可能就是从这期的《新小说》开始的。笔者翻阅了《新小说》1—12号，发现各期图画一栏均有人物肖像，但只有拜伦、雨果的肖像背面有一百字左右的文字介绍，其余背面均为空白，包括第1号所刊的托尔斯泰肖像。那么，编者对雨果、拜伦的另眼相看说明了什么呢？这从对雨果的介绍中也许可以看出蛛丝马迹。

> 嚣俄生于千八百二年卒于千八百八十五年，十九世纪最著名之小说家也、戏曲家也。少有神童之目，十六岁时应法国学士会院（按学士会院者法国文学之渊薮也）之悬赏投诗一首，惊倒一世。其后著作愈富，各国无不争翻译之。嚣俄不特文家而已，又大政治家也，晚年为国民议会议员，大有建白。其没也，法人荣以国葬之礼，年八十三。
>
> 《新小说》第2号，光绪二十八年十二月十五日（标点为笔者所加）

这个介绍中特意提到雨果为大政治家，这正是日本思想界和文坛介绍雨果时对他的基本定位。1885年雨果逝世后，日本

① 见杨天石著《从帝制走向共和》，北京：社会科学文献出版社，2002年10月，400页。

自由党报纸《自由灯》对雨果有这样的悼念："雨果确实是超群的伟人，无双的大家。他的一生就是借诗歌和小说的力量纠正社会弊端、弘扬自由的真理的一生，了解了他这一生，谁又能把诗歌和小说看作于社会无益的游戏呢？"[①]可见，他们认为雨果的文学创作是改造社会的工具。那么，《新小说》编者对雨果的青眼相加是不是表明了中国思想界和文坛也注意到雨果对中国社会政治所具有的潜在价值了呢？如果是，那正说明了中国最初的雨果接受的确受到了日本的影响。而且据《新小说》办刊的地点（日本横滨）和它的其他情况看，我们可以推断其所刊关于雨果的资料，源自日本。

再来看看雨果的作品在日本输入与翻译的情况。最初将雨果的作品带到日本的是幕末时期的官员福地樱痴，据说他游学法国时买到了初版的《悲惨世界》并带回了日本。但雨果的名字及其作品在日本广泛传播却是在明治十五年以后，当时自由党领袖板垣退助游欧，在法国拜见了雨果。在雨果的建议下，板垣归国时带回了二百多部西洋政治小说[②]，其中就有雨果的作品。明治十七年起，日本就不断有雨果作品的译介。据田熊渭津子编的《明治翻译文学年表1869—1903》[③]统计，从明治十七年（1884）到明治三十六年（1903）间，日本共有19个雨果的作品译本。《悲惨世界》的翻译从1887年起有：井上勤的《寸

① 转引自柳田泉《明治初期的文学思想》下卷（日文版），东京：春秋社，昭和四十年，300页。

② 明治文化研究会编《明治文化资料丛书》第9卷（日文版），东京：风间书房，昭和三十四年10月，13页。

③ 见木村毅编《明治翻译文学集》附录（日文版），东京：筑摩书房，昭和四十七年。

断分裂美人肠》(1887)、渺茫居士(长泽别天)的《落魄》(1889)、田山花袋的《山家水》(1892)、抱一庵主人(原抱一庵)的《ABC组合》(1894)等,都是节译。日本《悲惨世界》的第一个全译本是黑岩泪香的《噫无情》①,这个本子是据英译本翻译的,并且带有述译的特点。日本据法文原版精译的全本《悲惨世界》出现于1918年,译者为丰岛与志雄。②从时间上看,黑岩泪香和丰岛与志雄的译本均晚于苏曼殊的《惨社会》,因此曼殊的翻译不可能受其影响。而前面的几个节译本中,井上勤的注明是"冒头",渺茫居士的译本明确说明是"发端",都是译了开头部分,田山花袋的译本也注明是"翻案"。这也就是说,在苏曼殊翻译《悲惨世界》之前,日本尚无《悲惨世界》的全译本,即使在仅有的五个译本中,有两个只译了开头部分,一个可以说是改写本,而苏曼殊的《惨社会》恰恰具备这两个特点。

从语言角度来看,虽然多种传记都说苏曼殊精通英、日、法、梵几种语言,但就现有的苏曼殊研究资料看,他懂英、日、梵等语言都有据可查,唯独说他精通法文依据不足。如他的英文水平,除了我们确切地知道他东渡日本之前在上海学过英文外,他还翻译过拜伦、雪莱的诗,写过英文的《潮音自序》,他在许多学校任教也是主教英文,他在大同学校时期的同学、好友张文渭曾说:"英文一道,得曼殊指导,受益不浅。"③他学梵文

---

① 该书1906年出单行本,田熊渭津子编《明治翻译文学年表》中记载此译作曾于明治三十五年十月八日至明治三十六年八月二十二日在《万朝报》连载,但曼殊当时看到的可能性不大。

② 福田光治、剑持武彦、小玉晃一编《欧美作家与日本近代文学》第2卷(日文版),东京:教育出版中心,昭和四十九年,6~7页。

③ 见柳亚子著《苏曼殊研究》,上海:上海人民出版社,1987年12月,222页。

也有明确的记载，并且他还编过《梵文典》，虽然原书不存，但据资料看至少第一卷是编出来了，有章炳麟、刘师培的序和陈独秀的诗为证[①]。特别是《民报》15号夏期增刊所登《梵文典》启事一则："首卷目次，具列其上，全书内容，略窥一斑"[②]更是一个明证。至于日文，曼殊为中日混血儿，在日本生活多年，精通日文是不用说的。唯独法文，研究者中无人做过具体说明，柳亚子先生在《苏曼殊研究》一书中也是含糊其辞，"法文大约是在日本时所读，所以二十岁在上海已能译嚣俄小说。"（382页）柳无忌虽论证过曼殊通法文，但那说的是他翻译《惨社会》九年之后的情况。柳无忌在《苏曼殊与拜伦〈哀希腊〉诗》一文中谈到："1912年苏曼殊在上海任《太平洋报》编辑时，在柳亚子主编的该报文艺版发表了重译小仲马《茶花女》的消息，他批评林纾的译本'删节过多，殊非完璧'，他向文艺版编辑出示一本从日本带回来的《茶花女》法文原作，同时告诉他们在日本已有一册早稻田大学出版部改名《椿姬》的日译本，此外还有两种英译。可见他对于这部法文小说的研究与兴趣。他当时留给《太平洋报》与他同事的朋友如柳亚子等一种印象，他懂得法文，能从法文原书作翻译。"[③]虽然如此，但柳无忌在他1992年修订版的《苏曼殊传》中谈到《惨社会》时，仍然认为："考虑到苏曼殊当时的语言知识，大概是从英文或日文翻译的。"（28页）其实，从以上资料，我们又可以得出这样的结论：苏曼殊的《惨社会》所

---

① 二序均见柳亚子编《苏曼殊全集》第4册，北京：中国书店影印北新书局版，1985年。陈独秀诗见该书第5册。

② 详见柳亚子著《苏曼殊研究》，上海：上海人民出版社，1987年12月，334～336页。

③ 柳无忌《苏曼殊与拜伦"哀希腊"诗》，见《佛山师专学报》1985年第1期，8页。

依据的本子，不论是英文、日文还是法文，他的这一“翻译”之作的原本来自日本，也就是说他肯定是受到日本文坛对雨果介绍的影响的。

以上所论，是翻译文学的输入路线这样一个看似纯形式的问题，但正像河水必然会带上它流经之处的泥沙一样，文化思想的流播也会裹挟一些它所经之处的东西。

从艺术的角度看，《惨社会》殊少可取之处，它的主要价值在于其政治性。很明显作者是借题发挥，借他人杯酒浇自己胸中块垒，它反映的是当时中国爱国知识分子的思想情绪。为什么曼殊会把这种政治性极强的思想情绪嫁接到雨果的作品上呢？我们只要看看近代日本与雨果的关系就恍然大悟了。

雨果被介绍到日本文坛，首先是因为日本的自由民权运动活动家发现了他的思想与作品可以作为其思想资源。在日本，他被认为是为确立民权而战的理想的文豪。[①]因此，作为文人介入政治活动的大人物，雨果从明治十年(1877)起就受到日本政治小说家的重视。而雨果的作品真正被介绍到日本，是以明治十五年(1882)日本政治家、自由主义领袖板垣退助的访欧为契机的。

在日本思想界，自西园寺公望与中江兆民游学法兰西，受到近代自由主义和社会主义洗礼以来，其自由民权思想就是追随法兰西革命的。板垣退助本人也一直认为应该学习法兰西自由思想。因此，此次游欧，与他心目中的自由主义政治思想家、人道主义文豪维克多·雨果相见，从一开始就是板垣的计划

---

① 伊藤整著《日本文坛史》第1册(日文版)，东京：讲谈社，昭和五十年，203～204页。

之一。板垣一行于明治十五年(1882)十二月到巴黎,两三个月后,也就是明治十六年(1883)春,他拜访了雨果,这时的板垣47岁,而雨果已年过80岁。已然老迈的雨果,对东洋的自由思想政治家的来访从心底感到高兴。他对板垣说:“听说你在东洋为主张自由主义而苦斗多年,此前,还因此受到刺客的袭击。现在又不远万里来访,非常感谢。”当板垣请教如何把自由平等的理想灌输到人民中时,雨果回答:“在日本人民的政治思想还不成熟的时候,如果在报纸、杂志上登载好的政治小说作为教育会有用的。”并且说,“让他们读我这十多年的作品就好”。此前,板垣曾以政治教育为目的,组织过一个叫作“东洋一派民权讲释”的讲座,当时大受欢迎,但两天后就被迫中止,板垣也以大不敬罪被判入狱。而此时,板垣对雨果的话立刻表示赞同,他打算一回国就立即实行此计划,并且就以介绍雨果的作品开始。归国前,板垣让随员们尽可能地搜寻、购买雨果的作品和欧洲的政治小说,计划在属于自由党系统的《自由新闻》、《绘入自由》和《政理丛谈》等报刊上翻译登载。[①]这里可以看出,板垣和雨果本人都是把雨果作品当作政治教化材料来看的。

在经过大约七个月的旅行之后,板垣退助于明治十六年(1883)六月二十二日归国,并带回了约二百部政治小说。明治十七年(1884),由坂崎紫澜翻译的雨果小说《九三年》即以《修罗之衢》为题在自由党的机关报《自由新闻》(7月—12月)上连

① 以上参见伊藤整著《日本文坛史》第1册,东京:讲谈社,1995年,94~95页、192~193页;明治文化研究会编《明治文化资料丛书》第9卷,东京:风间书房,昭和三十四年十月,13页。均为日文版。

载，同时该刊还介绍了雨果的生平并刊登了雨果肖像。[①]这里我们需要注意的是，雨果的作品被引入日本，首先是政治的需要。无论是板垣退助的身份，还是他决定介绍雨果作品的目的，甚至雨果本人的态度，这一特点都是很明显的。这就为雨果作品在日本的影响定下了调子——总是和社会政治分不开。

虽然，雨果的作品与这一时期被介绍到日本的法国作家大仲马、凡尔纳的作品相比，不够通俗，没有马上赢得众多读者。但在不久之后的明治二十二年(1889)，日本思想界、知识界开始关注社会下层的工人和贫民的悲惨命运之时，《国民之友》和《日本人》等杂志的同人们在文艺栏内介绍雨果，引起了青年作家对雨果的关注。随之，雨果热便出现了。

著名报人、作家德富苏峰于明治二十二年九月发表了《谈谈爱的特质，对我国小说家的希望》，文中论述了雨果及其创作；同年，森田思轩因翻译雨果的《随见录》而一举成名，成为日本译界的大腕；明治二十三年(1890)，长泽别天介绍了《悲惨世界》，并写了卓越的评论《贫民与文学》，提出要把人类的爱倾注到贫民的生活中去；明治二十四年(1891)原抱一庵翻译了雨果《悲惨世界》的一部分，并且创作了雨果色彩极浓的小说《黑暗中的政治家》。这几年，“在文艺栏内介绍雨果，成了德富芦花和岭云等年轻一代所关心的焦点。”[②]雨果的小说在日本的年轻一代中产生的巨大影响，在之后的文学作品中也反映出来了。

---

① 参见伊藤整著《日本文坛史》第1册，东京：讲谈社，昭和五十年，204～205页；田熊渭津子编《明治翻译文学年表》；明治文化资料丛书刊行会编《明治文化资料丛书》第9卷，东京：风间书房，昭和三十四年十月，12～14页、303页。均为日文版。

② 近代日本思想史研究会著、李民等译《近代日本思想史》第2卷，北京：商务印书馆，1991年1月，90页。

德富芦花在他的自传小说《黑眼睛与褐色眼睛》里生动地记述了当时的情况："《悲惨世界》把敬二迷住了，他早晨很早就起来……，用地上引水管引来的冰一般的水洗把脸就拿起书来。珍惜吃三顿饭的时间，把煮熟的剥去皮的栗子满满地盛在圆盘里，放在一旁，一面机械式地用左手拿起来往嘴里送，一面两眼充满感情地紧盯着书页。"[①]冈田岭云《数传奇》中也这样写道："近来看雨果的作品入了迷，走路的时间也舍不得放下，在往返学校的途中，一面走一面看，脑袋撞到招牌上，或者身子碰到排子车上，这种事并不稀奇。"[②]在这股雨果热的影响下，日本出现了一批对社会底层民众的苦难充满同情的文学作品，"展现了雨果式的美的世界"。[③]如松冈好一的《高岛煤矿的惨状》（明治二十一年六月）、吉本襄的《高岛煤矿矿工受虐待实录》（明治二十一年八月）、樱田大我的《贫穷天地饥寒窟探险记》（明治二十六年五月）、松原岩五郎的《最黑暗的东京》（明治二十六年十一月）等。

从上述情况我们可以看出，日本文坛接受雨果作品后产生的两大特点：一是文学与社会政治紧密联系；二是展现并同情下层人民的疾苦。而这些因素在苏曼殊的《惨社会》里全有，这应该不是偶然。当然，从苏曼殊的译本看，他对雨果的理解与日本文坛又有不同。但这种不同并不能排除日本文坛对他的影响，而恰恰证明了这种影响的复杂性。

从《惨社会》的文本看，在同情下层人民苦难这一点上，苏

---

①② 转引自近代日本思想史研究会著、李民等译《近代日本思想史》第2卷，北京：商务印书馆，1991年1月，90页。

③ 同上书，91页。

曼殊与雨果、日本文坛都是一致的。但在如何改造这个苦难社会这一点上，曼殊与雨果的意见是截然不同的，这恐怕也就是他另起炉灶，在译作中大加创造的关键之所在。《惨社会》中属于苏曼殊创作的部分主要是明男德这个人物以及关于他的故事。明男德的故事主要有：从监狱里救出金华贱；从一个坏老太婆手里救出弱女子孔美丽；暗杀了村官满周苟；暗杀总统未遂而后自杀。对于这样的情节，有论者认为是表现了苏曼殊思想中“存在着个人英雄主义和失败主义的明显矛盾”，“充分反映了苏曼殊无所适从的苦闷心情”。[①]也有论者认为《惨社会》不译原作中冉·阿让的后半生，而以明男德的故事代之，是表明了“中国社会主义思潮从它的开始阶段，就拒绝温和、改良，而倾向于激烈、彻底。”[②]笔者以为，这样的看法似乎合乎我们习惯的“逻辑思维方式”，但如果不仅仅关注“逻辑思维方式”，而更多地注意外在的文化环境，是不是会有更为客观的结论呢？从《惨社会》的情节看，我们会发现它与日本文坛流行一时的“虚无党”小说有相似之处；再从它表现出的思想情绪看，又会发现当时刚开始在日本流行的无政府主义思想的痕迹。

日本的虚无党小说是政治小说的一种，在明治十四年(1881)至明治十六七年最为流行，后来也时有出现。这种小说最初是从翻译外国作品开始。当时，由于日本自由民权运动方兴未艾，关于俄国虚无党活动的报道常会使日本年轻人激动不已，了解俄国虚无党的活动和事迹成为他们的需求。期间，陆续出版的虚无党题材小说有《鲁国奇闻烈女之疑狱》(1882)、

① 裴效维《苏曼殊小说诗歌集·前言》，北京：中国社会科学出版社，1982年，19～20页。

② 杨天石著《从帝制走向共和》，北京：社会科学文献出版社，2002年10月，404页。

《露国虚无党事情》(1882)、《虚无党退治奇谈》(1882)、《虚无党实传记——鬼啾啾》(1884)和《露国安娜物语》(1884)等。这些小说有译有作，大多是以1881年俄国虚无党人暗杀沙皇亚历山大二世之史实为题材的，兼有政治小说与侦探小说的特点，很受欢迎。中国近代在接受日本政治小说之时，这种掺杂着暗杀活动的政治小说也自然进入中国知识分子的视野，并影响到他们的创作，如署名羽衣女士(作者实为改良派成员罗普)的《东欧女豪杰》(《新小说》，1902)就有明显的虚无党小说色彩。当然，这种小说得以产生影响是与中国革命党人的崛起和无政府主义思潮的流行相关联的。1903年至辛亥革命前夕，当革命党中一部分人主张暗杀，实行革命恐怖政策之时，中国文坛曾出现"虚无党"翻译小说热。有影响的作品如：陈景韩译的《虚无党》(1904)、《虚无党奇话》(1904—1907)、《爆裂弹》、《杀人公司》、《侠客谈》(1910)、《决斗》(1911)，周桂笙译的《八宝匣》，芳草馆主人译《虚无党真相》(1907)，杨心一译的《虚无党之女》、《虚无党飞艇》等。其中多为从日文译出，如陈景韩的诸作品。[①]可见中国的虚无党小说热，是与日本的虚无党小说血肉相关的。那么，中国知识界与思想界的无政府主义接受与日本又有着怎样的关系呢？

20世纪初，中国的大批留学生到了日本，日本成为中国知识分子观察了解世界的一个重要场所，通过日本了解欧洲和世界被当时的人认为是一条捷径。而日本当时出现了最早的一批社会主义者，他们在介绍各种社会主义理论的同时把无政府

① 郭延礼著《中国近代文学发展史》第3卷，北京：高等教育出版社，2001年7月，399页。

主义也误作社会主义介绍进来。当时的中国，经过戊戌变法的失败，目睹了“庚子事变”后满清政府的腐败无能、丧权辱国，越来越多的中国知识分子认识到不推翻专制、腐败的清政府无以救中国。于是，中国的革命派开始形成，而“虚无党”的暗杀手段和无政府主义的否定专制政权的学说正适合刚刚萌生革命意识的中国革命党人。大量的翻译介绍就成为一种必然。需要注意的是，清末的改良派虽然反对革命，但他们比革命派更早地对无政府主义产生了兴趣，这是否与戊戌政变后日本成为改良派的大本营有关呢？当时的改良派是极热衷于学习日本的。1901—1903年正是日本的所谓“社会主义流行时代”，大量的欧洲“社会主义”思潮被介绍到日本，包括乌托邦主义和无政府主义。如矢野隆溪的《新社会》(1902)就是对托马斯·莫尔思想的介绍，烟山专太郎的著作干脆就叫《近世无政府主义》[①](1902)，与孙中山及中国革命党关系密切的宫崎滔天1903年发表的小说《明治国姓爷》也通过主人公堺铁男表达了对虚无主义的赞赏。

曹世铉在《清末民初无政府派的文化思想》一书中说：“‘虚无党’及虚无主义思潮是通过日本而介绍到中国的。19世纪末在日本它就影响了自由民权思想，当时将俄国的虚无主义、民粹主义及无政府主义等各种社会主义一并输入进来，日本社会主义者也未将三者加以区分。在初期的一些著作里，‘恐怖主义’、‘民粹主义’等词成了无政府主义的译名。中国人接受无政府主义时，他们也不可避免地出现这种概念上的混乱，特别

① 详见代日本思想史研究会著、李民等译《近代日本思想史》第2卷，北京：商务印书馆，1991年1月，66～69页。

是虚无党和无政府党两个概念上没有差别。‘无政府(党/主义)’一词可能是从日本人翻译西方著作中得来的。”[①]考察中国对无政府主义的接受过程,曹世铉的看法的确是有道理的。

中国在19世纪后半叶就有关于无政府主义、虚无党的零星报道,如《万国公报》在1879—1883年间就有六七卷中有报道俄国虚无党行刺沙皇亚历山大二世的情况。[②]《西国近事汇编》在1873—1894年间也多次报道了欧洲各国无政府党人的活动,尤其是对当时无政府党人盛行的暗杀活动,多有关注。但是,当时并无“无政府主义”之称呼,Nihilism(虚无主义)被译为“尼赫尼士”,Anarchism(无政府主义)被译为“鸭捺鸡撕得”或“阿那基斯忒党”[③]。

中国人最初使用“无政府”一词的是梁启超,他在《清议报》第66册的《无政府之凶暴》(1900年10月21日)和第98册的《难乎为民上者》(1901年10月11日)两篇文章中用了“无政府党”一词。而梁启超这一时期的主要活动都在日本,此时他的主要工作就是介绍经过日本吸收过滤的西方文化思想,以鼓吹中国社会的变革。因此,梁启超文中言及的“无政府党”一词应该是源自日本。以梁启超当时在留日学生界的影响看,他公开发表的文章的确足以让留学生们注意并接受“无政府党”这样一个概念。事实也正是如此。1902年,较为系统地介绍无政府主义的《俄罗斯大风潮》就出版了,该书系在日本印刷,由开明书店、

---

① 曹世铉著《清末民初无政府派的文化思想》,北京:社会科学文献出版社,2003年7月,26页。

② 详见蒋俊、李兴芝著《中国近代的无政府主义思潮》,济南:山东人民出版社,1990年,17~18页。

③ 详见刘其发主编《近代中国空想社会主义史论》,北京:华夏出版社,1986年,78页。

文明书店和广智书局发行，原作者为英国人克喀伯，中译者是正在日本留学的马君武。同年，日本人幸德秋水的《广长舌》（幸德秋水原文题为《长广舌》）也被翻译出版，其中《无政府主义之制造》一文对中国产生了极大影响。可以说文中“无政府主义盛行由于人们对今日国家社会的绝望；专制政府是无政府主义之制造厂”这两句话，引起了中国思想界无政府主义的热潮。紧接着，赵必振译的福井准造的《近世社会主义》、周子高译的西川光次郎的《社会党》、杀清译的烟山专太郎的《近世无政府主义》等接踵出版，《江苏》、《浙江潮》、《新民丛报》、《苏报》、《新湖南》、《政艺通报》和《民国日日报》等报刊也纷纷刊文介绍、评论无政府主义。据统计，仅1902—1903年刊出的关于无政府主义的论著、论文就有近20种之多，其中大部分文章是受幸德秋水和烟山专太郎的影响。[①]可以说，中国思想界最初接受无政府主义思想是以日本为媒介的。

当然，考察这一问题决不能离开1903年这一特殊的年代。因为正是这一年，清廷对留日学生“拒俄运动”的态度，彻底暴露了它自私狭隘、置满族统治权于国家民族根本利益之上的本质，使一大批原本倾向于改良的知识分子走向革命。可以说，1903年是中国近代社会变革要求由改良转变为革命的转折点。无政府主义思潮的被接受和盛行，正是这种革命要求的需要和结果。

苏曼殊的《惨社会》就是在这样的背景下产生的，他对雨果原作的颠覆，尤其是创作明男德的故事，正是这一时期革命思

① 详见曹世铉《清末民初无政府派的文化思想》，北京：社会科学文学出版社，2003年7月，294～295页。

潮的真实反映。联系这一时期中国革命派的斗争情况来看，《惨社会》简直就是苏曼殊的革命实践。当年，在“拒俄义勇队”被迫改组为秘密活动的“军国民教育会”后，该组织确定自己的宗旨为“养成尚武精神，实行民族主义”，行动方式“一曰鼓吹，二曰起义，三曰暗杀”。[①]作为这个组织的主要成员，苏曼殊不仅用行动（1903年曼殊在香港曾有刺杀保皇派领袖康有为的打算）而且用作品诠释了他对革命的理解，表达了他对满清统治者的仇恨。

我们知道，《悲惨世界》是反暴力的。作者主张以德报怨，用仁爱精神代替阶级压迫，并以之去改造世界，因而他塑造了卞汝福主教和冉·阿让这两个理想化的人物。而曼殊笔下的明男德却是革命信徒，他疾恶如仇，不惜使用暴力，认为“非用狠辣的手段，破坏了这腐败的旧世界，另造一个公道的新世界，是难救这场大劫了”。他反抗社会的方式，采用的是19世纪无政府党人最常用的手法——暗杀，先是刀杀地方官满周苟，后又用炸弹谋杀最高统治者拿破仑，失败后杀身成仁。他否认权威和既存的社会规范，认为：“为人在世，总要常时问着良心就是了。不要去理会什么上帝，什么天地，什么神佛，什么礼仪，什么道德，什么名誉，什么圣人，什么古训。”（《惨社会》第九回）他借雅各宾党人之口表述的施政措施除有传统的中国小农思想外，也有明显的无政府主义思想倾向——

第一条 取来富户的财产，当分给尽力自由之人以

① 冯自由著《革命逸史》初集，北京：中华书局，1981年6月，112页。

及穷苦的同胞。

第二条 凡是能做工的人，都有到那背叛自由人的家里居住和占夺他财产的权利。

第三条 全国的人，凡从前已经卖出去的房屋田地以及各种物件，都可以任意取回。

第四条 凡是为自由而死的遗族，需要尽心保护。

第五条 法国的土地，应当为法国的人民的公产，无论何人，都可以随意占有，不准一人多占土地。

《惨社会》第12回

可见，他对统治者的仇恨，对几千年思想权威、社会秩序的蔑视，对“自由”的向往，虽然不够系统，却是一种全新的思想；虽然语言稚拙，却也是以文学的形式表现一种时代的潮流。

很明显，于改造社会的途径和方法上，苏曼殊与雨果的选择是截然不同的。这种不同的原因当然非常复杂，但首先应当考虑的是社会思潮的影响。如果说雨果在《悲惨世界》中的理想主义和乌托邦色彩与他受19世纪三四十年代法国空想社会主义的影响有关，那么，苏曼殊《惨社会》的以暴力抗暴思想就与20世纪初中日知识界盛行的无政府主义思潮相关。苏曼殊接受无政府主义思想，并非暂时或偶然，这从几年后他与中国著名的无政府主义者张继、刘师培及《天义报》的密切关系可得到证实。他对无政府主义的心仪，在他1903年的其他创作中也表露无遗。这一年他还创作了《女杰郭耳缦》和《以诗并画留别汤国顿二首》等作品。

杂文《女杰郭耳缦》也发表于1903年10月的《国民日日报》

上，可以说它与《惨社会》的思想是一脉相承的。郭耳缦对美国总统被刺身亡的看法是："大统领何人？自无政府党之眼视之，不过一最无学无用之物已耳！有何所尊崇？然则无政府党亦何为而必加刃于此无用之长物也耶？当世之人，于大统领之被杀，亦非常惊扰，此诚妾所不解者。"此对大统领的蔑视与明男德对上帝神佛、礼仪道德的蔑视如出一辙。"大统领死，是奚足怪？人皆有必死之命运，王侯贵族劳动者，何所区别耶？麦坚尼之死也，市民皆为之惜，为之悲。何为乎？特以其为大统领故而追悼之耶？吾宁深悼夫市井间可怜劳动者之死也。"此渴求平等、寄同情于市井平民，与明男德的怜弱惜贫、见义勇为、拔刀相助实乃同一道理。虽然作者写了明男德自杀、郭耳缦被囚，但并不能说明这是苏曼殊的"悲观主义"和"苦闷心情"，这样的遭遇恰恰正是当时无政府主义者革命活动的真实写照。在当时的新闻报道和文学作品中，多有描述行暗杀而慷慨就义或被俘之无政府党人事迹的，但他们前仆后继、不屈不挠，故而苏曼殊说"女杰拘留狱中，意气轩昂，毫无挫折"。在列举了一连串无政府党人的暗杀活动之后，他激动地说："继此风云，尚不知其何所极也！"[①]这不仅不是"悲观"，简直就是预言革命高潮的到来。

在《惨社会》里，苏曼殊确实写了国民性之劣：金华贱、商人妻子的忘恩负义；吴齿的谋财害友，无耻之极；明顽、范桶的冥顽不灵、不可理喻；"尚海志士"们的口是心非、孳孳为利……但笔者以为，这些与他同一时期的《呜呼广东人》所表现出来的一

①《女杰郭耳缦》，见柳亚子编《苏曼殊全集》第1册，北京：中国书店影印北新书局本，1985年，151～155页。

样，都是国民性批判问题。这种因革命与普通民众的隔离而引发的国民性问题，正是五四时期鲁迅的《阿Q正传》和《药》等作品的先声，它不仅不能证明苏曼殊的局限性，恰恰证明了苏曼殊对中国文学的贡献，证明了中国近代文学与五四新文学的血脉关系。

蹈海鲁连不帝秦，茫茫烟水在浮身。
国民孤愤英雄泪，洒上鲛绡赠故人。

海天龙战血玄黄，披发长歌览大荒。
易水萧萧人去也，一天明月白如霜。

这就是苏曼殊著名的《以诗并画留别汤国顿二首》，发表于1903年10月7日《国民日日报》的附张《黑暗世界》，署名为苏非非，是现存苏曼殊最早的诗作。这是他1903年离开日本时给他在大同学校时的老师汤国顿的赠别诗。[①]诗人用典故形成意象，通过形象抒发感情，可以说是标准的中国传统诗。但是在传统的表面下，不仅有“爱国青年的锐气和雄心”，对“时局的忧思”，更有他对外来的无政府主义思想的推崇。“蹈海鲁连不帝秦”，“易水萧萧人去也”，立即使人想到鲁仲连、荆轲这些不畏强权的好汉、古代的义士和刺客，他们的所作所为正与清末的革命党人相合。诗人正是借对他们的歌颂来表达自己的思想和立场。虽然时代不同，但每一个时代都有自己的英雄，像荆轲刺

① 见柳无忌著《苏曼殊传》，北京：三联书店，1992年3月，22页。

杀秦王一样，无政府党人也是不惜牺牲，用生命来反抗专制统治的。诗人通过荆轲这样国人尽知的形象，为无政府主义思想找到了极好的载体，使得传统文化与外来思想较好地结合在一起。这也正是20世纪初中国文化在变革中寻找发展途径的表现。从这点来看，苏曼殊的这两首诗就有了更为深刻和丰富的文学史意义。

其实，在《惨社会》中也有类似的表现。作者（译者）力图使外来文化融入中国传统，使作品有一个较易为人接受的形式，除章回体这个尽人皆知的特点外，作品中明男德的行为方式，就与中国传统文学中扶弱济贫的侠客非常接近。深夜潜入监狱救出素不相识的金华贱；刀杀狗官满周苟为民除害却不露声色；喜欢被救少女孔美丽，但绝不乘人之危；对落魄者真心帮助、赤诚相见，哪怕是范桶那样的废物；壁上题诗、刀下留人……无不具有中国传统文学中侠客的特点。在第九回中，明男德还唱出了这样的诗："一天风雪压巴黎，世界凄凉了无期。游侠心酸人去也，众生懵懵有谁知？"此外，《惨社会》章回的标题中也多次出现"侠"这一中国人熟悉的字眼，如"为世不平侠士题壁，恩将仇报饿汉挥刀"（第八回）、"忍奇辱红颜薄命，刺民贼侠剑无情"（第九回）、"遣英雄老侠赠金，别知己美人挥泪"（第十回）等。也许苏曼殊是有意识地以他对传统文学中"侠客"的理解来刻画明男德的。从文学史角度看，刺客——侠士——无政府党暗杀者，三者之间就具有了一定的承续关系。他们是不是可以作为研究古代文学向近代文学过渡的一种标本呢？

文学是以生活为基础的。清末的中国大地上，激荡着反满革命、批判专制文化、甚至暴力暗杀的潮流。不管苏曼殊是自觉还是不自觉地将现实中革命党人的思想、活动和外来思潮融入作品的,这些都使他的作品中的人物超越了传统,成为文学史上一类崭新的形象,也使得他的“译作”与雨果的原作、与日本的《悲惨世界》译本截然不同。

第二节　苏曼殊的外国诗歌翻译与日本

谈苏曼殊对文学的贡献，不能不说他的诗歌翻译。郭延礼先生在《中国近代文学发展史》中，把苏曼殊与马君武、辜鸿铭并列为近代诗歌翻译方面“影响较大的翻译家”。翁聆雨、罗郁正在《中国最后一个王朝的诗人和诗》一文中也认为：“正如严复是19世纪末西方社会科学主要的引进者、林纾是西方小说最大的翻译家一样，苏曼殊由于介绍了西方诗歌，特别是他为介绍拜伦和雪莱（他自己首先受到了深刻的影响）所做的工作，应该获得第三个大翻译家的地位”。①

苏曼殊曾翻译英国诗人拜伦、雪莱、彭斯、豪易特和印度女诗人陀露哆的诗，尤其是他所译的拜伦诗，在中国产生了较大的影响。此外，他还编选出版了四部翻译诗集，即《文学因缘》、《拜伦诗选》、《潮音》、《汉英三昧集》，对中外文学交流做出了杰出的贡献。值得注意的是，这四部译诗集均是先在日本出版发行的：《文学因缘》（1908）由日本东京博文馆印刷，齐民社发行；《潮音》（1911）由日本东京神田印刷所印行；《汉英三昧集》（1914）由日本东京三秀舍印刷，东辟发行；《拜伦诗选》（1914）由日本东京三秀舍印刷，梁绮庄发行。②由于苏曼殊经常往来

① 转引自柳无忌著《苏曼殊传》，北京：三联书店，1992年3月，183页。
② 柳亚子著《苏曼殊研究》，上海：上海人民出版社，1987年12月，63页。

于中国与日本之间，有时在日本住的时间还相当长，他编译的这些诗集全部在日本出版是为方便还是另有原因，目前没有看到可资参考的材料，我们也无从谈其确切的原因，但这一事实本身就是耐人寻味的。因为在近代中国与外国的文化交流中，很大一部分是与日本的交流，与西方的交流中也很大程度上借助于日本这一中介。鉴于这样的背景，苏曼殊译诗以拜伦、雪莱为主，尤其以译拜伦诗为最多，他的这种选择是直接从英国文学中而来，还是受到了当时日本文坛翻译、接受英国文学的影响，就是一个不能不研究的问题。

就现有的资料记载看，苏曼殊所谈及的外国诗人，除上述几位外，还有但丁和歌德。他热衷于英文诗并开始翻译，当始于1907—1908年间。

苏曼殊《拜伦诗选自序》："濡笔译拜轮《去国行》，《大海》，《哀希腊》三篇。善哉，拜轮以诗人去国之忧，寄之吟咏，谋人国家，功成不居，虽与日月争光，可也！"[①]本序落款为光绪三十二年，即1906年，但据柳无忌考证认为该落款时间有误，应为1909年。[②]

黄侃《纂秋华室说诗》："苏子谷……景仰拜轮之为人，好诵其诗。余居东夷日，适与同寓舍，暇日辄翻拜轮诗以消遣。"[③]据《黄侃年谱》，黄侃在日期间为1905—1910年，与曼殊"同寓"大约是1908或1909年间的事。[④]

① 柳亚子编《苏曼殊全集》第1册，北京：中国书店影印北新书局版，1985年，125页。

② 柳无忌著《苏曼殊传》，北京：三联书店，1992年，69页。

③ 柳亚子编《苏曼殊全集》第5册，北京：中国书店影印北新书局版，1985年，237页。

④ 参见司马朝军、王文晖撰《黄侃年谱》，武汉：湖北人民出版社，2005年7月，36~50页。

张卓身在《曼殊上人轶事》中写道："戊申之冬，与余同寓小石川智度寺，旅居之暇，常译摆伦（拜伦）诗为乐。"[①]戊申年为1908年。

《潮音跋》中作者写道："东归随太夫人居逗子樱山。……泛舟中禅寺湖，歌拜轮《哀希腊》之篇，歌已哭，哭复歌"。据苏曼殊年谱，他是在1909年6月随母河合仙居逗子。

刘三赠曼殊诗中有："苏子擅三绝，无殊顾恺之，怀人红绊影，爱国白伦（拜伦）诗。"此诗落款为乙酉八月，即1909年。

苏曼殊与高天梅书："昨岁南渡，舟中遇西班牙才女罗弼氏，……即赠我西诗数册。"此信写于1910年6月8日，信中"昨岁"之事当然发生在1909年。

曼殊的《题拜轮集诗序》为："西班牙雪鸿女诗人过存病榻，亲持玉照一幅，《拜轮遗集》一卷，曼陀罗花共含羞草一束见贻，（中略）爰扶病书二十八字于拜伦卷首：秋风海上已黄昏，独向遗篇吊拜轮。词客飘蓬君与我，可能异域为招魂？"

以上两条均指苏曼殊赴爪哇喏班中华会馆任教途中之事，此为1909年之事。"与高天梅书"所言"西诗数册"中当有此序中所提到的《拜轮遗集》。

英人佛莱蔗为曼殊作英文《拜轮诗选序》，落款为1909年10月6日。[②]

苏曼殊用英文写的《潮音自序》，发表在1911年出版的《潮音》上。文章对拜伦、雪莱做了评论，认为"拜轮和师梨是两个

① 柳亚子编《苏曼殊全集》第4册，北京：中国书店影印北新书局版，1985年，326页。

② 同上书，34页。

英国最伟大的诗家”。据考该文应是他在1909年的作品。[①]

苏曼殊诗《题〈师梨集〉》:“谁赠师梨一曲歌,可怜心事正蹉跎!琅玕欲抱何从报?梦里依稀认眼波。”据考该诗作于1909年春末。[②]

苏曼殊的《燕子龛随笔》为:“英人诗句,以师梨最奇诡而兼流丽。尝译其《含羞草》一篇,峻洁无伦,其诗格盖合中土义山,长吉而熔冶之者。曩者英吉利莲华女士以《师梨诗选》媵英领事佛莱蔗(当时英国驻福州领事)于上海,佛子持贶蔡八(蔡守),蔡八移赠于余。”[③]

1911年有《潮音跋》:“弹指阇黎年二十有八……及汉译师梨《含羞草》数章删去。复次加《拜伦年表》于末,系英吉利诗人佛子为阇黎参订者。”[④]

“丹顿裴伦(拜伦)是我师,才如江海命如丝。朱弦休为佳人绝,孤愤酸情欲语谁?”(《本事诗》之三)柳亚子在《对于苏曼殊研究草稿的我见》一文中说这是苏曼殊1909年上半年的作品。[⑤]

“欧洲大乱平定之后,吾当振锡西巡,一吊拜轮之墓。”(《与邓孟硕书》,1914年10月8日。)

苏曼殊译歌德的《沙恭达伦诗》是从Eastwick的英文译本转译而来的。苏曼殊《文学因缘自序》:“Esatwick译为英文,衲重

---

① 柳亚子编《苏曼殊全集》第1册,北京:中国书店影印北新书局版,1985年,114页。
② 详见马以君笺注《燕子龛诗笺注》,成都:四川人民出版社,1983年,54页。
③ 柳亚子编《苏曼殊全集》第2册,北京:中国书店影印北新书局版,1985年,33页。
④ 柳亚子编《苏曼殊全集》第4册,北京:中国书店影印北新书局版,1985年,42页。
⑤ 同上书,420页。

移译，感慨系之。”[1]此序作于1908年。

“如衲旧译《颎颎赤蔷靡》、《去燕》、《冬日》、《答美人赠束发瞒带诗》数章。”[2]本条所言译诗均在1909年间。

以上文字均涉及苏曼殊与外国诗歌的关系。稍微梳理一下，我们会发现这些文字所写作的时间或其中所指的事，都在1908—1914年间，而其中关于拜伦的有十条之多，雪莱次之。从这里我们还可以看出，苏曼殊汉译外国诗歌主要集中在1907—1909年间，他喜爱的外国诗人有拜伦、雪莱、但丁、歌德和彭斯等。而且他对拜伦、雪莱的诗又最有心得，尤其对拜伦的热情，近十年不减，直到1914年还有“振锡西巡，一吊拜轮之墓”的愿望。

为什么苏曼殊在1907年前后开始热衷于翻译介绍外国诗歌，尤其是以极大的热情介绍拜伦呢？一般论者都认为苏曼殊与拜伦气质接近，拜伦的诗更容易引起他的共鸣，他译拜伦诗似乎是两个异国诗人的一种心灵的应和。这样的说法有一定道理。但是，拜伦一生创作宏富，他的诗作很多，苏曼殊翻译的拜伦诗如《去国行》、《赞大海》和《哀希腊》等，都是从他的长诗中节选的。那么，苏曼殊选择的标准是什么呢？他的选择和他所处的文化环境有什么关系吗？我们知道，苏曼殊在1907年与河合仙重逢后，在日本待的时间明显增加。按常理推论，他对日本文坛的了解机会也会增加。那么，他翻译拜伦诗的选择倾向、他对拜伦与雪莱的认识评价与日本文坛的拜伦、雪莱接受

---

① 柳亚子编《苏曼殊全集》第1册，北京：中国书店影印北新书局版，1985年，123页。

②《拜轮诗选自序》，见柳亚子编《苏曼殊全集》第1册，北京：中国书店影印北新书局版，1985年，126页。

有什么关系吗?

我们来回顾一下明治年间日本文坛的拜伦、雪莱接受情况。

日本最初的拜伦介绍,是在一些综论性西洋书籍中出现的。据资料记载,最早介绍拜伦的文字见于一本叫作《西洋品行论》的译作,该书分12册出版于明治十一年至十三年(1878—1880)间,书中有若干处引用拜伦的言论。明治十二年(1879)印行的吉田五十穗译撰的《西洋名人辞典》中有几百字的拜伦传略,谈到了他生平的一些主要事迹。明治十九年(1886)东京桃林堂他五书店[1]翻刻的英文版的Peter Parley的《Universal History》卷末有著名人物表,其中有拜伦。明治二十年(1887)该书日文译本在东京出版。同时,William Swinton的*Outlines of the World's History, Ancient, Mediaeval, and Morden*也作为教科书被广泛用于日本的英语教学中,该书中也有关于拜伦的简单介绍。

拜伦诗歌的翻译,在日本最早出现的是汉译。明治十三年(1880),日本著名翻译家末松谦澄在英国剑桥大学留学期间以汉语翻译了拜伦的《骷髅杯歌》,明治十五年(1882)又译了雪莱的《云雀》。末松氏汉学素养极高,但这两首汉译英诗可惜未传开,没有产生什么影响。

明治十七年(1884)由森欧外以《剧曲〈曼弗列度〉一节》为题汉译的拜伦诗剧《曼弗雷德》第一幕的一段,被明治二十二年(1889)《国民之友》夏期的附录《于母影》收录,拜伦诗歌正式进入日本文坛。

---

① 桃林堂他五书店是日本明治十九年(1876)的出版机构。

明治二十五年(1892)七月,由春阳堂出版的森欧外的翻译作品集《美奈和集》中,除收入上述《剧曲〈曼弗雷德〉一节》外,又加入了他译的另外两首拜伦诗。其中一首就是《恰尔德·哈洛尔德游记》第一章第13节中的"My Native Land—Good Night",也就是苏曼殊译的《去国行》。另外一首也是译自诗剧《曼弗雷德》的。需要说明的是,由于森欧外留德的背景所致,这三首诗全是从海涅的德译本转译的。

与此同时,前文中提到的 William Swinton,还有一本《英语文学研究》(*Studies in English Literature*)也十分流行,该书大约是在明治二十年(1887)通过留英学生带到日本,成为当时日本的英语文学入门和英语知识的最佳教科书,其中有关于拜伦、雪莱及他们作品的介绍,这使得拜伦、雪莱在日本的影响扩大。明治时期日本著名的浪漫主义诗人北村透谷就是通过这本书受到拜伦《锡隆的囚徒》的影响,后来创作了《楚囚之歌》。明治二十四年(1891)六月发行在《文学会杂志》第一号上的,以《西黎告天子歌》为题汉译的雪莱的"Ode to a Skylark"一诗,原诗也出自此书,译者为当时还是英语专业学生的山内晋卿。

明治二十七年(1894)博文馆刊行了大和田建树辑译的《欧美名家诗集》上、中、下三卷,这是日本明治时期较有影响的译诗集。有译自《恰尔德·哈洛尔德游记》的《阿尔卑斯的风暴》、译自《曼弗雷德》的《罗马之夜》及译自《异教徒》(一译《加吾尔》)的《希腊》。雪莱的诗有《云》及《西黎告天子歌》。大和田氏另有诗集《诗人之春》(1887),其中有题为《大洋》的诗是译自拜伦的《恰尔德·哈洛尔德游记》第四卷第178—184节的。明治三十五年(1902)由山县五十雄译注的《英美诗歌集》中,也有以《大洋》为题的诗，同样是译自《恰尔德·哈罗尔德游记》第4卷的这一部分。不同之处是，山县五十雄省略了第178节，译的是179—184节，比上述大和田的少译一节。苏曼殊的《赞大海》所译部分与山县五十雄的完全一致。

明治三十一年（1898）《恰尔德·哈洛尔德游记》第一卷译注本出版，明治三十四年（1901）即再版，可见其受欢迎的程度。明治三十三年（1900）民友社发行十二文豪号外，其中有米田实著的《拜伦》和浜田佳澄著的《雪莱》。明治三十四年冈崎屋出版关露香的《诗人之恋》，该书的序中介绍了拜伦、雪莱、济兹三位诗人。明治三十六年（1903）博文馆发行的《世界三十六文豪》中有拜伦介绍。明治三十八年（1905）光文堂发行中内蝶二著《世界文豪传》在拜伦评传之后有雪莱评传，明治三十九年（1906）春阳堂发行登张竹风著《舌笔录》的"艳福诗人"一节中有关于拜伦的逸话。明治三十五年（1902），日本研究拜伦最有影响的著作，木村鹰太郎著的拜伦评传《拜伦——文界之大魔王》由大学馆出版，全面介绍了拜伦及其创作。明治三十六年到明治四十年（1903—1907），木村鹰太郎翻译的一系列拜伦作品出版：《巴利西娜》于明治三十六年松荣堂出版；《海盗》于明治三十八年（1905）尚友馆出版；《陔隐》的译本《天魔之怨》于明治四十年一月由二松堂、冈崎屋出版；《马泽巴》于明治四十年三月真善美协会出版。明治四十年儿玉花外译《拜伦诗集》由大学馆发行。[①]

---

① 以上资料均见福田光治、剑持武彦、小玉晃一编《欧美作家与日本近代文学·英美篇》（日文版），东京：教育出版中心，昭和四十九年十二月，128～167页。

从上述资料，可以明显看出明治时期日本文坛接受拜伦、雪莱的基本情况：明治三十年代后期对拜伦的介绍密度和力度明显加大，并且出现了多部他的传记和研究性著作；对拜伦的重视远远超过了雪莱；除《该隐》和《海盗》外，拜伦的其他长诗还没有全译本；选自《恰尔德·哈洛尔德游记》的《去国行》和《赞大海》（大洋）却都已有了译本，到明治三十五年（1902）《赞大海》已有了两个译本。虽然《恰尔德·哈洛尔德游记》的全译本在日本出现是在大正十三年（1923），但《去国行》和《赞大海》两诗的知名度与影响并不小。

上述资料中特别值得注意的是木村鹰太郎的拜伦研究和拜伦作品的翻译介绍，从明治三十五年到四十年间（1902—1907）连绵不绝，数量之多、密度之大是前所未有的，在日本甚至有"一听到他的名字，我们就必然会联想到拜伦"的说法。[①]以木村氏的影响和知名度看，苏曼殊在日本接触、了解他的拜伦介绍不是没有可能。而且，从时间上看，曼殊恰在1907年与河合仙重逢，此后住在日本的时间增加，而他翻译拜伦、雪莱作品也正是从这时开始的。

从中国思想文化界的情况看，这一时期正是留日热方兴未艾之时。如梁启超在《清代学术概论》中所说，"壬寅（1902）、癸卯（1903）间，译述之业特盛。……日本每一新书出，译者动数家，新思想之输入，如火如荼矣。"以这种形势看，日本文坛的拜伦、雪莱接受，影响到中国学界是十分有可能的。事实上，鲁迅

---

① 衣笠梅二郎著《拜伦与木村鹰太郎》，见福田光治、剑持武彦、小玉晃一编《欧美作家与日本近代文学·英美篇》（日文版），东京：教育出版中心，昭和十二年十二月，157页。

在1907年作的《摩罗诗力说》，就在很大程度上受到日本文坛的影响，尤其是其中关于拜伦和雪莱的资料，其基本来源是木村鹰太郎的《拜伦——文界之大魔王》和浜田佳澄的《雪莱》。[①]至于苏曼殊的拜伦、雪莱接受有没有受到日本文坛的影响，虽然没有明确的记载，但我们看到的事实是：苏曼殊的拜伦、雪莱诗歌翻译开始于日本文坛大力介绍、翻译他们之时；曼殊对拜伦确实比对雪莱要更感兴趣，他关于拜伦的文字要比关于雪莱的多得多，他手头也有英文版的《雪莱诗集》，但他译拜伦的诗要比译雪莱的诗数量大得多（日本文坛就是如此）；曼殊所译的比较有影响的三首拜伦诗《去国行》、《赞大海》和《哀希腊》中，前两首在他翻译之前，日本均有比较有影响的译本。

以上几点与日本文坛的合拍仅仅是偶然吗？一些研究、喜欢苏曼殊的人都认为他与雪莱更为相似。柳无忌在《苏曼殊传》中曾说："他对于拜伦和雪莱这两个人，虽然偏爱拜伦，但他本人却似乎更像雪莱——一个展翅欲飞但却徒劳无功的天使。"（157页）早在20世纪20年代，还有个叫张定璜的苏曼殊崇拜者写了篇文章，题为《苏曼殊与拜伦及雪莱》，文中认为：曼殊和拜伦太悬殊了，拜伦"太高贵了，太聪明了"，"曼殊太可怜了，太傻了"；拜伦的"一生太光耀夺目了，无奈太粉饰雕琢了"，曼殊一生"太埋没了，然而太表里合一了"，比拜伦还像曼殊的是雪莱。张定璜认为曼殊的大力介绍拜伦是"曼殊当时不知道雪莱，因为当时都不知道雪莱"。[②]其实，曼殊当时不但知

① 详见北冈正子著、何乃英译《摩罗诗力说材源考》，北京：北京师范大学出版社，1983年。

② 详见柳亚子编《苏曼殊全集》第4册，北京：中国书店影印北新书局版，1985年，226～230页。

道雪莱，而且手头还有《雪莱诗集》。他对拜伦与雪莱重视程度的明显不同，除了个人的爱好之外，是否有日本文坛的影响存在呢？是否可以这样推论：苏曼殊对拜伦和雪莱作品翻译的动因源自日本文坛翻译介绍拜伦雪莱对他的影响；他翻译所依据的是英文原版，但他在篇目的选择上和对拜伦、雪莱的不同重视程度，受到了日本文坛态度的影响。

《哀希腊》一诗，日本到明治末年尚无译本，而中国在苏曼殊翻译之前，已经有了两个译本。对这首诗的冷热不同态度，当然源自中日两国在近代的不同处境。这恰好说明，一个民族在接受外来文化的时候，除了受外在文化环境的影响，还有来自于本民族文化需求的自主选择；也说明中国近代的外国文化的输入虽然受到日本的很大影响，但仍有着强烈的自主性。苏曼殊对拜伦、雪莱的接受，有可能受到日本的影响，但仍然有他自己的历史文化逻辑。也就是说，即使他受到日本的影响，也并非亦步亦趋，而是有所超越。他没有翻译在日本很受推崇的、影响很大的、表现极端自由主义和厌世思想的《海盗》和《曼弗雷德》，就很能说明问题。

《哀希腊》出自拜伦的叙事长诗《唐璜》第三章第86节，共16段。1902年梁启超的政治小说《新中国未来记》中引译了其中的两段，虽然“梁氏非知英文者，赖其徒罗昌口述之”[①]译得不能说好，但当时的梁氏是中国思想界的执牛耳者，他的言论、思想、创作都十分引人注目，因此，该诗还是引起了中国知识界的注意。这一年，在《新小说》杂志连载《新中国未来记》的同时，

① 谭行、刘志坚等注《马君武诗注》，南宁：广西民族出版社，1985年7月，141页。

《新小说》第2号的图画栏还刊出了拜伦的像，并附以文字介绍，称他是“英国近世第一诗家”，并特意强调“摆伦又不特文家也，实为一大豪侠者，当希腊独立军之起，慨然投身，以助之，卒于军，年仅三十七。”[1]百十字的介绍中用了三分之一的文字赞颂拜伦对希腊独立斗争的支持和献身精神，其价值取向和意图是十分明显的。以中国当时的局势，以当时梁启超和《新小说》的号召力、影响力，《哀希腊》被作为政治性作品就很自然了。梁启超想以希腊的亡国来警戒中国人，借拜伦的“哀希腊”来哀中国，这得到了当时中国进步知识分子极广泛的认同。于是，1905年马君武《哀希腊》16节的全译出现也就顺理成章。从马君武的译序中，可以看出他与梁启超同样的情感与目的，“呜呼！拜伦哀希腊，今吾方自哀之不暇尔”。[2]作者正是借希腊而哀自己，通过拜伦的诗表达自己的情感。由此推论，苏曼殊在马君武之后重译《哀希腊》，除了出于对拜伦诗歌的喜爱欣赏，也含有对国家命运的担忧与牵挂，以及对拜伦帮助希腊独立事业的钦佩，这与梁启超和马君武是一脉相承的。这一点在他的《拜伦诗选自序》中也表现得十分明显，“拜伦以诗人去国之忧，寄之吟咏，谋人国家，功成不居，虽与日月争光，可也！”[3]由此可见，中国近代最初的拜伦诗歌翻译也是有十分明确、强烈的政治倾向和自主选择性的。

深受中国人喜爱的《去国行》和《赞大海》等拜伦的诗，在日本也很早就被翻译介绍，并且得到广泛的喜爱与认同，但日本

---

① 见《新小说》第2号图画栏拜伦像背面，横滨。

② 谭行、刘志坚等注《马君武诗注》，南宁：广西民族出版社，1985年7月，141页。

③ 柳亚子编《苏曼殊全集》第1册，北京：中国书店影印北新书局版，1985年，125页。

对它的接受与中国有着明显的不同。首先,拜伦的诗最初在日本被认同,是因为他在诗歌中表现出的精神与自由民权运动的精神一致。他的《赞大海》在明治二十年代日本自由民权运动昌盛之时就有译本,诗中描写的"大海"形象,被看作是自由、独立精神的象征,人们通过他歌唱的大海而歌唱自由的精神,该诗在青年中广为传诵,极受欢迎。其次,日本人认为拜伦是一个热爱自然的诗人,拜伦对自然的歌颂感染了他们,引起了他们强烈的共鸣。这一点中国人恐怕很难接受。时至今天,说拜伦是一个歌颂自然的诗人,在中国人中怕也难找到知音。再次,拜伦诗中的康拉德(《海盗》)和"囚徒"(《锡隆的囚徒》)等自我意志坚强的形象,在日本被理解为对强者的礼赞,迎合了当时日本社会的扩张主义思潮,因而影响较大。由此也可以看出,日中两国作为一衣带水的邻邦,在历史上有着悠久的文化交流关系,在近代又曾有过相似的处境,但日本在明治维新后走上强国之路,也开始了扩张之梦;而中国则不但受到西方强国的蚕食,还受到日本这个东亚近邻的强霸。这种不同的处境,使得中日两国文人的立场出现不同,不同的立场也导致了接受、理解外来文化的不同。

苏曼殊虽然是个有一半日本血统的混血儿,但我们从他的拜伦诗歌翻译和他对拜伦诗歌的理解中,深切感受到了他的"中国人"立场。仅凭这一点,中国文学史和历史就不能僵硬地将他的一生划分为"革命"的、"消极"的这样一些阶段,也不应该简单地将他的作品分为"有进步性的"和"逃避现实的"等类型。苏曼殊毕竟是一个文化人,他的人生选择和文学活动,更多的是由一个中国文化人的立场所决定的。

在本文写作之前，关于苏曼殊翻译外国诗歌的论述已经不少，但关于他译诗的选择性的探讨文章还没有见到。也许这是一个太不深刻、太形式的问题，不值一论？

第三节 苏曼殊诗歌创作中的中国传统与日本意象

关于苏曼殊的诗歌，已有很多的研究与评价，但总体上的看法却大同小异。论其思想内容，不外乎出世入世的矛盾；身世、国家之感；无所依托的飘零之意；爱情与佛门戒律的冲突等观点。谈其诗歌艺术，多是信手把笔、天才流露、清丽空灵、哀艳凄绝、意味隽永一类评语。也有论者从批评的立场说话："作者更多的诗却流于缠绵悲感，题材狭窄，格调悲凄，表现了浓烈的出世思想和惆怅幻灭的情调，意义不大。"（杨天石、刘彦成《南社》）这些看法的确是学界多年对苏曼殊诗歌研究的结果，某种程度上也可以说是中肯的评价。但苏曼殊作为一个近代诗人，一个有着特殊身世（中日混血）和身份（革命者与和尚）的诗人，除上述所论及的问题之外，还有什么我们没有注意到的东西吗？从形式上看，苏曼殊的诗歌是很传统的，但在这传统的形式背后却有着浓厚的近代因素，他的诗歌在文学史上应占有什么样的地位呢？他作品中的形象有什么特别之处吗？这是笔者本节中想要探讨的主要问题。

苏曼殊是一个浪漫的诗人，同时也是一个出家的僧人，还被称为"革命僧人"。他既参加革命，又精研佛典，还深爱美女，在革命、情爱、佛禅之间来来往往，自由穿梭，这使得他短暂的一生色彩丰富而神秘，颇富有戏剧性和吸引力。连郁达夫也说:“他的浪漫气质,由这一种浪漫气质而来的行动风度,比他的一切都要好。”[1]但在别人看来苏曼殊这表面潇洒自由、行云流水、极富浪漫气质的行为,又有着怎样的内涵呢?他的诗歌正是他一生丰富生活和个人追求的真实写照。他的诗歌“有近代性”,研究他的诗歌和研究他本人一样,不能离开近代中国的特殊语境,特别是东西方文化冲撞、融合这样的语境。

诗歌是文学最好的抒情形式,在诗歌中最容易表达自己的情感,在表达情感的意象中,诗人也在塑造着自己的形象。中国传统诗歌中,诗人很少使用第一人称的表现形式,但苏曼殊的诗中却有很多第一人称的词语出现。像“我”、“吾”、“予”、“侬”及“一”、“孤”、“独”等字眼频频出现,而这些字都是指抒情主人公自己。这种与传统诗歌不同的特点是与他受西方诗歌影响密切相关的。

“天生成佛我何能”(《有怀二首》之二);“万里归来一病身,泪眼更谁愁似我”(《忆刘三、天梅》);“远远孤飞天际鹤”(久欲南归罗浮不果,因望不二山有感,聊书所怀,寄二兄广州,兼呈晦文、哲夫、秋枚三公沪上);“何妨伴我听啼鹃”(《西湖韬光庵闻鹃声柬刘三》);“我已袈裟全湿透”(《题〈静女调筝图〉》);“我亦艰难多病日”(《本事诗十首》之一);“未及卿卿爱我情”(《本事诗》之五);“我本负人今已矣”(《本事诗》之十);“暂住仙山莫问予”(《次韵奉答怀宁邓公》);“我再来时人已去”(《过若松町有感》);“行云流水一孤僧”(《过若松町有感示仲兄》);“独向遗编吊拜轮,词客飘蓬君与我”(《题〈拜轮

① 郁达夫《杂评苏曼殊的创作》,见柳亚子编《苏曼殊全集》第5册,北京:中国书店影印北新书局版,1985年,115页。

集〉》)；“绝岛漂流一病身”(《步韵答云上人三首》之一)；“恰侬憔悴不如人”(《步韵答云上人三首》之二)；“独有伤心驴背客”(《吴门依易生韵十一首》之一)；“中原何处托孤踪”(《吴门依易生韵十一首》之二)；“何处停侬油壁车”(《何处》)；“此去孤舟明月夜”(《东行别仲兄》)；“独上寺南楼”(《南楼寺怀法忍、叶叶》)；“我是华亭鹤”、“劝我加餐饭，规我近绰约”、“我马已玄黄”(耶婆提病中，末公见示新作，伏枕奉答，兼呈旷处士)。

以上诗句均出自苏曼殊20余首诗歌中。这种第一人称词语的大量出现，显然背离了中国传统诗歌的表达习惯。在中国古代诗歌里只有李白的诗较多以第一人称抒情，像“天生我才必有用”、“我辈岂是蓬蒿人”和“我本楚狂人”等，但曼殊诗的感伤孤独与李白诗的豪放自信是不可同日而语的。那么，如何理解这些突出诗人个体而又带有强烈感伤、孤独色彩的诗句呢？有论者认为这表现了苏曼殊的厌世思想。但是又有哪一个厌世者会如此强烈地在诗歌中突出个人形象呢？纵观中国文学史，像这样的诗人是极其罕见的。但当我们环顾世界文学时，我们发现了一个这样的样板，那就是拜伦——一个极端自由主义的厌世者，高举着个人主义大旗的诗人。“而我独行谣，我犹无面目，我为希人羞，我为希腊哭”，这是苏曼殊所译拜伦《哀希腊》的诗句，“我”字异常突出，而在英文原文的拜伦诗中，“I”和“My”等第一人称的词出现的频率是极高的。从苏曼殊对拜伦的极端崇拜、喜爱和他多次翻译拜伦诗歌的经历看，说他的诗歌创作受到拜伦的影响，应当不是捕风捉影、空穴来风。而这种影响最直接的表现，就是这种大量的第一人称的使用。单从这点看，我们就不能把苏曼殊的诗与传统诗歌同等对待。

苏曼殊的很多诗中还反复出现“孤”、“独”、“病”、“愁”、“泪”以及“客”、“飘”、“过”、“远”、“去”等字眼。

“袈裟和泪伏碑前”(《过平户延平诞生处》)、“孤灯引梦记朦胧”(《过若松町有感》)、“孤愤酸情欲语谁”(《本事诗》之三)、“相怜病骨轻于蝶”(《本事诗》之七)、“芒鞋破钵无人识”(《本事诗》之九)、“危弦远道客惊魂”(《调筝人将行嘱绘金粉江山图题赠二绝》之一)、“生憎花发柳含烟,东海飘零二十年。忏尽情禅空色相,琵琶湖畔枕经眠”(《寄调筝人三首》之一)、“雨笠烟蓑归去也”(《寄调筝人三首》之二)、“寂寞南州负此身”(《步韵答云上人三首》之二)、“张俭飘零岂是归,万里征途愁入梦”(《别云上人》)、“独有伤心驴背客,暮烟疏雨过阊门”(《吴门依易生韵十一首》之一)、“河山终古是天涯”(《吴门依易生韵》之四)、“狂歌走马遍天涯”(《憩平原别邸赠玄玄》)、“天涯漂泊欲何之”(《东居杂诗十九首》之十八)、“炎蒸困羁旅,长作投荒客”(耶婆提病中,末公见示新作,伏枕奉答,兼呈旷处士)。

通常的看法是,这些表现了诗人的贫病交加、孤独感伤,流露出一种无所依托、不知何往、漂泊天涯的无奈,从这种无奈中又透露出诗人难言的寂寞之情。的确,从欣赏传统诗歌的角度,这样理解没有问题。但苏曼殊是一个受到外来文化,尤其是西方近代文化熏陶的诗人,他的这些诗句中有没有超越传统的东西呢?“形象是情感与思想的混合物。”[①]在苏曼殊这些愁病孤苦、客居天涯、无所归依的形象中隐藏着怎样的感情与思想

① 孟华主编《比较文学形象学》,北京:北京大学出版社,2001年7月,第10页。

呢？我们知道，苏曼殊的漂泊不定，不仅是他的“人”忽而中国，忽而日本，忽而南洋；还在于他的“心”忽而要革命，忽而要出家，忽而要恋爱。这种居无定所、心有旁骛的双重漂泊，是不能简单以“身世有难言之恫”、国家处于风雨飘摇之中和生性的浪漫来解释的。

清末民初，中国处于一个大变革的时期：政治腐败、国弱民穷，封建制度遭到前所未有的诟病；西学东来、列强觊觎，亡国的威胁和强国的梦想同时激励着人们；科举废除、新学兴起、传媒勃兴，知识分子面临着由传统向现代的转型这样一种空前的挑战和各种新的选择……面对这样一种从社会结构到社会思想、从内到外的大动荡，几乎每个人都要经历各种选择与被选择，而这种选择与被选择都充满不确定的结果，个人很难控制。从这一点看，苏曼殊的漂泊无依，就不是简单的“身世”和“国事”所致，而是一种内心的漂泊——寻找或找不到自己的位置与价值，是当时中国知识分子从传统伦理下解放出来后的一种无所归依的失重感，是近代西方个人主义精神进入中国后在中国知识分子身上的一种反映——中国知识分子开始寻求传统以外的个人价值。只不过苏曼殊的反应格外有特点，因此也就格外地引人注目。也正因为他的这种“漂泊”是时代给予的，因此，也使同时代大多数知识分子产生了共鸣，所以苏曼殊的“异类”表现在当时得到空前的宽容。“苏曼殊的自由不羁在当时如鱼得水。他被各种不同的人群所接受和欢迎。他有各种朋友。”而这些都源于“当时社会的某种程度的宽松性。”[①]如前

① 程文超著《百年中国文学总系·1903——前夜的涌动》，济南：山东教育出版社，2002年4月，146页。

所述，这种宽容除来自理解与共鸣外，还由于“对于价值的旧的判断已经在动摇，新的判断还没有产生”。[①]从今天的角度看，苏曼殊的存在的确是“打开了历史的丰富性”，“我们得以通过他窥视历史的多样姿采和奥秘。”[②]但对于当年的苏曼殊来说，也许他的悲剧正是源自于这种“宽松”导致的判断失据和选择的艰难呢。

历史告诉我们，绝对的自由主义会导致虚无主义，而虚无主义会使人的自我存在产生危机。苏曼殊穿梭于革命、佛典、爱情之间，在外人看来是一种自由潇洒，在他自己来说也许正是一种无法解脱的困惑。这里除时代的因素外，不能排除拜伦对他产生的影响。我们要在传统的表象之下，看到苏曼殊诗歌中的近代因子，虽然他不能像他所崇拜的拜伦等“摩罗”诗人那样与现实对抗。

当然，苏曼殊的诗歌的确与中国传统诗歌有着血脉关系，这从他的抒情方式和诗歌中的一些意象就可以看出。例如，他的许多诗中就用含有“国”或与“国”相通的词语制造“亡国”的悲凉意象，把自己放在一个流亡者的位置，表达对“故国”的情感。

“似怜亡国苦”（《为玉鸾女弟绘扇》）、“故国已随春日尽”（《吴门依易生韵十一首》之十）、“毕竟美人知爱国”（《无题八首》之一）、“寂对河山叩国魂”（《无题八首》之三）、“相逢莫问人间事，故国伤心只泪流”（《东居杂诗十九首》之二）、“异国名香莫浪偷”（《东居杂诗十九首》之五）、“猛忆定庵哀怨句，三生

① 程文超著《百年中国文学总系·1903——前夜的涌动》，济南：山东教育出版社，2002年4月，145页。

② 同上。

花草梦苏州”（《东居杂诗十九首》之十）、“谁知词客蓬山里，烟雨楼台梦六朝”（《东居杂诗十九首》之十一）、“况是异乡兼日暮”（《东居杂诗十九首》之十七）、“落日沧波绝岛滨，悲笳一动剧伤神”（《落日》）、“枯木寒山满故城”[1]（调筝人将行，属绘《金粉江山图》，题赠二绝之一）。

这些诗句中除“异国”、“异乡”、“绝岛滨”等句是借异国衬托心中有祖国外，其他句子均直指祖国。而诗句中与“国”相关的词语又多有悲凉之意，组成了像“亡国苦”、“故国伤心只泪流”、“寂对河山叩国魂”、“烟雨楼台梦六朝”等寓含亡国意象的句子。苏曼殊虽是中日混血，但按中国以父系为正宗的传统，他应当是认中国为祖国的，这从他一生的活动可以看得出来，在上述诗句里也明确表现出他认中国为祖国的意思。他的这些诗大多写于日本，流亡之感又很明显。柳亚子也曾说，“照他平日的言论，他又是极端地坦华厌日的”。[2]也正因为他认中国为母国，因为他“坦华”，在面对被列强觊觎、积弱已久、内部又混乱不堪的中国时，诗人才“伤心泪流”，才要求“相逢莫问人间事”，才会人在“蓬山里”，仍然“梦六朝”。隐约间这个愁病交加、漂泊不定的伤心人与文学史上那些忧国诗人几乎重合。虽表现略异，但忧国之情是一样的。出家与忧国的矛盾，出世的外表下入世的内心，交织着对故土的牵挂和漂泊异域的失落。这正是传统文化伦理养育出的中国古代士子的忧患意识和使命意识的表现。它表明诗人的个体意识尚未完全从传统伦理中解放出来，现代意识尚未成熟。而这种过渡性特点正是

① 马以君《燕子龛诗笺注》认为故城指东京，笔者认为是指中国。

② 柳亚子著《苏曼殊研究》，上海：上海人民出版社，1987年12月，276页。

中国近代知识分子的主要特征之一。

苏曼殊诗中还有大量禅佛意象的存在。

雷峰、同泰寺、寒山夜半钟、寺南楼、红泥寺、灵山、恒河、湘兰天女、摩耶、疏钟、山僧、庵、浮图、佛、袈裟、钵、经、入定、斋罢、未剃、面壁、空相、持锡、禅心、镜台、夙缘、红尘、蒲团、无生、梵土、王舍、三生、随缘、前生、妙迹、劫灰、劫前尘、劫后灰、劫火焚、兵火头陀、破钵芒鞋、空、恕、忏等。这些词，从数量上看是相当可观的，在苏曼殊诗中的覆盖面也很大。

如果把苏曼殊当作一个诗僧来看，这大量的表现禅佛意象的词汇出现在诗中，就没有什么特殊的意义。问题的关键在于，苏曼殊还是一个处处留情的多情种子。在柳无忌的《苏曼殊的朋友》一文中，我们看到一大串苏曼殊女朋友的名字，他的诗中也有“恨不相逢未剃时”这样似乎痛入骨髓的句子，但这并不能说明苏曼殊选择当和尚是迫不得已或异常痛苦的。在他的诗中还有像：“白云深处拥雷峰，几树寒梅带雪红，斋罢垂垂浑入定，庵前潭影落疏钟”（《住西湖白云禅院作此》）、“海天空阔九皋深，飞下松间听鼓琴，明日飘然又何处？白云与尔共无心”（《题画》）这样表现作者沉入禅定后的自由无碍、心灵获得自由的通透洒脱之诗，以及“来醉金茎露，胭脂画牡丹。落花深一尺，不用带蒲团”（《柬法忍》）这样尘世享受、参禅拜佛两不影响的愉悦之句。苏曼殊对出家身份发自内心自我认定的另一个证据是，他所画的画上均钤有“印禅”方印一枚。[①]很明显，

① 黄永健《苏曼殊诗画的禅佛色彩》，见《深圳大学学报》2003年，第6期。

苏曼殊选择出家是他的主动追求，而非被迫，他对佛与美女的爱都是出自真情。如果站在中国人的立场看，这的确是非常矛盾、非常出格的。但在日本，佛教真宗是许可出家人结婚生子的，和尚享受世俗生活并不少见，苏曼殊兼及修佛与爱情也无不可。对此，苏曼殊并非不知，这在他的《断鸿零雁记》中说得很明确："继余又思日俗真宗，固许带妻，且于刹中行结婚礼式，一效景教然者。若吾母以此为言，吾又将何言说答余慈母耶？"[①]

显然，通常我们认为的苏曼殊诗中爱情与佛戒的冲突，是被我们戴着的中国传统文化的眼镜放大了的。虽然苏曼殊在自己的作品中频频以僧俗生活的矛盾制造戏剧化效果，使作品充满张力，但那并非他在僧俗之间的无法抉择，而是他要通过出家这种弃俗的传统方式去寻求生命的更大自由。弃俗并非目的，只是一种手段。也许，这样的选择，正是他潜意识里对于父系文化——中国文化执着的表现。

据统计，苏曼殊一生十几次渡日，他35年的生涯差不多有一半是在日本度过的。[②]那么，先后在日本生活了十多年，又是有一半日本血统的混血儿，苏曼殊心目中的日本是什么样子呢？在他的诗歌和小说里，日本又是怎样的形象呢？

《淀江道中口占》：

孤村隐隐起微烟，处处秧歌竞插田。羸马未需愁远道，桃花红欲上鞭吟。

---

① 柳亚子编《苏曼殊全集》第3册，北京：中国书店影印北新书局版，1985年，82页。

② 唐月琴《苏曼殊的小说创作》，见《湖南社会科学》2003年，第3期。

《过蒲田》：

柳荫深处马蹄骄，无际银沙逐退潮。茅店冰旗知市近，满山红叶女郎樵。

《迟友》：

云树高低迷古墟，问津何处觅长沮，渔郎行入深林处，轻叩柴扉问起居。

这是苏曼殊诗中描写日本比较完整的作品。孤村微烟、柳荫红叶、深林柴扉、桃花女郎，给人的印象是恬静优美，远离尘嚣，仿佛桃源仙境。除了这三首之外，在他的其他诗的只言片语中也有对日本的描写，像“十日樱花作意开，忍见胡沙埋艳骨”(《樱花落》)、“丈室番茶手自煎”(《本事诗十首》之二，番茶：指日本茶)、“华严瀑布高千尺”(《本事诗》之五，华严瀑布：日本栃木县日光山上瀑布)、“踏过樱花第几桥”(《本事诗》之九)、“暂住仙山莫问予”(《次韵奉答怀宁邓公》)、“沙白松青夕照边”(《谒平户延平诞生处》)、“谁知词客蓬山里”(《东居杂诗》十一)、“胭脂湖畔紫骝桥，流水栖鸦认小桥”(《东居杂诗》十二)、“春来梦到三山未？手摘红樱拜美人”(《步韵答云上人》之三)等。其中，有可供欣赏的“樱花”、“瀑布”、“白沙青松”、“湖水小桥”等美丽自然，还有“自煎”“番茶”的怡然自得和“摘红樱拜美人”的艳遇。难怪诗人甚至直接用“仙山”、“蓬山”、“三山”这些指仙境的词来称呼它。

除了集中描写日本的自然外，苏曼殊诗歌中还出现了大量日本女性的形象：“白妙轻罗薄几重，石栏桥畔小池东。胡姬善解离人意，笑指芙蕖寂寞红”（《游不忍池示仲兄》）、“湘弦洒遍胭脂泪”（《为调筝人绘像》）、“偷尝天女唇中露”（《寄调筝人》之三）“淡扫蛾眉朝画师，同心华髻结青丝”（《为调筝人绘像》之二）、“斜插莲蓬美且卷”（《失题》）、“香残玦黛牵含颦”（《本事诗十首》之四）、“桃腮檀口坐吹笙”（《本事诗》之五）、“乌舍凌波肌似雪，亲持红叶索题诗”（《本事诗》之六）、“同乡仙子独销魂”（《本事诗》之八）、“豆蔻香温语不休”（《东居杂诗》之三）、“异国名香莫浪偷”（《东居杂诗》之四）、“蝉翼轻纱束细腰，远山眉黛不能描”（《东居杂诗》之十一）等。胡姬、天女、蛾眉、青丝、含颦、桃腮檀口、远山眉黛等都是美女的代名词。

通过以上大量引述，我们察觉到一个现象，就是苏曼殊诗歌里的日本只有自然和女性，而且都很美。而日本的男性和当时的现实社会，在他的作品里缺失了。其实，不只是他的诗歌，在他的小说里，也是闭口不谈日本现实和日本男性的。他的小说《断鸿零雁记》从第8章到第19章写的完全是发生在日本的事，其中关于日本的描写也只是停留在仙境般的自然和女性上。

而车已停，余向车窗外望，见牌上书“逗子驿”三字，遂下车。余既出驿场，四瞩无有行人，地至萧旷。即雇手车向田亩间辚辚而去，时正寒凝，积冰弥望。如是数里，从山脚左转，即濒海边而行，但见渔家数处，群儿往来垂钓，殊为幽悄不嚣。（中略）久之，至一处，松青沙白。方歧望间，忽遥见松阴夹道中，有小桥通一板屋，隐然背山面海，桥下流水触石，汩汩作声。余去前就之，仰首见柴扉之侧，有标识曰：“相州逗子樱山村八番”。余大悦怿。

柳亚子《苏曼殊全集》第3册，中国书店，1985年，45页

遂随吾女弟步至楼前，时正崦嵫落日，渔父归舟，海光山色，果然清丽。忽闻山后钟声，徐徐与海鸥逐浪而去。

同上书，48页

是夕，微月已生西海，水波不兴。余乃负杖出门，随步所之，遇渔翁，相与闲话，迄翁收拾垂纶，余亦转身归去。时夜静风严，余四顾，舍海曲残月而外，别无所睹。

同上书，94页

上述写景除了更细致、具体一些外，和诗歌中的描写基本一样。那么，作者所写的人物又是什么样的呢？慈祥的母亲、姨母，美若天仙的表姐静子，亲切的阿姐，可爱的妹妹蕙子，忠厚的厨娘阿竹。除此之外，就是像画面上的点缀般的“渔翁”、“车夫”和垂钓的“群儿”。其实，这种男性缺失的现象不仅在苏曼殊的文学创作中，在他的其他文字如信件、随笔等中也一样。见诸于他的文字的唯一日本男性——飞锡和尚，也在大量的考证面前成为子虚乌有的杜撰（柳亚子等考证，《潮音跋》其实是苏曼殊自己写的）。

看来，避而不写日本的男性和现实社会，不是苏曼殊的一时疏忽或个人好恶，也不是因为他一点儿也不了解日本男性与

日本的现实社会，而是他在写作中有意识地、小心翼翼地回避了这些。因为，苏曼殊有大约十几年的在日生活经历，又有日本亲属，写作中他也十分善于把自己的经历编织到作品中。但是，以这样的背景，作品中居然没有可以算得上文学形象的日本男性，这的确让人费解。为什么呢？回顾当时的中日关系，可能会有助于我们理解这个问题。

中日甲午一战，中国大败，朝野震惊，开始对这个昔日眼中的“蕞尔小国”刮目相看。于是向日本学习，以西学强国几乎成为上下共识。清政府于1896年正式往日本派遣留学生。此后，随着民族危机的加深和科举废除、新学兴起，公费、自费留日者剧增，以至于往日本游学者相望于道。中国是真心想学习日本，赶上世界前进的步伐，而日本对中国的态度却日趋傲慢，对中国的野心也越来越大。随着日俄战争中的胜利和顺利吞并朝鲜，日本在远东的实力日益增强。1907年，日本先后与英、法、俄、美签订了一系列协定、密约，其中都有在华利益的相互交换，而清政府不是无力反抗就是反抗无效。日本朝野对中国渐露骄横之气。1907年《日法协定》签订后，中国的有识之士极感危机，而“日本全国人民因此约告成，在东西京及其余各地开会庆祝。”[①]1909年，日本前首相、朝鲜统监伊藤博文漫游东三省时，与东三省总督锡良、奉天巡抚程德全闲话中日局势，居然说：“若说到日本人民的意思，则凡事只问能力若何，如彼此能力不相当，即无所谓持平办法。”[②]其骄矜之态溢于言表。1906年，日本尚友馆出版的日译本拜伦长诗《海盗》，其中曾附有译

① 王云生编著《六十年来中国与日本》第5卷，北京：三联书店，2005年7月，54页。

② 同上书，240页。

者木村鹰太郎的长篇解说文《关于〈海盗〉》，该文在考述世界海盗历史时，把“日本倭寇”列为世界三大“海盗运动”之一，并遗憾地说：“若秀吉能利用此等倭寇，灭明朝，将它并入日本领土，实为易事——吾人深感遗憾。”[①]日本当时的扩张主义思潮可见一斑。

这样的社会氛围，常住日本的苏曼殊绝不会一点都感觉不到。既然不是感觉不到，却又只字不谈，那就只能是有意回避了。这种回避表现到作品中，就是绝不描写日本的男性和社会现实。这样，在他作品中的日本也就剩下了女性和自然的形象了。从这里我们可以看出苏曼殊作为一个中日混血儿的矛盾心理和他面对现实的尴尬。从这一角度理解，苏曼殊的“思惟身世，有难言之恫”，就不单单是对自己身世血统的感言，而是有着对当时中日关系现实的痛感在其中。

苏曼殊作品中只写日本女性并把她们理想化，除了写女性可以避开中日关系这一令他尴尬的现实问题外，还与他的身世有关。苏曼殊的生母为日本人，这一点他自己是很清楚的。冯自由在《革命逸史》中曾谈到，在大同学堂时，老师问谁是中日混血儿时，“举手者过半”，曼殊为其中之一。他6岁时随父回到广东老家，一直到24岁的1907年才得以与河合仙重逢，虽然研究证明河合仙并非曼殊生母，但曼殊和她之间确有母子之情是无疑的。在此后的11年中，他们一直保持着较为密切的联系。苏曼殊弥留之际留给朋友的最后一句话是：“但念东岛老母，一切有情，都无挂碍。”可见母子情深。从这种感情出发，苏

① 北冈正子著、何乃英译《摩罗诗力说材源考》，北京：北京师范大学出版社，1983年5月，3页。

曼殊对日本女性的好感就有着极坚实的心理基础，因此在作品中美化她们也就顺理成章。

苏曼殊笔下的日本形象还有一些值得思考的现象，如他既把日本美化，又把它"他者"化。在他的眼中，日本是"蓬山"、"仙山"，又是"异国"、"异乡"，这里的沙是"胡沙"，茶是"番茶"，美女是"胡姬"，因此只能"暂住"，不可久留。他的书札、画跋中也常以"游东岛"这样的词语来表示他来去日本之行。这既有苏曼殊对日本的心理态度——不认同，也有明显的中国传统日本观的影响存在。中国在很早就有把日本看作蓬莱、瀛洲、不死国的记载和传说。这里也有中国传统的文化中心主义的遗痕，即"我"之外的非"番"即"胡"。更重要的是，这种描写透露出中国近代知识分子文化观念的滞后和他们肩上文明古国包袱的沉重。虽然明明看到日本国力强盛，发展迅速，已然超越了中国，虽然理智上赞成学习日本，但在情感上，意识深处却依然有中国是文化大国、在文化上中国是日本的老师这样的观念。苏曼殊的《断鸿零雁记》中有几段描写十分耐人寻味：

> 后此夫人综览季世，渐入浇漓，思携尔托根上国；故挈尔身于父执为义子，使尔离绝岛民根性，冀尔长进为人中龙也。明知兹事有干国律，然慈母爱子之心，无所不至，乃亲自抱尔潜行来游吾国，侨居三年。……
>
> 柳亚子编《苏曼殊全集》第3卷，14—15页

> "方凝伫间，忽注目纱帘之下，陈设甚雅。有云石

案作鹅卵形，上置鉴屏，银盒，笔砚，绛罗，一尘不着。旁有柚木书牍，状若鸽笼，藏书颇富，余检之，均汉土古籍也。”

写静子居室，见柳亚子编《苏曼殊全集》第3卷，62页

“从来好读陈后山诗，亦爱陆放翁，惟是故国西风，泪痕满纸，令人心恻耳。此来读庄子及陶诗，颇自觉徜徉世外，可见此关于性情之学不少。三郎观吾书牍所藏多理学家言，此书均明之遗臣朱舜水先生所赠吾远祖安积公者。盖安积公彼时参与德川政事，执弟子礼以待朱公，故吾家世受朱公之赐。吾家藏此书帙，已历二百三十余年矣。”

静子语，同上书，70—71页

这种描写透露出的文化优越感是不言而喻的。就连苏曼殊这样一个仅有一半中国血统的文人尚且如此，可见在近代作家中这种心态并不鲜见。其实直到今天，我们有些文化人也依然带有这种心态，一说别国有什么东西，他就会引经据典，言之凿凿地说：中国在某朝某代就已有了这个东西。历史文化悠久固然是好事，但这种心态却不能说它好。刘大杰在70年前所说的话至今仍值得我们思考，他说“悠久的文化与老大的年龄，可以得到旁人的尊敬，但是也容易受到旁人的欺侮。他把你悠久的文化的精华吸收过去，再在你老大的年龄的头上击一鞭子，就使你受不住。我觉得中国和日本这两个民族，就有点这样的

情形。”[①]

从苏曼殊的身上我们可以看到，在近代外来文化冲击下的中国文人艰难的现代转换，他们既有感于传统下的中国无力抗击列强的逼迫，“震旦万事零坠，岂复如昔时所称天国，亦将如印度巴比伦埃及希腊之继耳！”[②]又对悠久的传统文化恋恋不舍、殊为珍重。像所有的历史转折时期一样，文化人的负重是最为沉重的，因为他们所面临的，还有文化的选择。

---

① 刘大杰《日本民族的健康》，见贾植芳、周立民编《我的日本印象》，上海：复旦大学出版社，2005年5月，42页。

② 苏曼殊《文学因缘自序》，见柳亚子编《苏曼殊全集》第1册，北京：中国书店影印北新书局版，1985年，125页。

第二章
高旭与日本

高旭这个名字，对于很多国人来说是极其陌生的。在大部分中国近现代史和近现代文学史中，这个名字是极少被提起的。在中国的近代史上他似乎是一个不值得提起的小角色，但仔细翻检历史，我们却发现，高旭其实是一个“大人物”。在清末民初那个风云变幻、动荡频仍的时代，他的名字是和当时历史、文学的一些重要事件紧紧联系在一起的。当然，高旭不是那种叱咤风云、引领历史的伟人，但他一生的求索、奋斗以及“失误”都和时代紧密相关。仅从这一点看，对他的研究也是很有必要的。

高旭（1877—1925），字天梅，号剑公，又字慧云、钝剑，江苏金山（今属上海）人。他是中国同盟会成立之时就入会的第一批会员，并且担任过同盟会江苏省的主盟人；他所创办的健行公学曾经是上海和东南地区革命活动的中心；他是南社的三位创始人之一；他是辛亥革命后民国政府的众议院议员、反对袁世凯独裁的坚定分子；他是留日学生革命刊物《醒狮》的创办者；他曾是近代多家革命报刊的核心作者，写过大量的短论、时评；他和叔叔高吹万、弟弟高增创立觉民社，并编辑发行以启发民智、宣传爱国主义为主旨的《觉民》月刊（1903年11月—1904年8月）；他是“诗界革命”的积极响应者与参与者，创作了大量“新派诗”和“歌体诗”；他曾伪造《石达开遗诗》以鼓舞反清革命士气；他精通西方各国宪政，曾写下精彩的《对于天坛宪法草案商榷书》；他留下的六万多字的《愿无尽庐诗话》，反映了他的文艺思想，也为研究当时文坛活动提供了丰富的资料……

然而，关于高旭的研究文章却是少而又少。笔者统计，从1949年至今，中国内地报刊上（包括不公开发行的刊物）有关高旭的文章不足10篇，有章培恒的《论高旭的诗》（《光明日报》，1965年9月19日），徐国昌的《柳亚子与高天梅》（《团结报》，1987年5月23日）、《高天梅与南社》、《赤子拳拳救国心》（均见《南讯》第6期）、《贺〈高旭集〉出版》（《南讯》13、14期合集），李家本的《为高天梅诞生120周年纪念作》（《南讯》第6期），樊庆彦的《高旭文学思想初探》（《南京理工大学学报》社会科学版，2005年第3期）等。从文章的标题上就可看出，徐国昌和李家本的文章是史料性、纪念性的，只有章培恒和樊庆彦的文章是研究性的。而章培恒的文章由于写于中国20世纪60年代中期那样一个特定的历史时期，基本上是以阶级分析的方法论高旭和他的诗歌，是为了给毛泽东的《新民主主义论》做注脚，根本谈不上客观或实事求是。不仅在大陆，就是在台湾，高旭也是备受冷落。在台湾出版了多年的《传记文学》杂志中，关于老国民党员、南社成员的回忆录、传记不少，可就是不见有关高旭的文字，就连台湾学者陈敬之的关于南社的专著《首创民族主义的南社》也不谈高旭。

其实，这种冷遇在共产党执政大陆之前，甚至在高旭生前就已形成。那么，高旭何以遭此冷遇呢？“贿选议员”似乎是主要原因。1923年，军阀曹锟以贿赂议员当选“大总统”后，丑闻传出，高旭被怀疑为受贿的“猪仔议员”。当时他就收到柳亚子割席绝交的电文，并有23名南社旧友发表声明，不承认他的社友资格。高旭从此闭门不出，一年多后就郁郁而终。1930年，南社社员曼昭在其《南社诗话》中谈到自己读了高旭一诗作时的反应是：“胸次作恶不止，逾一小时始得平复”，并指责胡朴安在《南社丛选》中选编高旭的诗是“嗜痂者”。[1]反应之强烈可见一斑。这也难怪，过去，中国的文人是讲究气节的，文人一旦失节就像女人失贞一样，会被人当作破抹布一样扔掉，高旭的遭遇正是这样。虽然他的“贿选议员”问题并非确凿无疑[2]，但是作为一个历史人物，他所遭受的冷遇却是空前的。对于国民党来说，他是个失节者，因此要冷落他；对于共产党来说，他是国民党的元老，而且是在一些重大历史事件上和孙中山意见不太一致的国民党元老（在辛亥革命后南北议和、对待陈炯明叛乱的问题上，高旭曾与孙中山意见相左），自然没必要热待他。但是历史研究不是立贞节牌坊，历史应当是时代的忠实记录者，历史需要实事求是。历史学者不能做理学家，只为贞节烈妇旌表；历史学者也不能只做简单的是非判断，而应当注意历史和历史人物的复杂多元性，还人们一个比较客观、可信的历史。

笔者以为，1979年12月30日台北《自立晚报》“微言”栏中的一段话，对我们认识高旭的“历史问题”也许会有启发。“当时在北京的国会议员，也并不是人人都接受曹锟的贿款的，只是这件事始终没有人加以追查，无法知道哪些议员受了贿款，也因而无法知道哪些议员没有受贿，以致泾渭不分，凡属当时的国会议员，统统都有‘猪仔议员’之称，真正成了一竿子打翻了一条船。”[3]尽管引述这一段文字的沈云龙先生是“反其意而引之”[4]，但笔者以为对于这一事件的研究不能纠缠于谁是否受贿这一点上，而应通过“曹锟贿选”这一历史事件来研究军阀政治对民主政治的侵犯，为中国未来的民主法制建设服务。高旭虽然名列黑榜，但不能因此全盘否定他的一生，更不能因此而放弃对他的研究。

---

① 曼昭、胡朴安著《南社诗话两种》，北京：中国人民大学出版社，1997年3月，65页。

② 郭长海、金菊贞编《高旭集前言》，北京：社会科学文献出版社，2003年5月，9页。

③ 转引自台湾《传记文学》第38卷第3期，22页。

④ 参见沈云龙《曹锟贿选与“猪仔议员”》，见台湾《传记文学》第38卷第3、4期。

令人稍感欣慰的是，张炯、邓绍基、樊骏主编的《中华文学通史》第五卷近代文学部分，把高旭与马君武放在一节中，以两千字左右的篇幅论述了高旭诗歌创作的成就和价值；2001年出版的郭延礼先生著的《中国近代文学发展史》中也以“高旭的诗歌”为题，为高旭写了专节；[①]2003年，中国社会科学文献出版社出版了由郭长海、金菊贞二位先生编的近60万字的《高旭集》，编者在该书长达18页的前言中，为我们大致勾勒了高旭的一生及他对中国革命和文学的主要贡献，使我们对高旭有了基本的了解。可以说，郭延礼、郭长海、金菊贞三位所做的正是高旭研究的破冰之作和奠基之作，为今后的高旭研究做了基本的准备工作。笔者的研究也正是在上述学者的基础上进行的。

本章想要探讨的问题是高旭的思想发展、革命活动和文学活动与日本的关系。

① 郭延礼著《中国近代文学发展史》第3卷，北京：高等教育出版社，2001年7月，152~158页。

第一节　高旭的新思想接受与日本

作为清末民初十分活跃的知识分子,高旭的人生经历和思想有着那个时代鲜明的印记,其中最突出、也最值得研究的就是他对外来思潮的接受。晚清时期,西方资本主义文明滚滚东来,在列强觊觎的危机局面下,中国知识分子为了救国,也主动从西方和日本“引进”了形形色色的思潮。因此,这一时期中国的思想界是非常丰富,也是非常驳杂的。作为一个满怀救国激情的爱国青年,高旭也受到当时各种各样外来思潮的影响,这在他的革命活动和文学活动中都留下了明显的印迹。从现存的资料来看,高旭的思想和文学活动受外来文化的影响中,与日本的关系最为密切。

高旭曾于1904年秋至1905年底在日本留学。这一时期,他在东京法政大学集中学习了西方各国的宪政,接受了西方民主政治的熏陶。但他接受外来文化、思想的影响却比这一时间要早得多,赴日留学只是使他接受通过日本转来的西方思想更为迅速和更直接一些罢了。这一点,我们从他赴日之前发表诗文的报刊和他当时的诗歌创作中的词语使用中,可以找到明显的证据。

高旭的诗文最早见诸报刊是在1901年。这年6月,他在

《清议报》第82册上发表了题为《唤国魂》(《高旭集》,333页)的诗,从此他登上文坛,开始在多家报刊上发表作品。从这时起到赴日留学止,高旭还在多种由留日、旅日中国人创办于日本的报刊上发表了为数不少的诗作。笔者统计有:《清议报》诗歌8首,《新民丛报》诗歌18首,《新小说》诗歌2首,《江苏》诗歌2首。两三年的时间内,在日本所办报刊上发表如此数量的作品,说明高旭不但与当时的留日、旅日界联系密切、声气相通,而且他还关注时局,与主办这些报刊的改良派、革命派有思想上的共同之处。此外,从他生活的地理位置——江苏金山(今属上海)来看,这里正是中国当时接受外来文化的前沿阵地,这也决定了高旭应当有比较广泛的接受外来文化的渠道及海外社会关系。可以说,在文学创作上,初出茅庐的高旭就已经是一个深受外来思想文化影响的革新分子了。

高旭早在赴日前就受到外来文化思想影响的另一个证据是,他早期的诗歌里有大量的"新名词"。例如:"以太塞两间"(《暮春杂咏》,1900),"创新哲学即卢骚"(《寄蒋观云》,1901),"泪洒自由树"(《题日本松阴先生〈幽室文稿〉》,1902),"三间与基督,万古两灵魂"(《读楚骚》,1904),"国民主义始萌芽"、"政治家兼哲学家"、"民权发达最高潮,难得黎洲识相超。试读中华《民约论》,东方原亦有卢骚"(《题所爱诵之书五首》,1902),"天择最酷虐,人择相为辅。……种类日进化"(《不肖》,1903),"物种能变异"(《争存》,1903),"欧美大改革,所赖实政党"(《忧群》,1903),"汝其飞越以步佛米"、"汝苟能至平等之乐园兮"、"以激起汝自由之锦潮兮,以吹开汝文明之鲜花"(《爱祖国歌》,1903),"贞德批茶是一流"(《〈桃溪雪〉题诗》,1904),"路易十四心旌摇”、“自此激出千卢骚。要使民权大发达，独立独立呼声器”(《海上大风潮起作歌》，1904)，“飒飒三色旗，忽竖骚坛里”(《题所编〈汉皇诗鉴〉》，1904)，“种劣者败，优者胜，天演家言，实在深湛信”(《国史纪念歌十八首之瓜分急》，1904)，“亚刺飞麾埃及戈，波兰侠气哥士孤”(《唤国魂》，1901)，“东亚荆榛壮士忧，自强回首看欧洲。脑筋发达人难阻，法律精神我自由”(《伤时事》，1901)，“我爱俾士麦”、“路德革宗教”(《欲为我国民牺牲者其歌者》，1903)，“脑兵铲除巴士的，自由权利悉夺回”(《读〈法兰西革命史〉做革命歌》，1903)，“欧西哭倒布鲁东”(《读〈俄罗斯大风潮〉》，1903)等等。

高旭诗歌中出现的这些外来的“新名词”，绝大部分是汉语词汇，这正是近代日本用汉字创制的、用以翻译欧美词语的日语词汇。明治年间，日本在接受西方思想时，用汉语造了大量的新词来表述从西方引进的自然科学、社会科学新概念、新名物。当时中国的改良派不仅“好以日本语句入文”，而且把吸收新语句——主要是以日本译西书之语句，作为“诗界革命”的重要内容之一。黄遵宪、梁启超、夏曾佑、邱逢甲、谭嗣同等都在诗歌中运用“新名词”。高旭在诗歌中大量使用“新名词”，正是受到改良派倡导的“诗界革命”影响的表现。虽然有些诗句到今天读来也觉得别扭，但在当时的确是潮流所致，时势所致。另外，虽然高旭后来倾向于革命，但从他早期发表作品多在《清议报》、《新民丛报》等改良派主办的刊物上来看，当时他与改良派的关系是比较密切的，因而，比较容易受到他们的影响，这也决定了他接受外来思想的渠道是以日本为主的。

王国维认为：“言语者，思想之代表也。故新思想之输入，即新言语输入之意味也。”[①]的确，透过高旭的这些“新名词”我们可以看到他所接受的新思想。他的这些诗歌，从当时的文学思潮来看是“诗界革命”影响的结果，从当时中国思想界的情况来看却是外来思想文化输入的结果。这些驳杂的“新名词”，正说明了高旭接受外来思想的驳杂性。那么，高旭受到哪些外来思想的影响呢？分析他诗歌中使用的“新名词”，我们可以看到，他比较明显地受到了以下思想的影响：无政府主义思潮、男女平权思想和达尔文的“进化论”。

高旭的无政府主义思想：

无政府主义思潮是清末民初在中国最为流行的外来思潮之一。从高旭的创作看，他早期受到无政府主义思潮的影响是毫无疑问的，而他对无政府主义的接受又来自于改良派。近代中国的虚无主义[②]并不是革命派的专有物，早在中国的革命派尚未形成的20世纪初，戊戌变法失败后的改良派就首先注意到它了，特别是“庚子事变”之后的一段时间内，流亡海外的保皇派对清王朝几乎绝望，康有为、梁启超等人的文章中就经常出现关于虚无党的记事。梁启超1902年至1903年的不少文章中曾宣传破坏主义，他的《论俄罗斯虚无党》[③]中甚至对虚无党的暗杀手段感兴趣，他说：“虚无党之手段，吾钦佩，若其主义，则吾不敢赞同也”。当时保皇派办的出版社也出版了关于虚无党的书，如广智书局出版的《俄罗斯大风潮》和《近世社会主义》等

① 周锡山编校《王国维文学美学论著集》，太原：北岳文艺出版社，1987年4月，112页。

② 包含无政府主义。因中国的无政府主义是通过日本而来，日本在接受无政府主义时把虚无党和无政府党混为一谈，中国早期的无政府主义也是如此。

③《新民丛报》40、41合刊。

书。另外,在日本的留学生杂志及上海的进步性杂志上也有关于虚无党人的记事。可见,当时的无政府主义思潮在日本与中国东南一带是很流行的。

中国最早且较为系统地介绍无政府主义学说的是马君武。1902年,马君武在日本留学时翻译了英国人克喀伯的《俄罗斯大风潮》一书,并于当年11月出版。最早的有关虚无党的文学作品是1902年罗普在《新小说》上连载的以俄国虚无党活动为题材的小说《东欧女豪杰》。需要注意的是,1902年的马君武和梁启超的关系非常密切,而罗普本来就是康门十三太保之一。据美国学者王德威的《被压抑的现代性——晚清小说新论》中说,罗普的《东欧女豪杰》受到烟山专太郎的影响。烟山是罗普在早稻田大学的现代欧洲史教授,在烟山的《近世无政府主义》付梓七个月后,罗普的小说即开始在《新小说》刊载。[①]另外,罗普作为改良派中的翻译家,曾受到明治二十年(1887)前后在日本大量出现的"虚无党"小说的影响。[②]

能表明高旭受到上述两书影响的是他在1903年10月13日《国民日日报》上发表的《读〈俄罗斯大风潮〉》和在1904年5月15日出版的《政艺通报》第三年第六号上发表的《羽衣女士撰〈东欧女豪杰〉中有七律两章,为和之》。从这两首诗可看出高旭的无政府主义思想及他与改良派的密切关联。有意思的是,无政府主义在高旭诗歌中成为批判封建王朝、歌哭"冷落神州"的武器。

---

① 王德威著《被压抑的现代性——晚清小说新论》,北京:北京大学出版社,2005年5月,184、211页。

② 王晓平著《近代中日文学交流史稿》,长沙:湖南文艺出版社,1987年12月,170~171页。

奴颜婢膝可怜虫，哭倒欧西布鲁东。
我爱自由如爱命，铸金愿事此先锋。
不须高击自由钟，破却盲云万一重。
妙手织成新社会，神奇变幻殆犹龙。
霹雳当头亦快哉，独夫横陈骨成灰。
最倾弱女如花貌，显出屠龙手段来。
君权无上虎狼骄，喝起人群热血烧。
冷落神州竟如此，何人为演大风潮。

《读〈俄罗斯大风潮〉》，见《高旭集》，344页

可见，高旭这样的热血青年是把无政府主义看作走向自由、建设“新社会”的“好手段”。这折射出了清末中国革命派形成的广泛社会基础和他们自身理论系统的匮乏，也表现了辛亥革命前的中国革命者都注重现实政治，而不注重思想理论的建设。当时局面之浮躁正如当时著名女权活动家张竹君所言：“今世之主张革命者，徒求效验而已，无造原因者。皆求为华盛顿、拿破仑，无甘为福禄特尔（今译伏尔泰）、卢梭者”。[1]高旭在《羽衣女士撰〈东欧女豪杰〉中有七律两章，为和之》一诗中所表现出来的也几乎是同样的感情，显示出的也是同样的问题——急于救国的爱国青年的热情、焦虑和茫然、无头绪。

忧国心烦似乱丝，更无闲笔画新眉。
豺狼毒洒全球血，鹦鹉危翻一局棋。

---

①《女士张竹君传》，见莫世祥编《马君武集》，武汉：华中师大出版社，1991年10月，2页。

从古爱情缝(一作逢)宇蛤,自由空气战妖魑。
睡狮无赖呼难醒,浩荡奇愁莫我知。

风云叱咤女儿身,人世原来未断因。
钩爪锯牙专制虎,翠鬟红袖慧心人。
好磨铁马金戈气,誓洗泥犁黑狱尘。
寥寂江山天不管,杜鹃啼泪揾罗巾。

《羽衣女士撰〈东欧女豪杰〉中有
七律两章,为和之》,见《高旭集》,26页[①]

面对难以唤醒的“睡狮”、寂寥的“江山”,除了以死相拼和“劳劳歌哭”外,还有什么出路呢?这恐怕是当时大多数爱国青年的困惑。

除上述两首诗外,高旭在其他诗歌里也有一些表现无政府主义思想的诗句。我们从中可以窥到,辛亥革命前,革命党人暗杀、起义等活动的理论来源其实就是无政府主义:

阴山铁骑已全无,血溅燕云白草枯。吾辈快枪君炸弹,大家勿负好头颅。

《汉真东渡,赠之以诗》,见《高旭集》,391页

---

① 羽衣女士《东欧女豪杰》中原诗如下(参见《新小说》,1902年第1期,35~36页):
磊磊奇情一万丝,为谁吞恨到蛾眉。无心岂厌玄黄血,人事难平黑白棋。
秋老寒云盘健鹘,春深丛莽殪神魑。可怜博浪过来客,不到沙丘不自知。

天女天花悟后身,去来说果复谈因。多情锦瑟应怜我,无量金针试度人。
但有马号惩往辙,应无龙血洒前尘。劳劳歌哭谁能见,空对西风泪满巾。

仗卿演出大风潮，东亚虚无帜特标。左手快枪右炸弹，行看指日剪天骄。

娶妻当娶苏菲亚，嫁夫当嫁玛志尼。漫说金闺无国士，黄金铸像古来稀。

万一屠鲸事不成，女儿殉国最光荣。后先我亦终流血，肯向温柔老此生。

《报载某志士送其未婚妻北行，赠之以诗，而诗阙焉，为补六章》中三首，见《高旭集》，94页

高旭受无政府主义思想影响的时间很长，但最初是非常凌乱的。直到辛亥革命时，他对无政府主义的了解才趋于系统与本质化。这在他发表于1911年12月的《贫富革命又少不了》一文中有明显的表现：

今之排满者，非以满虏之夺我权利乎？此其事既人人认为公理矣。若富者之夺贫者权利，当如何？学美德曰："吾人既除贵族与国王矣，而尚有一种贵族不可不去者，富豪是也。"布鲁东曰："财产家庭者，盗贼也"！

富豪耶！盗贼耶！殆为天地间之一种妖孽耶！非尽行铲除之，则世界终莫得而平矣。夫私有财产非吾人所原有，乃夺自社会者也。一切货财皆由吾人之劳力所生，为人类之全体始得为其所有主，焉可使贼

丈夫垄断之哉！

《高旭集》，502页

为什么会出现这样的情况呢？其实这与日本无政府主义的接受进程有一定的关系。虽然幸德秋水1902年发表的《长广舌》就有对无政府主义的介绍，但当时的幸德秋水本人却是一个社会主义者。其实，当时在日本流行的所谓无政府主义是虚无主义、民粹主义和无政府主义的大杂烩，日本真正的无政府主义的出现是在1906年，由幸德秋水、久津见蕨村领导的日本无政府运动。这对后来加入南社的张继（溥泉）和正在东京主编《民报》的章太炎等都产生了直接影响。1907年3月，他们曾一起拜访幸德秋水，之后不久，章、张与苏曼殊、陈独秀、刘师培、何震等人都加入了由幸德秋水倡议、组织的"亚洲和亲会"，而这些人中与高旭关系密切的不在少数。可以说高旭对无政府主义的认识，无论模糊还是清楚，都与他接受的渠道——日本密切相关。

高旭的女权思想：

高旭虽然受过旧式的教育，但作为进步的知识分子，他持有在当时看来相当进步的女性观。他和他的两任妻子都感情甚笃，平等相待，可以说在当时他是一个接受了女性解放思想的男性。而且他还是当时的女性解放启蒙者之一，在他的许多诗歌中不仅表现了女权思想，也塑造了他理想的新女性形象。他在《女青年唱歌》中这样写道：

我姊妹们望前走，我姊妹们望前走：囚鸾奴凤不堪受，娲皇炼石无恙否？批茶女士耻为俦，罗兰夫人羞为友。祝尔自由一杯酒，女权万岁更千秋。

《高旭集》，375页

在《女子唱歌》中也有这样的词：

批茶女，玛利侬。彼何人？竖奇功。女杰黑暗昏蒙蒙，妖云怪雾来无穷。谁为女英雄？我泪欲红！

同上书，19页

《〈桃溪雪〉题诗》：

却敌安民代借筹，热心为国死方休。若论世界女菩萨，贞德批茶是一流。

批茶女士、罗兰夫人、玛利侬、贞德这些女性，在近代中国享有极高的知名度。批茶女士即美国废奴文学代表作家斯托夫人，她是由于1902年《新民丛报》等刊物发表了由日文翻译的《批茶女士传》而在中国进步知识分子中和女界广为人知，并被认为是以一支笔打倒了黑奴制度的女英雄；罗兰夫人、玛利侬是一个人的不同译名，本为法国大革命时被冤杀的一个女子，1902年，梁启超根据日本作家德富芦花的《法国革命之花》翻译改写为《罗兰夫人传》，刊登在《新民丛报》17—18号上，由于梁氏的笔锋和《新民丛报》的影响，使她在中国成为人尽皆知的为国捐躯的女杰；贞德即圣女贞德。这些名字的出现，让我们看到高旭在参与女性启蒙之时，心目中就已经有了从国外“引进”的新女性形象。更为耐人寻味的是，高旭1904年5月发表于《女子世界》第五号的《咏日本奇女子六首》也塑造了他心目中的理想女性的形象：

索还二妹气如虹，十九红颜尔许雄。
汝不杀余余杀汝，厉声叱贼剑光红。(阿龙)

壮士登场尽激昂，妙人排难不张皇。
揭来故事鸿门会，放出男儿象次郎。(小仲)

攘夷壮志痛难酬，慷慨高谈百步楼。
嫁个关公真快婿，拼将铁血一齐流。(泷本)

逃生混迹乞儿中，地棘天荆壮士穷。
多谢三条桥上女，竹苞抟饭日初红。(几松)

满耳警涛不耐听，老尼只影吊伶仃。
蛮风瘴雨穷荒岛，血写心经泣鬼灵。(望东)

穷途慧眼放光明，料识山阳一代英。
值得美人单凤老，一生常作女门生。(细香)

《高旭集》，353页

熟悉日本明治维新历史的人都知道，这六个日本女子的确堪称“奇女”。她们身份都不高，或为艺妓或为尼姑，但却都曾在维新志士从事倒幕活动中给他们以帮助，立下了奇功。她们都是明治维新的功臣，对日本民族的崛起、国家的兴盛功不可没。

透过这些东、西洋的女性形象，我们已经很清楚高旭对于中国新女性的要求，那就是能承担起民族与国家复兴的重任。那么，身受几重压迫的中国女性如何才能成为像西洋的“批茶女士”、“罗兰夫人”亦或日本的“阿龙”、“细香”那样的女杰呢？高旭为她们设计了这样的路：

> 勤操练，强体力；勤学问，明公德。我虽女子亦衣食，同为国民亦爱国。当兵是天职，辞之不得。
>
> 缠足苦，苦无比。伤我妹，伤我姊。强种端自放脚始，龙母他年产龙子。女学大可恃，请从今始。

《女子唱歌》，见《高旭集》，19页

身体好、有学问、明公德，然后可成为国民。当时的舆论普遍认为女性解放的第一步就是放足。但是从高旭的这些诗及当时其他自认为是女性解放启蒙者的男性留下的文字来看，放足并非为女性本身着想，而是因为女性乃“国民之母”，“欲铸造国民，必先铸造国民母始”。[1]故而，缠足虽是“苦无比”，但放足的根本目的并非为解除女性的痛苦、维护女性的权力，而是从女性是造成国民、尤其是男性国民孱弱这点着眼的，因为“强种端自放脚始，龙母他年产龙子”。原来，不缠足是为了强种，女

① 亚特《论铸造国民母》，《女子世界》第7期，1904年7月。

子的放足是和民族的强盛与崛起息息相关的。在这里，女性身体解放的私人性一面已经被忽略，而与民族利益相关的一面却被刻意地凸显出来。不仅如此，女子除了担负“国民之母”的责任外，还须承担民族解放、民族复兴的任务：

巾帼须眉迥不凡，每吟遗句为开颜。谈兵未必深闺事，偏挽邻娃说木兰。

女子和戎即退兵，昭君原亦汉长城。含辛不洒胭脂泪，慷慨捐躯度众生。

《〈桃溪雪〉题诗》，见《高旭集》，29页

昭君和戎、木兰从军，圣女贞德救国、罗兰夫人殉难，中外不同的杰出女性都被作者拿来作为榜样，激励女性为民族献身。这些诗歌与其说是倡导妇女解放，不如说是呼吁民族的崛起。诗人所瞩目的始终是民族的命运，因此在诗歌中除了大而化之的“平等”、“平权”等口号之外，女性对于自身利益的诉求几乎找不到。

一从着手便生春，女子原来亦国民。世纪大同平等世，何人不是自由身。

《哀女子之行为不自由也》，见《高旭集》，355页

我姊妹们前来听，我姊妹们前来听：落花惨淡柳色新，白骨青山多哭声。

阿谁肯把乾坤整？男儿不任女儿任。显出观音

菩萨身，普度众生愿无尽。

《女青年唱歌》节选，见《高旭集》，375页

人不学，大马傍。闭闺中，无所求。放弃责任被幽囚，好将参政权全收。毋为历史羞，复我自由。

《女子唱歌》，见《高旭集》，19页

鼓吹文明造化工，雌风变作大王雄。愿将三昧通神力，遍布圆音女界中。

裙钗从此一番新，美妙风光到处春。舌粲莲花宣佛法，须眉现出女郎身！

国称半教太淹淹，大倡平权胆识兼。如是我闻真实语，生花笔下净庄严。

《题〈女子世界〉》，见《高旭集》，361页

女性在挣脱"幽囚"，得到"自由"之后，除了与男人一样是"国民"，而且还要承担整"乾坤"、度"众生"的责任外，看不到还有什么有别于男子的地方。足见中国的女性，在刚刚走上解放之路之时就承担着怎样的重担。

从对上述高旭诗歌的分析可明显看出，他所赞美的女子皆为能救国救民、或是能够协助英雄救国救民的类型。这已清楚地表明高旭作为男性，在倡导妇女解放时是以民族和国家利益为最高原则的立场的。而这在晚清女权运动中并非个别现象，持这种观点的妇女解放启蒙者、倡导者，无论男女，在当时都占大多数。这与欧美的女权运动是明显不同的：欧美妇女的权力要求是根据天赋人权的理论，为自身的利益而抗争；而中国女

性的自由与独立要求，只能从属于20世纪初的救国保种事业。

当然，这与中国引进女权思想的渠道、时机密切相关。像许多外来思想一样，中国的女权思想也是经日本传入的。而日本由于自由民权运动的夭折，导致了女性解放运动的浅尝辄止。明治时代的女性解放运动由于传统观念的影响，是与国家民族兴盛紧紧连在一起的，是很不彻底的。而在晚清的中国，救亡图存更是第一位的，诗人高旭不可能超越时代，他是“属于某一特定的种族、时代和阶级，即属于特定的文化群体，因而，任何一个作家都有自己的文化成见，乃至意识形态的倾向性，并在自己的创作中或多或少、或明或暗地表现出来。”[①]高旭的诗歌创作中对于女权运动的理解正是如此。

高旭的进化论思想：

进化论思想在高旭的一些诗歌里表现的也是比较明显的。对于进化论在中国的传播与影响，人们一般都重视严复的作用和影响，而忽视了章太炎。虽然严复在介绍进化论时，已经忽视了达尔文的“强调同种间个体竞争”的一面，而更为强调种群间的竞争，以适应近代中国唤醒民众、保种图存的要求，但这种观念在中国的广为传播应该与章太炎也有一定的关系。

1902年，章太炎翻译了日本学者岸本能武太受斯宾塞启发而作的《社会学》[②]，由上海广智书局出版。斯宾塞进化的宇宙

---

① 王向远著《比较文学学科新论》，南昌：江西教育出版社，2002年3月，239页。

② 章念驰编《章太炎生平与学术》，北京：三联书店，1988年，532～542页；又汤志均《章太炎的〈社会学〉》，见汤志均《乘槎新获》，南京：江苏古籍出版社，1990年10月，130～139页。其实严复对进化论的接触也是始于斯宾塞，而非达尔文。这在他的《〈群学肄言〉自序》中有所表述。严复影响巨大的《天演论》并不是对达尔文的进化论著作《物种起源》的翻译，而是对达尔文学说的捍卫者赫胥黎的《进化与伦理》的翻译，对达尔文《物种起源》的翻译是马君武在差不多20年后的1920年完成的。

论观点和他的群体生存概念。[1]深深吸引了章太炎，再加上日本的进化论受到民族主义化倾向的影响，使章太炎的民族观特别强调“群”的作用，以及“种群”进化的重要性。高旭的进化论思想中就有章太炎这种民族主义和进化论合二为一的成分，他在诗歌中表现出的进化论思想就极具这种色彩。

西儒贵进取，我独重保守。种祸日以棘，茕茕余在疚。生物有公例，万汇当迁就。最适宜者繁，不适宜者仆。物种能变异，即为天所佑。

新式日以新，旧式日以旧。旧种不滋植，意者太鄙陋。一成而不变，斯义实大谬。终为新种灭，无道以自救。何生此原因，不善于造构。

欲知争存理，盍视此内籀。

《争存》，见《高旭集》，21页

诗中明说物种实指种族，他警告人们，民族若不自强则灭亡在即。

我说为父者，断勿肖其祖。我说为子者，断勿肖其父。天择最苦虐，人择相为辅。愈演而愈上，今必胜于古。种类日进化，适合文明度。

一切有机物，天择莫敢侮。优胜则劣败，公理不

① 斯宾塞认为群居性动物的生存斗争主要是群和群的斗争，不是个体和个体的斗争；群体内个体的协调性越大，群的力量越强，反之则越弱，因此群的力量是以群内个体的协调性决定的。

可破。避劣以占优，变种庶小补。五族不通婚，誓言谨听取。儒家诛乱伦，无他弱种故。

习惯与体质，改变力其努。跳出旧风俗，自造新区宇。我今立斯帜，谁识寸心苦。教人以不肖，攻者必旁午。

《不肖》，见《高旭集》，20页

这首诗以"不肖"比喻种族的进化并强调其必要性，使诗歌在语言表述上具有极大的冲击力，以引起人们的注意。

从高旭对进化论的接受我们也可以看出，中国近代在接受外来文化时的强烈的民族选择性和改造力。达尔文的进化论本来是一种生物学的学说，但从严复开始，当时中国的思想界就把它当作一种哲学来接受，并把它加工改造成认识自然和社会的世界观，使其影响遍及当时中国学术思想的各个领域。

以上分析的高旭作品中所表现的三种思想，或多或少都与日本相关。还值得我们进一步思考的是，这三种思想在20世纪初的中国有着一些有意思的联系——建立新国家对内必须革命、对外必须抵抗侵略，革命和对外抗争都需要种族强盛，强盛的种族需要妇女的解放。由此看来，当时看似驳杂的外来思想的输入和接受还是有着一定的逻辑关系的。

第二节　高旭与吉田松阴

作为清末民初那个特殊历史时期的知识分子，高旭身上有着鲜明的时代烙印。像当时的大部分进步知识分子一样，他思想上既有强烈的民族主义倾向——对列强觊觎下的中华民族、中国文化的命运充满担忧；又对固步自封、不思改革、盲目排斥外来文化的不满，主张吸收西方先进的东西，改变中国落后、挨打的局面。高旭的这种忧患意识和思想与日本幕府末期民族主义思想的代表人物吉田松阴的思想主张有许多相似之处。我们检索高旭留下的文字便会发现，他在1902年就已写了《读日本松阴先生〈幽室文稿〉，题其上；用更生先生此题诗原韵》（又作《题日本松阴先生〈幽室文稿〉即次其韵》）一诗，1904年的《海上大风潮起作歌》中也直接引用了吉田的话。这些事实足以说明，青年时代的高旭是受到了吉田松阴的影响的。那么，吉田松阴又是怎样一个人呢？高旭受到了他的哪些影响呢？

高旭的诗与吉田松阴：

吉田松阴（1830—1859），长州藩士杉百合之助的次子，名距方，字义卿，别字松阴，自号廿一回猛士，日本德川幕府末年的教育家，"尊王讨幕"的先驱，民族主义的代表人物。他5岁时被过继给叔父吉田大助做养子，次年吉田大助去世，6岁的吉田松阴就成为吉田家五十七石年俸和山鹿流兵学的继承人。他受“日本是神国”的家庭教育熏陶，很早就萌生了忧国情怀和爱国之心，但这也是他思想中扩张主义的根源。吉田学过儒学，受中国思想文化影响较深。青年时代，他为成为一流的兵学家而游学日本各地。游学中他了解到西方的情况，痛感日本闭关落后的现实，转而拜在主张“开国”的“洋学家”佐久间象山的门下，钻研学习洋学，这在还处于闭关锁国状态下的日本是不容易的。他还曾打算留学欧美，更多地了解、学习西方。他熟悉中国文史，也热衷于西洋的军事科学。

1853年，贝利率美国军舰到日本，强迫日本开国通商。忧国之情使吉田松阴不忍坐视，他与佐久间象山商讨对策，他们痛感了解海外情况的必要性，认为“不审夷情，何以制夷”？于是，他决定到海外去，了解西方的情况。但幕府严厉的锁国政策使这一计划困难重重。在佐久间象山的鼓励下，当1854年美国舰队再次来日本时，吉田松阴于当年3月27日在神奈川下田欲登美舰偷渡赴海外，但被美国人拒绝。随后他被捕入狱，一年多后出狱，被软禁在家中。在五年的软禁生活中，他在自己创办的松下村塾教书，他的学生中有许多成为后来的维新志士和明治时代的大政治家，像高杉晋作、木户孝允、山县有朋、伊藤博文、井上馨等明治时代的风云人物都出自他的门下。同时，他还不懈地写作，高旭所读之《幽室文稿》就是他这一时期所作。

吉田松阴最初主张辅佐幕府、尊皇攘夷，并实现开国进取，即所谓“开国攘夷”。他反对屈辱的修好，认为开国要顾全国家的独立和体面，他主张加强海防，反抗外压，但要“审夷情”，“通宇内形势”。“天下有识之士，无论如何不晓海外形式则不能战。宜取大炮、步枪、西洋之节制(军队制度)及器械。”[①]他反对“醉心西洋”和崇洋媚外，但也反对视外国文物为“妖教”、“邪术”的盲目排外，主张以适于日本国情的“实用之处”为己所用，学习西方的军事科学、国家制度、内政外交方针及福利制度。

1859年，幕府大老井伊直弼未经天皇敕许就与美、英、俄、法、荷兰签订了一系列不平等通商条约。这使吉田松阴断然放弃佐幕，公开提出“尊皇讨幕”、“尊王攘夷”的主张，并与同志歃血盟誓，计划付诸实施。事败后，年仅29岁的吉田松阴被幕府处死。几年之后，维新运动爆发，维新志士们的口号几乎就是吉田松阴当年的主张。

日本明治时期著名报人、作家德富苏峰曾这样评价吉田松阴：“他多有计划而无有成功。他的一生是充满挫折的一生，他这一代是面对失败的一代。但即便如此，他仍然是维新革命最好之急先锋。……他恰似难产之母，自身虽死，其儿却得以发育并长大成人”。[②]苏峰还认为：“松阴是为攘夷而倡导倒幕，而他的后继者是为倒幕而倡导攘夷。”[③]这种目的和手段的颠倒，是颇值得玩味的。中国革命党人在反对封建专制的斗争中，以推翻满清的民族革命来号召，确实与明治维新的假攘夷以倒幕有异曲同工之妙。

---

① 伊文成、汤重南、贾玉芹主编《日本历史人物传》近现代篇，哈尔滨：黑龙江人民出版社，1987年，69页。

②《明治文学全集》之34卷《德富苏峰集》(日文版)东京：筑摩书房，昭和四十九年，161页。

③ 同上书，203页。

需要注意的是，吉田松阴思想中有着极端民族主义的倾向。他以“皇道国运”为己任，在狱中还说：“吾虽因罪被囚，然不忘身负神州命运之气节，志在讨伐四方迫吾神州之夷狄。”[①]他的辞世词云：“吾今为国死，死不负君亲，悠悠天地事，鉴照在神明。”[②]他在强调保卫祖国、抵抗西洋的同时，对亚洲国家怀有领土野心，认为与西方列强交涉时的损失，可“偿还于鲜（朝鲜）满（满洲）”。他还提出日本对外扩张的第一步，应是“割易取之朝鲜、满洲、支那”。[③]一直以来，吉田松阴的这些主张成为日本军国主义、右翼势力扩张野心的依据之一，至今阴魂不散。而他的这种主张又与爱国主义、抵抗西方侵略势力联系在一起，具有较大的迷惑性。正如德富苏峰所说：“他的所谓攘夷，是具有国民的统一、国体的保存、国权的扩张等意思的”。[④]这一点需要特别注意。

《幽室文稿》是吉田松阴被幽囚期间的一部分作品，包括作于1856年的“丙辰幽室文稿”、作于1857年的“丁巳幽室文稿”和作于1858年的“戊午幽室文稿”。其中，除“戊午幽室文稿”有部分用和文写成外，其他均是用当时日本知识阶层惯用的汉文调写成，中国文人要想读懂并不是特别困难。“文稿”有书信、感想、谈话录、读书笔记、时论等各种文体形式，但其内容大部分为对日本命运、时局的思考和议论。尤其是写于1858

① 伊文成、汤重南、贾玉芹主编《日本历史人物传》近现代篇，哈尔滨：黑龙江人民出版社，1987年，76页。

② 程西筠主编《世界历史名人谱》近代第1卷，北京：人民出版社，1996年，174页。

③ 参见王向远著《日本对中国的文化侵略》，北京：昆仑出版社，2005年6月，37~40页。

④《明治文学全集》第34卷《德富苏峰集》（日文版），东京：筑摩书房，昭和四十九年，200页。

年的"戊午幽室文稿"。由于当时西方迫使日本开港通商的压力越来越大，日本朝野备感危机，吉田松阴感到日本已经到了危急时刻，他认为自己不能坐视于幽室，故该文稿中以时务对策为中心的忧国之文更多。吉田松阴死后不久，就有他的门生编辑他的遗文。据现有资料看，最早的《幽室文稿》的版本是1881年的线装本，共6卷，是由品川弥二郎编、京都田中治兵卫发行的，中国国家图书馆现存有这个版本的1、2、5、6卷。从时间上看，高旭所读的《幽室文稿》很有可能就是这个版本。

高旭的诗歌创作中直接与吉田松阴相关的有《读日本松阴先生〈幽室文稿〉，题其上》和《海上大风潮起作歌》两首诗。前一首的"轻快破局面"一句后专门注道："公有'何如轻快拙速打破局面，然后，徐图占地布石之为胜乎。'云云"，可见诗句是出自吉田松阴的文中；"猛气廿一回"是指吉田的号"廿一回猛士"；"绛灌惜无文，隋陆嗟无武"和第二首中的"盍进大黄与芒硝"、"打破局面贵速拙"等句，都与吉田松阴的《幽室文稿》直接有文字上的关联。

高旭诗注中"何如轻快拙速打破局面……"之句，出自《戊午幽室文稿》的"复轰木武兵卫书"。这是吉田松阴在1858年10月8日写给他的"同志"——肥后藩士轰木武兵卫的信。信中谈到幕府未得天皇敕令就擅自决定与外夷通商，日本面临空前的危机，而"有识之士们"却只是持重观望，无所行动，因此他提出"何如轻快拙速打破局面，然后徐图占地布石为胜"。[1]据德富苏峰的解释，松阴的意思就是要以"破坏"为手段来开创革

① 山口县教育会编纂《吉田松阴全集》第4卷（日文版），东京：大和书房，昭和四十七年七月，427页。

新的局面。[①]

高旭诗“猛气廿一回”句是指松阴的号“廿一回猛士”。吉田松阴在《幽囚录》和《丙辰幽室文稿》中两次解释他这个号的由来。《幽囚录》“廿一回猛士之说”一文中说：“我于庚寅年（1830）生于杉家，稍长成为吉田家的继承人，甲寅年（1854）因罪下狱。有一天，梦见一个神人，给我一张名片，上面写着‘二十一回猛士’，之后，忽然醒来，细细一想，发现‘杉’字形如二十一（杉字可分为十、八和三，加起来正好二十一）；‘吉田’二字也可拆为‘二十一回’（吉字可拆为十一和口，田字可拆为十和口，十一加十是二十一，两个口叠起来是‘回’字）。我名寅，寅属虎，虎德为猛。位卑体弱的我，不以猛虎为师的话焉能成为士呢？”[②]《丙辰幽室文稿》中又有“续廿一回猛士之说”一文，文中说：“仅可容膝的半间幽室，右题‘三余读书’，左题‘七生灭贼’。日夜从容坐卧其间。族人们都说：‘如果把三乘以七不也是二十一吗？’我跃然而起，曰‘善哉，正合我意’。‘三余读书是七生灭贼之本，七生灭贼乃三余读书之效也’。”[③]

高旭诗中的“绛灌惜无文，隋陆嗟无武”句，也与“续廿一回猛士说”相关。松阴在该文的结尾有：“嗟乎，隋、陆无武，绛、灌无文（随何、陆贾、绛侯周勃、灌婴），然而，汉高祖要想得天下而守四方，却非这些人不行啊。”[④]吉田文中提到的四个中国汉代的历史人物，高旭肯定早就知晓，但他诗句的意思和词语

① 德富苏峰《德富苏峰集》（日文版），东京：筑摩书房，昭和四十九年，217页。

② 山口县教育会编纂《吉田松阴全集》第2卷（日文版），东京：大和书房，昭和四十七年七月，87页。

③ 同上书，397页。

④ 同上。

的运用及排列方式，明显与吉田文中极为相似。无疑是高旭读过吉田松阴文章后的结果。

很明显，高旭的《读日本松阴先生〈幽室文稿〉题其上》一诗有多处与吉田松阴《幽室文稿》有直接的文字关联。从内容上看，这首诗简直就是吉田松阴的诗体版评传，说明高旭受吉田氏影响极大。高旭的这首诗最初发表于《选报》第20期，时间是在他留学日本之前的1902年6月26日。这也就是说，至迟在1902年上半年，高旭就已经读过吉田松阴的《幽室文稿》，并且对它留下了深刻的印象。

仔细吟读高旭的诗，我们发现，他不仅对吉田松阴怀有深深的敬意，而且对他的生平也极为了解。他曾用中国传统的五言诗形式赞美吉田松阴一生的事迹，同时也表达了他自己的思想。一个中国青年对一个日本人如此的赞美，当然是这个日本人打动了他的心。那么，吉田松阴身上的什么打动了高旭呢？我们从高旭的诗中也许可以找到答案。

丈夫厉大节，成仁当杀身。矫矫松阴君，合作第一人。马牛不可为，誓死为国民。先觉觉斯世，曲突谁徙薪。百万独立旗，飘摇东海滨。支那梦正酣，蓬莱何彬彬。狱中勤讲学，德业光日新。大声呼攘夷，霸国郁风云。魏王人不知，但知信陵君。迷云扫大帚，欬唾珍典文。第二仲由子，意气凌苍旻。每饭不忘国，安危分至尊。入狱救重囚，佛法大乘门。轻快破局面，中兴期千春。弟子皆英豪，唤起改革军。猛气廿一回，九死剧艰屯。季孙专国柄，三岛薰酸风。

泪洒自由树，淋漓热血痕。自说暴作古，肮脏复苦辛。男儿真骨头，掷以报旧君。远游组经纬，囊括大乾坤。从来不流血，文明非所闻。兵学壮其干，义理溉其根。伟哉倾幕府，奇勋仗合群。至诚孕朴学，得力三十春。少年须突飞，私淑胆轮囷。绛灌惜无武，随陆嗟无文。

《读日本松阴先生〈幽室文稿〉题其上》，见《高旭集》，12页

高旭在诗中把吉田松阴看作唤起日本觉醒的“先觉”，“先觉觉斯世，曲突谁徙薪。”在高旭看来，正是像吉田这样的先觉的努力，才使得日本能够通过维新摆脱危机，走向近代化，出现“百万独立旗，飘摇东海滨”的大好局面。高旭对日本选择维新革命的肯定，实际上表明了他对中国时局和未来发展的看法：中华民族只有学习日本，才能避免豆剖瓜分的命运。他盛赞吉田救国救民、杀身成仁的精神，“丈夫厉大节，成仁当杀身”，但是他认为这种“杀身成仁”与传统上的意义是不一样的，它是为了争取做具有人权的“国民”而牺牲，即所谓“马牛不可为，誓死为国民”。尽管我们今天读遍《幽室文稿》，也难以从中找到所谓的“国民”精神，高旭却把自由民权运动后才在日本出现的“国民”思想冠予“臣民”思想极其强烈的吉田松阴，这除了他个人对吉田极度推崇，不自觉地将其理想化的因素外，还受那个时代中国知识阶层日本观的影响，即喜欢把日本与西方挂钩，认为日本的一切都有西方的痕迹，包括吉田松阴这样为国而死的武士也具有了国民思想。

高旭还在诗中历数吉田松阴一生的业绩：“狱中勤讲学，德

业光日新。大声呼攘夷，霸国郁风云”；“弟子皆英豪，唤起改革军。猛气廿一回，九死剧艰屯”；“远游组经纬，囊括大乾坤”。他甚至把吉田比作中国古代的信陵君、仲由子，就连吉田不修边幅的生活习惯也被他称赞，“自说暴作古，肮脏复辛苦”。高旭对吉田松阴的赞美没有停留在他的“尊王攘夷”的贡献上，而是把他的事业和明治维新结合起来看的。在高旭看来，日本维新大业的成功正是得益于吉田松阴之类的人们的努力和牺牲，“从来不流血，文明非所闻”，“泪洒自由树，淋漓热血痕”。

使高旭把吉田松阴引为同调的首先是时局。当时的中国正面临被瓜分的灾难，民族危机比历史上任何时期都更严重。正如黄遵宪的《书愤》一诗所说：“一自珠崖弃，纷纷各效尤。瓜分唯听客，薪尽向予求。秦楚纵横日，幽燕十六州。未闻南北海，处处扼咽喉。”真是“世间无物抵春愁，合向沧溟一哭休。四万万人齐下泪，天涯何处是神州？”（谭嗣同《题江建霞东邻巧笑图诗之三》）从某种程度上看，高旭写此诗时的1902年的中国，和吉田松阴所处的时代是非常相似的。当时的日本面临西方强制性开阜通商的压力，而“甲午战争”的失败和“庚子事变”使中国面临空前的民族危机；当时的日本幕府未经天皇敕令擅自签署不平等条约，而中国的满清政府为维护其统治也不惜出卖民族利益与国家主权；日本是幕府专权，而中国是异族主政。面对这样的情势，热血青年高旭似乎在吉田松阴身上找到了行动的榜样，“少年须突飞，私淑胆轮囷”。可以肯定，吉田松阴在《幽室文稿》中表现出的浓厚的爱国主义情怀和深重的危机感使高旭产生了强烈的共鸣。而当时的中国在外来影响下正在形成的、具有近代意义的民族主义思潮，又使这种共鸣与时代潮流并轨，从而也就给吉田松阴这样一个日本幕末时期的武士赋予了近代色彩。

高旭之所以被吉田松阴打动，还和吉田的谙熟汉文、具有深厚的中国文化修养有很大关系。所谓“兵学壮其干，义理溉其根”正是指吉田的文化结构。与中国的士大夫阶层一样，日本的藩士也具有以天下事为己任的精神，而义理这种从中国传统的儒学中生发出来的东西，是日本藩士阶层必备的精神修养。站在中国传统儒学的立场上看，吉田松阴反幕的思想武器——尊王（忠君），即是义理的最高表现，他的“攘夷”又与中国自古以来的华夷观一脉相承。所以，高旭给松阴以极高的评价：“丈夫厉大节，成仁当杀身。矫矫松阴君，合作第一人。”“男儿真骨头，掷以报旧君”。他还把他比作“信陵君”、“仲由子”，极力赞美他的信义。此外，吉田松阴对中国历史的熟悉也得到了受传统教育长大的高旭的高度认同。不止是认同，应该说，吉田松阴深受中国文化浸淫的思想观念、对中国历史典故信手拈来的素养，简直就征服了高旭，使他无视吉田松阴针对中国的侵略扩张言论，而一味地对他赞美。

这些其实也反映了20纪初中国知识分子面对已然开放的世界的微妙文化心态：他们一方面理性地认为应当学习先进的外国文化，以图中华民族的进取，使中国在激烈竞争的世界中立于不败之地；一方面又不由自主地具有中华文化中心主义的惯性思维，不自觉地认同、褒奖那些接受中国文化影响的外邦人，对他们青眼相加。他们的这种文化观其实还带有甲午战争前洋务派的痕迹。1904年林獬（白水）写给高旭的信中有一段话也很能表现这种心态：“吾国文字，实足称雄世界。日本固无文字，故虽国势盛至今日，而彼中学子谈文学者，犹当事事丐于汉土。”[1]究其原因，诚如黄遵宪所说：“若中国旧习，病在尊大，病在固蔽”。[2]甲午一战的惨败，虽然惊醒了中国人，但要在文化上彻底改变中国文人面对日本文化的尊大习惯心理，确实不容易。周作人写于1936年的《日本杂事诗》一文里的一段话，非常生动地描画出这种心态：“日本人做汉诗，可以来同中国人唱和，这是中国文人所觉得顶高兴的一件事，大有吾道东矣之叹。”[3]这种心态不用说一百年前，就是今天，恐怕依然或多或少地存在于一些中国人中间。

高旭的《海上大风潮起作歌》也作于他留日之前，刊于1903年8月23日的《国民日日报》上。这一首诗是以苏报案为背景的，诗人为歌颂因苏报案被捕的章太炎和邹容而作此诗的。此时的高旭不仅受到更多来自海外新思想的影响，1903年国内形势急剧变化的现实也使他的思想发生了很大变化。特别是这年6月发生的苏报案，使他彻底放弃了对清政府的幻想，逐渐远离改良派立场，形成了民族革命的思想。但是，时过却没有境迁，虽然这首诗创作的时间与前一首诗相隔一年有余，内容也大相径庭，但依然有吉田松阴的影响。诗中的“盍进大黄与芒硝”、“打破局面贵速拙”两句后分别注有“用吉田松阴语”和“亦吉田语”。[4]由此可见，吉田松阴给高旭留下的印象格外深

① 高旭《愿无尽斋诗话》，见《高旭集》，北京：社会科学文献出版社，2003年5月，545页。

② 黄遵宪《致饮冰室主人书》，见丁文江、赵丰田编《梁启超年谱长编》，上海：上海人民出版社，1983年，292页。

③ 钟叔河编《日本管窥》，长沙：湖南文艺出版社，1998年9月，192页。

④ 前一句笔者遍查吉田松阴《幽室文稿》未见，或许出自他的其他文稿，待查；后一句与前文同，还是“复轰木武兵卫书”中那段。

刻。何以如此呢？笔者以为吉田一生的际遇和他一贯奉行的主张都足以使高旭在面对章太炎与邹容的遭遇时更多地想起他。吉田松阴的一生是不断失败的一生，但也是不断行动、不懈奋斗的一生。他是蹈海的失败者、野山的囚奴、被判死刑的国犯，但他也是九死不悔地要以自己的行动挽救日本的殉道者。他被誉为革命家，但他不是那种能在社会和政治方面进行根本变革的革命者，他只不过是以过激的行动和殉道精神来表现他的"革命"和对现实的不满。看看历史，我们会发现章太炎和邹容与他是有相似之处的。

当时中国的吉田松阴热：

其实，当时中国有不少不满现实、崇尚改革的知识分子都受到了吉田松阴的影响，从黄遵宪到康有为、梁启超，改良派大家无不对他推崇备至。黄遵宪曾写诗赞美他："丈夫四方志，胡乃死槛车。倘遂七生愿，祝君生支那。"康有为、梁启超则留下更多对他赞美的文字。高旭的诗《读日本松阴先生〈幽室文稿〉，题其上，用更生先生此题诗原韵》，题中所说的"更生先生"就是指康有为。[①]康氏在《读日本松阴先生幽室文稿题其上》中把吉田松阴推为维新的"元功"，"元功在谁手，慷慨松阴君"，并说"我今读遗书，正气照千春。一读生惭悚，再读起轮囷。诸夏愧无士，东国存斯文。"康有为不但自己喜欢吉田，还把吉田的《幽室文稿》作为他万木草堂弟子的必读书目之一。梁启超在变法失败流亡日本之初，写给吉田松阴的弟子品川弥二郎（1843—1900，吉田松阴松下村塾的弟子、幕末志士，曾任

① 康有为戊戌变法失败后流亡海外，改号更生，以纪念戊戌不死。

明治政府内务大臣)的信中说:

> 启超昔在震旦,游于南海康先生之门。南海之为教也,凡入塾者皆授以《幽室文稿》,曰:苟志气稍偶衰落,辄读此书,胜于暮鼓晨钟也。仆既受此书,因与松阴先生相对晤,而并与阁下相对晤者,数年于兹矣。
>
> 《梁启超年谱长编》,162页

在同一封信的结尾梁又写道:“启超因敬仰松阴、东行(即高杉晋作,字东行。——笔者注)两先生,今更名吉田晋……”。[1]此外,梁氏在其《自由书》中也曾大量摘引松阴的言论,并节抄《松阴文钞》,该书于1906年由广智书局出版。由此可见,吉田松阴对梁的影响之大。

另外,蔡元培在1902年的《浔溪公学第二次冲突之原因》一文中也提到吉田松阴,他认为对一些性情激烈的热血青年可用特别的教育方式:“延其所信服若吉田松阴、西乡南州之流而师之,不拘拘于学科之常例,……”[2]。1902年成立的“爱国学社”的指导方针中也有:“师日本吉田氏松下讲社、西乡氏鹿儿私学之意,重精神教育。”[3]可见,当时中国知识界受吉田松阴影响的

---

① 据冯自由《革命逸史》初集中《亡命客之日本姓名》一文记载,梁启超亡命日本时,曾取日本名字,曰吉田晋,其原因就是“慕日本汉学名士吉田松阴之为人”;另外,《梁启超年谱长编》177页引罗孝高(普)《任公轶事》也说,任公因读吉田松阴之书,慕其为人,因自署“吉田晋”,其与内地知交通函多用此。

② 转引自桑兵著《清末知识界的社团与活动》,北京:三联书店,1995年4月,199页。

③ 同上书,213页。

大有人在，绝非个别现象。在高旭与其弟高增、其叔高燮叔侄主办的《觉民》月刊第9、第10期合本的“青年思潮”栏中，有一篇署名为灵石，题为《读日本中兴先觉志书后》的文章，也很能说明这点。文中说：“吉田松阴、赖三树三郎、宫部鼎藏、真木和泉（中略），皆少年之儒生，慷慨激烈，文武兼资，谋事不成，从容赴义。则我辈少年人或浸淫于腐儒之余波而不能自拔，或畏俗人之讥议而噤若寒蝉，当愧死。”[①]可见，吉田松阴这样的人物在中国的知名度不低，影响也不小。

从中国当时翻译、出版、介绍日文书的规模及影响看，《日本中兴先觉志》一类的书籍在当时中国青年知识分子中广泛传播也不是偶然现象。据熊月之的《西学东渐与晚清社会》介绍，中国从1896年到1911年翻译出版日文书籍的机构至少有95个（见该书641页），势头之大，可见一斑。

从高旭的诗和灵石的文章看，他们对吉田松阴的接受显然受康梁的影响较大，因为他们都没有注意到吉田松阴的扩张思想。这种对吉田松阴的美化以及片面的了解、接受，除因中国改良派看中他的“尊王讨幕”的口号与其保皇宗旨一致、他屡屡失败的一生与其屡遭失败的境遇有共鸣而大肆宣传外，恐怕还和日本文坛一个举足轻重的人物有关，这个人就是德富苏峰。

德富苏峰（1863—1957），是日本明治年间兼及思想、舆论、文学、传媒的大家，他和他主持的《国民新闻》、《国民之友》及民友社刊行的“国民丛书”，都对清末民初的中国思想文化界产生过极大的影响。改良派巨子梁启超不仅思想上、甚至文风上也

① 《〈觉民〉月刊整理重排本》，北京：社会科学文献出版社，1996年5月，233页。

受到了德富苏峰的巨大影响。康梁对吉田松阴的推崇应该与他有关。

德富苏峰于1892年在他“本乡会堂”讲义的基础上写成《吉田松阴》，并在《国民之友》上刊载，1893年又在此基础上出版单行本。以德富苏峰的影响与杂志连载、单行本相继出笼这样的声势，可以推想它在日本文化界产生的影响，而这种影响在若干年后——戊戌政变之后，延续到中国知识分子中间也不是不可能。况且，德富苏峰写《吉田松阴》之本意也并不单单是为吉田松阴立传，而是要通过吉田氏的际遇对日本“明治维新”前的历史趋势和社会潜流进行认识与研讨。这一点特别容易引起谋求革新救国的中国人注意。德富苏峰写于明治二十六年(1893)的《吉田松阴》单行本的“绪言”中，开头就这样写道：“虽然本书的题目是《吉田松阴》，其实说它是以松阴为中心来观察他那个时代的大趋势和潜在变化的诸现象也不为过。如果真要名实相符的话，或者改为《维新革命前史论》也不是不可以。”[1]

如笔者前文所说，20世纪初中国的局势与吉田松阴所处的时代，也就是日本明治维新前的形势，有许多相似之处。自甲午战争后，特别是随着黄遵宪的《日本国志》与《日本杂事诗》的广泛传播，中国已开始把日本作为学习西方富国强兵的成功范例，并形成了既然日本人向西方学习有成效，中国人就应向日本人学习的观念。主张改从西法革故取新，使民族卓然自立。要学西方，先学日本，也成为朝野的共识。正是由于这样的社

---

① 德富苏峰《德富苏峰集》(日文版)，东京：筑摩书房，昭和四十九年四月，159页。

会氛围，虽然戊戌变法失败，但知识阶层学习日本的热情依然高涨。康有为、梁启超等改良派流亡日本之后，中国人留学、游学日本更是达到鼎盛时期，思想界、知识界对日本的关注、学习也更为积极、主动。

梁启超的文章真实地记录了当时的情况。“既旅日本数月，肄日本之文，读日本之书。畴昔所未见之籍，纷触于目；畴昔所未穷之理，腾跃于脑。如幽室见日，枯腹得酒，沾沾自喜，而不敢自私。乃大声疾呼，以告同志曰：我国人之有志新学者，盍亦学日本文哉！日本自维新三十年来，广求智识于寰宇，其所译所著有用之书，不下数千种；而尤详于政治学、资生学（即理财学，日本谓之经济学）、智学（日本谓之哲学）、群学（日本谓之社会学）等，皆开民智、强国基之急务也。”[①]“自居东以来，广收日本书而读之，若行山阴道上，应接不暇；脑质为之改易，思想言论，与前者若出两人，每日阅日本报纸，于日本政界学界之事，相习相望，几于如己国然。”[②]

学习日本的热情和效果，能达到梁启超这样水准的当然是少数，但这样的社会风气自然造成了中国知识分子关注并向国内介绍日本的热情。他们“于日本政界学界之事”，虽然未必达到“几于如己国”的程度，但对于像德富苏峰这样知名度极高、影响极大的人物的著作文章应该不会放过。在这种情况下，《吉田松阴》被中国知识界关注并被介绍到国内就很正常，而德富苏峰

① 梁启超《论学日本文之益》，见《饮冰室合集文集》之4，北京：中华书局，1936年版影印本，81页。

② 梁启超《夏威夷游记》，见《饮冰室合集专集》之22，北京：中华书局，1936年版影印本，186页。

对吉田松阴的认识与评价影响到中国人也就顺理成章了。

除前文所及德富苏峰氏对吉田松阴的评价外，还有一点特别值得注意，那就是苏峰还把吉田比作意大利民族、民主革命家玛志尼。这对中国当时具有革命倾向的青年影响应该比较大，这可能也正是高旭在接受吉田松阴时与康梁等改良派有所区别的原因。高旭在诗中把更多的革命精神赋予吉田松阴，赞美他是以“热血”换“自由”、不做“马牛”做“国民”的斗士，是使日本“飘摇”“百万独立旗”的“先觉”。

德富苏峰的《吉田松阴》第17章的题目就是《松阴与玛志尼》。作者在文中这样写道：“回顾松阴的一生，我们不能不想到玛志尼其人，何出此言呢？因为他们二人所处的时代相近、境遇相仿、性情相类、人品相似、活动相同，一言以蔽之，称松阴为小玛志尼也未尝不可。我们之所以敢把他称为小玛志尼，是因为他不但在情操、事业、理想、品行等方面都与玛志尼相仿佛，甚至是在玛志尼的百尺竿头更进一步。……如果在我邦革命史上寻求可与玛志尼比肩者的话，则诸多革命者中非松阴莫属。松阴在我维新革命史中的地位是非常重要的啊！他光明磊落、大胆的品格，百折不挠、坚定不移的信念，神秘的宗教情怀，不能不让人看作是玛志尼式的典型。”①

玛志尼（1805—1872），意大利革命志士，曾参加“烧炭党”，反抗奥地利人的统治，后组织“少年意大利”，为意大利的独立和统一事业而不懈奋斗。他曾三次被判死刑，多次被捕入狱、遭流放。由于当时意大利统治者的追捕，从1832年起他藏身于

① 德富苏峰《德富苏峰集》（日文版），东京：筑摩书房，昭和四十九年四月，232～235页。

法国社会最下层长达20年之久，过着一般人难以忍受的艰苦生活，但他仍然纠合同志组织欧洲范围内的“少年欧罗巴”党。他淡泊名利，意大利独立后，塞尔基尼亚王朝曾任命他为首相，但他未就任。他四度入选意大利国会。他奉行平民主义，主张独立、自由、平等、友爱、进步。

玛志尼在当时中国的革命青年中有极高的知名度和极大的影响力，当时革命派的诗文中，玛志尼的名字出现的频率是极高的。例如，高旭在《报载某志士送其未婚妻北行，赠之以诗，而诗阙焉，为补六章》中就有“娶妻当娶苏菲亚，嫁夫当嫁玛志尼”的诗句。[①]高旭的另一首诗中也有“政治异帜真恢奇，意大利产马志尼”的句子。[②]另外，高旭所作《觉民》月刊的《觉民发刊词》中也有“试游于欧美之乡，吸自由之空气，撞独立之警钟，吊华盛顿克林威尔与夫玛志尼加富尔诸英雄，莫不豪兴勃勃，……”[③]的句子。马君武在他1903年所作之《欧学之片影》中谈共和政体时特意引玛志尼之语，“吾侪以重造意大利国为天职，以建立共和国为目的，以革命为手段，以破坏为宗旨。虽然，吾侪不可不谨记一言曰：教育与破坏并行。无教育之破坏，乃野蛮之破坏，而非文明之破坏也。若是，则吾侪建立共和国之目的，永世而不可达。”[④]柳亚子的诗中也提到玛志尼：“十年悔学雕虫技，一样伤心玛志尼。”[⑤]由于当时无政府主义思潮

① 郭长海、金菊贞编《高旭集》，北京：社会科学文献出版社，2003年，94页。

② 同上书，98页。

③《〈觉民〉月刊整理重排本》，北京：社会科学文献出版社，1996年5月，7页。

④ 莫世祥编《马君武集》，武汉：华中师范大学出版社，1991年10月，126页。

⑤ 柳亚子诗《除夕杂感》，见王学庄、杨天石编《南社史长编》，北京：中国人民大学出版社，1995年5月，24页。

已传入中国，而且对中国青年影响极大，许多中国人把玛志尼的传奇经历与虚无党人的活动相提并论，并且把他当作革命的楷模，这恐怕也是他享有极高知名度的原因之一。在这样的背景下，德富苏峰将吉田与玛志尼相提并论当然有助于吉田知名度的提升和影响力的扩大。

综上所述，可见高旭对吉田松阴的推崇与当时中国的时局、中国知识阶层的吉田松阴热和中国人当时的日本观密切相关。除了受改良派影响外，德富苏峰对吉田松阴的评价、尤其是把他与玛志尼相比较，也对高旭及其同时代的人认识吉田松阴产生了非常重要的影响。

第三节 高旭的涉日诗歌

高旭于1904年秋东渡日本留学，到1905年底因反对日本政府文部省的《取缔清留学生规则》而罢学归国。在日本待的这一年多的时间里，高旭除学习政法、参加组织革命活动、游览日本山川外，还以高涨的热情创作了大量诗歌。高旭旅日时期的诗歌和他在其他时期创作的一些涉及日本的诗歌作品，我们且把它称作“涉日诗歌”。这些作品有的记录了他在异国的生活、见闻和感受，有的则表现了他对中国现实的思考，尤其是对当时国内问题的思考。虽然，他的这些创作是以中国传统的诗词形式为主，但如果我们用跨文化的眼光去审视它，用比较文学的方法去发掘它跨文化、跨国度的特质，就会发现它特殊的审美价值和思想意义。加之，由于反映了当时中国人日本观的微妙变化，他的这些诗歌可以作为我们研究这个问题的一个标本。因此，高旭的诗歌还是具有相当高的研究价值的。

高旭的东渡，正是甲午战争和庚子事变之后中国人留学日本热高涨的时候。由于原来不被中国人看在眼里的日本的崛起，使得中国知识分子看到学习西方、富国强兵会卓有成效，认为“日本学习欧美，故其强同于欧美。吾若学习欧美如日本，则其强亦必如日本然。吾文学风气去欧美甚远，势难直接为之，不若间接以学习日本之为便。庚子以后,各省留学于东京者骤增数倍,其不本此意以为宗旨者,恐百无一人也。”[①]在这样的大背景下,高旭也正是抱着“不作书生作学生”[②]的态度东渡日本,进入东京法政大学学习的。

正是由于“日本学习西方取得了极大的成功”这样一种认识成为当时中国朝野的共识,因此,对日本成功的羡慕和把日本作为中国榜样的这样一种心态,在当时留日学子中占大多数。高旭的许多涉日诗歌,也正是基于这样的心态完成的。他的诗歌中表现了他的日本观感:

《长崎泊舟》:

民性勤劳号朴诚,衬将风物绝清明。青山两岸成都市,半日闲从画里行。

《登浅草凌云阁》:

愧兹都会真繁华,满眼欢虞万灶炊。怪他富士多情甚,隐约山光扑面来。

《上野公园看樱花》:

樱花满上野,游兴一时揭。深入画图里,漫天飞绛雪。濯濯屐齿声,断续难分别。姿容美窈窕,要眇宜修洁。衣香人影间,万念时起灭。名花与美人,秾艳

① 《大陆》1903年第7号,转引自王晓秋《中日近代文化交流史》,北京:中华书局,2000年8月,347页。

② 高旭《将东渡,留别黄天叔》,见《高旭集》,北京:社会科学文献出版社,2003年5月,368页。

两超绝。余情苟信芳，对景自怡悦。

《避暑小石川植物园中》：

此间佳种舶来多，白版标以某某科。我拟编成《新尔雅》，释花释草畅收罗。

参差修竹绿回环，流水潺潺心自闲，一缕脑丝天样远，浑疑身不在人间。

微风隔水暗传香，如是声闻净土缘，万木森森人迹少，尽情游遍蔚蓝天。

《游爱宕山》：

树木环绕足清幽，爱着罗裳淡荡游。

《高旭集》，47—57页

从这些诗歌中，我们可以看到高旭眼中的日本：风物清明、景色如画、都市繁华、山区幽静，民性勤劳朴诚，人人安居乐业，简直就是一个理想的桃源胜境。在这个理想国中，连监狱这样的地方也是“四面春风”、“琴声清扬”，是能够使“狡顽儿”一夜之间化为“善良”的“桃李场”，是“众生”的“平等”之乡，就像“天堂”一样。

行行之川越，仿佛桃李场。眼底诸少年，携手如雁行。一曲国民歌，四面春风香。跳舞应音节，琴声清以扬。附丽工艺科，生计庶以康。亦有制造厂，陈设东西厢。再使畜鸡豚，研究耕稼方。据言犯罪人，宜农不宜商。制度除阶级，教育大发皇。佛子与众生，形影淡然忘。一切大自在，同游平等乡。终使狡顽儿，性质化善良。朝则为鸱鸮，夕则为凤凰。人云此地狱，我说是天堂。

《至川越参观少年监狱》，见《高旭集》，58页

毫无疑问，高旭眼中的日本带有相当程度的主观美化色彩。为什么会这样呢？其实，我们前述的当时留日学子的普遍心态，如果上升到理论，就是一种“定型视野”和“时空视差”。由于当时举国的共识是日本学习西方非常成功，赴日之前许多人的日本观已基本定型于这一点。再加上，作为外国人，对于日本的了解毕竟表面成分居多，而对自己国家状况的不满，更强化了他们将所看到的现象加以理想化的趋势。“时空视差是造成涉外文学中将异国异族理想化、观念化，并使之成为‘乌托邦文学’的必要条件之一。当作家们不满本国的社会现实的时候，就可以渲染、美化异域情调，将某一外国或外国文化作为理想寄托。”[①]正是因为这种理想化，高旭不但称赏日本的社会改革，在诗歌中把日本整体形象作为“桃花源”来描写，而且对日本的自然景色，也进行了一定程度的美化。请看他的《游富士山杂诗》：

《宿御殿场松下屋》：

远行不必裹余粮，当暑无需薜荔裳。小宿清樽松下屋，水云泼墨比秋凉。

① 见王向远著《比较文学学科新论》，南昌：江西教育出版社，2002年3月，242页。

《太郎坊小憩》：

鸟啼著耳不知名，远客漫游天放晴。一片菁林深不测，平明跨马雾中行。林光摇乱杂山光，一路浓阴引兴长。恰好淡云微雨候，赏心茶话太郎坊。

《第八合石室中》：

梦中胜迹快探寻，石室更深拥冷衾。败壁棱棱人悄坐，忽看星斗落衣襟。

《登虎岩》：

横空一白接微茫，隐约迷离落日黄。脚下云烟起波浪，顿疑身渡太平洋。

《富士山顶八峰环绕，故有八芙蓉之目》：

茅屋草履野人装，来去纷纷行客忙。同是游山观念异，或占气候或烧香。枯坐空山断俗缘，偶来对石学参禅。芙蓉八朵悉清静，妙历华岩第一天。

《二之宫火车中观海》：

惊波倒卷水弥漫，大壑高悬百亩宽。十丈奔流纵奇态，此种定有怪龙蟠。万船梭织浪飘摇，洪水掀天景廓寥。自笑囊无枚乘笔，又教一度枉观涛。

《高旭集》，54—55页

来自江南水乡的高旭，不但对岛国特有的海景激赏，惭愧自己“囊无枚乘笔”，不能记录“奔流”恣肆、“奇态”竟现的大海而“枉观”雄壮的波涛；就连对江南常见的“淡云微雨”、“雾中行”、“一路浓荫”这样的平常景象，也是赞叹连连。这些描写已经不仅仅是单纯的对景物的描写，其中隐含着的是对日本这个东洋岛国的欣赏、赞美和羡慕。在他的《登富士山放歌》中，富士山就更是崛起的日本形象的象征了。“不见乎富士盘旋地轴撑天起，山势蜿蜒疾走如游龙。造物磅礴凝结此物质，横绝东亚海国气象雄。”“撑天起”、“疾走如游龙”、“磅礴”、“横绝东亚”、“气象雄”，这些词与其说是赞美富士山，不如说是赞美日本。

需要说明的是，近代中国，把日本看作理想胜境并大加赞美者，并非自高旭始，而是始于对近代中国人日本观产生过极大影响的维新派人物黄遵宪。在高旭写这些诗的20多年前，黄遵宪作为政府的外交使节，就已经记下了差不多同样的感受。《日本杂事诗广注》中记录了他陶醉于日本桃源乡般美的感受：“樱花，（中略）墨江（隅田川）左右有数百树，如雪如霞，如锦如荼。余一夕明月，再游其地，真如置身蓬莱中矣。”[①]在《日本杂事诗》中还有这样的诗和注：

> 九州地脉阻昆仑，裨海还瀛水作门。圆峤方壶虽妄语，分明世外此桃源。
>
> 有客长崎者，为言商贾交易以诚信，妇姑无勃谿声，道有拾遗者，必询所主归之，商人所庸客作，令司管钥，他出归无失者。盛哉此风，所谓人崇礼让，民

① 钟叔河辑注点校《黄遵宪日本杂事诗广注》，长沙：湖南人民出版社，1981年10月，163页。

不盗淫者邪！

《人境庐诗草》，838页

黄遵宪笔下的日本，不仅风景秀丽，而且民风淳朴。吴其昌在《梁任公先生别录拾遗》中，也记录了梁启超谈他初到日本的感受：

戊戌亡命日本时，亲见一新邦之兴起，如呼吸凌晨之晓风，脑清身爽。亲见彼邦朝野卿士大夫以至百工，人人乐观活跃，勤奋励进之朝气，居然使千古无闻之小国，献身于新世纪文明之舞台。回视祖国满清政府之老大腐朽，疲癃残疾，肮脏邋遢，相形之下，愈觉日人之可爱可敬。

转引自夏晓虹《晚清社会与文化》，29—30页

梁启超对日本的赞美比黄遵宪是有过之而无不及。此外，柳亚子1904年作《除夕杂感》一诗，回忆拒俄运动，其中也把日本称作蓬莱仙岛："蓬莱仙岛居留地，学界风潮意气雄。"

可见，高旭的看法并非个别。维新革命后的日本在许多中国人的心目中的确是理想之所在。当然，高旭诗歌中的描写是有着强烈的主观色彩的，而诗人这种对日本描写的主观化倾向，正表现了他希望从日本形象中"寻找能够支持自己的思想意识的东西"[1]的期盼。那么，高旭具有什么样的"思想意识"，

① 王向远著《比较文学学科新论》，南昌：江西教育出版社，2002年3月，242页。

他又需要什么样的东西来作为自己“思想意识”的“支撑”呢？对于这点，我们还需要了解高旭留学东京之前和在东京时的思想及活动。

在20世纪初浩浩荡荡的留日大军中，还有一些特殊的人——与清政府持不同政见者。1898年维新失败后，改良派领袖康有为、梁启超等流亡日本；1900年唐才常的自立军起义失败后，也有一批反清志士流亡日本；孙中山等领导的革命派也因屡次发动武装起义受到清政府的通缉，而避难于日本。这些人身边都有作为追随者的留日学生。当时的日本已成为中国改良派与革命派在国外进行活动和宣传的主要基地，也是20世纪初中国各种新思潮的发源地。这也吸引了大批中国进步青年。

高旭虽然并非因追随革命而来日，但他赴日之前和他在日本的活动却清楚地表明他是一个积极投身于反清革命的爱国青年。出国之前，高旭的思想就已由改良转向革命，而当时他的革命思想主要是通过他发表的诗文来表现的。他作于1903年的《读〈法兰西革命史〉，作革命歌》、《读〈俄罗斯大风潮〉》和1904年的《海上大风潮起作歌》等，最能表达他当时的思想倾向。

压力喝起涨力来，怪云毒雾顷刻开。国民活气龙耶虎，跃跃齐登新舞台。

脑兵铲除巴士的，自由权利悉夺回。再诛独夫却普奥，万众一声欢如雷。

剥民脂膏吸民血，鲁意十六何为哉！阻之愈甚愈决裂，硝烟药云惨难说。

蹈汤赴火购太平，掷万头颅流万血。呜呼！我欲不革命，民气日折磨；我欲说革命，忍看血成河。独夫独夫可奈何！

《读〈法兰西革命史〉，作革命歌》，见《高旭集》，344页

奴颜婢膝可怜虫，哭倒欧西布鲁东。我爱自由如爱命，铸金愿事此先锋。

不须高击自由钟，破却盲云万一重。妙手织成新社会，神奇变换殆犹龙。

霹雳当头亦快哉，独夫横陈骨成灰。最倾弱女如花貌，显出屠龙手段来。

君权无上虎狼骄，喝起人群热血烧。冷落神州竟如此，何人为演大风潮！

《读〈俄罗斯大风潮〉》，见《高旭集》，344页

亡国惨状不堪说，奔走海上狂呼号。非种未锄气益旧，雄心郁勃胸中烧。

拟将大网罗天鹏，安得阔斧斫海鳌。鼠子跳梁豺狼横，中原万里莽蓬蒿。

危哉死矣痞痡夫，盍进大黄与芒硝。翻倒鹦鹉碎黄鹤，趋迫上途乘风鏖。

打破局面贵速拙，昭苏万象权我操。相期创造新世界，簸山荡海吼蒲牢。

沐日浴月热潮涌，鱼鳖瑟缩魍魉逃。自由钟铸声初发，独夫台上风萧萧。

当头殷殷飞霹雳，路易十四心旌摇。何来咄咄此

妖孽，助桀为虐狐狸骄。

文明有例购以血，愿戴我头试汝刀。有倡之者必有继，掷万骷髅剑花飘。

中夏侠风太冷落，自此激出千卢骚。要使民权大发达，独立独立呼声嚣。

全国人民公许可，从此高涨红锦潮。……做人牛马不如死，淋漓血灌自由苗。

《海上大风潮起作歌》节录，见《高旭集》，35—36页

从上面三首诗中，我们可看出在外来革命思潮的影响下，高旭的革命思想逐渐形成、发展的过程。在《读〈法兰西革命史〉，作革命歌》中，他还"我欲说革命，忍看血成河"，对革命暴力及其后果心存疑虑，而《读〈俄罗斯大风潮〉》中，已经在为"冷落神州"呼唤"大风潮"了，到《海上大风潮起作歌》就已经视死如归，要用鲜血来换取自由了——"淋漓血灌自由苗"。

如果说高旭出国前的主要革命活动是在一些鼓吹变革和革命的报刊杂志上发表作品的话，那么，到日本后他就积极参加到有组织的革命活动中了。到东京后不久，他结识了流亡日本的革命党人宋教仁和陈天华，真正理解了革命救国的道理，并经常与留学生田桐、程家柽等一起探讨反清救国的道路；1905年7月，孙中山从欧洲到达日本横滨，着手组织革命团体，8月，中国同盟会成立，高旭便成为同盟会第一批会员，并担任江苏省主盟人；1905年9月，他创办了《醒狮》杂志，该杂志是同盟会机关刊物《民报》创刊之前，东京留学界最具有批判锋芒和战斗力的刊物。"从此，高旭不仅在思想上，而且在组织上也成

了一个纯正的革命党人”。[1]

当然，革命并非目的，而是一种手段，是使国家富强、人民安居乐业的一种手段。高旭觉得自己梦寐以求的国富民强的理想在日本已经得到实现，而日本的这种得以实现的理想正是革命的结果。他来日本的一个主要的任务就是取革命的真经，使中国像日本一样强大起来，不再受列强的欺辱。这种诉求在他的一些诗歌里也有明显的表述。《徂东二月，闻国中大狱又起。酒酣耳热，引吭为歌，亦变征之声也》一诗中他这样写道：

男儿慷慨意气雄，破浪万里乘长风。舍舟登陆发长啸，脱帽来谒南州翁。

参天铜像争识认，如此伟人世无并。即今精气尚如生，自是东洋老革命。

《高旭集》，369页

这里，高旭对“东洋老革命”的赞叹、拜谒其实就是对其革命的赞赏，也是对中国未来的希望。在诗人的心中，日本已然是一个革命成功的样板了。“拟挟乡间诸年少，把臂横来渡此间。令他一一发雄心，洗尽向来儿女颜。……”[2]。东渡学习革命经验，在高旭看来是救国的方略了。

其实，这种把日本作为楷模的观念，与维新派的日本观在本质上是非常一致的。也就是说，正像维新派把日本作为其提

① 郭长海、金菊贞《高旭集·前言》，见《高旭集》，北京：社会科学文献出版社，2003年5月，3页。

②《徂东二月，闻国中大狱又起。酒酣耳热，引吭为歌，亦变征之声也》，见《高旭集》，北京：社会科学文献出版社，2003年5月，369页。

倡改良变法的最有说服力的证据一样，革命派也把日本作为其倡导革命的有力证据。这时，中国的有识之士在救亡图存的路线上虽然已经出现了“革命”与“改良”的分歧，但革命派中的大多数，在对日本的认识上还是深受改良派影响的，高旭也是如此。康有为在第四次上奏书中说：“日本蕞尔三岛，土地人民不能当中国之十一，近者其皇睦仁与其相三条实美改纪其政，国日富强，乃能灭我琉球，割我辽台。以土之大，不更化则削弱如此；以日之小，能更化则骤强如彼。岂非明效大验哉。”[①]高旭的涉日诗歌所表现的日本观就是以康有为这种日本观为原型的，可以说他的诗歌正好为康有为的日本“国日富强说”做了具体的说明。

正是由于身为外国人，不了解日本自明治维新以来社会政治斗争的复杂性，不清楚其社会的每一点进步都是经过艰难斗争得来的，不知道一般老百姓为之所付出的代价，因而，高旭诗中的日本，就具有了“桃花源”似的特性。而这个反射到他的脑中的日本，也就成了一面又圆又大又亮的镜子、一把衡量国家强弱标准的尺子，他用它来比照中国的社会现实。所以，我们看到的高旭的涉日诗歌中，有许多诗都是双声部变调曲：开始以明朗、赞赏的笔调描写日本见闻，写着写着，诗人笔锋突然一转，跳到中国，诗风也一下子转为苍凉、沉郁，甚至悲愤，与前面截然不同。但因为诗人完全出自真情，忧国心切，虽然突兀，却无不妥，读来仍是那样自然，毫无不适。这几乎成为他涉日诗歌的统一风格。

---

① 转引自依田熹家《中日两国近代化比较研究》，北京：北京大学出版社，1991年7月，134页。

《登浅草凌云阁》中，前四句写日本都会“繁华”、炊烟“欢虞”的升平景象，后四句笔锋一转，就成了“西风瑟瑟水迢迢，苦忆花开故国遥。独依危栏人不识，百端哀感集今朝。”《上野公园看樱花》也是，前半部分是“衣香人影”、“名花美人”，如在画中，怡然自得，但一想到祖国，立刻就是悲愁满怀：“沉沉怀古国，风光正凄切。愁思忽中来，泪迸流泉咽。浩荡怨灵修，谁使金瓯缺。岂无美妙花，惜供他人折。东风恣狂荡，啼洒杜鹃血。日暮登高邱，怅望无言说。”《登富士山放歌》更是以汪洋恣肆的诗句，对富士山的壮丽景色纵情高歌：“火云烧天天色变为赤，朱霞片片飞散光熊熊。六鳌扬鬐怒触霹雳斧，血花万缕喷吐五色虹……”。但当人到山顶，诗到高潮时，突然变调：

> 披襟直上最高顶，消除块垒长啸剑之锋。男儿到此差快意，从今洗尽芥蒂平生胸。狂来更倾斗酒依绝壁，下览赤县盲云充塞鼾睡浓。警叫一声中华大帝国，天声隆隆震动轩辕宫。无奈偌大睡狮沉醉颓卧终不醒，垂头丧气爪牙脱落双耳聋。

《高旭集》，53页

这些对满清统治下的中华帝国的绝妙画像的诗句，真是让人又悲又急，禁不住会热血沸腾。《徂东二月，闻国中大狱又起。酒酣耳热，引吭为歌，亦变征之声也》和《至川越参观少年监狱》也是同样的手法。

> 回首神州叹陆沉，拔剑斫地空悲愤。梦魂飞上富

士山，天风吹我襟怀开。

乾坤到此何空阔，海波浩浩去不还。拟挟乡间诸年少，把臂横来渡此间。

令他一一发雄心，洗尽向来儿女颜。……民族颠危花眼露，志士弃藏秋后扇。

盗憎主人比蛇蝎，千刀万剐恣割宰。剐界强权复侵入，操刀群争比鱼烂。

波兰印度奴隶苦，前车之覆剧凄惨。中原供作游牧场，汉家王气果安在？

延颈劳劳向西望，龙旗黯淡无光彩。咄尔睡狮及今醒，起看辽东大激战。

《徂东二月，闻国中大狱又起》，见《高旭集》，369页

反观病夫国，惨淡无日光。不教而杀戮，政治真荒唐！酿成血世界，人命贱犬羊。哀哉蚩蚩氓，犹说天降殃。静言以思之。泪落难斗量。

《至川越参观少年监狱》，见《高旭集》，58—59页

诗人身在异域，通过异域这面镜子反观自己的国家，镜像中的中华老帝国身上的弊病就像显微镜下的标本一样，一清二楚。这种反观，貌似悲观，其实是充满希望与企盼的。在诗人内心深处，中国衰败的现实是日本曾经的过去，日本“崛起”的现实就是变革后的中国的未来。从这个角度看，诗人美化日本并以之对照中国的颓败，实际上都是企盼中国变革并通过变革走向富强。

我们看到，高旭诗中的日本形象与苏曼殊诗中的日本形象

一样，虽然都存在着“乌托邦”化的倾向，但高旭是为了促进中国尽快改变现状，而苏曼殊是为了回避中日关系的现实；高旭的诗歌是充满了现实关怀的，苏曼殊的诗则只是表露他个人的情怀；高旭的诗歌常常表现出“诗界革命”时代的改良特征，但其中透露出的却是传统的“士”的忧国情怀，而苏曼殊的诗歌篇篇都恪守传统诗歌的规范，但骨子里却是近代西方浪漫诗人般的孤独、反叛精神。

高旭与曼殊的不同还在于，他美化日本但并没有忘记、也并不回避中日关系的现实。他在诗歌里常常提起甲午的惨败、马关的耻辱和辽东（日俄战争）的难堪。

马关订约当年事，客子行经心暗伤。国耻即今犹未雪，游人争说李鸿章。

《过马关》，见《高旭集》，47页

庄严乐土妙相逢，花草秾华映眼中。恨杀东皇无意思，先教海国占春风。

《东京元旦》，见《高旭集》，377页

囊中宝剑不平鸣，踏破三山梦魂惊。东国即今刚战胜，唤人痴睡鼓鼙声。

破碎山河撼朔风，群生弹指化沙虫。陶尧铸舜伊谁责，独立苍茫怀福翁（指福泽谕吉）。

《送热忱子归国》，见《高旭集》，378页俄鹫英狮日蟒蛇，一齐攫啖到中华。思量此际无言说，满目凄凉恨岂赊。

《游东三省动物园》，见《高旭集》，133页

西方白狄骄无比，东海黄龙荡不收。他日归来君莫问，好挥铁血洗神州。

《力山东渡话别海上》，见《高旭集》，67页

南下长蛇逞剪屠，泰山危卵要人扶。伤心辽海风云黑，奈何东方一病夫。

俯仰随人不自由，国权让去再还否？两雄胜负且休问，兵费烦君赶速筹。

鹰思飞跃鹘高翔，解决平和顿绝望。搁起满韩交换论，药烟硝雨郁苍苍。

甘心为马复为牛，祸促瓜分民族羞。中立岂输独立好，汉儿依旧拜天囚。

《感日俄战争而作》，见《高旭集》，352页

诗人为马关的耻辱而伤心，因"海国"日本已占先机、中国却仍"痴睡"不醒而焦虑。日俄战争的炮火，对诗人来说犹如声声鼙鼓，他已感到祖国被瓜分的威胁越来越近，不仅"西方白狄骄无比"，东海的日本也羽翼丰满，中国面对的是"俄鹫英狮日蟒蛇"，是东西方帝国主义侵吞的血盆大口。高旭的诗表现出，他已经充分意识到日本对中国的野心与威胁。因而，他把日本与西方列强相提并论，称之为"东海黄龙"。面对日俄"两雄"在

中国领土上争胜负，中国政府却只能“中立”，而且还得负责筹集“兵费”的尴尬局面，高旭感到羞耻，并为中华民族的未来而担忧：中国人难道真能“甘心为马复为牛”，做“俯仰随人不自由”的囚奴吗？面对如此危机，谁来担当唤起国人自强自立的启蒙者，怎样才能使懵懵懂懂的“群生”成为“尧舜”呢？虽然为了救国到日本学习，但诗人明白救国只能靠自己，“信美非吾土，依人觉汝羞”。因此，他和友人共勉“不甘侪木石，拼欲作牺牲。”（《送叔子归国》）要以生命来捍卫自己的国家。

1905年9月，高旭在东京创办的《醒狮》杂志，以“输入文明学说，提倡国民尚武精神”为宗旨，实际上也是他谋求救国的一种努力。这一年，他还步岳飞的满江红韵写下了《满江红·东京寓楼偶读岳武穆作，感步原韵》，以此表达自己救国的决心：

> 板荡中原，三百载，文明消歇。最痛心，岳爷死后，无人争烈。精卫恨填东海石，胡兵醉踏中华月。笛声来，一曲念家山，思归切！
>
> 孤臣操，冰与雪；沧桑感，谁能灭？忆当年愤把唾壶敲缺。炸弹轰残豺虎窟，河山染遍鲸鲵血。庆重生再见汉衣冠，唐宫阙！

《高旭集》，273页

可是，要使积弱已久的中国强盛，的确是异常艰难的。腐朽的封建王朝还在作威作福，革命党、改良派意见不一，千万民众尚未启蒙……，需要做的事太多却又无头绪。面对这样的现实，诗人禁不住吟叹：“移山思猛士，卫石感精禽。种种罗蒲发，劳老屈宋心。可怜当世事，相视恐难任。”(《送叔子归国》)看着眼前已然被“米锦欧花”“点缀”的非常近代化的日本，回望自己满目疮痍的祖国，诗人常常既悲又痛：“海天寥阔剧愁绝，万里回头恨国门。”(赠髯侠，即步其韵)“中原文物似前不？浮云遮日使人愁。”(《浣溪沙·思祖国》)他甚至连给爱人的诗中，都常常吟哦这种内心的痛苦：

为哭苍生泪眼揩，中原浩劫痛无涯。……

《东京寄亚希女士》，见《高旭集》，368页

挑灯谁与语？时复读《离骚》。此日沉湘水，它日谥洞箫。绿蕉愁里听，红豆酒来浇。国破山河在，西风骨已销。……故国怀芳草，天涯听杜鹃。

《东京寄亚希》，见《高旭集》，56页

从前揭诗中可以看出，高旭对日俄战争有着清醒的认识，同样的观点也表现在他主办的《觉民》所刊的文章中。和高旭的《感日俄战争而作》同时发表于该刊第六期一篇署名为自新、题为《日俄战事之结局即中国灭亡之末途》的文章，对于这场战争的看法与高旭极为一致。文中对日本的野心还有极为透彻的分析：

使言乎日胜俄，则中国遂可免乎？夫日本自明治政变以来，以区区三岛，一跃而为一等强国。及甲午之役，战胜中国。于是益骎骎乎有王长黄人，冠冕东

亚之概。洎乎西人瓜分之说盛行，日人以车辅之故，不能不有概于其心。于是作为仁义，建东亚同盟之会，持保持东势之说。凡此作为，岂日人诚有爱乎中国哉！以唇齿之害相及，与强俄之迫处其侧也。数年之间养精蓄锐，今则其机已熟，其势已成。值满洲事起，遂假俄人而一试其锋。乃一举而毁其坚艇，再举而陷其要口，三举而裂其巡舰，弊其总督。使循此以往，摒强俄而北之，收满州，缮兵备。当此之时，势力充饱，已足与欧美列强抗衡并轭。既据优胜之地，又无北顾之忧。夫得陇望蜀者，振古之恒情，乘胜而进者，扩国之要点，势必倒戈南向，窥伺中原。而列强眈眈，岂甘日人独步。不实行瓜分政策，乌能使势敌力均乎？信如斯也。

《〈觉民〉月刊整理重排本》，88页

该刊第9、第10期合本上另有一篇题为《日俄胜负后之影响》的文章，也尖锐地指出：

日本大胜俄，俄势稍杀。而中国人欣欣然有得色。呜呼！日胜俄，中国果足恃乎？夫俄胜之非中国福，三尺童子知之矣。抑知日胜果何如？自记者之眼光观察之，则以为无论日与俄之孰胜孰负，均非中国之利也。使俄胜日，中国立至瓜分，使日胜俄，中国亦必失去主权之一部。

同上书，213页

文章虽不一定出自高旭之手，但作为主编刊物的高旭选中这些文章，本身也足以说明他的观点。尽管高旭在日留学时的诗歌创作对日本多有赞美之词和乌托邦想象，但早在留学前的1904年，他就已经对日本的野心有比较清醒的认识了。可以看出，高旭对黄遵宪一代的日本观是有所超越的，他不但赞成积极地学习日本社会改革的成功经验，并通过日本向西方学习，而且对"同文同种"的日本也确实怀有亲近感，但对于日本的本质和中日关系未来的走向，他也有着清醒的认识和估计，比同时代的许多人要看得更深、更远。如果我们不为尊者讳、贤者讳的话，可以看看同时代的秋瑾写的关于日俄战争的诗。

狡俄阴鸷大无信，盟约未函莽寻衅。全球公理置不珍，夺我陪都恣蹂躏。

当时讋语至外交，十年不觉祸以包。经营未半机谋露，转瞬松花起怒涛。

喋血瞋人侈虎视，蚕食东方势未止。明治天皇雄武姿，独立精神寒鉴齿。

奋发神威不可当，投袂扫穴殴贪狼。将军爱国皆擐甲，侠士闻风尽裹粮。

貔貅海上军容壮，冒雪凌霜如挟纩。一炬横飞敌舰摧，精魂都向波中丧。

何物幺幺不自思，怒车螳臂敢相持？一歼再歼慑其魄，五日堂堂三报捷。

捷报飞来大地欢，从今世界庆安澜。草木山河皆变色，未许潜蛟侧目看。

仁乎壮哉赤十字，女子从军卫战士。吁嗟一线义勇队，唤起国魂强宗类。

掀天揭地气不磨，吮血吞冰勿蹉跎。几欲起舞乘风去，拍手樽前唱凯歌。

《日本服部夫人属作日本海军凯歌》[①]

秋瑾的这首诗写于日俄战争爆发（1904年1月）后不久，与高旭的《感日俄战争而作》和自新的《日俄战事之结局即中国灭亡之末途》差不多同时发表（该期《觉民》月刊发行于1904年3月），但诗中对这场战争的性质和中国未来命运的认识却大不相同。与秋瑾的站在日本一方谴责帝俄，天真、单纯地为日本的胜利"拍手"、"唱凯歌"、"几欲起舞"相比，高旭则认识到"两雄"之争，都是为其在华利益的最大实现，无论谁胜谁败，中华民族都面临着危机。他的痛感"俯仰随人不自由"，担心"国权"丧失、民族失去"独立"和对日本觊觎中国野心的忧虑，显然要深刻的多，而且后来的历史也充分证明了他的担心并非多余。

当然，由于甲午之后的1896年签署的《中俄密约》使清政府上当受骗，受制于沙俄，许多中国人对帝俄扩张有所警惕，但对日本野心估计不足。如1898年11月，梁启超致大阪日清协会山本梅崖书中就说："仆以为露（俄）之为东方患，虽五尺童子皆知之矣。然我东方欲自保立，必及露人羽翼未成，庶几尚可以止之"。[②]由于"中国久受俄人凌虐，故当日俄战争期中，一

① 见刘玉来《秋瑾诗词注释》，银川：宁夏人民出版社，1983年4月版，146页。

② 汤志均著《乘槎新获——从戊戌到辛亥》，南京：江苏古籍出版社，1990年10月，592、653页。

般皆怀兄弟急难之义，虽云中立，在精神上及物质上均为日本之助。”[1]当时改良派的“郑观应等在广州等地捐款组织赤十字社，准备治疗日本伤兵；革命派中也有人倡议‘编成义兵’，附入日军，去打头阵。”[2]可见秋瑾的态度也属正常，这恐怕也是当时大多数中国人的态度。因为连朝廷都是在战事结束时才明白过来，日本是要取俄国而代之的。“待战局既定，和议已开，清廷始知日本志不在小，将有以暴易暴之惧”。[3]唯其如此，高旭他们的看法就更为可贵。

需要注意的是，像许多当年曾留学日本的国人一样，高旭对日本的感情是很复杂的。他既警惕日本对中国的野心，对之怀有戒心，又对比中国先走上强国之路的、自己曾学习生活过的那个岛国有一种难以言表的情感，这在他1910年作的一首诗及该诗的小序中都有所流露：

乙巳登富士山，拾石一拳，纳诸行箧。今适启视，俨然犹在。诗以咏之。

黄流日夜涛声哀，一舟横渡胸开怀。
袖中藏得富士山，掉头不顾归去来。

《高旭集》，130页

通过分析高旭的“涉日”诗歌，我们可以看出，由黄遵宪开启的、自甲午战争后普遍被中国人接受的日本认识——日本是

① 王芸生编著《六十年来中国与日本》第4卷，北京：三联书店，2005年，216页。
② 杨天石著《从帝制走向共和》，北京：社会科学文献出版社，2002年，107页。
③ 王芸生编著《六十年来中国与日本》第4卷，北京：三联书店，2005年，216页。

中国走向近代化的老师，正在发生着变化。当然，中国人的日本观的变化，主要是由日本自身的所作所为而决定的。正是日本对中国的野心，使中国对这个曾是自己学生又是自己老师的东邻产生了戒备与敌对心理。试想，连日俄战争结束后代表俄国与日本谈判的威特伯爵都说："日人欺凌其同种同文同宗教的中国，静言思之，毋乃不智乎？"[①]中国人对此怎会无动于衷？高旭的诗正是记录了中国人在这样的历史中的真情实感，他表现出了甲午战争后形成的中国人日本观的微妙变化，这也是在之后的中日交往中，中国人日本观变化的开端吧。

从历史上看，无论是作为政治家还是作为诗人，高旭都不是那种能执时代牛耳、引领潮流的人物，他只是一个紧跟时代潮流的追随者和附和者。在政治上，他先赞同改良主义、后走向主张革命；在思想上，他能接受西方的思潮，如无政府主义、男女平权思想，但又对陈旧的道德大加赞赏，写出《孝女何爱文传》，赞美割股救父的愚孝之女；在文学上，他既响应诗界革命的号召，积极以新词汇入诗，又认为还是旧诗的意境好。但唯其如此，高旭的经历和他的作品给我们保留了一段真实、完整的历史，使我们得以通过它们了解那个时代的真面目。这也许正是他的价值所在。

① 王芸生编著《六十年来中国与日本》第4卷，北京：三联书店，2005年，203页。

第三章
马君武与日本

马君武(1881—1940),原名道凝,字厚山,后更名同,留学日本后又更名和,字贵公,号君武,后以君武行。曾用笔名有贵公、马贵公、马悔等。马君武出身于广西一个小幕僚家庭,父亲早年去世,由母亲做工抚养并随表舅读书。1899年,他考入桂林体用学堂,开始接受新式教育,后因撰文评论朝政得失而被开除。之后,马君武远赴新加坡,见到流亡中的康有为及其弟子徐勤等,随后开始了他与保皇派的一段交往。1900年到1901年间,他曾在广州、上海读书,1901年冬赴日,1903年9月入京都帝国大学学习制造化工专业,成为京都大学的第一个外国留学生。1905年,他参加同盟会,后回国,曾执教于中国公学并参加国学保存会,1906年末因官方缉捕远走德国。辛亥革命后归国,并积极参加南京共和政府筹组工作,二次革命失败后再次赴德国留学,于1915年获柏林工业大学工学博士学位,成为中国留德学生中第一个获得工学博士学位者。归国后的他曾积极参与政事,任交通署长、广西省长等职,后致力于教育,1940年病逝于广西大学校长任上。

在南社作家群中，马君武是桂冠最多的一个。他是著名的资产阶级民主革命者，杰出的教育家和学者，卓越的翻译家和爱国诗人。的确，当我们回望近代历史时，会发现哪一顶桂冠对他来说都很合适。

他青年时代由改良而革命，从师事康有为到追随孙中山，曾参与同盟会的筹建及同盟会章程的起草；辛亥革命后，他参与南京政府组建工作并力挺孙中山任临时大总统；袁世凯篡权后，他参与改组国民党和“二次革命”。

他曾任中国公学总教习兼理化教授（1906）、上海大厦大学校长（1924）、北京国立工业大学校长（1925）、中国公学校长（1930）、广州培贵中学校长（1936）；他创建了广西大学并三任该校校长（1927—1928、1931—1936、1939—1940），提出生产教育与劳工教育的办学方针，以“保卫中华，发达广西”为立校宗旨；他创办了广西大学植物研究所，与李四光筹建了桂林科学实验馆。

他曾一度留学东洋，两度求学德国，先后就学、毕业于日本京都大学（1903—1905）、德国柏林工业大学（1911）、柏林农科大学（1915），成为我国在德国获工学博士学位的第一人。他精通英、法、日、德四种语言，曾翻译过福本诚的《法兰西今世史》，斯宾塞的《女权篇》、《社会学原理》，达尔文的《物竞篇》、《天择篇》、《物种原始》，卢梭的《民约论》，海克尔的《赫克尔一元哲学》，穆勒的《自由原理》，拜伦的《哀希腊》，席勒的《威廉·退尔》，胡德的《缝衣歌》，歌德的《阿明临海岸哭女诗》（《少年维特之烦恼》片断）和《米丽容》（《威廉麦斯特的学习时代》片断），托尔斯泰的《心狱》（《复活》），还有温斯渥斯的《平面几何学》、胡沙克的《矿物学》、朗约斯丁的《机械学》、阮荪的《化学原理》和《有机化学》……从学科上看，这些译著有文学、历史、哲学、社会、理化、工矿，几乎囊括了社会科学与自然科学的所有门类；从语言上看，有英、德、法、日数种。此外，他还留下了一百多首诗歌作品和大量的论述、史传、随笔、时论、演说等文稿。

事实上，除了上述广为人知的成就外，马君武还有许多作为。如他曾任过兵工厂总工程师、化工厂厂长、中华民国实业部次长、中华民国护法军政府秘书、交通总长、广西省长；他曾主笔《新民丛报》、《民报》等清末民初的重要报刊；他利用留学时的业余时间编了中国第一本《德华字典》……对于今天的人来说，这些事，随便哪一件都是够干一辈子的“事业”，但他似乎捎捎带带就做了，这样高效率的人生的确有些不可思议。个人的努力当然是重要的，但从时代给予个人的空间来看，马君武那一代人算是幸运的。

关于马君武的研究，在大陆可以说不冷不热。几十年间，有将近40篇文章散见于20余种报刊上，一般的文学史也会给他一些篇幅。作为一个历史人物，马君武是幸运的，虽然马君武曾是国民党元老、高官，但因其早逝(1940)，又与孙中山关系密切，故谈到历史上与他相关的部分，总还给他留有一定的位置；但作为一段历史的马君武却是不幸的，由于意识形态宣传的需要，他被展现给世人的只是他的一部分，而且是不太准确的一部分。以文学而论，马君武更多地被注意到的是他的诗歌，包括译诗，对于他那些挥洒自如、汪洋恣肆、饱含自由民主精神的文章却很少被论及；以思想而论，学界谈得更多的是他对社会主义思想的介绍，关于他大量的、对欧洲自由主义思想的介绍则论及很少；从政治上看，他似乎是孙中山的影子而已；以一个人来看，他为人们津津乐道的又是些逸闻轶事。以笔者的能力，当然难以还原一个真正的马君武，笔者只是想就马君武早年在日本的活动和著述做一些带个人色彩的、但尽可能客观可信的梳理。

第一节　马君武在日本

马君武于1901年秋冬间赴日，1905年底回国，在日本有四年多的时间。这四年多中，除1903—1905年在京都帝国大学学习外，他还做了大量西方思想翻译介绍的工作，开展了一些实际的革命活动，思想上也发生了由改良到革命的转变。追寻马君武在日期间的足迹，我们会发现一个爱国青年成长的曲折道路，也可以了解西方思想对近代中国革命历程所产生的影响，以及这种影响因途经日本而产生的复杂性。

首先，我们来看马君武在日本的活动。马君武在日本从事的革命活动包括他和改良派交往时所做的工作。精通英、法文的马君武没有去欧洲留学，而是去了日本，这一选择本身就表明了马君武这一时期的思想追求和时代对他的影响，当然也反映了他这一时期的交际范围。当时变法虽然失败，但改良派的影响还是很大，日本正是改良派的大本营，赴日留学成为一种潮流，而马君武又由于一年前曾去南洋拜见康有为而与改良派有了一段渊源。马君武在1901年冬赴日后，即住进大同学校，开始了与梁启超的交往，并积极参与了《新民丛报》等改良派报刊的编辑撰稿工作。这种情况一直持续到他进入京都大学学习。马君武在日本期间，思想上由改良到革命的转变以及他和改良派关系由密到疏的变化，有一个渐进过程，而非“突然中断与康梁改良派的长期交往，放弃维新改良主张。”[①]

马君武与梁启超的关系在国内许多文章中也多有不准确的地方。首先，马君武由赞同改良转向排满革命并不是与改良派交恶以后。马君武于1902年4月与章太炎、秦力山等人在东京发起“支那亡国二百四十二年纪念会”，1903年在留日学生春节恳亲会上发表排满演说[②]，这虽然表明他已经放弃了改良的立场，但是并不能证明他与梁启超等改良派交恶。事实是，这一段他仍与梁启超保持联系，并一直在梁办的刊物上发表文章，梁启超还在癸卯（1903）正月初十为马君武所译的约翰弥勒的《自由原理》写了热情洋溢的序言，称赞马君武的翻译是严复译“《天演论》以后，吾国得第二之善译本”。[③]可见，马君武的倾向反满革命并不是与梁启超等改良派交恶后开始的。另外，许多文章说马君武在1902年春梁启超赴美时，曾代其主持《新民丛报》的编辑工作。而事实是，梁启超1902年一直在日本忙于《新民丛报》与《新小说》的工作，根本没有去美洲，倒是1900年春夏间他一直待在檀香山，7月因起兵勤王才返香港、上海，事败后于是年8月赴澳洲，直到1901年4月才回到日本。而梁的第二次赴美是在1903年正月二十三日（以上梁启超行踪资料均来自丁文江、赵丰田编《梁启超年谱长编》）。一些文章的一再

① 莫世祥编《马君武集》前言，武汉：华中师范大学出版社，1991年10月。

② 国内一般研究者取冯自由《中华民国开国前革命史》和刘成禺《先总理旧德录》的记载，认为此次演说是由孙中山安排，有马君武和刘成禺两人先后登台演说，但据桑兵根据当时的新闻报道考证，演说者只有马君武一人，而且并非孙中山事先安排。详见桑兵著《清末新知识界的社团与活动》，北京：三联书店，1995年4月，172～178页。

③ 莫世祥编《马君武集》，武汉：华中师范大学出版社，1991年10月，29页。

讹错可能与马君武的《壬寅送梁任公之美洲》一诗有关，但很明显马君武的这首诗在时间上是出了问题的，不知是他本人的笔误还是出版印刷的问题。

国内一般介绍均言，1902年春，马君武由宫崎民藏介绍与孙中山相识，随后，他听取了孙中山的建议，于当年4月到东京求学，并住秦力山处，以摆脱改良派的影响。这似乎对马君武由改良转向革命关系重大。这种说法其实是一种惯性思维的结果——即爱国青年走上革命的正道，一定要有一个引路人。对于当时的马君武来说，这个引路人当然以孙中山最为合适。但是，在马君武的回忆里也没有确切地证明这一说法[①]。当时的实际情况是，秦力山在自立军起义失败后所产生的偏激情绪的影响下，怀疑一切，不仅对康有为多有指责，与孙中山关系也并不和睦。1901年7月，他还在《国民报》上发表文章，认为孙"其笼络人才，假仁假义，口是心非，则梁山伯宋江之替人也"。[②]

其实，马君武与秦力山发生实际联系的中间人更有可能是章太炎。当时章太炎不但经常出入《新民丛报》与梁启超来往，而且与秦力山间的关系也较孙中山与秦的关系为好，马君武当时也正与《新民丛报》关系密切，他很可能就是这时与章太炎结识的，他们三人之间的关系从他们都是"亡国纪念会"发起人的成员这一点可以看出端倪。从形势上看，标志着马君武公开主张排满革命是1902年4月的"亡国纪念会"，而留日学界革命倾向的普遍公开化，到1903年才比较明显。由此可见，马君武的转

① 马君武《孙总理》，见莫世祥编《马君武集》，武汉：华中师范大学出版社，1991年10月，471～472页。

② 桑兵著《清末知识界的社团与活动》，北京：三联书店，1995年4月，158页。

向革命正是革命的低潮时期，而在这种情况下除非他自己有明确的信念，外在的影响作用是极为有限的。我们看历史人物应当尽量摆脱“文革”时期样板戏塑造人物的模式：当一个人处于思想转变的关键时刻必然出现一个具有远见的人指引迷途。

马君武思想转变的原因未必非孙中山指引莫属。那么，马君武的思想转变动力来自哪里呢？谈这个问题必须注意这一段时间马君武翻译的西方著作，这很可能是促成他思想转变的一个重要因素。一个读了大量西方自由主义思想理论的人，反对帝王的专制统治、要求民主共和难道不是很自然吗？

马君武在日本做了大量翻译介绍西方思想著作的工作。马君武初到日本，与改良派的关系密切，而梁启超则因勤王失败，遂把救国的希望寄托于开启民智，致力于启蒙、“新民”工作。马君武当时接受了梁启超先开民智、后行革命的主张，为开启民智开始翻译西方思想理论著作，以求对中国的社会进步发展有所帮助。在此期间他翻译了福本诚的《法兰西今世史》(1902)，克喀伯的《俄罗斯大风潮》(1902)，斯宾塞的《女权篇》(1902)和《社会学原理》(1876—1896)，约翰弥勒的《自由原理》(1902)，达尔文的《物竞篇》(1902)、《天择篇》(1904)、《原人》(1903)等。

除这些译著外，马君武这一时期还写了一些介绍西方思想的文章，也对当时国人广泛了解西方思想界的情况有一定的积极作用。如《唯物论二巨子（底得娄、拉梅特里）之学说》(1903)、《社会主义与进化论比较》(1903)、《唯心派巨子黑智儿（黑格尔）学说》(1903)、《天然之秩序与人为之秩序》(1903，实是法国人那盖《共和原理》的部分翻译)、《约翰弥勒之学说》

(1903)、《圣西门之生活及其学说》(1903)、《社会主义之鼻祖德麻司摩儿(托马斯·莫尔)之华严界观》(1903)、《民权自由之敌奥太利宰相梅特涅传》(1903)等。这些译作与文章大多发表于当时的报刊,在青年知识分子中产生了一定的影响。而在翻译和撰写文章的过程中,马君武无疑也受到这些西方思想的洗礼,所以当时"他虽与梁启超及其《新民丛报》关系十分密切,却怀抱革命宗旨"[①],之后的他走向反满革命也就很正常了。

马君武于1903年9月入京都帝国大学学习。关于他所学的专业有"工业化学"、"制造化学"两种说法,至今尚无定论;对于他的学历,国内的研究者几乎异口同声地认为他于1906年正式从京都大学毕业,但这确实值得商榷。日本学者小野和子曾查阅《京都帝国大学一览》,发现该《一览》中记载到:清国学生马和(即马君武)于明治三十六年(1903)入该校理工科大学,是京都帝国大学的第一个外国留学生。当时理工科大学分为理科、制造化学、机械工学、电气工学和采矿冶金诸学科,因留学生名单统一排在各科学生名单之后,未标明所属学科,所以马君武所学专业也就无从考证。马和的名字最后一次出现是在明治三十八年(1905)三月发布的《一览》中,之后便没有了关于他的记录。按京都帝国大学当时的学制要求,明治三十六年入学应当到明治三十九年(1906)毕业,而马和的名字不仅在明治三十九年的《一览》里未出现,就连京都帝国大学毕业生的名单里也没有他。[②]由此可以推断,作为留学生的马君武在京都大

① 桑兵著《清末知识界的社团与活动》,北京:三联书店,1995年4月,174页。

② 详见王政、陈雁主编《百年中国女权思潮研究》,上海:复旦大学出版社,2005年7月,73~74页。

学学习过两年左右，但没有毕业就离开了，这与他1905年夏开始在东京协助孙中山组建同盟会，并在同盟会成立后的当年年底回国的记录在时间上相吻合。

同盟会于1905年8月成立，马君武是会章起草人，当然也是主要筹建者之一。同盟会成立后，他担任书记科负责人和广西分会会长，后又参与同盟会机关刊物《民报》的创办，因此1905年的夏秋他一直在东京活动。这年11月，日本文部省遵循清公使所求，颁布取缔留学生规则，大批留学生愤而归国。为了解决这些归国学生的学业问题，以同盟会为主的一些组织在上海创办了中国公学，马君武任该校教务长并兼理化教师。马君武在《哀希腊》的引言中也记录了他于“乙巳冬归沪”的行踪。“乙巳冬”当为1905年底或1906年初，正好与1906年初中国公学创办的时间相接。这基本可以构成马君武这一段时间活动的链条。而国内的马君武传记及活动年表大多说他1906年毕业于京都帝国大学。查遍关于马君武的资料，只有一首题为《京都》的诗标有“丙午三月”，以此来证明马君武1906年毕业于京都大学，至少可以说是依据不足，缺乏说服力。

关于马君武在京都帝国大学的学习生活情况，没有留下什么记载，只是在《马君武诗稿》里留有几首他当时创作的诗歌。这些诗歌仅能让人感受到他当时非常孤寂，至于他生活学习的情况则很少透露出来。马君武的诗歌中，可以肯定作于京都的诗有：《癸卯中秋在京都看月忆亡友欧阳华》、《十一月三日隐元和尚生日，以菊花清酒吊其墓》、《京都寄宿舍》、《岚山观樱》、《京都荒神桥》等几首。这些诗除吊隐元和尚的一首是通过明末隐元与黄黎洲（宗羲）赴日乞师的故事表达对中国危机局面的担忧外，其他几首基本不涉及现实问题，只是写景抒情。他的这些写于日本而又不“涉日”的诗，与高旭涉日诗歌中突出的日本形象形成鲜明的对比。马君武为什么这样呢？我想这也是一个值得探讨的问题。

第二节 马君武的外国文学译介与日本

由于时代的关系和个人的际遇，马君武对外国文学的介绍与翻译与日本有着密切的关系。

马君武的雨果、拜伦观与日本的关系：

以现有资料看，马君武最早提到法国著名作家雨果的文字，是他发表于1903年《新民丛报》第27号的《茶余随笔》。该文由“爱国之女儿”、“菲律宾之爱国者”、“中国人无公共心”三节短文组成，雨果（文中译为雨苟）的名字出现在第二节“菲律宾之爱国者”中。这段文字主要是介绍菲律宾爱国作家黎沙儿[①]和他的绝命诗《临终之感想》（今译《我最后的告别》）的。马文可能是受到当时梁启超文风的影响，在切入正题前大肆铺排，列举了一系列爱国者：有能言之爱国者，如甘必大；能行之爱国者，如克伦威尔；成功之爱国者，如华盛顿；失败之爱国者，如玛志尼、巴枯宁。雨果被列为能以文爱国者，“所谓能文之爱国者，发挥共和，鼓吹自由，排除王政，九死不悔，若拉马尔登（今译拉马丁，法国诗人）、雨苟之徒，即其人也。”[②]作者对雨果的看

---

① 今译为黎萨尔（1861—1896），菲律宾民族独立运动的先驱，诗人、小说家，主要作品有小说《不许犯我》、《起义者》，诗歌《献给菲律宾青年》、《我最后的告别》等。因致力于民族独立斗争，于1896年12月30日被西班牙殖民统治者枪决。

② 莫世祥编《马君武集》，武汉：华中师范大学出版社，1991年10月，109页。

法，显然不是从其文学成就出发，而是注重其政治作为，他是把雨果作为一个爱国主义者，一个热爱“自由”、坚持“共和”的民主斗士来看的。

半个月之后，马君武在《新民丛报》第28期上又发表了《欧学之片影》，其中的《十九世纪二大文豪》一节，说的就是雨果和拜伦。为什么在诸多欧洲文豪中他对雨果、拜伦特别注意、另眼相看呢？马君武在文中已经说得非常清楚。

> 十九世纪之大文豪亦多矣。其能使人恋爱，使人崇拜者，非苟特（歌德），非许累尔（席勒），非田尼逊（丁尼生），非卡黎尔（卡莱尔）。何以故？因彼数子之位格之价值，止于为文豪故。至于雨苟及摆伦则不然。
>
> 雨苟者，法兰西之大文豪也，而实爱自由之名士也、国事犯也、共和党也。摆伦者，英伦之大文豪也，而实大军人也、大侠士也、哲学家也、慷慨家也。若二子者，使人恋爱，使人崇拜，使人追慕，使人太息。

《马君武集》，126页

原来作者所在意的并非他们的文学创作，而是他们“之位格之价值”超越“为文豪”之处，是他们作为“爱自由之名士”、“共和党”、“大军人”、“大侠士”的所作所为。因此，他的文章重点也就不是介绍他们的文学成就，而是歌颂他们反对专制、帮助弱国反抗异族统治的功绩。因此，在行文中作者对雨果、拜伦的作品介绍得极为简单，只是列举了一些书名，而对他们文学之外的活动却大加渲染。

> 雨苟幼时喜讴歌拿破仑第一之功德，投身王党，及后入议院为议绅，则翻然与拿破仑第三之帝政相反对，以是被放。及拿破仑第三败，雨苟复归，大为国人所崇敬。及千八百八十五年雨苟死也，举国哀悼，以国礼葬之，诚文人旷世之荣典也。
>
> 《马君武集》，127页

> 摆伦曰：大丈夫常立赫赫之功名于世间，故居常当练习戎器，操柔筋骨，使吾身能当风尘波涛之各种险恶，而不为所困。后居意大利，闻希腊独立军起，慨然仗剑从之，谋所以助希腊者无所不至，竭力为希腊募巨债以充军实。大功未就，罹病遽死。英伦失其第一文豪，希腊失其第一良友。希腊通国之人莫不震悼，为服丧二十五日，下旗，鸣炮三十七响以志哀，因摆伦得年三十七也。
>
> 同上书，128页

可见，马君武对雨果、拜伦的推崇是基于他们反抗专制、帮助弱国的非文学活动和他们的政治态度。那么，为什么马君武对雨果和拜伦会抱有这样一种评价和看法呢？我们知道，马君武在赴日之前，的确已经有相当好的英文与法文基础，对于雨果和拜伦的作品他应当可以读懂原文。在《十九世纪二大文豪》中，介绍雨果和拜伦作品篇名时，他用的都是法文和英文原文，这也很能说明问题。但是，无论我们怎样设想，20岁出头的马君武在到日本不足半年的时间里读过了雨果、拜伦的大部分原作（考虑当时国内的情况，他在国内大量阅读雨果、拜伦的作品更不可能），并且因此产生了对他们的看法与评价，依然是不现实的。那么，马君武侧重从文学之外的贡献，或者说侧重从政治的角度来评价这两位欧洲作家，这样一种观点是来自何处呢？我们先来考察一下马君武当时所处的文化环境。

首先，看马君武的留日经历和他与改良派的关系。

马君武是南社成员中与改良派有过密切关系的少数人之一。他于1901年冬经香港赴日本横滨，经他的同乡、大同学校教师汤觉顿介绍，住在大同学校并与梁启超结识。而在此之前的1900年，19岁的马君武就已在新加坡谒见过康有为，并执弟子礼。当年他还奉康有为之命回国策应唐才常自立军的起义，虽然起义失败，马君武也未能完成师命，但因此事，他也算是康门弟子了。到横滨之后他和梁启超关系密切也就在情理之中。梁启超主办的《新民丛报》于1902年2月8日创刊之始，马君武就开始在上面发表文章，虽然马君武后来说这一段的文字生涯是因生活窘迫而卖文为生的。不管是因“颇穷困”“以谋自给”，还是当时与梁启超思想相投，总之，这一时期的马君武勤于笔耕，文章频频见报。而且，其“欲改革中国，则必自改革中国之道德始”[①]，不但主张与梁启超的“新民”说气味相投，连句法都与梁的极为相似，可见他当时不仅与梁启超声气相通、交谊甚笃，而且受梁氏影响极深。

①《论中国国民道德颓落之原因及其救治之法》新民丛报28号，又见莫世祥编《马君武集》，武汉：华中师范大学出版社，1991年10月，128页。

在马君武发表前述两文之前的1902年秋，梁启超在横滨还创办了《新小说》，目的是“专欲鼓吹革命”。因“当时承团匪之后，政府创痍既复，故态旋萌，耳目所接，皆增愤慨”，“鄙人感情之激昂，以彼时为最矣。”[①]梁氏在他反满情绪最为激昂之时创办了《新小说》，并且第2期（1902年11月15日）上就刊发了雨果和拜伦的画像，像的背面附有简单的文字介绍，这个介绍比马君武《欧学之片影》中的介绍早四个多月，是中国关于雨果、拜伦最早的文字介绍。[②]我们把它与前文中马君武《欧学之片影》中的《十九世纪二大文豪》做一个比较，就会发现它们之间的联系。

> 嚣俄生于千八百二年，卒于千八百八十五年，十九世纪最著名之小说家也、戏曲家也。少有神童之目，十六岁时应法国学士会院（按学士会院者法国文学之渊薮也）之悬赏投诗一首，惊倒一世。其后著作愈富，各国无不争翻译之。嚣俄不特文家而已，又大政治家也，晚年为国民议会议员，大有建白。其没也，法人荣以国葬之礼，年八十三。
>
> 摆伦生于千七百八十八年，卒于千八百二十四年，英国近世第一诗家也。其所长专在写情，所作曲本极多，至今曲界最盛行者尤为摆伦派云。每读其著作如

① 梁启超民国元年《莅报界欢迎会演说辞》，见丁文江、赵丰田编《梁启超年谱长编》，上海：上海人民出版社，1983年8月，298页。

② 郭长海先生在《雨果作品的中译补谈》一文中说，马君武《十九世纪二大文豪》是中国介绍雨果最早的文字。郭文见《中华读书报》，2002年6月5日。

亲接其热情感化之力最矣。摆伦又不特文家也,实为一大豪侠者,当希腊独立军起,慨然投身以助之,卒于军,年仅三十七。

《新小说》第2号,光绪二十八年十一月十五日(标点为笔者所加)

对比上文,我们会发现马君武的《十九世纪二大文豪》一文,对雨果、拜伦的介绍要详细,资料也更多。不但列举了他们的重要作品,还谈了二人的婚姻生活,但是强调他们文学之外的建树和死后的哀荣这一点并无太大变化。在不到半年的时间里,同属于改良派系统的两大刊物上,连续出现把雨果和拜伦相提并论、并且同是看重他们反抗专制压迫特点的文字,这一点本身就耐人寻味。联系马君武从1901年底就开始的与梁启超的密切关系,就不能排除这两个刊物上关于雨果、拜伦的文字间潜在的联系。

笔者在“苏曼殊与日本”一章里曾经考述《新小说》中关于雨果的介绍与日本的雨果接受之间的影响关系,这里不再赘述。《新小说》上关于拜伦的介绍,除生卒年等最基本的信息之外,作者特意强调拜伦为“一大豪侠者”和他帮助希腊独立斗争的义举,而对他创作的介绍却不够准确,说“其所长专在写情,作曲本极多,至今曲界最盛行者尤为摆伦派云。”很可能是作者在写此短文时,还不太了解拜伦和他的创作,而是以当时执笔者在日本能见到的资料为依据的。[①]但是,在取舍和评价时却

① 日本明治年间介绍拜伦最详细、最有影响的木村鹰太郎的《拜伦——文艺界之大魔王》虽然在1902年7月已出版,但从内容上看,《新小说》上介绍拜伦这段文字的作者恐怕还没读到这本书。

是站在自己的立场与视角上的。因为据现有资料看，日本的拜伦接受并不特别强调他帮助异族争取民族独立的“侠”举。但是拜伦帮助希腊人这件事对于当时的中国人，尤其是汉族人，却是格外地有吸引力、有宣传价值。因为他们正处于“双重奴隶”的惨境：被满族统治压迫了二百多年，又面临列强侵略、瓜分祖国的危险。这时候，发现拜伦这样的“大豪侠”，对他们来说是何等的鼓舞和激励。而恰好这一时期在舆论界影响极大的梁启超，又对义和团运动后满清政府的反动极为气愤，加上唐才常自立军起义的失败，他对勤王起义已不再抱希望，转而致力于启蒙宣传，思想上也开始倾向反满革命。雨果的反抗专制和拜伦的帮助希腊人争取民族独立，恰恰是一种可以借鉴的资源，用来宣传、表达他此时的主张。而梁启超这一时期的思想主张有相当的代表性，在这样一种语境中，雨果和拜伦就成了一种文化符号，他们不仅代表争取自由、平等、民主的战斗精神，也代表西方国家中帮助被压迫民族摆脱外族统治压迫的正义力量。

我们是否可以这样推测：马君武写《欧学之片影》时，通过西文或者是日文，接触了较为详细具体的关于雨果、拜伦的资料。但由于处于同样的语境和一致的思想，他在选择侧重点和进行评价时，自觉地秉承了《新小说》上短文的观点。这种推测也可以从对拜伦的《哀希腊》的翻译上找到旁证。梁启超在他1902年创作的政治小说《新中国未来记》中，翻译了拜伦《哀希腊》中的两节，马君武1905年翻译了《哀希腊》全部16节。虽然此时的马君武已成为孙中山革命派中的骨干，政治上已与梁启超分道扬镳，但他选择翻译此诗的想法和目的与梁启超却是一脉相承的，而且还是对梁氏的补充与完善。与梁启超一样，马君武不但是借拜伦的“我为希腊一痛哭”，来哭“可怜国种遂为奴”的中国，即所谓“拜伦哀希腊，今吾方自哀之不暇尔”；而且还要借拜伦的诗告诉中国人“自由非可他人托”，“国民自是国权主”的道理。可以说，马君武最初的雨果、拜伦接受直接受到梁启超的影响，当然也就间接地受到日本文坛的影响。正是因为这样一种特别的接受方式，马君武的雨果、拜伦接受的着眼点从一开始就明显不同于日本文坛，具有鲜明的民族特点。

其次，日本文坛的拜伦介绍对马君武的影响。

马君武《十九世纪二大文豪》中关于拜伦的评价与木村鹰太郎的《拜伦——文艺界之大魔王》有一定的联系。首先从时间上看，木村的《拜伦——文艺界之大魔王》于1902年7月出版，马君武的文章是在1903年3月27日发表的，中间有七八个月的时间。以当时中国留日学界对日本文坛的关注程度看，马君武极有可能在写这篇短文时已经见到过木村氏的著作。从文章的内容看，马君武文中有“喜讴歌拿破仑”，木村书中有“拜伦既爱为自由而战斗之华盛顿，亦爱蹂躏世界之拿破仑之大意志”[①]；马君武有“故居常当练习戎器，操揉筋骨”，木村有“仍不废乘马出游之事，亦常入近所林中练习短枪”；[②]马君武说“大功未就，罹病遽死。英伦失其第一文豪，希腊失其第一良友。希腊通国之人莫不震悼，为服丧二十五日，下旗，鸣炮三十七响以志哀，因摆伦得年三十七也。”木村曰：“马维罗科达托公（希腊

① 转引自北冈正子著、何乃英译《摩罗诗力说材源考》，北京：北京师范大学出版社，1983年，24页。

② 同上书，28页。

独立军领袖）知拜伦之死为希腊至痛之事，感其国家并其自身失去无二良友之双重悲哀，（中略）由大炮台放三十七发大炮，此乃高贵死者之年龄也。（中略）国民丧期二十一日。……”[①]以上对比可以看出，除服丧期有21天和25天的差别外，马君武文中的基本材料与木村的并无太大不同。

虽然如此，但与梁启超和苏曼殊一样，马君武对于拜伦援助希腊独立战争的着眼点与木村鹰太郎有很大的区别。木村氏的着眼点是拜伦的自由主义和反抗精神，是从他的性格出发的："拜伦乃以自由主义之人，不能漠然坐视"，"彼自尊心强，决不立于人后之秉性，常颂叛乱、自由之精神。尝曰：'人若不必为本国自由而战时，可为他国而战。'"[②]马君武则着眼于他帮助被压迫民族的无私、慷慨，"谋所以助希腊无所不至，竭力为希腊募巨债以充军实。"当然，从马君武的语言能力考虑，他对拜伦的了解很可能还有其他渠道，比如，木村鹰太郎在《拜伦——文艺界之大魔王》的"凡例"中列出的英文参考书Thomas Moore的*The Life of Lord Byron with His Letters and Journals*，所以，不能排除马君武也有读过它的可能性。

马君武的其他外国文学翻译介绍与日本：

据现有资料记载，马君武对外国作家、作品的介绍翻译除上面谈到的雨果与拜伦外，还有选自歌德的长篇小说《威廉麦斯特的学习时代》的《米丽容歌》，即著名的"迷娘曲"和选自歌德的《少年维特之烦恼》的《阿明临海岸哭女诗》；席勒的剧本

---

① 转引自北冈正子著、何乃英译《摩罗诗力说材源考》，北京：北京师范大学出版社，1983年，35～36页。

② 同上书，28页。

《威廉·退尔》;英国诗人胡德的《缝衣歌》;俄国托尔斯泰的小说《心狱》(今译《复活》)、《绿城歌客》(今译《卢塞恩》或《琉森》)等。

马君武的德国文学翻译与日本:

马君武曾两度留学德国,他精通德语,熟悉德国文学,推崇德国文化。但他的德国文学翻译却早在他留德前的留日期间就开始了,如《米丽容歌》(由于印刷错误或作者笔误,该诗出版时印成《米丽客》)大约译于1903—1905年间。但是他的这一译诗的蓝本是否为德文却令人怀疑。据1914年6月由上海文明书局印行的《马君武诗稿》,其中的《米丽容歌》中译文后所附的资料确实是德文,但是据史料看,马君武留日之前在桂林的体用学堂学过英文,在广州和上海的教会学校学过法文,却并无学习德文的记载,而他滞日期间也无学习德文的记录。马君武在日期间尚不通德文还有一个旁证:1903年旧历元旦(实为正月初二即1903年1月30日),马君武在留学生会上演讲,公开倡导排满,惹恼了留学生总监汪大燮。汪一开始想遣送他回国,后又试图化解矛盾,动员马君武去欧美留学。之后汪大燮致函汪康年说:"马君武其人通英法文,笔下亦颇好,故前劝其赴欧美留学,居然劝动。"[①]信中只说马君武通英、法文,并没有说马君武通德文。以汪大燮留学生总督的身份和马君武在留日学界的名气,如果他确实通德文并且已达到能翻译诗歌的水平,汪应该不会不知道。那么,1914年版的《马君武诗

① 详见桑兵《清末新知识界的社团与活动》,北京:三联书店,1995年4月,177页。其实,马君武当时并未去欧洲,而是于1903年秋入京都大学读化学专业去了。

稿》中《米丽容歌》译文后所附的德文，能否用来证明他翻译此诗的蓝本是德文就值得推敲。而至今也未发现《米丽容歌》在此前被发表过的线索，因此，其原始状态究竟如何就成为一个悬案。如果《米丽容歌》真是马君武在日期间所译，那么他当时译此诗所据蓝本很可能是英文或日文而非德文。假如我们找不到新论据否定马君武此诗是他在日期间的译作，那么，不管翻译的蓝本是何种语言，他选择翻译这首诗应当是和日本文坛歌德接受的情况有关联的。

当时，整个中国留日学界都把日本作为了解西方的窗口，很关心日本在各方面对西方的接受。马君武作为一个文学爱好者，也应当注意日本文坛当时的动向。那么，日本文坛的歌德接受又是什么情况呢？虽然从明治四年(1871)开始，歌德的名字就随着一些西方著作的翻译、介绍被传到日本，但他真正作为一个文学家被介绍翻译却是明治二十年代的事。除不太知名的《独逸奇书·狐的裁判》(歌德根据民间故事写的《列那狐的故事》之日译本)外，歌德最早被介绍翻译的作品是《少年维特之烦恼》。有明治二十二年(1889)中井喜太郎根据1802年的英译本的翻译，也有明治二十四年(1891)高山樗牛根据德文本翻译的、题为《淮亭郎的悲哀》的译本。中井喜太郎的译本由于所依据的英文原本误译不少，再加上他的翻译不完全，受到了精通德文的森鸥外的批评。有趣的是，由于森鸥外当时在日本文坛的声誉和影响，他对中井喜太郎的批评反而引起了人们对歌德这部作品的关注，从而使之流行。由于流行热度极高，甚至产生了“维特主义”这样一个表示感伤主义意思的新名词。这部作品影响到了明治中期的大部分日本作家，并在明治二十年代到三十年代中期形成了风靡日本文坛的“维特热”。当时人们认为，身为作家没读过“维特”就是耻辱，连尾崎红叶这样的旧派作家也被它打动。[①]

歌德的诗歌创作的影响，在日本著名作家岛崎藤村的诗歌创作中尤为明显。[②]当然，介绍翻译歌德力度最大的还要数森鸥外。森鸥外作为明治大正年间给日本文坛引进外国文学的第一功臣，在介绍歌德方面的作为也得到文坛的广泛认同。森鸥外11岁开始学德语，青年时代又留学德国四年，德语非常好，留学期间就买了德文版的45卷《歌德全集》拼命阅读。他非常仰慕歌德，对歌德及其文学创作有着浓厚的兴趣。在他回国仅一年后的1889年，就与“新声社”同人翻译了一批外国诗歌，作为《国民之友》第58号的夏季附录出版，即明治年间著名的译诗集《于母影》。其中，歌德的《迷娘之歌》在当时就被认为是“第一名译”，受到广大文学青年的喜爱，在日本文坛产生了极大的影响。虽然该译诗集的每首诗没有标出译者的名字，但是日本学者认为，从翻译水平之高这点来看，《迷娘之歌》的译者非森鸥外莫属。《迷娘之歌》是由歌德长篇小说《威廉麦斯特的学习时代》中的一个人物——被拐骗少女迷娘所唱（它并不是什么爱情诗，而是病重的迷娘所唱的思乡之曲），不仅在德国文学史上非常著名，而且由于贝多芬、舒伯特等著名音乐家都曾为它谱曲，它在欧洲也流传甚广。森鸥外在德国时就曾精读过德文版的《威廉麦斯特的学习时代》，并在原作《迷娘之歌》的

---

① 福田光治等编《欧美作家与日本近代文学》第4卷（日文版），东京：教育出版中心，昭和五十年，58～63、75页。

② 同上书，66～72页。

左侧用铅笔写下“千古绝调”几个字。[1]可以推测：由于森鸥外的精彩译笔使这首诗震撼了日本文坛，也迷醉了年轻的马君武，使他暂时超越了反满革命的现实文化需求而翻译了这首著名的诗歌。

之所以说马君武是受到日本文坛的影响而译《迷娘曲》，除前述森鸥外译作的极大影响会波及当时正在日本留学的马君武这一可能性存在外，还因为他对歌德名字的翻译发音也有日语的特点。马君武译此诗时把作者歌德译为“贵推”，而当时日本文坛把歌德译为ゲーテ，极似中文发音的“贵推”。而马君武发表于1903年3月12日的《唯心派巨子黑智儿学说》中将歌德译为“苟特”，1903年3月27日的《论中国国民道德颓落之原因及其救治方法》一文中，也还是“苟特尔”。差不多同一时期对一个外国作家名字译音发生了较大的变化，是不是也可以看作是受到外部环境影响的结果呢？另外，每节诗的结尾马译为“愿与君……”，日译为“君と共にゆかまし”，两者非常接近。综上种种，即便马君武翻译《米丽容歌》（迷娘曲）的蓝本不是日文本，但也很有可能参考了森鸥外的日译本。

马君武所译《阿明临海岸哭女诗》，摘译自歌德的《少年维特之烦恼》，学界一般认为这是马君武第一次留学德国时的译作[2]，但均未明确译诗所依据的是何种文字版本。莫世祥编的《马君武集》中，该译诗前的译者小序中提到《少年维特之烦恼》

① 福田光治等编《欧美作家与日本近代文学》（第4卷）（日文版），东京：教育出版中心，昭和五十年，16～19页。

② 见莫世祥编《马君武集》，武汉：华中师范大学出版社，1991年10月，446页；曾德珪《马君武诗文著译系年录 一》，见《广西师范大学学报》，2002年第3期，124页。

时，引的是德文原文的书名，但译文后所附的却是英文。据卫茂平《德语文学汉译史考辨》说，1914年上海文明书局版的《马君武诗稿》中，该诗后附的就是英文①。由此推断，马君武译此诗所据的本子倒更有可能是英文版的，但是按常理推论，此诗如果译于他留德期间，理所当然应当以德文原版为蓝本，为什么会用英文版为蓝本呢？据卫茂平的“考辨”，该诗在《马君武诗稿》出版前也未在其他地方发表②，因此它的原始状况便无从追寻。故笔者只能提出一个假设：也许这一作品是他留日时受到日本歌德接受时“维特热”的影响，根据英文版翻译的旧译，后来才发表的。当然，笔者关于《米丽容歌》和《阿明临海岸哭女诗》的翻译蓝本仅仅是推测，如果新的资料出现，这种假设极有可能会被推翻。

还有一个小小的证据似乎也能证明马君武留学德国之前就受歌德影响不小。1914年6月，陈布雷读了不久前刚在上海出版的《马君武诗稿》后，给柳亚子写了封信，其中专门谈到马君武的译诗：“译作更有灏瀚流转之妙，与曼殊以宛丽胜，真堪各树一帜。曩在沪见此君服御，喜效德文家贵堆（原文如此）装束，知其心仪已夙。”③陈布雷信中说的“曩”，应该是1902年到1906年间。马君武是1900年走出广西的，他先去南洋拜见康有为，后受命回国策应唐才常的起义，无果而终。1901年他曾在上海读书，但显然那时他还未接受歌德的影响，也谈不上“效”

① 卫茂平著《德语文学汉译史考辨》，上海：上海外语教育出版社，2004年1月，18页。

② 同上书，66页。

③ 陈布雷《与柳亚子书》，见《南社》第11集；又见王学庄、杨天石《南社史长编》，北京：中国人民大学出版社，1995年5月，367～368页。

"贵堆"的装束。而在1902—1906年间,留学日本的马君武因母亲居沪,有时由日本回上海省母,基本具备了已受到歌德影响又会在上海出现的条件。试想,留学东洋的青年,崇尚西方文化,又是文学爱好者,模仿自己崇拜的外国文豪的打扮不是也很正常吗?而马君武以这样的装束出现在上海的某一社交场合或徜徉于上海街头,被陈布雷撞见,印象不深才怪。所以,到大约10年之后的1914年,陈布雷对此还记忆犹新。1906年底马君武便赴德国留学,一直到辛亥革命爆发后的1911年11月才回国,这一段时间当然要排除。而从1911年底到他第二次赴德的1913年底之间,虽然马君武有可能出现在上海,但绝不可能仿效歌德的装束。一则,此时的马君武已年过30岁,早过了"追星扮酷"的年龄(笔者以为任何时代的人在青年时代都有偶像崇拜的冲动,马君武也不例外);再则,从归国起,马君武就忙于新政府的筹建和革命后的各种事情,绝无闲工夫去学歌德的装束,况且,这时距陈布雷写信的时间最多也就两三年,说"曩"也不太恰当。

席勒的《威廉·退尔》是马君武第二次留德时的译作,应该没有问题。但是有趣的是,马君武1903年3月在《欧学之片影》中对席勒的评价与十多年后他翻译《威廉·退尔》时对席勒的看法却相去甚远。在《欧学之片影》中他认为:歌德、席勒等作家不能"使人恋爱,使人崇拜","因彼数子之位格之价值,止于为文豪故。"但是他发表于1915年的《〈威廉·退尔〉译言》却说:

> 吾欲译欧洲戏曲久矣,每未得闲。今来居瑞士之宁芒湖边,感于其地方之文明,人民之自由,到处瞻仰

威廉·退尔之遗像，为译此曲。此虽戏曲乎？实可作瑞士开国史读也。予译此书，不知坠过几多次眼泪，予固非善哭者，不审吾国人读此书，具何种感觉耳。

曾德珪选编《马君武文选》，50页

显然，他欣赏席勒的这部作品不是从纯文学的角度去看的，当然席勒也就不"止于为文豪"了。其实，十多年之后的马君武评价作家与作品的标准没有太大的变化，只不过是他对席勒及其作品的看法发生了变化。而他1903年对席勒的评价显然是受到了视野的局限，也就是说，当时他很可能没有见到过席勒的《威廉·退尔》，而他的这种局限可能与当时的改良派的视野和日本文坛情况相关。翻看《新小说》等改良派刊物，我们发现最早的关于席勒的介绍在1905年3月，已是在马君武写《欧学之片影》之后两年了。而日本文坛又是如何介绍席勒和他的《威廉·退尔》的呢？

《威廉·退尔》最初被介绍到日本正是明治十年到二十年(1877—1887)自由民权运动方兴未艾的时期。当时，文坛风行讴歌自由的政治小说，《威廉·退尔》的内容正符合这种潮流，所以明治十三年(1880)、十五年(1882)和二十三年(1890)各出现过一个《威廉·退尔》的译本，分别是《瑞西独立自由之弓弦》、《退尔自由谭》和《威廉的儿(退尔)自由之一箭》。但是这三个译本都不是全译，《退尔自由谭》甚至就是"断简零墨"，而且流传也不广；《瑞西独立自由之弓弦》被日本比较文学专家柳田泉称作"初期翻译文学中稀本中的稀本"；《威廉的儿自由之一箭》刊于《少年文武》杂志上，不久后就"被埋置于故纸堆中"。虽然明治三十八年(1905)四月有一个由佐藤芝峰译的《威廉·退尔》译本出版,但译者将故事的舞台改为江户时代的日本,而且对剧中大量出现的“自由”、“权力”、“义务”、“同盟”等词语有所忌讳,翻译中大多删除了,真正是“苹果树上结出了柿子”,已经完全变味了。[①]而当时,一心一意追求革命救中国的马君武虽然正在日本,但他很可能没有见到这个译本,或者见到了也不会在意。可以想见,当德文已经相当精熟的马君武在1914年二次留学德国时,读到德文原版的《威廉·退尔》时是何等激动,“予译此书,不知坠过几多次眼泪”绝不是虚话。可以说,马君武1903年对席勒的评价不高,除了他在外来文化接受上还没有摆脱改良派的影响外,还和日本文坛当时没有好的《威廉·退尔》译本有一定的关系(此例也可以说明介绍外来文学时译本的重要性)。

马君武译托尔斯泰的作品,是1913年到1916年的事。《心狱》于1914年由上海中华书局出版,是托尔斯泰长篇小说《复活》三部中的一部,译者“基本上忠实于原著。就当时的翻译水平来讲,《心狱》是值得肯定的一部译作”。[②]《绿城歌客》发表于1916年上海出版的《小说名画大观》上。[③]以上两部作品均为德

① 以上详见福田光治等编《欧美作家与日本近代文学》第4卷(日文版),东京:教育出版中心,昭和五十年,86~108页。

② 郭延礼《近代西学与中国文学》,南昌:百花洲文艺出版社,2000年4月,219页;北京出版社,1992年7月版的戈宝权的《中外文学因缘》120页说:“1913年,上海中华书局出版了马君武译的托尔斯泰的著名长篇小说《心狱》即《复活》,封面上印了托尔斯泰的画像和一段简介的文字”;北京图书馆编《民国时期总书目·外国文学》,北京:书目文献出版社,1987年4月;马君武译《心狱》,上海:上海中华书局,1914年9月初版。

③ 戈宝权《中外文学因缘》,北京:北京出版社,1992年7月,120页。

文转译。马君武选择翻译托尔斯泰的作品出于什么样的考虑，除了他百字左右的《〈绿城歌客〉译言》[①]之外，没有留下其他可资参考的文字。但是，在身处日本的马君武和梁启超关系最密切的1902年，梁启超主编的《新小说》第1期上，曾刊登过托尔斯泰的像[②]，因此也不能排除马君武当时就注意到托尔斯泰的可能性。这期《新小说》刊登托翁的相片，很可能与日本的托尔斯泰介绍相关，而日本的托尔斯泰输入从明治二十年代就开始了。《复活》最早的日译本译者是内田鲁庵，译作连载于明治三十八年（1905）四月五日至十二月二十二日的《日本》上。[③]

---

① 见曾德珪编《马君武文选》，桂林：广西师范大学出版社，2000年1月，51页。

② 戈宝权先生《中外文学因缘》中说，1907年1月在日本东京出版的《民报》第11期上刊载的托尔斯泰相片是“我国报刊上最初”的托翁相片（115页），不确。

③ 详见福田光治等编《欧美作家与日本近代文学》第3卷，东京：教育出版中心，昭和五十年，185～186页。

第三节　马君武的非文学译介与日本

马君武在日期间(1901—1905),尤其是1902—1903年间,翻译西书甚勤。除文学作品外还有为数不少的历史、政治译作,特别是对西方自由主义、女权主义理论多有介绍,这对戊戌变法失败之后改良派发起的启蒙运动和中国革命的理论建设都起到了较大的作用。马君武的这些翻译工作的动力来自两个方面,一是广州女医生张竹君的影响,二是改良派启蒙宣传工作的需求。而他的这些翻译工作也多多少少与日本思想界有一定联系。

张竹君(1879—?),是清末在广东从事医疗活动的第一位女性。她幼时因脑炎导致半身麻痹,在接受美国教会医生的治疗过程中认识到西医的价值与作用,因而立志学医。学成后,她在广州开设医院,一边为穷人治病,一边在妇女中普及医学常识,并在宣传基督福音的同时,向社会控诉男女不平等的不合理性,呼唤中国女性觉醒。她把医院的收益用来开办女子学校,传播男女平等的理论,并培养女性的自主意识与自立能力。马君武非常钦佩张竹君,不仅动员母亲在张的学校任教,还为张作传。马君武在《张竹君传》中说:

每讲学时，未尝不痛惜抚膺，指论时事，慷慨国艰。自耶稣教入中国以来，中国妇人登讲台讲福音者。有之，自竹君始。予以辛丑秋羁广州，闻竹君贤，往见之。竹君辄纵言中国男女隔绝之害，及自己办事之方针及历途。予大奇之，乃遍述之于同志。自时厥后，每礼拜竹君讲演之期，听者尝增数十人矣。

莫世祥编《马君武集》，1页

不仅如此，张竹君对当时中国政治改革运动的一些看法也影响了马君武。张竹君认为实现革命要有坚实的理论基础，不能急于求成。马君武在《张竹君传》中引述了她的看法：

在今日主张革命者，诚豪杰。然世间上事事物物，声声色色，动起往复，皆有其原因焉。无原因，则无效验。今世之主张革命者，徒求效验而已，无造原因者。皆求为华盛顿、拿破仑，无为福禄特尔、卢梭者，此所以无功也。

同上书，2页

可以说，马君武留学东瀛后的翻译活动受到了张竹君的影响。是张竹君使他下决心为推动中国社会的变革做思想、理论上的准备工作，做中国的福禄特尔（伏尔泰）和卢梭。

马君武在日本翻译介绍约翰弥勒、斯宾塞等的学说，与梁启超领导的思想启蒙运动有关，这可以从他的译作与梁启超之间的关系中看出。1902年3月，梁启超在《新民丛报》第3号上发表了《论政府与人民之权限》。[1]1902年底，马君武在中断两年之后完成了《自由原理》的翻译，他在《自由原理·译序》中说：

> 二年前予获见弥勒氏之《自由原理》原本，且读且译，成"总论"一章。间以他事，遂而中止。后又得槐特氏之法文译本，名La liberte，及日人中村氏之日文译本，名《自由之理》。壬寅十一月复渡日本，居东京上野之一小楼。北风已至。林木萧然，独居无事，复取弥勒之书续译成之，十五日而毕。总计不过费二十日耳。[2]
>
> 莫世祥编《马君武集》，27页

1903年2月，这一译本出版时，梁启超为之作序。梁启超在序中说：

> 吾涉猎弥氏书十数种，谓其程度之适合于我祖国，可以为我民族药者，此编为最。久欲介绍，而苦无暇也。壬寅腊将尽，马子君武持其所译本见示，则惊

① 有学者认为梁启超此文受到中村正直的影响很深。参见郑匡民著《梁启超启蒙思想的东学背景》之第三章"中村正直《西国立志编》、《自由之理》与梁启超的新民思想"。上海：上海书店出版社，2003年。

② 王克非著《中日近代对西方政治哲学思想的摄取》中说，马君武的此译作是据中村正直的日译《自由之理》转译的，不确，见王著，北京：中国社会科学出版社，1996年12月，125页、139页(注15)。

喜忭跃。(中略)深喜《天演论》以后,我国得第二之善译本,以是为我学界前途贺。

同上书,28页

可见,虽然马君武最初读弥勒原版的《自由论》可能早于梁启超,但他译文的最后完成与出版却和梁启超有关。1903年3—8月,马君武又在《新民丛报》29、30、31号上连续发表了题为《弥勒约翰之学说》的论文,也表明了他介绍弥勒《自由原理》的过程是与梁启超密切相关的。

从上面事实也可以看出,一方面由于梁启超的大量西方思想来自于日本思想文化界的影响,另一方面马君武本人也在日本,他这一时期的翻译选择与介绍西方思想虽然与日本有着一定的关系,但由于马君武精通英文和法文,因此,他就不像梁启超那样几乎完全依赖日译本而受其左右。比如,由于中村正直将弥勒《自由原理》中的“社会”和“个人”译为“政府”和“人民”,在梁启超的文章中弥勒关于“社会”与“个人”的对立问题就变为“政府”与“人民”的对立,他的文章也就只能围绕“政府与人民的权限”而作。而马君武的译文虽然也以中村氏的日译本为参考,但因其能读懂弥勒的英文原作及法文译本,就能较准确地表述作者的原意。读他所译的《自由原理》,这一点一目了然。[①]正如他在译序中所说:“近日自由之新名词已渡入中国,而原理未明,遂多有鳃鳃然虑其有流弊者。欧文书善阐自由之原理者,莫如此书,故急译行之。词取达意,不求工丽也。”

① 马君武译《自由原理》,见莫世祥编《马君武集》,武汉:华中师范大学出版社,1991年10月,29~80页。

所谓“鳃鳃然虑其有流弊者”实在是日本当时的情况。由于他对弥勒著作的全面理解，所以当梁启超受日本影响，痴迷伯伦知理的国家学说时，年轻的马君武却更认可弥勒的理论，认为伯伦知理“其论无力已甚，故不能与弥勒氏为劲敌也”[①]；由于他对西方民权思想的较准确理解是自己阅读的结果，所以面对日本国家主义已近于甚嚣尘上的现实，他却能选择西方民权主义的经典作品进行翻译。正是因为有着自己的判断力，马君武在日期间的翻译，既有日本思想界影响的痕迹又有自己明显的个性和取舍。这在他翻译斯宾塞的《女权篇》和介绍弥勒的《女性的隶从》上也表现得很明显。

在马君武留学日本的时候，日本的自由民权运动随着军国主义的羽翼丰满已经退潮。因此，曾经影响极大的斯宾塞、弥勒的民权思想已经成为“过去时”，明治十年到明治二十年（1877—1887）间曾大量译介的他们的社会平权、男女平等思想受到曲解和抵制，斯宾塞思想中保守的一面甚至被日本政府当作工具，用来镇压、瓦解自由民权运动。1898年日本出台的新民法《大日本帝国宪法》公然否认女性的个人权利，使日本社会中的男女不平等现象合法化。日本的舆论界也开始反对男女平等，提倡女性做“贤妻良母”，甚至连《女学杂志》这样的刊物也认为“日本女性与其要求自由平等，更应当发扬温文优雅的妇德。”虽然民权运动家植木枝盛等也极力反驳，但民权运动的颓势已不可挽回。

在这样的背景下，马君武甫到日本，就将原文与日译本对

① 马君武著《约翰弥勒之学说》，见莫世祥编《马君武集》，武汉：华中师范大学出版社，1991年10月，143～144页。

照，着手翻译当时在日本已经过时的弥勒和斯宾塞的学说，这种超时空的选择，一方面表明他们学说中的民权主义思想对中国知识分子的吸引力，另一方面也表现了马君武独立判断的能力。关于斯宾塞《女权篇》的翻译，日本自由民权运动时期曾有三个译本，马君武的译文与松岛刚的题为《社会平权论》的译本的某些部分接近。但日本学者也认为，马君武肯定是读过斯宾塞的英文原作之后进行翻译的。[①]

马君武不但能超越日本思想界及梁启超改良派的影响与局限，在自由民权运动已经衰落的日本，选择其自由民权鼎盛时期的著作翻译，使之成为中国的民权教科书和政治改革的思想资源，而且他对于民权和女权的本质及其关系有着深刻的认识。他在《弥勒约翰之学说》中说：

> 欧洲所以有今日之文明者，皆自二大革命来也。二大革命者何？曰：君民间之革命。曰：男女间之革命。
>
> 欧洲君民间革命之原动力，则卢梭之《民约论》是也。欧洲男女间革命之原动力，则弥勒约翰之《女人压制论》是也。

莫世祥编《马君武集》，142 页

可见，经历了西方民权思想洗礼的马君武对国家专制和家庭专制有同样清醒的认识，而且他把理论放到了相当重要的位

---

① 参见小野和子《马君武的翻译与日本》，见王政、陈雁编《百年中国女权思潮研究》，上海：复旦大学出版社，2005 年 7 月。

置。虽然当时的马君武只有二十多岁，但他对西方近代民权思想的理解和翻译选择，的确表明他超乎寻常的才智。这在中国知识分子普遍关注现实政治、“皆求为华盛顿、拿破仑”，忽视思想理论建设的清末民初，尤其难能可贵，也确属凤毛麟角。

这一时期马君武与日本有关联的译著还有：《法兰西今世史》(1902)，《俄罗斯大风潮》(1902)和《民权自由之敌奥太利宰相梅特涅传》(1903)。

马君武到日本不久，就翻译了《法兰西今世史》，该书译自日本史学家福本诚(莫世祥编《马君武集》第4页注作福本源诚，有误)著的《现欧洲》(一作《现代欧洲》)。福本诚(1857—1921)，号日南，日本明治大正时期的史论家、著名报人，日本国粹主义团体“政教社”的主要成员，曾为《日本》、《日本人》的主要撰稿人，1905年回故乡九州任《九州日报》社长兼主笔。《现欧洲》是他1898年3月到1899年7月游历欧洲的结果，该书1900年6月由耕读社出版。马君武在《俄罗斯大风潮·序言》中有：“日本人福本诚谓予曰：‘子何不读福禄特尔之《彼得大帝传》？是于子国之前途有大影响也’……”[①]之言，可见，他和福本诚本人也有过交往。福本诚的《现欧洲》所言均为法国最近情况，因马君武当时最关注法国局势，他读福本诚原著，有感于法国推翻君主专制政权后国家的进步、民气的昂扬进而译此书。他序言中说：“共和之政，固立于上，自由平等博爱之风，大昌于下。法人自夸之辞曰：法国者，最有实力而不可破坏之国也。(中略)予于日本书肆检得此书，喜其言法兰西近事最详，为中国从前

① 葛懋春、蒋俊等编《无政府主义思想资料选》上册，北京：北京大学出版社，1984年5月，2页。

著译书之所未有，急译之以享同胞。”[①]但是，《现欧洲》并非福本诚的代表作，笔者查阅《日本近代名人大词典》，福本诚名下列有近十部历史著作，却并没有此作。可见，它不是作者的主要著作，在日本影响也不大。马君武当年翻译此作，是从法国革命后民主共和制度下社会的发展进步对中国社会变革的现实意义出发的，这一点他在《序》中已说得非常清楚：“法兰西当一千七百九十三年路易第十六未伏诛以前，其困于暴君之专制，法国人民之困苦，正与吾中国今日之地位无异也。”[②]马君武对法国的兴趣所在，实在是法国的民主共和制度，这一点还可以从他的《世界第一爱国者——法兰西共和国建造者甘必大传》一文看出。该文原刊于1905年10月20日的《民报》第1号，也是马君武在日本时的作品。甘必大是法国资产阶级政治活动家，第二帝国时期共和派的领袖，反对拿破仑第三的独裁统治，曾任法兰西第三共和国众议院议长、政府总理、外交部长等职。马君武称他为“倾覆鲁意拿破仑（拿破仑三世），开法兰西第三共和政期，左党领袖，世界第一爱国者”。[③]从此文中使用的词语可以看出马君武的用心所在。《法兰西今世史》于1902年由出洋学生编辑所印行，今已很难见到。

《俄罗斯大风潮》是马君武翻译英国人克喀伯的一部无政府主义著作，1902年由改良派主持的广智书局出版，是“中国国内最早比较体系性的介绍无政府主义学说”[④]的书。该书的翻

---

① 莫世祥编《马君武集》，武汉：华中师范大学出版社，1991年10月，4页。

② 同上书，4页。

③ 曾德珪选编《马君武文选》，桂林：广西师范大学出版社，2000年1月，263页。

④ 曹世铉著《清末民初无政府派的文化思想》，北京：社会科学文献出版社，2003年7月，28页。

译是马君武一系列译作链条中的一环,这在他对无政府主义的看法中表达得很明白。马君武认为:无政府主义是18世纪法国圣西门的社会主义与19世纪英国达尔文、斯宾塞等人的进化论合流后产生的一种新主义。而他译的《俄罗斯大风潮》正是无政府主义的历史。这一译作也表现了马君武一贯注重介绍西方思想理论,把新思想视作改造社会的根本的一贯主张。在他看来,"无改造社会之思想者,其人断不可谓之大豪杰","抱改造社会思想之豪杰",即使生时不能为人理解,即使其目的"历数十世而达",终能被后人理解,受到尊敬。《序言》中还表现了马君武对法兰西的推崇、敬慕和对俄国政府的痛恨:"法兰西之国民者,世界上思想最高之国民也";"俄罗斯诚人间之最黑暗地狱也","其国至今无宪法,无议院,因自由而举革命被杀戮者已如麻矣。"而这正是与他痛恨专制统治、心仪民主共和的思想相一致的。

《民权自由之敌奥太利宰相梅特涅传》原载于中国留日学生所办之《政法学报》(由《游学编译》改刊)1903年第四期(10月15日)和第六期(11月7日)。从时间上看,也是马君武留学日本时期的作品,马君武自己在文中说是"译述","述"不用说,肯定是有马君武自己的观点在里面,那么"译"的依据是什么?也就是说他翻译的蓝本是哪个国家、什么人的作品?现今关于马君武的研究中没有留下对这一问题可资参考的资料,但从此文出现的时间上看,无论是何种语言、哪国作者,马君武此译述的蓝本很有可能是在日本得到的。考察此作的内容和词语的使用,笔者以为它极有可能是日本明治一二十年代自由民权运动鼎盛时期自由民权运动的倡导者、拥护者译述或创作的，当然基本材料应该是来自西方。

从内容来看，虽然为梅特涅的传记，但作者基本是把人物放在欧洲“神圣同盟”的代表者的位置，突出他镇压欧洲民主革命、与自由民权对立的立场，并以此为重点来叙述人物命运的。梅特涅的发迹、作为及最后狼狈出逃的下场，都与欧洲的民主革命运动相关联。作者对梅特涅其人的评价也是以他对自由民权运动的态度为准则的。从梅特涅的一生看，作者认为他虽不失“亲孝之子也，爱妻之夫也，爱子之父也，忠君之臣也，怜婢仆之主人也，重职任之官吏也，忠实敬神之信徒也，善交朋友之礼仪人也，机敏大胆有勇善断之政治家也。”但由于他思想保守，反对改革，“极力与进步之主义相反对”，“抵抗自由民权思想之大潮流”，参与镇压欧洲民权运动，“恶民权自由主义不啻蛇蝎，以君主专制为无上之良政，而极论立宪政治之适以酿下民之横议，起政治之紊乱也。故梅氏局促卑陋之眼中，唯有奥太利皇帝，而无人民之权利，尽其力以拥护皇帝压抑民权，（中略）独以与民权自由为仇敌之故，遗臭千载。”认为他“诚反抗十九世纪之大势之一大怪物”，“真十九世纪之大魔王”。从词语上看，该文不足两万字，但“自由民权”、“民权”、“自由”等词在文中出现的频率极高，有几十处之多。而“自由民权”一词又是日本明治初期民主主义运动特有的表示方式。另外“真十九世纪之大魔王”，这样的表达方式也是日文中所特有的，而日文中这些词语均为汉字，可以直接移入中文。

马君武之所以选择译述此文，首先是由于此文明确坚决地表达了反对专制统治、赞美自由民主的思想。作者的主张和他相同，这种选择与他此前选择翻译弥勒、斯宾塞、卢梭等阐述人类自由、平等的理论著述一脉相承。其次,他是要通过梅特涅的命运,警告中国的改良派,不要逆历史潮流而动。这在文章的开头和结尾表现得尤为明显。先看该文“序论”中的一段:

> 梅特涅诚十九世纪之伟人也。然至于晚年,为民权党之所倾覆,流落江湖,以终其生。呜呼!凌辱一世,气焰万丈之梅特涅,不知自量,厌其渺渺之一身,与民权自由之大潮为仇敌,卒之不免于败,其愚亦可怜矣!故予特译述其传,以为蹈梅氏之覆辙者鉴戒也。
>
> 莫世祥编《马君武集》,199页

这分明是在告诉世人,他是为康梁而译此文的。再看“结论”中最后几句:“世之来者,若私德,若天才,万万不及梅特涅,而欲袭梅氏之皮毛,务与自由民权之大风潮相反对,岂非画虎不成反类狗,何太不自量也!呜呼!”一般研究者认为,马君武由改良转向革命,与他和梁启超之间的一些私人误会及当时的形势、潮流有关,这些文字也可以是一个旁证。虽然,这些因素不能排除,但更不应当忽略的是,马君武彻底转向革命之前的翻译工作。这些翻译使得他对自由平等、共和制度有了较为理性的认识,而且从学理上认清了走向民主制度是人类社会制度的必然归宿,推翻专制制度、建立共和体制是大势所趋。

正是由于在翻译中对西方自由主义理论和民主共和制度有了深刻的理解和了解,马君武开始否定自己所持的改良立场,逐渐转向革命。从1902年下半年开始,马君武与梁启超等改良派逐渐疏远，并开始接近孙中山及其周围的革命派，进而转向主张革命救国。1903年春节，他在留学生会上发表反满革命演说，已表明他在政治上公开与改良派分道扬镳了。

马君武在日本的这些翻译著作，看似庞杂，但确有一以贯之的东西存在，这就是他对西方自由主义理论的钟情和对民主制度的渴慕。他的翻译无论是传记、历史还是思想理论都与此密切相关。正是以此为纲目，使他在当时庞杂的中日思想界，在滚滚东来的各种西方思想中有了明确的选择与取舍。需要注意的是，马君武在短短一年多的时间里能够翻译如此多的东西，除他有较高的语言能力之外，在日本东京可以通过各种渠道觅得外国图书也是一个重要原因。这一点从鲁迅、周作人兄弟所译《域外小说集》中所收集的作品、作者的国度之广和鲁迅的《摩罗诗力说》所征引资料的情况也可以得到证明。

第四章
郁曼陀与日本

郁曼陀，一个浪漫但不很响亮的名字。以他一生的作为及他为国殉难的事迹，本不需要借别人的名来提升他的知名度，但历史有时就是这样不公。关于郁曼陀其人其事，我们所知甚少，而他的胞弟——中国现代文学史上著名作家郁达夫和他的长女——著名画家郁风，的确比他更为人所知。

郁曼陀(1884–1939)，名华，原名庆云，字曼陀，1884年出生于浙江富阳一个贫寒的私塾先生家里。由于父亲早逝，作为长子的郁曼陀从幼年起就开始为母分忧，不仅自己用功读书，还带领、引导两个弟弟刻苦学习。他"十七岁就以府道试第一名入学，补博士弟子员。当废科举改学堂的第一期里，他就入杭府中学，毕业后，应留学生考试，受官费保送去日本留学，实系浙江省派遣留学生的首批一百人中之一。"[①]

---

① 郁达夫《悼胞兄曼陀》，载于1940年2月28日《星洲日报》，见郁风编《郁曼陀陈碧岑诗抄》，上海：学林出版社，1983年3月，164～165页。

郁曼陀于1905年赴日留学，先在早稻田大学师范科学习，毕业后又入法政大学专修法律。1910年学成归国，但并未受到晚清政府的重用，他只是在天津交涉公署（属外交部门）当了一名翻译。到辛亥革命后，他才学有所用，出任京师高等审判庭推事，1913年又被司法部派往日本进行为期一年的司法制度考察，而其三弟郁达夫也就是这时被他带去日本留学的。1914年回国后，郁曼陀一直在司法界工作，历任最高法院推事、沈阳最高法院刑庭庭长，还兼着司法储才馆及朝阳大学等学府的教授。

“九·一八事变”时，郁曼陀不顾日寇的威胁利诱，在农民朋友的帮助下，带着整理好的的全部案卷化妆逃回天津。他在《辛未中秋渤海舟中——时由沈阳亡归天津》一诗中记录了自己当时的处境与心情：“忍见名城作战场，不辞接淅办严装，橹楼镫火秋星碧，席帽烟尘海月黄。正借长风谋急渡，暂偷余息进颓觞，眼前无限伤心事，哪有闲情忆故乡。”[①]“九·一八事变”使中华民族到了危难之时，郁曼陀的人生也到了最为艰难的时刻。逃离沈阳后，他辗转南下到上海，任江苏高等法院第二分院刑庭庭长，主管英租界的刑事案件，并兼任东吴、法政等大学法学教授。其间，他用政府司法工作者的权限，主持正义、保护爱国青年。“八·一三事变”后，上海沦为孤岛，在国破家亡的艰难时刻，在爱国人士频遭日伪特务绑架暗杀的白色恐怖中，郁曼陀坚守在租界的司法岗位上，声张正义、执法如山。他的所作所为终为敌伪忌惮，眼见拉拢不成，恐吓无用，敌人便下了毒手。1939年11月23日，郁曼陀早饭后出门去法院上班，在家门口遭到暗算，以身殉国。

在郁曼陀先生为国殉难后，1940年上海各界曾隆重追悼过他，

① 郁风编《郁曼陀陈碧岑诗抄》，上海：学林出版社，1983年3月，75页。

1947年中华民国政府曾给他建血衣冢、立墓碑，1952年中华人民共和国政府曾追认他为烈士，应该说这是“对他那为国家、为民族的最后的一死”[①]的肯定。然而，这仅仅是作为“烈士”的郁曼陀留下的历史痕迹。郁曼陀一生经历了多事的晚清、动荡的民国和日寇的入侵，最后慨然死于敌人的枪下。他曾经留学日本，他是一个法官和法律学者，他还是一个教师和文人。毫无疑问，郁曼陀的人生是多姿多彩的，他留下的遗产也不单单是爱国主义和民族精神。在繁忙的工作之余，他曾著书立说，写有《刑法总则》、《判例》等法学专著；在颠沛动荡的生活中，他曾吟诗作画、与中外友人唱酬应和，留下了《静远堂诗》集、70余首《东京杂事诗》和多幅山水丹青；他曾两番东渡，前后在日本学习、生活将近七个年头。对于经历如此丰富的郁曼陀，可以说我们还所知甚少，特别是他对他曾生活学习过多年的日本如何看待，他对自己留学时期正处于剧烈变化、高速发展中的日本又留下了怎样的印象与评说，我们都还不甚明了。而这也许是他给我们留下的与他的爱国主义精神同样重要的遗产。

作为文人，也许郁曼陀和他声名赫赫的弟弟郁达夫不能相提并论，但他们留下的文字却各有各的价值与意义。研究郁曼陀的诗歌，特别是他在日本学习生活时留下的诗歌，对于我们了解我们的东瀛近邻近代发展的轨迹，对于历史上中日两国关系的认识也许都不无裨益。

虽然郁曼陀曾两度赴日，前后加起来有差不多七年的时间，但留下的记载并不多(也许是目前还没有发现)，可资参考的主要是他留下的诗歌。郁曼陀先生殉难后，他的亲朋委托他的挚友叶秋原(杭州人，作家，详情待考)先生整理编辑了《静远堂诗画集》，后在香港印刷。其中收录有郁曼陀自1905年至1939年的诗作176首、留学

① 郁达夫《悼胞兄曼陀》，载于1940年2月28日《星洲日报》，见郁风编《郁曼陀陈碧岑诗抄》，上海：学林出版社，1983年3月，166页。

日本时所作的《东京杂事诗》73首。1983年，郁曼陀先生的女儿郁风将他的《静远堂诗集》和他的夫人陈碧岑女士的《小隐山房诗》合刊，编为《郁曼陀陈碧岑诗抄》，交由学林出版社出版。这是我们今天研究郁曼陀先生与日本关系的最可靠资料。

郁曼陀诗歌中与日本相关的主要有两部分：一部分是他留日和后来赴日考察时创作的一些诗歌，另一部分就是他青年时期留学日本写下的《东京杂事诗》。前一部分主要是他与日本友人的交往与唱酬，后一部分则是他留学时期对日本社会仔细观察的记录。我们把两部分分开来论述。

第一节　郁曼陀的日本诗缘

仔细阅读、梳理郁曼陀《静远堂诗集》中的诗歌，我们发现有16首是他与日本友人交往、唱酬的作品，其中留学期间创作的有9首，考察期间的有7首。唱酬诗的标题中大都写有日本友人的姓名，其中荻野迦陵1首，永井禾原2首，森槐南2首，森槐南秘书1首，土居香国2首（其中有1首也涉及到关泽霞庵），永坂石埭2首，塚原梦舟2首，大石铁石1首，因是和尚1首，另有两首诗没有具体人名，但也是与日本诗友聚会时所作。查阅日本的研究资料，发现这些人大部分是日本明治时期的汉诗诗人，而其中的大部分又都是明治中期日本汉诗诗社"星社"和明治后期汉诗诗社"随鸥吟社"的成员。而森槐南、永坂石埭和土居香国还同时是这两个诗社的成员。

其实，"星社"和"随鸥吟社"是日本明治中后期汉诗诗坛有着渊源关系的两个重要诗社。

"星社"本是日本明治时期的汉诗大家森春涛（1819—1889）晚年创立的诗社，后因他年老体病，诗社停止了活动。森春涛去世后的明治二十三年（1890），他的儿子森槐南恢复了诗社的活动。恢复后参加第一次雅集的诗人有国分青崖、本田种竹、大江敬香、野口宁斋、佐藤六石、大久保湘南、宫崎晴澜和关泽霞庵等12人。之后的不长时间中，永坂石埭、土居香国等近20位诗人都先后加入了“星社”。“星社”其实是明治中期最重要的诗社，它吸引、汇集了当时日本诗坛大多数汉诗作者，成一时之盛。后由于内部的矛盾，明治三十二年（1899）“星社”瓦解。[①]几年之后的“随鸥吟社”承担起了“星社”的角色。

“星社”解散后，明治文坛汉诗逐渐衰落，而“随鸥吟社”的成立就是明治后期日本的汉诗诗人们试图振兴汉诗所做的努力。“随鸥吟社”由大久保湘南、手岛海雪、上村卖剑等发起，森槐南、永坂石埭、国分青崖、岩溪裳川、北条鸥所、本田种竹、野口宁斋等文人都积极支持并参加诗社的活动。明治三十七年（1904）八月他们举行了第一次雅集，9月第二次雅集，同年10月刊发了这两次雅集的成果——《随鸥集》第一集，之后每月刊行一集。大久保湘南是“随鸥吟社”的发起人又是该诗社前期的核心人物。明治四十一年（1908）他病故后，土居香国接掌社务，尊森槐南为盟主。土居香国退隐之后佐藤六石接班，佐藤去世后由久保天随接班。“随鸥吟社”的活动一直持续到昭和年间，其间《随鸥集》的刊行也未中断。[②]

郁曼陀东渡日本留学，应该是在1905年秋天，这在他的《静远堂诗集》中有记载。该诗集第一首诗的标题就是《黄海舟中（乙巳）》，诗中有“的烁初阳照海门，一波一抉荡秋魂”[③]之句，这应该正是他登舟赴日的时间。该诗集的第二首诗为《除夜》：“去国三千里，荒村此独居；年从愁里尽，客自病中疏。顾景怜

① 详见三浦叶《明治汉文学史》（日文版），东京：汲古书院，1998年10月，62～63页。

② 同上书，78页。

③ 郁风编《郁曼陀陈碧岑诗抄》，上海：学林出版社，1983年3月，21页。

亲老，怀归恨约虚；乡心随烛短，不寐检家书。”[1]这显然是年轻的海外学子节日思乡的情感流露。我们可以想象，刚满20岁的郁曼陀，初到海外，一人独居异国他乡，在春节来临之际，思念远在故乡的老母，却又无法团聚，只能以翻看家书来排遣心中的孤寂与思念。其实，这首诗中除了思乡之情外，还有人在陌生环境中的不安、在异文化环境中的孤独与寂寞。这也正是郁曼陀到日本时间尚短的证明。这是他留日时期的第一个除夕夜，距他登上东渡海船也不过数月，正是在异文化环境中思乡之情最强烈的时候，这也是每个到过海外的人都会经历的。

从时间上看，郁曼陀留学东瀛之时正是“随鸥吟社”活动最为活跃的时期。虽然我们不清楚是什么机缘，但从郁曼陀创作的诗中可以看到，到日本大约一年多后，他开始了与日本汉诗诗人的交往。

《静远堂诗集》中，第一首写给日本人的诗是在丁未年（1907），题为《送荻野迦陵（岫）归金泽》，内容为：“哀时思古谊，今见若人存，文敝才难尽，身穷道益尊。薄贪书吏俸，老客相公门，别后论心事，江湖半泪痕。”[2]这是一首送别诗，主人公荻野岫，号迦陵，除了《明治汉诗文人雅号一览》列有他的名号（《明治汉诗文集》，443页）外，文学史上没有别的记载。其人详情不可考，但毫无疑问，他虽然可能不是当时重要的汉诗诗人，但他的汉诗造诣一定不会差。

紧接着这首送别诗之后是一首题为《谯集来青阁赠永井禾原（久一郎）》的诗：

① 郁风编《郁曼陀陈碧岑诗抄》，上海：学林出版社，1983年3月，21页。

② 同上书，27页。

宝扇华镫满绮寮，高门冠盖接青霄，石帆渡海新飞鹢，金线盘衣旧赐貂。

小有江山容拄笏，贫无车马敢题桥，刀环偶入衰亲梦，盼断钱塘日夜潮。

《郁曼陀陈碧岑诗抄》，27—28页

本诗题赠的对象永井禾原（1852—1913）原名久一郎，别号“来青”，是日本明治时期著名的汉诗人，其子永井荷风是日本大正昭和年间著名作家。永井禾原青年时代曾随明治时期汉诗大家森春涛和大沼枕山（1818—1891）学写汉诗，后积极参加“倒幕”活动，维新后又进入福泽渝吉的学塾学习“洋学”。明治四年（1871）他赴美留学，先后在普林斯顿大学、ニューブランスウイキ大学学习六年，归国后在工部寮、文部省任职。曾任内务省书记官、东京帝国大学书记官、文部大臣秘书官等职，明治三十年（1897）辞官，进入日本邮船公司任职。永井禾原的汉诗汉文都有相当高的造诣，在明治二十年代后半期就和同样出自森春涛门下的田中梦山组建名为“剪烛会”[1]的诗社，并常在自己的住所“来青阁”宴饮诗友。[2]郁曼陀诗题中的“讌集来青阁”正是永井禾原多年来以诗会友的方式，而郁曼陀能参加这种诗人的聚会说明他不但适应了日本的生活，而且开始有了和日本人交往的圈子，而这时应该是1907年的春天。虽然这首诗和前面送别荻野迦陵的诗都没有具体写作时间，我们只知道是

① 三浦叶著《明治汉文学史》（日文版），东京：汲古书院，1998年10月，78页。

②《明治文学全集》第62卷，神田喜一郎编《明治汉诗文集》，东京：筑摩书房，昭和五十八年八月，418页。

丁未年，也就是在1907年。但后面有一首同样写于这一年的题为《永井禾原招饮小丁香馆》的诗，却透露了具体的季节：

仄径寻春屐齿粘，绿芜庭院草纤纤，湔裙禊事花三月，中酒情怀雨一帘。

椽瓦翠螭新砚谱，药兰红麝旧香奁，晚风吹遍桃榔路，归去晴丝罥帽檐。

《郁曼陀陈碧岑诗抄》，28页

“寻春”、“草纤纤”、“花三月”等词无疑是在写春天。从郁曼陀诗歌创作的顺序看，除荻野迦陵外，永井禾原是最早出现在他诗中的日本友人。也许正是在永井禾原的“来青阁”，郁曼陀结识了一些日本汉诗作者，因为在此后，他的诗歌里与日本友人的唱酬明显多了起来。从这些诗中我们基本可以理清郁曼陀和当时日本文坛汉诗人交往的情况。

1907年春，曼陀还写有《赠土居香国》一诗：

惭愧零丁海外身，结交肝胆尚轮囷，履綦小集成佳话，水木清晖赋治春。

红甲空筝帘内酒，白头团扇画中人，由来私社声名盛，垂老风华别样新。

同上书，28页

诗中的土居香国（1850—1921）是土佐人，青年时代曾拜师学习汉学，后以诗闻名。他在明治八年（1875）曾任元老院权中书记，后来又做过地方长官，明治二十三年（1890）后历任递信省参事官、名古屋邮电局长和东京、京都、金泽等地的邮电局长。甲午战争后，他还曾担任台湾总督府陆军局邮电局长、民政局事务官等职。由于热爱汉诗，晚年成为“随鸥吟社”的骨干，援助森槐南并帮忙编辑《随鸥集》。[①]郁曼陀留学之时，正是土居香国的晚年，他热衷于“随鸥吟社”的活动并多有诗歌创作，所以曼陀诗中有“由来私社声名盛，垂老风华别样新”之句。从郁曼陀的诗中可看出，他不但与土居香国成了忘年之交，而且经常参加一些诗人的聚会，所谓“惭愧零丁海外身，结交肝胆上轮囷。履綦小集成佳话，水木清晖赋冶春”正是他这部分生活的写照。由于土居香国是“随鸥吟社”的骨干人物，因此，此时郁曼陀参加的诗人聚会很可能就是该社的雅集，而且郁曼陀应该是加入了“随鸥吟社”，成了它的成员的。

查阅郁曼陀的诗，我们发现在1910年郁曼陀学业完成回国前有一首题为《小丁香馆席上留别同社诸子》的诗：“芳江涉朱夏，花潋闻轻雷，撤盖倦征役，濡腕成深痗。晨息若木阴，暮登昭王台。驰驱畏简书，良朋亦孔怀。出祖在东室，明星烂牺杯，日夕难久淹，海山生碧埃。”[②]诗题中说“留别”，是因为他马上要回国了，而“同社诸子”应该就是“随鸥吟社”的诗友们。虽然本首诗中郁曼陀没有明确说此“社”即“随鸥吟社”，但在1913年他考察司法再度赴日时的一首诗却可以证明这里的“社”是指“随鸥吟社”。这首诗作于1914年春节后不久，题为《招饮随鸥社诸

---

① 《明治文学全集》第62卷，神田喜一郎编《明治汉诗文集》，东京：筑摩书房，昭和五十八年八月，425页。

② 郁风编《郁曼陀陈碧岑诗抄》，上海：学林出版社，1983年3月，45页。

子于早稻田町寓斋并约次日赴上野小集(甲寅)》:

浅雪轻冰簇短篱,夕阳门巷落梅时,清斋颇忆余杭酒,小令偏宜毕曜诗。

野社鸡豚修禊早,市桥灯火醉归迟,分明临去留新约,为访东台旧水祠。

《郁曼陀陈碧岑诗抄》,54页

诗题中明确说是“招饮随鸥社诸子”,并约定第二天“赴上野小集”。诗中的“分明临去留新约,为访东台旧水祠”一句,正是以次日的“新约”引出往日的“旧”聚,正可以证明当年的“同社诸子”正是“随鸥社诸子”。可见,郁曼陀留学期间曾加入日本当时最活跃的汉诗诗社“随鸥吟社”应该是事实。

也正是因为有这样的因缘,我们才好解释郁曼陀那些与日本诗人的唱酬之作。郁曼陀与森槐南的关系也非同一般,他留学期间的1908年,有两首诗是给森槐南的:一首为《赠森槐南》,另一首是《戏柬槐南》。现录如下:

回首中原事若何,悠悠哀怨动关河,过江人物知多少,乱世文章入海多。

金薤词华高北斗,玉堂歌板识东坡,年来亦赋扶桑日,可许龙门烧尾过。

《赠森槐南(大来)》,见《郁曼陀陈碧岑诗抄》,36页

焦桐爨后孰知音,变姓庸春别有心,对月自惊三

李白,杀人谁误两曾参。

千金市骨群贤至,一将擒王万马喑,我服先生双老眼,不随年少辱淮阴。

《戏柬槐南》,见《郁曼陀陈碧岑诗抄》,37页

虽然这两首诗没有注,但我们还是可以从诗中看出森槐南当时在诗坛的地位和郁曼陀对他的钦佩:“千金市骨群贤至,一将擒王万马喑”,“金薤词华高北斗,玉堂歌板识东坡”。而且,年轻的郁曼陀很可能得到过森槐南的帮助,所谓“焦桐爨后孰知音”、“我服先生双老眼,不随年少辱淮阴”应该是有所指的。

森槐南(1863—1911),名大来,字公泰,号槐南,森春涛之子。幼年随父学诗,并随旅居名古屋的清人金嘉穗学习汉学。随父亲到东京后,他曾在外国语学校学习英文,但因酷爱文学,经常打着去语言学校的旗号躲在图书馆里看小说,这事激怒了他的父亲,却也使父亲允许他放弃了自己并不喜欢的英文学习。明治十四年(1881),他以任太政官开始公职生涯,明治二十一年(1888)入枢密院,历任图书寮编修官、皇室令整理委员、宫内大臣秘书官、式部官等职。此外,他还在东京帝国大学文学科兼任讲师,主讲中国文学。森槐南的才能颇得一些政治家的欢心,当时的高官三条实美、伊藤博文都很赏识他,因而他能凭借权势左右逢源,但也树敌颇多。森槐南有卓越的诗歌技巧,他的诗歌以唐诗为基础,兼有吴梅村的苍凉、王渔洋的神韵、陈碧城和郭频伽的艳丽,形成了自己独特的风格。再加上他驾驭文字的能力,使他在父亲森春涛和大沼枕山两个诗坛大老去世后,成为日本汉诗的“重镇”。森槐南对明清的传奇、小

说也很精通，16岁就因作《补春天传奇》而惊倒世人。森槐南并不甘心文人的生活，他曾多次作为随从随伊藤博文外出考察游历。1909年，伊藤博文在哈尔滨遇刺身亡，森槐南也在事件中受了枪伤，两年后去世，年仅49岁。[①]

郁曼陀与森槐南的交情还表现在他写给森槐南秘书的《慰森槐南秘书》一诗中：

> 右臂蘧蘧化弹圆，尻轮神马远临边，出麾左史书功笔，归趁中官奉使船。
>
> 乞病好成丁卯集，订交重忆戊申年，相逢定作掀髯笑，道是蓬山劫后仙。
>
> 《郁曼陀陈碧岑诗抄》，45页

这首诗作于1910年，是在郁曼陀留学生活的最后阶段。虽然没有注释，但从内容和时间上看，应该是因森槐南在伊藤博文遇刺事件中受伤而写的。“相逢定作掀髯笑，道是蓬山劫后仙”应是指森槐南在伊藤博文事件中的侥幸生还。伊藤博文在哈尔滨被朝鲜义士安重根刺杀是1909年10月26日，而郁曼陀的这首诗则是写于1910年的春天。

“随鸥吟社”成员中与郁曼陀交往较多的诗人还有永坂石埭。曼陀诗中有两首与永坂相关的，都作于他赴日本考察司法期间。一首作于1913年岁末，题为《癸丑除夕同永坂石埭（周二）守岁祭诗盦》：

---

① 参见三浦叶《明治汉文学史》，东京：汲古书院，1998年6月，65～66页；《明治文学全集》第62卷，神田喜一郎编《明治汉诗文集》，东京：筑摩书房，昭和五十八年八月，422页。

无事深盦坐，鹿声寂不闻，酒消星欲曙，钟定夜初分。

帘影随红蜡，衣香凝碧云，天涯同薄宦，才调最怜君。

《郁曼陀陈碧岑诗抄》，53页

另一首作于1914年秋，题为《枕桥秋禊次石埭老人韵》：

萧萧水榭艳歌新，未解悲秋解惜春，落日半江红不定，独扶残醉看枫人。

同上书，56页

永坂石埭（1845—1925），名古屋人，名周，字希庄，号石埭、又称周二，为森春涛门下四杰之一。在“随鸥吟社”成员中，永坂年龄最大，辈分也高。永坂出身于医学世家，但他酷爱汉诗，他一生以行医为业，可又从未放弃诗歌。明治七年（1874）他赴京行医，后又入东京帝国大学医学院学习，之后一边开业行医，一边在帝大医学部任教。他购得幕末诗人梁川星岩（1785—1858，倒幕志士，诗人，一生著述颇丰，留有《星岩集》26卷、《星岩遗稿》14卷，明治时期著名汉诗人大沼枕山、小野湖山、森春涛等都是他的门人。[①]）位于东京神田的旧宅，取名玉池仙馆。玉池仙馆是一座具有浓厚中国风格的建筑，那里成了文人墨客经常诗酒宴饮的场所。[②]永坂石埭是学者型的诗人，他的诗风

① 高文汉《日本近代汉文学》，银川：宁夏人民出版社，2005年8月，10页。

②《明治文学全集》第62卷，神田喜一郎编《明治汉诗文集》，东京：筑摩书房，昭和五十八年八月，418页。

清淡，注重情调与意蕴，这一点与郁曼陀很相似。因此，虽然他们年龄相差悬殊，但曼陀对他依然有知音之感，故而说“才调最怜君”。

从郁曼陀两次赴日的诗歌创作中可以看出，他与“随鸥吟社”诗人的交往是密切的、有延续性的，并没有因他学业完成归国而中断。因此当二次赴日时他很快就与当年的诗友开始了唱酬交流。下面这首《偕土居香国、关泽霞庵由三宜亭过辨天祠》的诗就作于他第二次赴日的1914年，记录了他和当年的老友随鸥社社友土居、关泽的一次偷闲之旅：

处处红尘点帽纱，此间水竹独清华，托辞诗社因逃酒，借坐僧房为看花。

风外伽蓝千塔院，日中畚筑万人家，商量钞过河桥去，同领山亭一钵茶。

《郁曼陀陈碧岑诗抄》，54页

诗中洋溢着远离红尘的惬意，别有一种悠然恬静的情怀。但诗中所描写的不大像异国的景致，倒更像是中国的山水，也不知是日本太像中国的缘故还是郁曼陀对日本太熟悉的缘故？

郁曼陀交往唱酬的日本人中还有一些不太著名的诗人，如他诗中的塚原梦舟、大石铁石、因是和尚等人。虽然我们一时无法考证这些人的详情，但他们一定也是与汉诗有缘的人；虽然他们不是文学史上记载的名诗人，但汉诗在他们生命中一定有着不一般的意义。这也正说明中国文学对日本的影响是全面的、深刻的，虽然经过明治维新的日本已经西化，但中日间的文化交往在当时仍表现出强烈的历史惯性——汉诗还是被许多日本人喜爱。

塚原梦舟，名周造，梦舟是他的雅号。日本文学史上没有他的介绍，只是《明治文学全集》第62卷《明治汉诗文集》的附录《明治汉诗文人雅号一览》中列有他的名字（见该书453页），他是郁曼陀两次赴日都曾有过交往的诗友。可以推断，他们的友情很不一般，有诗为证。留学时期郁曼陀有《纳凉寒翠山庄赠塚原梦舟》一诗：

松阴高不落，清语满虚堂，得闲谋新醉，开怀纳晚凉。
树深茶鼎润，风细葛衣香，何处羲皇卧，云根冷石床。

《郁曼陀陈碧岑诗抄》，42页

考察期间又有《寒翠山庄观枫次主人塚原梦舟韵》一首：

输他晚叶醉新霜，难得停车举一觞，半亩山塘生杂树，三弓台榭傍斜阳。

怕迷红蝶移帘额，为饭青精检药囊，重到年前听雨处，枫人应笑鬓丝长。

同上书，53页

两首诗都是写于“寒翠山庄”，第一首写“纳凉”避暑，第二首写观赏“醉新霜”的枫叶，显然郁曼陀两次都是受“寒翠山庄”主人塚原梦舟的邀请而去的。两次赴日都受到邀请，在日本友人的别墅或“纳凉”或“观枫”，主客间的关系当然非同一般。而能使他们感情如此投契的恐怕是汉诗。虽然未能查到塚原梦舟的原韵，但他一定是精通汉诗的行家，所以作为客人的郁曼陀才会一次赠诗，一次次韵。

郁曼陀还有两首诗分别是次韵和赠诗，即《星冈茶寮次大石铁石(真吉)韵》：

一径寒林翠晕生，星冈景物太凄清，腊前社会村巫醉，雪后城隍野雉鸣。

孤赏不妨成独笑，中年难遣是闲情，听歌莫画旗亭壁，怕有青衣识姓名。

《郁曼陀陈碧岑诗抄》，53页

《赠因是和尚》：

回思尘世隔人天，老伴空王亦自怜，成佛甘居灵运后，编诗断自义熙前。

严持戒律难除酒，略杂名心不碍禅，会得众生平等旨，定知香火有因缘。

同上书，55页

关于大石铁石无资料记载，但“星冈茶寮”确实是诗人们经常聚会的场所。而《明治汉诗文人雅号一览》中一位雅号“铁石”的诗人名为大泽真吉[①]，号和名都相同，只是姓，一为“大

① 神田喜一郎编《明治汉诗文集》，东京：筑摩书房，昭和五十八年八月，450页。

石”，一为“大泽”，一字之差，究竟是一个人还是两个人？或者是郁曼陀的诗在刊刻时出现了错字？我们不得而知，但有一点可以肯定，这位“大石”或“大泽”一定是汉诗的同道。“因是和尚”因没有真实的姓名，不可考，也许是郁曼陀在日本结识的普通朋友，也许是诗社的同仁。但不管身份如何，他至少应该是一个能欣赏汉诗的人物，因为这种以诗相赠的文人间的交往，虽不一定非要知音，但一定要双方之间能够对话。

这两首诗都是郁曼陀第二次赴日期间的作品，这时的郁曼陀已经成熟。这两首诗，前者淡泊，后者宽容，透露出的正是中年人的从容淡定与智者对人生的深刻认知。

从郁曼陀与日本诗人的交往中可以看到，明治维新以后的日本虽然经历了西化的洗礼，汉学在日本社会的地位受到了前所未有的挑战，但在受过传统教育的文人中，推崇汉诗文的观念依然存在。因而，来自中国的文人仍然会受到尊重，因为他们汉诗文的造诣高、学养深厚。过去我们都认为，从明治维新起，日本开始全盘西化，有着深厚传统的汉学在日本就没落了。其实，明治时期是日本文坛汉诗的又一个辉煌时期，而其契机就是明治维新。

明治维新的一系列改革和西化使日本成为一个现代国家，现代国家在外交上的惯例就是要互派使节。明治七年(1874)日本派出了第一任驻华公使，清政府于1876年任命何如璋为第一任驻日公使。由于当年日本爆发西南事变(西乡隆盛领导的反明治政府武装叛乱)，何如璋到1877年底才赴日。何如璋的手下从副使张斯桂、参赞黄遵宪到一般随员，都是文人。当时的日本虽是举国西化，但是对饱读诗书的中国文人依然崇拜，仍以与中国名士交往为荣。就在中国公使到日本后不久，住在公使馆附近的一个叫石川鸿斋的人和两个僧人来使馆拜访并呈上他们的诗作。按照礼节和习惯，何如璋、张斯桂等次韵和诗。不久，石川鸿斋把他们间的这些唱酬赠答之诗结集为《芝山一笑》（东京文升堂，明治十一年）。1877年末，中国首届驻日使团抵日，12月21日，移寓东京芝山月界僧院，是为中国驻日使馆的最早馆舍。石川闻讯后，与知恩院徹定、义应二僧前往投刺拜谒。初时，何如璋正使、张斯桂副使以为石川亦为沙门中人，后始知误解，双方解颐。此为《芝山一笑》书名之由来。[①]刊出。此后，到公使馆来拜访的日本文人多了起来，他们有为自己的诗文集恳请写序的，有来求墨宝的。而公使馆的人按照中国人的习惯，对来访过的日本文人要登门回拜。面对专程回访的中国文人，日本文人惊喜之余又要回礼，或邀赏花或邀舟游或举办诗酒宴会，这样中日文人间的来往就多了起来。到后来就经常会有中日文人的诗酒聚会，人数多时可达数十人，煞是可观。大家在一起饮酒赋诗、赏花观枫，写出的诗结集出版，森槐南、永坂石埭就曾参加过这样的聚会。这种交往后来成为传统，也成为中国外交官的一种外交手段。先后换了三四任驻日公使都未中断，直到甲午中日开战。[②]这种活动对于日本明治文坛汉诗创作的繁荣是至关重要的。

在郁曼陀留学的时代，虽然明治汉诗的极盛时期已经过去，但日本文人中仍有不少推崇汉诗、看重中国文人的，中日诗

① 见王宝平主编《晚清东游日记汇编》之《中日诗文交流集》，上海：上海古籍出版社，2004年10月，59～76页。

② 参见三浦叶著《明治汉文学史》（日文版），东京：汲古书院，1998年6月，3～8页。

人的聚会、唱酬依然存在。在王慎之、王子今辑录的《清代海外竹枝词》中录有日本人为刘珏(字不周,江苏江阴人,曾留学日本十年)的《增注东洋诗史》所作的序。其中有这样的记述:“明治三十六年(1903)四月,束装西归,行有日矣,东都人士公饯于芝山红叶馆之曲楼。临别赠言,高歌沸座”。[1]可见,这时中日文人间的交往依然密切。正因为有这样的传统,郁曼陀才能以汉诗为缘,与日本文人结下深厚的情谊,也为中日文化交流留下了宝贵的财富。

① 王慎之、王子今辑录《清代海外竹枝词》,北京:北京大学出版社,1994年10月,230页。

第二节 《东京杂事诗》描绘的日本[1]

中国文化在清代开始面临着与西方文化最激烈、最直接的冲突。当时的人们，已经不能不正视新的文明形式对于传统生活与观念的空前强烈的冲击，不能不面对世界，认真思考以往所谓“蛮夷之邦”的惊人的变化及其原因。清代诗歌中多有吟诵外国事情者，正是这一特殊历史时代的文化印迹。

由于中国与日本是近邻，清代中国文人踏上日本国土的人数众多，很多人以诗歌记录了他们在日本的见闻、观感。如第一任驻日公使何如璋的《使东杂咏》、黄遵宪的《日本杂事诗》、四明浮槎客的《东洋神户日本竹枝词》、濯足扶桑客（刘珏）的《增注东洋诗史》、郭啸麓的《江户竹枝词》、陈道华的《日京竹枝词百首》、姚鹏图的《扶桑百八吟》、单士釐的《日本竹枝词》等，都在某种程度上或某个侧面展现了他们眼中的日本。其中，“有些作品，当时对于执政者可以看作提供了关于外国国情的生动地考察报告；对于民间，则具有外国地理与外国历史的通俗教材的意义”[2]。除了反映日本的社会、风俗等情况外，这些

① 本节所引诗句均出自郁曼陀的《东京杂事诗》，见王慎之，王子今辑《清代海外竹枝词》，北京：北京大学出版社，1994年10月，396～407页；《郁曼陀陈碧岑诗抄》，上海：学林出版社，1983年3月，85～113页。

② 王慎之、王子今辑《清代海外竹枝词·前言》，北京：北京大学出版社，1994年10月。

作品还反映了当时中国人的观念和认识水平，特别是诗人们真实地展现了在异国文化体系中自己的新鲜感受和所受到的冲击，这更具有历史文化意义。

郁曼陀的《东京杂事诗》秉承的正是清末的这种传统。他的《东京杂事诗》73首，全部作于他留学时的1905—1910年间，而且这些诗都曾在《民吁报》及《南社丛刊》上发表。当时曾因其“写彼邦风俗”（蒋伯潜语），而又清艳绮丽（叶秋原语），“一时海上传诵。”[①]然而，时至今日，学界并未见有对郁曼陀这些诗歌研讨的文字，实是一大遗憾。

《东京杂事诗》展现的是一百年前一个年轻的留学生在异国他乡的所见所闻。郁曼陀留学日本时，是日本明治三十八年到明治四十三年（1905—1910）间。这时的日本，经过几十年的革故鼎新，已经成为一个经济较为发达的新兴资本主义国家，特别是经历了甲午战争和日俄战争的胜利，日本不仅称雄亚洲，且开始与西方资本主义国家竞争。日本社会和人们生活的方方面面也都发生了很大的变化。这与当时处于满清末年的中国形成了鲜明的对照，可以想见，二十出头的、来自浙江山区的郁曼陀在日本所受到的强烈冲击。正是这种强烈冲击下的新鲜感受，使他对日本社会的方方面面都产生了兴趣，并用诗歌的形式记录下来。郁曼陀的《东京杂事诗》反映的日本社会生活的范围非常广泛，正如他自己在第一首诗中所言那样“解记西京杂事来”，其“杂”的程度确实相当可观。

20世纪初的日本经过几十年的西化，社会的各方面，特别

① 王慎之、王子今辑《清代海外竹枝词》，北京：北京大学出版社，1994年10月，396页。

是人们的生活方式已经发生了很大的变化,郁曼陀用他的诗记录了这些变化。

"饮到屠苏一岁除,春华豆蔻十三余。新年依例称遥贺,手署同心绘叶书。""绘叶书"即画有图画的明信片。这首诗记录了当时的日本民间过新年时,已依西例发寄明信片向亲友表示新年的祝贺。

"入画崔徽已自伤,更谁镜里证空王。写真集到知肥瘦,莫问腰围带短长。"此诗写了照相并给亲友寄照片在日本民众生活中的流行和实用"价值"。"写真"即照片,远行者用以寄赠亲友,一见照片即知胖瘦,自然不用再问衣带长短,可减少亲人的担忧。

"珮解江皋结坠欢,愧无长物报琅玕。指环爱买金刚石,牵袖低呼白牡丹。""白牡丹"是当时日本著名的宝石店名,以售高级钻戒著称。男女订婚以钻戒为信物,这本是西方风俗,但在当时的日本已很流行。诗人通过一个很有趣的小场景,记录了这种风尚,生动至极。

"真珠帘底卖咖啡,红粉当垆翠作围。最是四更镫月里,满头花影落穠衣。"这是咖啡店营业的情形,每到夜里顾客盈门,看来当时这种西式的消闲方式很能吸引人。而以年轻的女孩做营业员这种欧美咖啡店常见的做法,日本也学来了。喝咖啡本是一种现代的生活方式,但作者用很古典的词语来描写,如"红粉当垆",不仅是写实,还给读者留下了充分的想象空间。

"角巾钗影两依稀,日曜天街散学归。四壁蔷薇春昼永,讲堂尘暖蠛蠓飞。"诗中的"日曜"指星期天。日本各校学生无论男女都有校服,出校门也须穿着,以显示身份及学校间的区别,即使星期天也不例外。周日学校放假，穿着各色校服的学生成群结伴，走在春意浓浓的大街上。这种由现代学校带来的新的"街景"，一定给诗人留下了深刻的印象。

"天风吹断玉人箫，缥缈飞楼入绛霄。红叶黄花秋一角，金泥门署晚香寮。"明治时期日本教育普及，女性也可接受高等教育，并办有女子大学。"晚香寮"就是位于东京小石川老松町的女子大学学生宿舍。作者可能是远眺，更可能是在他心目中，女大学生就如仙境中人，因此他以描写仙境的语言来写"晚香寮"。的确，如果与当时中国妇女的处境与命运相比，这些能上大学读书的日本女子当然就如仙境中人一样的幸福。

西方工业文明在日本的扎根不仅使日本人的生活发生了很大变化，也使日本的城市增添了很多新事物。

汽车欲发两神伤，绝塞深闺各断肠。灯火自流人自远，前村明月铁桥长。

电话飞传绛阙仙，问谁工数五铢钱。游丝断续金虫语，人在华鬘第几天。

曲尘遮断路三叉，轮铁飞扬帽影斜。徵遍中华舆服志，称心那有自由车。

五云楼阁认儿家，怕御雷车逐电车。桦烛千条归路晚，试镫风细雨丝斜。

这四首诗写的是火车、电话、自行车和有轨电车。日本称火车为“汽车”，当时上野火车站有发往日本各地的火车，所以这里又是人们离别的场所。火车使人们的出行方便快捷，但也使生离的人们“神伤”、“断肠”。“灯火自流人自远”一句，诗意地表达了火车开动后乘车人的感觉。与火车同是现代化工具的电话，因它仅凭一根“游丝”就使天各一方的人能对话，郁曼陀把它写得很神奇。使用这样的工具，人真要怀疑自己是在人间还是仙境，而花钱“五铢”就可使用公用电话的确使人愉快。诗中的“自由车”就是自行车，日语里称自转车。“自由车”这个名字据说是梁启超给改的，确实形象传神，可惜没有流传开。这东西本是西方现代工业的产物，又是舶来品，当然中华的“舆服志”中不会有。

现代交通、通讯工具的出现，缩短了人们的空间距离，使人类的生活发生了极大的变化。当然这也是工业化与城市化的标志之一，在这方面，当时的中国和日本间的差距当然很明显。

日本都市生活不仅有了先进的交通、通讯工具，还有了邮政业和图书馆。“积雨空庭长绿苔，玄关无事不轻开。声声铃索花门暗，羊角灯前驿传来。”这首诗虽然无注解，但从内容上看应该是写邮递员送信的情景。“万轴牙签数典坟，秦宫图籍未全焚。禁书别有河间本，额署朱泥小玺文。”是写位于上野的一家图书馆。虽然诗中的“秦宫图籍未全焚”、“禁书别有河间本”句都是指古书，且作者在注中也说该馆“藏书中颇多秘本”，但这个上野图书馆显然是一个以服务公共阅读为职能的现代图书馆，不是私家的藏书楼。所谓“额署朱泥小玺文”是图书馆编整管理图书的标记，不是私人的藏书章，“每本各有钤记，不相凌乱。”[①]正是指它的功能。

明治维新后日本广泛吸收外来文化，普及教育，所以明治时期的文化繁荣和社会进步还表现在文学艺术的普及与民众对文化活动参与的广泛程度上。当时，日本报刊杂志很多，许多作家的作品都是先在报纸或杂志上连载，然后再发行单行本，因此，文艺作品的受众极广，流行的文艺作品甚至可以渗透、影响到民众的生活。郁曼陀的诗歌就描述过这些现象的：

> 杜鹃啼血浣灵衣，累我青衫泪一挥。红伎围灯春畹晚，歌场听唱“不如归”。

> 手斟杯酒强君欢，恸哭何堪作女冠。别有凄凉心事在，背人初读“结婚难”。

这两首诗是写当时日本流行的文学作品在民间的影响。《不如归》本是明治时期著名作家德富芦花的小说，写的是一个悲情的爱情故事，感动了很多读者，后被改编为戏剧搬上舞台，“见者莫不哀之，至有作歌讴咏之者”[②]。清末中国文明剧兴起时也搬演过该剧。《结婚难》也是一部小说，其作者是明治时期的滑稽小说家仁科春彦，作品内容不详。从郁曼陀的诗中不难看出这两部作品在民间的影响。

“红锦缠头百琲珠，芝居争爱主家奴。汉书若列伶官传，第

① 王慎之、王子今辑《清代海外竹枝词》，北京：北京大学出版社，1994年10月，406页。

② 同上书，398页；郁风编《郁曼陀陈碧岑诗抄》，上海：上海学林出版社，1983年3月，89页。

一承恩卫子夫。”此诗与戏剧有关，“芝居”是日文词语，指剧场。明治时代日本演员社会地位较高，尤其是著名演员，社会名流也与之往来，多有贵妇像如今的“粉丝”一样迷恋他们。虽然这些演员都是男性，人们也不以为怪，“贵家妇女争嬖之，人不为异”。[①]可见日本社会当时的开放程度。

如果说贵妇喜欢男演员不以为怪，表现了日本社会的某种开放程度，那么，一般女性开始意识到男女平权就无疑是社会观念的进步了。郁曼陀有许多诗歌是表现正在进步的日本女性的，如“帐隔青纱论女权，未甘噤口学寒蝉。维摩病后雄谈减，姊妹双携拜辨天”。20世纪初的日本还未实现男女平权，但斯宾塞的《女权篇》、约翰弥勒的《女性的隶从》等论述男女平权的文字在日本早有译介（参见《马君武的非文学翻译与日本》，本书第三章第三节），“女权”一词已非罕见。当时的日本女子虽然不能公开争取男女平等，但她们并不甘心长期做“第二性”，她们会通过结伴到上野公园的“辨天祠”拜祀辩才天（应为印度神话中的智慧女神）来表达她们渴望与男性平等的愿望。

社会的进步还表现在女性对爱情自由的追求上，“知郎蛮语解娵隅（“娵隅”我国西南少数民族，此处指西方），欲寄相思字态殊。故作谰言欺阿母，艳书屈曲写佉卢”。“蛮语”就是西文，“艳书”指的是情书。这首诗写的是热恋中的女子为了掩人耳目，用西洋文给男友写情书。这种喜剧色彩浓厚的情场镜头，恐怕只有明治时期的日本才会出现。诗人正是从细节入手，写出了明治时代社会的本质。

---

① 王慎之、王子今辑《清代海外竹枝词》，北京：北京大学出版社，1994年10月，401页。

随着时代的发展，日本女性争取权利有了实质性的进步，妇女开始走向社会，从事某些职业化的劳动，如护士、小学教师等。郁曼陀诗中有这样的描述：

幻妙灵台帝座通，万千恩怨亘胸中。强言学得耶稣爱，手指肩章十字红。

这首诗的注说："都下医院佣女子事病者，曰看护妇。衣白衣白冠，以红色十字纹加其上，示定服也。"[①]可见当时日本医院已经雇用女性护士，而且服饰照搬西方医院的护士服。有趣的是，医院的红十字标记与基督教的十字架完全是两回事，但可能是一些日本护士把二者混为一谈。故作者有"强言学得耶稣爱，手指肩章十字红"一句指出她们的谬误。明治时代的日本，一股脑儿地引进西方国家的东西，面对汹涌的外来事物，民众对一些事物一知半解、张冠李戴也是常事。郁曼陀这首诗的价值就在于它写出了日本女性进步的同时，还捎带出日本明治时期社会对西方文化囫囵吞枣的认识状态，这与明治时代大作家二叶亭四迷在小说《浮云》里的描写简直有异曲同工之妙。

太学传经别置科，汉儒口说女师多。为愁金粉销奇气，教唱齐梁敕勒歌。

这首诗有注云："凡小学校，皆以女子为师，授唱歌诸课"。[②]

---

① 王慎之、王子今辑《清代海外竹枝词》，北京：北京大学出版社，1994年10月，401页。

② 同上书，402页。

明治时代,日本小学教师中女性十分普遍,由于担心女性教师给学生染上过多的阴柔气,于是学校里的音乐课上大兴“敕勒歌”一类阳刚气十足的歌。明治时代的日本雄心勃勃,野心十足,“脱亚入欧”的本质就是要称雄亚洲,尚武是这个时代日本教育的特点之一,而尚武的背后就是民族主义。我们很难揣测当年郁曼陀看到日本学校这种以中国古歌曲熏陶学生阳刚之气的做法有什么感想,但今天读到这些诗句,我们却很难有自豪之感。

日本女子受教育又以贵族为最好。“晓挟琳书入紫阖,羞擎纨扇障眉痕。鬓蝉钗凤差池影,一笑簪花过虎门。”写的正是衣着华丽的贵族女孩前往位于东京麴町虎门内的华族女子学校上学的情景。

《东京杂事诗》中的许多诗还是日本明治时代的社会风俗画,诗中的很多描写都再现了当时女子的服饰与生活情状。如:“女妆星座聚天垣,表体装成寿至尊。宫帽簪花春宴罢,小车舆梦过端门。”写的是身着西式晚礼服的女子拜谒天皇的情形;“血色红裙六幅拖,踏青齐上凤儿坡。金环窄约兜罗袜,高著黄皮短勒靴。”是写穿着时髦的黄皮短勒靴的女学生们外出踏青,作者虽然表现了她们的奢侈,但也写出了她们逼人的青春气息;“平明阊阖九重开,红粉千行夜猎回。百万市民齐脱帽,春风辇路女王来。”写皇族女眷出猎归来的威风;“金缕歌残酒未消,迎人更折小蛮腰。朱门十里传笺去,舞袖郎当过柳桥。”表现的则是青楼女子陪酒卖笑的生涯;还有表现女性追求服饰时髦的,“宫样争传禁内妆,舞衣波折太郎当。女红诏罢江南锦,转见城中广袖长。”就是写日本女子仿效宫中服的宽袖长裙，虽天皇下诏倡导节俭此风亦不减；“手摩角枕眼含羞，春动眉尖带暗愁。为恐横陈厢发乱，晚妆卸后更梳头。”说的是当时女子为了不使时髦的发型散乱，晚上睡觉专用高角枕垫肩下，使头发不着炕席；“细喘轻颦著意娇，每逢夏瘦更魂销。石家减食方如验，不惜明珠买细腰。”写女子为美而不惜重金减肥；“双涡酒晕醉东风，涂泽燕支恨未工。争说阿姨颜色好，西京初买小町红。”“小町红”，胭脂名，以京都产的为最佳，这首诗记录了日本名牌化妆品的流行。郁曼陀的诗笔对日本社会这些细节的记录，恐怕是一般的史书都难以企及的，简直可以说是日本明治时期的生活风俗笔记。

此外，郁曼陀的有些诗歌还表现了当时日本社会的一些流行元素。郁曼陀留学时期，东京曾有复古风潮，有人崇尚元禄时代的浮华，女士仿元禄时的衣饰，男士佩刀，甚至在上野不忍池上，还有元禄式的茶寮[①]。“女解罗襦士解刀，促尊入座醉葡萄。屏镫影底巾钗乱，元禄茶寮夜会高。”一诗记录的就是这种时尚，它使我们看到了明治时代多元的日本社会生活形态。“描画试手恨粗疏，斑管乌丝学字初。自撰诔文修笔冢，蕉窗日课六朝书。”是写当时东京盛行六朝书法的风尚。作者在该诗注中说：“近时都下盛行六朝书法，闻为中村不折氏所提倡。笔画整饬，明晰可认”。[②]“纤肥量尽楚宫腰，蝉翼轻衣透紫绡。花影四厢新浴后，软帘风动海初潮。”写的是日本的盛夏时节，暑气逼人，商家开了许多海水浴场，时髦女子亦多趋之。这种场景对中国青年郁曼陀来说，想必印象深刻，这首诗描写的正是士

① 王慎之、王子今辑《清代海外竹枝词》，北京：北京大学出版社，1994年10月，403页。

② 同上书，400页。

女海水浴的场面。

郁曼陀诗中还描述了许多日本民间的习俗。这些习俗有些是从中国传去的，让他觉得亲切，有些却与中国迥异，让他多感诧异。不管怎样，作为一个旁观者留下的记录，在我们今天文化研究中的意义与价值是显而易见的。

“恒星见后数年华，历日推寻有岁差。儿女家家雏祭早，禁城二月卖桃花。”说的是日本习俗中的三月三，即女儿节。这天家有女儿者以桃花白酒祭人偶，又称桃花节。明治维新后日本改用西历，而西历的三月实是旧历的二月，所以诗人说“禁城二月卖桃花”。其实，这个季节桃花还未开放，因而人们只能以人工培养的花来替代，作者注中的“均用唐花法莳之”[①]的说法，不知是不是说这种人工育花的方法是从中国传去的。因为日本有很多前缀“唐”的词所指的事物，大多是源自中国，因一时查不到出处，这里只能望文生义。由于使用了西历，所以“历日推寻有岁差”，“桃花节”在桃花未开的时候过，当然是“早”了，这也是当年日本全盘西化带给民间的一点小小的尴尬吧。

“五月蒲人解辟邪，更开黄屋建高牙。生儿不相淮阴背，赤帜分明属汉家。”五月五日本为中国的端阳节，但在日本为男儿节。这天，有男孩的人家门上都悬挂鲤鱼旗，以示武。此俗或亦源自中国，所以诗中有“赤帜分明属汉家”之说。

日本人喜爱自然，也能欣赏自然，他们把自然中的东西与他们平时的生活结合在一起。如他们酷爱樱花，尊其为国花，到四五月间樱叶长出，就以樱叶裹了糕蒸出，名曰樱糕。因老

① 王慎之、王子今辑《清代海外竹枝词》，北京：北京大学出版社，1994年10月，397页。

百姓喜爱其有樱花香味，还有人以此为业。日本女性也把插花作为必备的教养，有专门的学校培训，所以日本四季都有卖鲜花的。这些郁曼陀都有诗记录："谁家锦瑟紫檀槽，花压长檐酒旗高。深巷珠帘低不卷，小窗梅雨卖樱糕"；"绮怀何事最关情，流水年华暗自惊。小阁熏笼深巷屐，一帘秋雨卖花声"。此外，秋天赏枫，在平安时代的贵族中就很流行，到明治时期这种雅趣已普及到民间。"秋风昨夜散林皋，瓦乱青枫甲第高。记得主家红叶宴，围屏还绣碎金桃。"写的就是这种活动。

有些诗歌是写日本独特的生活习俗的，如和尚嫁女、进门脱鞋。

春动禅关蟢子飞，四月花雨闭双扉。僧家十五盈盈女，夜傍龛灯做嫁衣。

这首诗极似写生，生动地描写了居于寺庙中的妙龄女子缝制嫁衣的场景。佛教从中国传到日本后，发生了很大的变化。日本的和尚不仅不禁肉食，可以娶妻生子，而且是世袭家传，几乎就是一种职业。僧人们一家其乐融融地在寺庙里过着世俗的日子是常态，所以僧家女儿傍着"龛灯做嫁衣"也很正常。只是中国人郁曼陀初见此景一定很吃惊。

楼影分明一角青，寻春无路隔铜屏。美人跽结朱丝袜，辛苦提鞋出内廷。

这是日本人日常生活的写照。和式房屋内敷榻榻米,“人须置履户外,以袜进”。[1]中国虽然也有进门脱鞋的时代,但那早已是过去的事了,所以看着“提鞋出内廷”的“美人”,自然替她觉得“辛苦”。

郁曼陀还有些诗写了当时炙手可热的官员的生活逸闻,语句幽默,略带调侃,很是有趣。如曾任日本首相的伊藤博文风流放荡,老而更甚,妓女送他绰号“牡丹侯”,对此,郁曼陀以诗记录并有说明:“半闲宰相老风流,修得功名到白头。仙子楼台人富贵,教坊争说牡丹侯。”“风流放诞,至老益肆,雏妓群苦之,号牡丹侯”。[2]日本的风流高官不止伊藤,还有更甚者,“田中宫相见少女小林某惑之,欲以为妻。朝议非之,遂挂职去,曰:一宫内大臣足以吓老夫哉?”[3]这话就是说,我爱美女,关卿何事?吓唬谁啊?为了美女,老子官帽不要了!也许郁曼陀记载的传言有些夸张,但这样有趣的传闻出自内廷的确很新鲜,所以要用诗记下来:“宫禁争传艳事新,掖庭丽市号多春。相公垂老功名重,金印何堪换美人。”还有的高官名人虽无风流韵事,但也名动京城。酒井、大隈两位爵爷就以温室莳养的菊花吸引了大批市民前来观赏,以至“成市”,使得本来“质朴”的菊花,成了点缀侯门繁华的俗物。正所谓:“生本清贫处士家,侯门曳履便繁华。山中宰相时名重,为赐金屏护菊花。”

郁曼陀的这些诗歌,涉及当时日本人日常生活的细节非常多,几乎可以构成日本明治社会的“清明上河图”。借用狄葆贤

---

① 王慎之、王子今辑《清代海外竹枝词》,北京:北京大学出版社,1994年10月,405页。

② 同上书,399页。

③ 同上。

当年评论黄遵宪的《日本杂事诗》的一句话来评论郁曼陀的这些诗也很恰当:“写物如绘,妙趣横生”[①]。与较他早几年在日本留学的高旭、陈去病等南社诗人在日本所作的诗歌相比,郁曼陀的诗平和客观,很少高旭、陈去病等人诗歌的愤世嫉俗和慷慨激昂;诗的内容多是他对日本社会现象的观察与记录,而不像高旭他们那样把日本作为一个成功的理想榜样来与中国对比。当然,郁曼陀毕竟还是一个受过中国传统文化熏陶的文人,因对中国文化的热爱而产生的某种情绪也偶尔会在诗中流露,像“赤帜分明属汉家”、“蕉窗日课六朝书”、“教唱齐梁敕勒歌”等诗句,透露出一个中国人在异国文化中看到自己国家文化的影响所产生的满足感。而作者在“甘隶妆台作侍臣,深闺供奉画眉人。戏征帝制娱新宠,恭署花封拜别嫔。”一诗的注中,更透露出那个时代的中国文人在日本文化面前身不由己的、文化上国的姿态。日“俗皆姱容好饰,号女子之姣者曰别嫔。盖袭用宫闱语而不知其僭也。”[②]作者认为“别嫔”是称呼宫中女子的词,日本人不懂,用于称呼一般美女而不知有僭越之嫌。

上述两节所讨论的郁曼陀涉日诗歌的两个部分,在清末都是有着深厚传统的。前一部分是由清末民间文人开创、由驻日的外交官推向高潮的中日诗人的酬唱诗歌;后一部分是以黄遵宪的《日本杂事诗》为代表的、以诗歌形式记录日本社会的变

① 狄葆贤《平等阁诗话》,转引自钱仲联笺注《人境庐诗草》前言, 北京:中国青年出版社,2000年,13页。

② 王慎之、王子今辑《清代海外竹枝词》,北京:北京大学出版社,1994年10月,405页。

革，并成为当时国人认识日本的特殊方式。郁曼陀的创作不是这两个传统中最出色的，而且处于它的尾声，但是由于他的这些诗歌真实地记录了明治末年的日本社会，见证了即使中日关系发生了根本性变化的时候，汉诗依然是中日文人间的纽带、是中日文人间一条特殊的精神通道，因而它的历史文化价值依然不容忽视。当然，作为记录近代中日文人间汉诗情缘的这些诗歌，虽然很美，但毕竟是最后一抹亮丽，之后的中日关系便进入了黑暗。曾经以诗歌描写记录日本、并与日本友人唱和的诗人郁曼陀，也倒在日本特务的枪下。不要让历史的悲剧重演，也许这正是郁曼陀和他的诗歌给我们的启示，也是我们今天研读他这些诗歌的真正意义之所在。

第五章
南社其他作家与日本

由于生活在近代那样一个中华民族屡遭内忧外患的历史时期，在思考民族生存、发展诸问题的时候，外来的思想文化资源就成为当时的知识分子不能不借助的力量。因此，20世纪初期的中国进步知识分子，或多或少会以不同的方式与外来思想文化发生关系，并在他们的创作中体现出来。本章所涉及的几位南社作家，也在他们的思想和创作中表现出与日本的联系。

第一节　从《蒙边鸣筑记》看叶楚伧的日本认识

或许是由于党派之争和意识形态的影响，或许是由于遗忘是人类社会的本能，一些在20世纪的中国历史上曾经叱咤风云、赫赫有名的人物，不仅其事迹不见于史书，就连姓名也几乎要被遗忘，叶楚伧大概就属于这样的人。由于叶楚伧属于被遗忘之列，其文学创作也就极少有文学史和文学批评会涉及，《蒙边鸣筑记》这部小说当然也逃不脱这样寂寞的命运。如今，翻开历史，拂去灰尘，一个曾经活跃的身影，一部鲜为人知的小说，也许能有助于我们回忆一段被遗忘的历史。

叶楚伧（1887—1946），江苏吴县周庄人，原名宗源，号卓书。“楚伧”本是他刚开始从事新闻工作时的笔名，后即以此为名，废了原有的名和号。此外，他还有叶叶、小凤、湘君等笔名在当时也广为世人所知。叶楚伧家祖上经商，但到他父亲叶凤巢时家境已经衰落，一家人靠凤巢先生开馆授徒、做幕僚维持生计。叶楚伧既受过私塾教育，又曾在上海南洋公学、浔溪公学、苏州高等学堂等新式学校读过书，这使他既有深厚的旧学功底，又接受了新思想的影响。在父亲的影响下，叶楚伧不作八股文，也从未参加科举考试。[1]1907年在苏州高等学堂读书时所经历的学潮，又使叶楚伧对清政府彻底绝望。从此，他热心社会改革，甘冒风险响应孙中山先生的革命号召，并在1909年加入了同盟会，终其一生为中国的发展与强大竭能尽智。

从叶楚伧的一生来看，他首先是一个报人。从他走向反清革命之初在汕头主《中华新报》笔政开始，他曾先后主持、参与过《民立报》、《太平洋日报》、《生活日报》、《七襄》、《民权素》、《妇女生活》、《小说大观》、《国民日报》等报刊的工作，无论是做主编还是写政论，他都干得非常出色。

叶楚伧又是一个文人。他不仅加入南社，积极参与活动，留下了大量的诗文，而且还创作了不少文言小说，是清末民初颇活跃的作家之一。

叶楚伧还是个军人兼政治家。辛亥革命首义之初，他即在广州加入姚雨平将军的粤军并任参谋长，他随军北上，策划战略，攻城陷镇，直抵南京；民国间，他曾任国民党中央执行委员、中央执行委员会秘书长、中央政治会议秘书长、国防最高委员会委员、中央宣传部部长、国民政府委员、国民政府文官长、立法院副院长、江苏省政府主席等职；抗战胜利后，由于国民党政府的接收大员的贪腐引起民愤，叶楚伧被委任为苏浙皖三省京沪两市宣慰使去安抚民心，不久病逝于上海。

无论做报人、军人，还是政治家，叶楚伧骨子里都还是一个文人。他办报以文人而论政，慷慨激昂多书生意气；他从政、从

---

① 吴练才《叶楚伧先生简历》，见叶元编《叶楚伧诗文集》，上海：三联书店，1986年；一说叶楚伧曾参加乡试、县试、府试，并且均名列前茅，见柳无忌、殷安如主编《南社人物传》，北京：社科文献出版社，2002年6月，64页。本文取吴练才之说。

军也不脱书生本色，不论地位多高，权力多重，数十年保持平易风度。也正因为如此，叶楚伧留下的文字应该更接近他的本色，而研究他留下的这些文字也更能认识他在近现代史上的价值。

叶楚伧虽有《小凤杂著》、《世徽楼诗稿》和《楚伧文存》行世，但现今已不易觅得，对于他的文学活动，一般人也几乎全然不知。叶楚伧的小说创作主要在20世纪的一二十年代。由于他的小说创作正是中国近代文学史上鸳鸯蝴蝶派盛行的时期，再加上其作品“不脱吴儿山温水软之习”，当时曾被归为“鸳鸯蝴蝶派”。但从内容上看，他的作品绝非仅限于儿女之情，有些甚至是颇具爱国激情的警世之作。笔者这里要讨论的小说《蒙边鸣筑记》就是这样一部作品。

《蒙边鸣筑记》最初发表于1915年10月1日出版的《小说大观》第2集上，1921年6月由上海文明书局出版单行本，到1929年9月已发行3版。这样的数量在当时是比较可观的，然而，今天它已不为人知晓。

《蒙边鸣筑记》是一部短篇小说，在不足三万字的篇幅里，杂糅着中国传统武侠小说、现代侦探小说的因素和言情的内容。从文学史的角度看，这种多样性也正体现了近代中国小说转型的特点。作品篇幅虽然不长，但不论情节的曲折多变，还是内容的错综复杂都是当时流行的小说难以望其项背的。尤其值得重视的是，小说以揭露日本特务在中国满蒙地区的间谍活动为主要内容，并描写了中国民众和日本间谍的斗争。悬念迭出但绝不是娱乐性侦探小说，有言情内容却又与民族斗争紧紧联系在一起，以文言写作但表现的却是当时中华民族的现实危机，这在清末民初的小说中确实有独到之处。由于这部小说具有这样的特殊内容，笔者欲从当时中日关系的角度入手，探讨这部小说中所表现的叶楚伧及其同时代人对日本的认识，从而凸现它在中国近代文学中的特殊地位。

小说有主副两条线索：主线为铁鹞王、江南生等人为夺回被盗的满蒙地理秘册追捕日本间谍小川、吉田的故事；副线是李朝阳母女与日本特务小川父子间的国恨家仇。小说情节虽然复杂，但始终紧扣清末中日关系这一核心，以大量篇幅写了日本人在中国满蒙地区的特务活动，真实地再现了20世纪初日本对中国的觊觎和野心，表现了作者对国家、民族危机的高度警惕和责任感。另外，从小说的题目也可看出作者的用心所在：当年，为了抗强秦保燕国，荆轲去刺秦王，易水边高渐离击筑为之壮行；如今，为保卫国家的领土与主权，仁人志士勇斗侵略者，满蒙边疆作者鸣筑以为抗击外患的斗争鼓劲。

小说中人物活动的背景是中国东北满蒙地区，全篇共有十章。小说以倒叙手法开篇，第一章即写了“胡子”头铁鹞王和他的手下阿髯在一个叫作松树沟子的小镇智取化装成游医的日本间谍吉田，夺回满蒙地理秘册。从第二章开始回述满蒙地理秘册的被盗和追回秘册的曲折过程。辽阳将军因边事与朝中高官意见不和，辞职离去，其幕僚江南生娴习边事、有救国之大志，在将军去职后也离职，但他仍然不忘国事，雇车自琿春启程，欲行遍万里边疆考察地形，以备未来安邦定国之需。途中，江南生被胡子铁鹞王所获，他以自己的机智勇敢得到铁鹞王的信任，得以阅读铁鹞王所藏之秘籍。但被他从铁鹞王刀下救下的、假扮成留日归国学生的日本间谍小川却在给他做书童时盗走了珍贵的满蒙地理秘册。小川盗走秘册后，化装成僧人逃往长春，将秘册交给他的上司吉田——一个在长春以卖药为公开身份的日本特务。江南生在追踪小川时被小川及其帮凶——一个叫六子的汉奸抓住，幸遇被日本人所害的朝鲜军人李尚忠之女李朝阳，被李搭救。其实，小川就是日本驻朝鲜总监的书记官赖川平次，他受总监所派，来中国东北从事特务活动，专门刺探中国满蒙地区各方面的情况，为日本侵华做准备。此外，他与李朝阳有杀父之仇（其父正是当年杀李父的主谋，后为李所杀），而六子则曾是李朝阳的仆人。小川从六子处得知李朝阳，知道她就是杀父的仇人后决意报仇，结果却被暗中追踪的铁鹞王所杀，六子也死于李朝阳之手。铁鹞王与江南生等用计侦得秘册下落，追踪吉田至松树沟子，计擒吉田并夺回秘册。在与日本特务的斗争中，江南生与李朝阳也成就了一段姻缘。

《蒙边鸣筑记》虽为虚构小说，但小说中描写的日本在中国满蒙地区进行间谍活动，猖狂盗取中国政治、军事、经济情报，为其进一步侵略中国做准备的情况，却是当时的实情。小说中，中国的一些官员面对日本人所表现出的软弱、妥协也是清末中日关系的真实写照。

甲午战争，特别是日俄战争之后，日本吞并了朝鲜，割取了台湾，强租了大连，其觊觎中国大陆的野心昭然若揭，而且进入实施阶段。1906年6月，日本在中国东北成立了南满洲铁道株式会社，成为其侵略中国东北的大本营；同年7月31日，日本天皇发布在中国东北设置关东都督府的敕令，并任命陆军大将大岛义昌为都督，公然对中国东北实行殖民统治；1907年3月，日本逼迫中国签订了《新奉吉长铁路协约》，开始实施其垄断我东三省铁路经营权的计划；同年4月，日本又对中国政府在大连设海关提出种种限制要求。为了顺利实现其在华利益，日本还积极与各列强国协调关系，在继续保持日英同盟的同时，及时调整了与法、俄等国的关系。1907年六七月间，日本先后签订了《日法协定》和《日俄协定》，并与之有不公开的密约，相互确认在华利益。在当时未公开的"日法换文"中，就明确写有"关于法国者为广东广西云南三省，关于日本者为福建及在东北日本有特殊权力之满蒙"的内容；[①]在《日俄密约》中则有以北满对南满，以外蒙古对朝鲜的约定，相互承认对方的在华利益。[②]不仅如此，日俄战争后，朝鲜沦为日本的所谓"保护国"，日本利用历史上朝鲜饥民越过图们江来中国境内垦荒、在中国领土长期留居这样的事实，制造所谓"间岛问题"，挑起中朝领土争端；并挑动韩人凌虐华人、抗拒地租，并借保护韩民之名，在中国领土驻军、建所谓的派出所，图谋占领我国领土。

叶楚伧的《蒙边鸣筑记》中的故事正是发生在这样的背景之下。小说写了日俄战争之后，日本在达到吞并朝鲜的目的后，贪婪的目光又瞄准我国满蒙地区的危机状况。其实，日本占领朝鲜的目的，就是为了进一步侵略中国，中朝地理上的接近，使日本侵略中国的计划成为可能。正如叶楚伧在小说里所写的那样，日本派往朝鲜为"总监者多雄鸷武侍之重臣，被命而后，目光睒睒，恒射满蒙。"[③]日本对中国的野心，早在甲午战争前后就已经暴露。当时，日本学者德富苏峰就提出了所谓"大

① 参见王芸生编著《六十年来中国与日本》第5卷，北京：三联书店，2005年7月，52页。

② 同上书，68页。

③ 叶元编《叶楚伧诗文集》，上海：三联书店，1986年，160页。

日本膨胀论”，其思路就是要把中国北方纳入日本版图。日俄战争后，为实施其占领中国满蒙的计划，日本在我国东北地区派遣了大量特务，并借商业之名渗透到社会的各个领域。

以经济方式入手行侵略之实，是日俄战后日本渗透我国东北的基本策略和手段。叶氏小说中对这种情况也有生动的描写：“长春为东北名埠，市廛阛阓，商业势力日俄各具其半。日商除三菱、三井诸公司外，皆贩药造鞋之流。若辈皆为日俄战后之退伍兵士，当旅顺陷落，大战结束后，日参谋部即决定此阴狠之计划，凡曾经参与此战现役期满之士官，皆由政府给予补助金，令在南满经营各种商业。故凡在南满洲之日商，自表面观之与普通贩夫无异，其实则对于本国军事计划上，各负有至要之责任，且其人曾经战事，类都为忍劳苦、富膂力之流。若辈眼光中，除却杀人越货刑法莫制之胡子外，直睥睨南满洲华人如鼷鼠耳。”[①]“长春日人多于鲫，岂无与小川声气相应者。”[②]“国门以内，岛国屐儿之至者日众”。[③]可见，有大量的日本人在中国借经商之名秘密或半公开地窃取情报。据有关资料显示，当时日本人在中国的情报工作已经猖獗到无视国际规范、不顾一切的程度。当然这也与当时中国政府的无能和中国国力的衰弱密切相关。

日本人当时在中国的间谍活动不但普遍，而且深入渗透到中国社会的各个方面，包括远离中心地带和主流社会之外的领域，小说中所写的偏远地区、“胡子社会”等就是这种情况的反

① 叶元编《叶楚伧诗文集》，上海：三联书店，1986年，175～176页。

② 同上书，175页。

③ 同上书，157页。

映，小说中的小川和吉田两个形象及他们的活动也很能说明这点。小川本是日本驻朝鲜总监（统监）的秘书，受总监委派，假扮广东的留日学生归国做地理实践考察而来到中国。他借机结识了江南生，并骗取其信任，在给江南生做书童时，得识秘册并将其盗走。吉田则是一个资格更老的专业间谍，他“驻长春，假卖药生活，为交通机关，性机警而好夸诞。……长春市上仅识为东国药师，其实一赫然位高秩重之游宦也。”[①]这两个特务都可以说是中国通，他们谙熟中国情况，甚至熟悉中国文化、了解中国人的心理。

小川在与江南生一起被土匪抓住后，当他得知江南生被赦，自己将被杀时，居然能说出极能打动中国人的一番话：“既谅若人，乃独杀余，同车异刑，宁足服天下心耶？”果然，这话打动了土匪头铁鹞王，他笑顾左右曰：“不图蛮子乃有此语，姑请命于客如何？”随后便派手下的喽啰去征求江南生的意见。有侠义心肠的江南生当然更没有不让他活命的道理，于是小川得以活命。之后，他做了土匪参军江南生的书童，在江南生面前表现的恭敬好学：“每于无人处，殷勤问生所读，”于是“生一一告知，若为险阻，若为厄塞，若为山，若为林，若为军家所必争，若为矿穴之宝窟。凡此一二秘册所载，于满蒙地理言之最切者，皆以语小川。小川听之綦谨，且遍志其册页。”[②]正是利用了中国读书人喜欢谦虚好学的品格，小川骗得江南生的信任，并利用其博学和喜欢诲人不倦的特点，掌握了秘册的重要性。最后，探得秘册重要性的小川还不忘礼仪，向江南生表示钦佩与

---

① 叶元编《叶楚伧诗文集》，上海：三联书店，1986年，171页。

② 同上书，163页。

感谢:“一夕嘉言,竟胜读十载。号为舆台,福不小矣。”[1]

至于吉田,更是一个老道的特务,他在中国以药师的身份做掩护,长期从事情报活动。作为小川的上司,他不仅经验丰富,对中国的了解也更为深入。在中国,他不仅为日本侵略中国窃取情报,也寻找机会恣意享乐,他甚至熟悉东蒙女性的特点与喜好。把扩张作为自己本职的他,就连好色的日记中也透露出侵略者的味道:“天既生此东蒙美人,义当与邦人士共享受之耳。今闻吾国政府已决西进之策,满蒙诸部转瞬列为藩属,予以上国显官,他日鸣驺至其地,正不知消受几许温柔滋味矣。偶记往事,恨不插翼西飞已。”[2]为躲避铁鹞王的追捕,他化名田小吉潜逃到松树沟子,之后,他即以通医药的长处收买人心,“里中人凡撄时疾者,田见即赠以方,服之十愈七八,以故人都奉之如神。”到该地仅七八日,就医治百数人,令“里中人无不怀其德惠,称之曰‘福星’”。他还编了一个让局外人看来毫无破绽的故事来伪装自己,说自己是“粤东人,早岁即随父母东走,饫受彼邦教育,且曾剃度为佛门徒侣。一夕,佛呼而招之曰:‘东方人种都属一裔,汝平夕以度人自誓,今西去千里有大厄,不得良药饵,骈榻以死者且千万计,忍不去作见垣人普救一方耶?’”在做当地人“救星”的同时,吉田仍不忘他的本职——收集当地地理情况,他“每晨必只身走山陬水涯,秘不与人俱。”有人担心他迷路,要陪伴他一起去,都被他巧妙拒绝,他说:“余爱山水,此间以雄奇著,登巉岩,披蒙茸,苏子兴到,非其客所从也。”吉田的这一手果然奏效,不但掩盖了自己的特务行径,还

---

① 叶元编《叶楚伧诗文集》,上海:三联书店,1986年,163页。

② 同上书,172页。

成功地蒙蔽了当地人。当他被铁鹞王和阿髯捉住后向众人求救，“众闻是语，轩然动色。一二犷卤者，勃然奋袂将排众生”[1]，居然有人想要救他。

小川和吉田的间谍活动，可谓出色，他们深入到中国的边远山区，甚至是远离主流社会的土匪巢穴和边塞小镇。由此可见，日本对中国满蒙地区所谋之深，其欲得满蒙心之急切。

作为间谍，小川和吉田还都很会利用周围的环境和人。小说中小川就利用了江南生的善良与侠义，不仅保全了性命而且盗得秘册；吉田也是利用松树沟子人的知恩图报来掩盖他从事特务活动的行径。他们还收买、利用一些只知个人私利、不知民族大义的汉奸，小说中的六子、古董店里的店伙等都属此类。

叶楚伧对日本特务在中国东北的活动绝非单纯的文艺创作中常见的虚构，而是有着实实在在的现实依据的。《日俄协定》成立后，日本人感到对俄国人的后顾之忧已解，于是开始全力经营对中国的蚕食与占领。王芸生在《六十年来中国与日本》一书中的两件史实，即可以证明叶楚伧的小说所言绝非凭空杜撰。1907年，“伊藤乃命统监府派出所所员及宪兵，以6月28日（西历八月六日）为限，秘密集合于会宁，以待后命。以是侵略间岛之派出所人员，三三五五陆续集于会宁。彼等此时所感困难者，所谓间岛地方并无厅舍之准备。于是由经营天宝山矿业之中和公司入手，招矿主程光第，以中和公司之名义，在六道沟地方租借华人房屋。”[2]朝鲜统监伊藤博文派中佐斋藤季治

① 叶元编《叶楚伧诗文集》，上海：三联书店，1986年，155页。

② 王芸生编著《六十年来中国与日本》第5卷，北京：三联书店，2005年7月，108页。

郎策划中韩地理纠纷。“斋藤久住中国，能操华语，为日本陆军中之‘中国通’。日俄战争时为乃木希典军中之参谋，继任旅顺、安东之军政官等职。伊藤素赏其才，遂推荐其当侵略‘间岛’之大任。斋藤既膺斯任，首约法学博士筱田治策与之共事。筱田与斋藤同为乃木希典军之参谋，日俄战后斋藤任军职，筱田则改业律师。至是筱田应斋藤之约，任总务课长，兼任‘间岛’问题之历史及法律的研究。（中略）斋藤等放浪闲居，无所事事，遂化妆为商人，秘密赴延边一带侦察。（中略）经此一度化妆旅行，延边之情况明了，遂决定其侵略计划。”[①]其实，在我国东北疯狂进行经济掠夺和间谍活动长达40余年的“满铁”历史，也证明了《蒙边鸣筑记》所描述的绝非单纯的艺术虚构。

近代中国东北地区日本间谍活动如此猖獗，但当时文学作品中反映这种现状的作品却少而又少，不能不说是中国文学的遗憾，这也就越发显出叶楚伧这部小说的难能可贵。以通俗小说的形式，通过小川和吉田这两个日本间谍形象的塑造，作者艺术地再现了近代日本在中国满蒙地区疯狂的特务活动。当然，叶楚伧绝不是以塑造这种艺术形象为最终目的，他是要借助这种艺术的形式，向国人敲响警钟，呼吁国人认清国家与民族所面临的危机。这一点，在小说第九章江南生等从被铁鹞王杀死的小川身上搜出的一份报告中表现得最为直接与明确。为说明这一问题，现将该报告全文引述：

报告第三十一号

① 王芸生编著《六十年来中国与日本》第5卷，北京：三联书店，2005年7月，106～107页。

关于军事者

调查吾侨在吉、长、安、奉四要地之商人，男子凡四万六千五百人，其为曾隶军籍者凡二万八千一百余。一旦满蒙有事，瞬息即可得二师团之效用。惟军械输入颇艰，由南满洲铁路输入者恒为彼官吏所察觉阻止，故欲军械之畅输无阻，第一急须赶筑安奉全路；第二须设法攫得其警察权。

满蒙虽有二师团之兵额，顾恒困于商业的支配，不易得适当之补助。教育及军事上之旅(履)行。此今日之缺点一。此种不武装之军人，以不规则之方向，散在各地。平时不予以适当之指示，于临时召集时，阻碍颇多。此今日之缺点二。欲补第一缺点，当请参谋部授以简明之地图及相当之训练；欲补第二缺点，则急宜予以俭切之指示，及秘密之编制。

中国在满蒙之军队，凡分二种：一为巡防，一为新军。巡防宜(亦)可称之为胡子之尾闾。中国政府倚之办胡子，实不得谓非奇妙之策略。此来彼去，互成体面。巡防军战术尽此八字矣。新军为第二十、第二十一师，其战斗力虽不可悬断，然观察其军械可知焉。步枪为我国三八年式及德州厂所制之六米里九，不足则补以汉阳厂之七米里三。炮则为管退山炮，似取给于广州者。野炮之配置无定，平均计之，约每队一尊而弱。一师军械之配置如此，后方补助既万分困难，指挥上尤有至大之危险，则其战斗力可知矣。

关于企业者

南满洲出口品，以大豆为大宗。此项商业之枢纽在大连。大连自租借后，中国业此者渐为吾所压迫，再越四五年，当可全部操纵于吾手。吾国所以能操纵斯业者，其效力全发生于该埠之信托所。此种信托所，现尚为纯粹的商业组织，倘政府能设法补助之，其效力当益大。明治三十年，连埠豆业为中国人独立经营者凡五十七家，今有四十九家已纳保证金于信托所，受其支配。能力之伟大，于此可知矣。

奉吉两省之垦殖事业，中国尚在议论中。其地土质之肥沃，为吾国所无。土作青黑色，依化验所得，知此种土块乃积数千年来落叶腐败之和合而成者。盖其地多森林，且芜秽不治，落叶所积，有深至四五尺者。故苟加以人力，可于二十五年中不加肥料而得极丰之收获，且其地价之廉，出吾人意料之外。此种荒田，都管理于地方衙门。垦荒者向之具领，上者亩不过中币一元，中者仅五六角，下者则稍纳注册等费而已。且其上中下之分别，全为无学识的判断，特以田中有无大树等，于开垦时一时之难易为准，于肥瘠无与焉。吾政府倘每岁拨出数十万元，购致二三中国人为傀儡，诱以微利，假其名义以从事于此，事定后再辅以外交上之权变，不难尽彼膏腴而有之。

满蒙地理为商业的、军事的，皆不可无长距离摩托车。路线之尤要者，为长春至伯都讷线、乎伦至库伦线、朝阳至三姓线。此三线而成，辽河、松花江、黑龙江流域、脉络贯通，满蒙无卧榻酣睡之忧矣。

关于胡子之诱致者

奉吉两省，几遍地皆胡。其半专以劫掠为生活，其半则杂迹军队中。其实皆为利之一字所驱策耳。个中颇有别国界极严者，然不及十分之一。其他都可以利诱之。诱致此项人物之机关，在吉林、奉天、锦州、胪滨各有一处，其目的专在扰乱其地方秩序，俾政府得所借口。惟经济力薄弱，尚不足为充分的招致。倘政府能每岁补助之，中国多一胡子，即吾国多一分机会也。濑川平次氏报告

《叶楚伧诗文集》，184—186页

报告中日本人对中国的情况了如指掌，日本人占领中国东北、亡中国之心昭然若揭，以至于江南生、铁鸥王等熟知边事、见惯了日本特务活动的人，都感到吃惊，故而惊愕："彼之谋吾者，一至于是乎？"而这仅仅是小川的第31次报告，"其前之三十次不知泄尽几许秘密，况来此作侦探职者非濑川一人耶？"虽无更多的议论，但读到此处，日本对中国的威胁已是一清二楚，中国的民族危机已经表露无疑。

从历史上看，大批日本人聚居中国满蒙地区，借商业、垦殖事业渗透，日本政府借保护日侨权益而屡屡侵犯我主权的事，也确有史实依据。民国初期中日关于"南满东蒙杂居"问题交涉的产生，起因就在于此。[①]可见叶楚伧小说中所写的是现实

① 详见王芸生编著《六十年来中国与日本》第6卷第56章，北京：三联书店，2005年7月。

问题，而非单纯的艺术虚构。

作者对中华民族所面临的危机的担忧，从他小说中所描述的日朝关系也可以看得出来。就在叶楚伧写这部小说的前不久的1910年，《日韩合并条约》成立，朝鲜亡国。对于自古与朝鲜唇齿相依的中国来说，这个刺激非同一般，《蒙边鸣筑记》的副线所写的流亡中国的朝鲜女子李朝阳母女的故事，也就不是作者偶然的灵感。李朝阳之父李尚忠为朝鲜军官，日本人占领朝鲜后，因其直言而触犯日本占领军，后被杀，朝阳母女化妆逃往日本。两年后，朝阳成了东京名妓，"艳誉噪一时，鲜所属意，独曲媚某大佐。"[①]而该大佐正是她杀父的仇人，朝阳寻机杀死大佐后，与母亲逃到中国，隐居于吉林郊外。叶楚伧在小说中加了这样一个故事，除了使小说结构更为曲折复杂、内容更为丰满之外，还有一个他不愿费口舌多做说明的含义：中华民族如果再不警醒，再不振作起来，朝鲜的今天就是中国的明天，亡国灭种的威胁就在眼前。

面对这样的危机，中国又是如何应对的呢？叶楚伧在小说中用文学形象表明了自己的看法。高高在上的政府官员，在侵略者面前却是丑态百出，丧尽尊严。小说的最后一章特意写了吉田赴东蒙途中见吉林省巡防队官员的场面："其人既入，以一刺授军吏。军吏熟视刺上，肃然动容，如飞入报，未几，高呼传请。所谓将军者，已趋至檐下，如迎上僚。其人岸然登阶，一握手间，相将俱入。""将军威武，自命干城之选。军行所至，鼠雀为慑，独遇外人，柔和乃如好媳妇，而于东国为尤甚。苟其人之

① 叶元编《叶楚伧诗文集》，上海：三联书店，1986年，168页。

姓为伊藤、小田等，含有岛国意义者，即卑如理发人，亦罔不屈节下交。故满蒙间，木履左衽人，无不称将军贤；而中朝枢庭，亦嘉其娴于外交，无普通军人崛强态，依为长城。”这位将军与吉田的一段对话更是入骨三分地刻画了政客官僚的卖国媚外之态。吉田曰：“敝国政府，昔以国人侨居此间者众，欲得警察权，襄助安靖地方。今得将军，殊自笑鳃鳃矣。”将军避席谢曰：“仆何敢当此哉！人都言警权所去，即领土权所去。仆终不信此事。试思吾有土地，吾有人民，得友国费精力、耗巨资以保护之，此是何等便宜事，而拘拘不为乎？仆今仅得一巡防统领耳，他日幸握政权，不特满蒙，即本部各省之警察权也当委诸各国，以收垂拱无为之治矣。”[①]虽然，晚清时期的政府官员，并非都像小说中的这位“将军”一般无耻媚外，但由于当时中国的国力衰弱，加上从鸦片战争开始，中国的对外战争都是以失败而告终，因此，整个晚清时期，“惧外”的毛病在官员中是比较流行的。

当然，中国社会也并非没有警醒者。叶楚伧小说中也塑造了与日本间谍作斗争的人物形象——江南生、铁鹞王、阿髯等。然而这些形象不是土匪，就是失意文人，都非主流社会成员，他们的对日斗争行为也带有偶然性与个人性。这正说明了当时的中国对于日本人的侵略野心还没有足够的重视，对于这一威胁，朝野间更没有形成共识。

从历史上看，甲午战争之后，日本就已经开始实施其侵略中国的计划，日俄一战也正是这两个帝国主义国家在华利益冲突的结果。战胜俄国之后，日本在中国的东蒙南满地区为所欲

① 以上引文均见叶元编《叶楚伧诗文集》，上海：三联书店，1986年，188页。

为，几乎无视中国的主权。但由于当时中国朝野间对日本威胁中国这点未达成共识，因此除了广东、上海、广西及南洋地区零星爆发的抵制日货运动外，大部分中国人并未认识到日本的威胁，清政府还对抵制日货运动大加诋毁、镇压。

中国之所以对日本总是抱有幻想，究其根本原因，还是两国的历史文化渊源。日本一方面积极窃取情报，研究中国状况，试图以武力占领中国，使中国成为第二个朝鲜；一方面又说什么中日两国文化同出一源，应相互友好，保持睦邻关系。这在当时是很有迷惑性的。1900年初，日本政客犬养毅被聘为神户同文学校名誉校长，当年二月初一，在该校开校礼式上犬养发表了这样的演说：

> 征之于史，两国之文化根柢，同出一源，并祖孔、孟，日本浸淫儒教者千有余年，维新以后，输入西欧文物，复浸淫濡染以至今日，寝酿成日本的文化焉。此三十年中未尝不变本加厉。其所以然者，以文化根柢同异也。故仆欲贵国人士有鉴于斯，欲兴教育，则以输入日本的文化为得其宜。幸横滨大同学校常执此方针，今于本校亦欲若是焉尔。抑更有说者，今日之最关系，宜设一中国语言学校，以训日本青年子弟，使两国亦敦亲睦之谊，此仆之所夙望也。

汤志钧《乘槎新获——从戊戌到辛亥》，626页

另外，清末民初，中国国内各种矛盾盘根错节，不同政治集团利益错综复杂，执政者中持有以俄制日与以日制俄的不同主

张。而流亡在外的改良派和革命党大本营又都在日本，都希望得到日本的支持。这不仅使得日本可以在中国不同的政治派别间选择能使其利益最大化的合作者，更使得中国朝野不易形成统一的对日认识，难以形成在中日争端中一致对外的局面。

事实上，“日本之于南满，至日俄战争后，即已视同己有，旅大租借地与南满铁路，其不甘由中国期满收回，已属必至之势。至于所谓东部内蒙古，一九一一年之第三次日俄密约已划入日本势力范围，英国亦有谅解……”。[①]“日本对华之一贯政策，为煽动内乱，破坏中国之统一。清末之排满革命，日本实援助之，助款济械，历有所年。然彼非同情中国革命，其真正目的，系欲中国长久分裂，彼可坐收渔人之利。在辛亥革命时，日本一面援助孙黄，一面又帮助满清反抗民党，而彼于首鼠两端之际，各取得其操纵与干涉之代价焉。”[②]而面对日本这样的祸心，当时中国朝野的主流日本认识，却还在延续甲午战争以后的看法，即把日本当作学习西方成功的榜样，日本是中国走向现代化的老师。

直到1915年日本对中国提出无理的21条，妄图趁陷于第一次世界大战中的欧洲列强无暇东顾之际，造成日本占领中国的既成事实，这时，中国人对日本的认识才发生了根本的变化。“中国即受如此之重大屈辱，上自政府，下至民众，均悲愤万状，排日运动之勃发，乃势所必至也。”[③]从此，日本在中国人的眼中，已经是要亡我中华的头号敌人了。

---

① 王芸生编著《六十年来中国与日本》第6卷，北京：三联书店，2005年7月，69页。

② 同上书，1页。

③ 同上书，285页。

叶楚伧的《蒙边鸣筑记》,最初发表于1915年10月1日出版的《小说大观》上,日本对华21条为外界所知是这年的2月间。从时间上看,叶楚伧的这篇小说发表的时间正是中国人对日认识发生根本变化的关键时期,可以说他的这篇小说就是这种变化的一个反映,或者说一个印证。但是作者并没有把故事放在1915年这举国反对21条、反日情绪高涨的背景之下去写,描写"经此巨辱之后,朝野颇饶朝气,发愤图强,政府以是激励,社会亦以是响应"[①]的局面,而是把它放在清末,而且写的仍然是朝野对来自日本的威胁的麻木不仁与无动于衷。这是为什么呢?

笔者以为,这与同年8月袁世凯开始策划并实施的"帝制运动"相关。1915年7月,"中日二十一条交涉完全结束,袁政府大难不死,外患稍纾,喘息方定,乃又回头为内政国体重做旧梦"。[②]正是由于袁世凯行帝制的倒行逆施,"隳国民方新之气,重启内乱外辱之机,国事乃不堪问"。[③]面对这样的局势,早年就追随孙中山从事反清革命、追求民主政治的叶楚伧的心情是可想而知的。国家复兴的希望只是昙花一现,外来的威胁、内政的昏聩依然困扰着中华民族。而这一时刻,只能用危机意识来呼唤国人正视日本的威胁,通过揭露批判官方的麻木不仁来表达对袁世凯政府的不满。

作为中国近代最早以文学形式表现日本对华侵略野心的作品,《蒙边鸣筑记》不仅具有毋庸置疑的认识价值,而且也有相当的审美价值。作者把言情、武侠与现代侦探小说的因素有机地融合在一起,也使小说在艺术上颇有新意。

① 王芸生编著《六十年来中国与日本》第6卷,北京:三联书店,2005年7月,313页。

② 唐德刚著《袁氏当国》,桂林:师范大学出版社,2005年11月,159页。

③ 王芸生编著《六十年来中国与日本》第6卷,北京:三联书店,2005年7月,313页。

第二节 陈去病、柳亚子的戏剧观与日本

由陈去病、汪笑侬等创刊于1904年10月的《二十世纪大舞台》是中国近代第一份戏剧杂志。虽然主编陈去病称他创办这一刊物的初衷是借改良戏剧之名行鼓吹革命之实，所谓："予籍改良戏剧之名，因以鼓吹革命而设也。"[①]而且它也只出版了两期，但陈去病和柳亚子发表在上面的不多的文字，尤其是他们强调戏剧具有启蒙社会下层民众重要作用的观点，却是中国近代戏剧理论重要的表述。

而他们的这一观点与明治早期日本戏剧改良理论中的观点相当一致。在《二十世纪大舞台》第一期刊登的《招股启示并简章》中也有文字表明，他们的观点受到国外的影响。"同人痛念时局沦胥，民智未迪，而下等社会犹如睡狮之难醒，侧闻泰东西各文明国，其中人士注意开通风气者，莫不以改良戏剧为急务。梨园弟子，遇有心得，辄刊印新闻纸，报告全国，以故感化捷速，其效如响。"这里的"泰东"，当然是指日本，虽然也谈到"泰西"，但就陈去病及《二十世纪大舞台》同人当时接受外来戏剧影响的情况看，主要影响是来自日本的。[②]本节笔者试就陈

① 转引自王学庄、杨天石编《南社史长编》，北京：中国人民大学出版社，1995年5月，35页。

② 参见黄爱华著《中国早期话剧与日本》的绪论部分，长沙：岳麓书社，2001年5月。

去病、柳亚子的戏剧观与日本的关联，谈谈自己的看法。

陈去病（1874—1933），原名庆林，字佩忍，又字巢南、病倩，因欣赏汉代名将霍去病的名言“匈奴未灭，何以为家”，称要以霍去病为榜样，担负天下兴亡的重任，因而改名为去病。陈去病生于江苏吴县同里镇一个世代经营榨油业的家庭，他出生前，父亲就已经去世，靠母亲教养，他7岁入塾，22岁中秀才。晚清时期民族的苦难，使他像同时代的许多爱国知识分子一样，离开了科举入仕的传统轨道，走向了完全不同的道路。1903年初春，陈去病赴日本考察，正赶上这年4月东京留日学生为反对沙俄占领我国东北而成立“拒俄义勇队”，陈去病便签名参加，隶属丙区队三分队。[①]他还在江苏籍留日学生办的《江苏》杂志上发表了当时颇有影响的反清文章《革命其可免乎》。陈去病一生的经历丰富而复杂，革命志士、进步报人、爱国诗人、民国官员、大学教师，这些不同的经历和职业透视出他多彩的人生。民国前，他从民族主义立场出发，积极从事反满革命活动。这一时期的他，无论是搜集整理南明文献、办报办刊宣扬反满革命主张，还是发起成立南社、组织纪念秋瑾的活动，都是站在民族主义的立场上。民国后，他追随孙中山先生，“二次革命”、“护法运动”中都有他的身影。由于1925年曾参与联名通电支持西山会议派，他被划入国民党右派圈内，因此，在50多年的历史研究中，他一直是一个被冷冻的人物，关于他的情况我们所知甚少。（近来在学者和南社后人的努力下，《陈去病诗文集》、《陈去病全集》陆续面世，苏州同里陈去病故居也已开

① 见冯自由著《革命逸史》第5集，北京：中华书局，1982年7月，35页。

放）陈去病一生著述丰富，尤其是在整理南明历史文献方面贡献突出。他的创作除《浩歌堂诗钞》外，还有以传记为主的散文，如《鉴湖女侠秋瑾传》、《高柳两君子传》等。而发表于《二十世纪大舞台》上关于戏剧改良的文章，是他为数不多的、表达近代文学改良意见的文字。

柳亚子（1887—1958），原名慰高，字安如。因读汉译《民约论》，仰慕卢梭的天赋人权之说而改名人权，并以"亚洲之卢梭"自命，改号亚卢。在陈去病影响下参加反清革命后，又改名弃疾来呼应"去病"，自号亚子。柳亚子是陈去病的同乡，他虽出身书香门第，还中过秀才，但从少年时代起他就是一个激进主义者。早年他受父亲影响赞成康、梁变法维新；后来在同乡陈去病、金松岑影响下参加反清革命，1903年加入中国教育会，1906年入同盟会；民国初他是坚决的反袁派，20世纪20年代起他又成为国民党中有名的左派；五四运动后期，他以旧式诗人转而赞成新文化运动，1926年国民党二届二中全会上，他因反对"整理党务案"与蒋介石不和，后向陈独秀提出要加入中国共产党。虽然未果，但这的确是他抗战时期以国民党身份而同情共产党，并在1949年留在大陆参与共产党政权建设的政治基础。由于和共产党的交情以及和毛泽东的那段文字交往，柳亚子也成为南社三个发起人中知名度最高的一个。[①]

陈、柳二人的交往缘于陈去病与柳亚子的父亲及叔父的同门关系。他们同是长洲大儒诸杏庐的弟子，按辈分陈去病是柳

① 柳亚子曾于1927年5月至1928年4月以唐隐芝为名流亡日本，并作《乘桴集》1卷。但从时间上看已经不是近代范畴，而且当时南社的活动已经停止，故未纳入本文的讨论范围。

亚子的父辈，陈的年龄也比柳大十几岁，但他们二人一见如故，意气相投，因而成了知交。早年的柳亚子深受陈去病的影响，民国前，他们一直是志同道合的朋友、同志，一起写文章、办刊物，加入同盟会、发起组织南社……本文所讨论的他们关于戏剧改良的主张也基本一致。1904年，陈去病和汪笑侬等创办的《二十世纪大舞台》发刊，发刊词就是柳亚子的杰作。

谈陈去病和柳亚子的戏剧观，首先要了解他们与梁启超等改良派在思想和文化精神上的关系。陈去病、柳亚子等南社的文人，虽然后来都是追随孙中山的反满革命派，但他们在政治上都有先改良后革命的经历，在文化上也与改良派有着难以分割的关系。可以说，他们这一代人的精神成长是在改良派的影响下完成的。他们关心国家的命运、思考中国的历史文化问题、涉足文学改良，最初都与改良派有关，可以说他们这些人的文化观，是在改良派的文化乳汁哺育下形成的。我们过去研究历史所惯用的那种非此即彼、此是彼就一定非的判断方式，与我们想要了解历史真相的努力常常是背道而驰的。这种认识问题的方法，实际上恰恰是对历史的腰斩和不尊重。也许，在中国近代史上，革命派的进步作用大于改良派，但这也决不能抹煞他们与改良派之间的"血缘"关系。

中国戏剧改良的最初倡导者也是改良派。戏剧改良是中国近代文学变革的重要组成部分，与"诗界革命"、"小说界革命"一样，戏剧改良也与中国近代社会政治与历史发展密切相关。它与中国近代的维新变法、政治改良相配合，是"救亡保种"、"开通民智"的有效武器。最早提出戏剧改良、并将其纳入为政治改良服务轨道的是梁启超。1902年，梁启超在《新民丛报》创刊号上，发表了剧本《劫梦灰传奇》，在该剧的《楔子》中，梁启超借剧中人之口说出他对戏剧作用的看法：

我想歌也无益，哭也无益，笑也无益，骂也无益。你看从前法国路易第十四（应为路易十六）的时候，那人心风俗不是和中国今日一样吗？幸亏有一个文人叫福禄特尔（伏尔泰），做了许多小说戏本，竟把一国的人从睡梦中唤起来了。想俺一介书生，无权无勇，又无学问可以著书传世，不如把俺眼中所看着那几桩事情，俺心中所想着那几片道理，编成一部小小传奇，等那大人先生、儿童走卒，茶前酒后，作一消遣，总比读那《西厢记》、《牡丹亭》强得些些，这就算我尽我自己一分的国民的责任罢了。

《新民丛报》，第1期

在《新罗马传奇》中梁启超又借剧中的但丁之口说：

念及立国根本，在振国民精神，因此著了几部小说传奇，佐以许多诗词歌曲，庶几市衢传诵，妇孺知闻，将来民气渐伸，或者国耻可雪。

《新民丛报》，第10期

梁启超的这些观点为中国近代戏剧改良定下了调子。此后，1903年无涯生（即康门弟子之一欧榘甲）发表了《观戏剧》一文，更明确地提出："为此戏者，其激发国民爱国之精神，乃如斯其速哉？胜于千万演讲台多矣。……中国不欲振兴则已，欲振兴不可不于戏剧加之意乎？”①

陈去病的《论戏剧之有益》和柳亚子的《〈二十世纪大舞台〉发刊词》正是秉承了改良派的上述观点。但与梁启超等人的观点相比，他们除了更加强调民族主义外，就戏剧对下层社会人们的启蒙教育作用也更为重视。陈去病在其《论戏剧之有益》中是这样说的：

> 其词俚，其情真，其晓譬而讽喻焉，以滑稽流走而无有所凝滞。举凡士、庶、工、商，下逮妇孺不识字之众，苟一窥睹乎其情状，接触乎其笑啼哀乐离合悲欢，则鲜不情为之动，心为之移，悠然油然以发其感慨悲愤之思而不自知。以故口不读信史，而是非了然于心；目未睹传记，而贤奸判然有别；通古今之事变，明夷夏之大防；睹故国之冠裳，触种族之观念；则捷矣哉！同化力之入之易而出之神也。（闻当满清入关时，北方贩夫走卒之类多有投河而死者，未始非由戏剧感人之故。）犹渲染然，其色立变，可不异夫！

《辛亥革命前十年间时论选集》
第1卷下册，三联书店，1960年4月，964页

陈去病认为，戏剧的通俗、易懂使之更接近下层民众，对于不识字的妇孺，对于不能读信史、未能睹传记的贩夫走卒等下

① 转引自程华平著《中国小说戏剧的近代理论转型》，上海：华东师范大学出版社，2001年10月，183页。

层民众的教育感化作用极大，应当予以重视并且利用：

我青年之同胞，赤手掣鲸，空拳射虎，事终不成，而热血徒冷，则曷不如一绝藩篱，遁而隶诸梨园菊部之籍，得日与优孟秦青韩娥緜驹之俦为伍。上之则为王郎之悲歌斫地，次之则继柳敬亭之评话惊人，要之足以发舒其民族主义，而一吐胸中之块垒。此其奏效之捷，必有过于劳心焦思，孜孜矻矻以作"革命军"、"驳康书"、"黄帝魂"、"落花梦"、"自由血"者殆千万倍。彼也囚首而丧面，此则慷慨而激昂；彼也间接于通人，此则普及于社会。对同族而发表宗旨，登舞台而亲演悲欢，大声疾呼，垂涕以道，此其情状其气概，脱较诸合众国民在北米利坚费城府中独立厅上，高撞自由之钟，而宣告独立之檄文，夫复何所逊让！

同上书，962页

从上文中陈去病对戏剧作用的过分夸大和他行文的气势，都可以看出梁启超的《小说与群治的关系》对他的影响。虽然，1903年在日本时，陈去病就已经倾向于反满革命，但此时的他却依然接受并赞同梁启超的文学改良观点。

与陈去病一样，柳亚子也是一个坚决的反满革命派，他的民族主义情绪也相当强烈，但他的文学观中却仍然明显有着梁启超等改良派文学观的影响。他在《〈二十世纪大舞台〉发刊词》中这样写道：

又见夫豆棚柘舍间矣！春秋报赛，演剧媚神，此本不可以为善良之风俗。然而父老杂坐，乡里剧谈，某也贤，某也不肖，一一如数家珍。秋风五丈，悲蜀相之陨星；十二金牌，痛岳王之流血。其感化何一不受之于优伶社会哉？世有持运动社会、鼓吹风潮之大方针者乎，盍一留意于是！(中略)今以霓裳羽衣之曲，演玉树铜驼之史，凡扬州十日之屠，嘉定万家之惨，以及虏酋丑类之慆淫，烈士遗民之忠荩，皆绘声写影，倾筐倒箧而出之。(中略)虽然，热心之士无所凭借，而图以高文典册，讽诏世俗，则权不我操；而《阳春》、《白雪》，曲高和寡，崇论闳议，终淹殁而未行者，有之矣。今兹《二十世纪大舞台》，乃为优伶社会之机关，而实行改良之政策，非徒以空言自见，此则报界之特色，而足以优胜者欤！

《磨剑室文录》上册，上海人民出版社，
1993年12月，126、127页；又见《近代文论选》
下册，人民文学出版社，1959年9月，452—454页

柳亚子文中的“豆棚柘舍”、“父老杂坐”，显然是指下层社会的民众及其活动场所，而“高文典册”、“《阳春》、《白雪》”、“崇论闳议”，则是说那些不容易为下层社会民众所接受和理解的东西。在柳亚子看来，高文典册、崇论闳议固然不是不好，但其有“曲高和寡”的弱点，就使其有“终淹殁而未行”的可能性，不像那些通俗的“乡里剧谈”容易流行而为一般百姓所接受。

张目四顾，山河如死，匪种之盘踞如故，国民之堕落如故。公德不修，团体无望，实力未充，空言何补？偌大中原，无好消息，牢落文人，中年万恨。而南都乐部，独于黑暗世界，灼然放一线之光明。翠羽明珰，唤醒钧天之梦；清歌妙舞，招还祖国之魂。美洲三色之旌旗，其飘飘出现于梨园。革命军乎！基础既立，机关斯备，组织杂志以谋普及之方，则前途一线之希望或者在此矣。（中略）吾侪崇拜共和，欢迎革命，往往倾心于卢梭、孟德斯鸠、华盛顿、玛志尼之徒，欲使我同胞效之，而彼方以吾为邹衍谈天，张骞凿空，又安能有济？今当捉碧眼紫髯儿，被以优孟衣冠，而谱其历史，则法兰西之革命，美利坚之独立，意大利、希腊恢复之光荣，印度、波兰灭亡之惨酷，尽印于国民之脑膜，必有欢然兴者。此皆戏剧改良所有事，而为此《二十世纪大舞台》发起之精神。

《磨剑室文录》上册，上海人民出版社，
1993年12月，125、127页；又见《近代文论选》
下册，人民文学出版社，1959年9月，452—454页

在柳亚子的这段文字中，对于戏剧的期许，给予戏剧的能量，已超出了文学的一般功能。在他眼里，戏剧不但是宣传革命、普及共和思想的工具，还能招“祖国之魂”，是国家、民族“前途一线之希望”所在。这些文字不能不使我们想起梁启超等改良派对小说的态度：“欲新一国之民，不可不先新一国之小

说。故欲新道德，必新小说；欲新宗教，必新小说；欲新政治，必新小说；欲新风俗，必新小说；……”[①]这种把小说看作关乎国家兴衰、政治清浊、民族命运的救命药方的观点，正是柳亚子看待戏剧的样本。

陈、柳文中所表现的戏剧观念，除明显受改良派影响外，与明治维新后日本思想文化界对戏剧的认识也有诸多相似之处。

明治维新后日本的文学观发生了很大的变化。此前，日本的文学观念深受中国影响，小说和戏剧被认为是低下的文体而受到歧视。明治维新后，西方的文学观开始影响日本，西方戏剧的一些情况也开始为人所知。在自由民权运动期间，自由民权派的政治家看到文艺复兴时代的戏剧家利用戏剧宣扬人文主义理想、反对中世纪宗教禁欲主义的效果后，提出要效仿西方、改良戏剧以宣传自由民权的主张。明治十六年（1883）六月，《日本立宪政党新闻》刊发了题为《在我国播种自由种子的手段之一是稗史戏曲的改良》（小室信介文）的文章。文章认为，稗史、小说、戏曲与世人最为接近，因此它们教化世人的效力也最大，日本要想进步，就不能不谋稗史、小说、戏曲的改良。因为：

> 社会要向前发展，必须上下全体一致进步，但是在现实中，中下层社会停滞不前的情况很多，这样的话，无论上层社会如何进步，也是没有价值和意义的。要想使日本社会真正的文明进步，必须社会全

① 梁启超《小说与群治之关系》，见《近代文论选》上册，北京：人民文学出版社，1959年，157页；又见梁启超《饮冰室文集》第17卷，北京：中华书局，1936年影印版。

体向着理想的方向一起努力。今天，整个社会全体一齐进步，占社会大半的妇女儿童及下层社会民众的进步就成为必须先行解决的问题。这种所谓进步，就是风气的变化、头脑的改变，或者说就是洗脑，并且使他们朝着政治第一、自由第一的方向变化，也就是说洗掉专制的习气、去除卑屈的根性、振兴起活泼自由的精神。要进行社会的改良，对构成社会大半的妇女儿童、下层社会成员的洗脑就成为必然，由于儿时的熏陶和成长过程中的损益相伴，因此，即使是孩子也不能放弃不管。那么，作为洗脑第一手段的稗史小说戏剧的改良就是非常必要的了。

要说稗史、小说、戏曲本来的作用，它们从来就是代替教师给予俗人们以学问、具有感化诱导妇女儿童及下层社会民众的极大效力的东西。

《明治初期の文学思想》下册，327—328页（笔者译）

文章明确地表述了戏剧改良的目的是为了教育下层民众、使之觉醒的观点。以这篇文章为开端，日本开始了戏剧的改良及其教育作用的讨论。这年的10月，还是在《日本立宪政党新闻》上，又发表了一篇题为《要让下层社会为时代所感动》的文章。该文在社会的进步必须是全社会、包括下层社会的进步在内这一点上，与上文观点完全相同，并且更强调下层社会对国家的重要性。文章认为下层社会人口占国家的大多数，是一个国家的一大元素，因此，不能不重视对社会下层的教化。

从现在开始,着手进行对社会下层的改良是非常必要的,这对于社会下层民众未来的命运是极为重要的,引导下层社会的文明发展,使他们消除陋习、破除迷信,这对于整个社会的进步关系极大。如果下层社会不活跃,整个国家就不活跃;如果下层社会穷困,整个国家就穷困;如果下层社会淫秽,整个国家就淫秽。反之,如果下层社会进步,整个国家就会进步,如果下层社会富有了,国家也就富有了。

《明治初期の文学思想》下册,340—341页(笔者译)

作者还指出,日本虽然经历了维新改革,但这只是以上层社会为中心的变革,一般民众对此并不了解,也不理解,他们大部分还沉湎在封建时代的残梦之中。新时代、新思想于他们还相当有隔膜,只有改变这种下层社会普遍未觉醒的状况,日本社会的进步与改良才是真的。由于下层社会的改良关系到日本社会的改良,因此对下层民众的教化就成为日本当前"急务中的急务"。为了这个"急务",把稗史、小说、戏曲都动员起来是很有必要的。

在认识到对下层民众教化启蒙的重要意义之后,这场讨论进入第二阶段,开始着重讨论如何对他们进行启蒙教化。这样戏剧的作用就更加凸现出来。

戏剧、演剧对于下层社会的极大影响,是毋庸多言的。下层社会,所受教育少,交际范围窄,思想单纯,因此,容易被所见到的东西感动。戏剧给与他们的感动，他们是原封不动的按戏剧所呈现出的喜怒情感来接受的。剧场对于下层社会来说，就是一所学校，因而，日本戏剧的善恶好坏，是构成下层社会思想的一种力量。

《明治初期の文学思想》下册，343页（笔者译）

明治十六年（1883），赤羽万次郎发表在《东京舆论新志》上的两篇文章，更明确地阐述了上述观点。赤羽万次郎（？—1907），信州人，明治时期报人，自由民权运动的积极参与者。明治十六年（1883）他发表了《稗史讲谈演剧改良意见》（《东京舆论新志》141号，明治十六年十月）和《论稗史讲谈演剧的改良并为当今稗史讲谈演剧从业者谋》（《东京舆论新志》144号，明治十六年十一月）两文，进一步论述了戏剧的改良及其在启蒙民众中的作用。在《稗史讲谈演剧改良意见》一文中，他说：

为了日本的文明进步、社会向上，应该怎么办呢？当然应该是全体日本人共同努力以此为任，社会上中流阶层的人们，有读书讲文的能力，也有时间，他们可以读古今的历史，并由此看出成败的轨迹；他们还是有哲学思想的人们，他们可以在修身养性上下功夫，在自己心中去恶扬善。用不着别的更通俗的办法也行。但是下层社会的人们却不行，他们没有读书的能力，因此对古今的历史一无所知；他们也没有哲学思考的能力，没有能使他们心力向上的动力。因此，为了社会向上提升，教育下层社会是十分必要的。用什么方式教育他们更好呢？对他们来说，最好的教导不是高尚的大道理，也不是缜密的事件。而必须完全是简单贴近、易感易解的方式。汉学家们总是说，李密的《陈情表》是孝的象征，诸葛亮的《出师表》是忠的象征，但是这些是不能到达下层社会的。释迦刚刚出山时，他所悟的是现在叫作大乘说的佛理，但能理解的人甚少，于是他就从小乘说开始。这样讲解起来方便，理解的人多了，听者也很高兴。教导下层社会，不能一开始就来"大乘"教义，从"小乘"开始是很有必要的。让下层社会的人明白古今的历史、使他们有修养，除去浅近的办法别无他法。这个"小乘"的方法不是别的，就是稗史、讲谈、戏剧表演。(中略)戏剧表演就是用通俗的技术去表现有意思的事情。人们在戏剧中的所见所闻通俗易懂，就会受到很大的感动。因为那本来就是简单而贴近生活的东西，因此稗史、讲谈、戏剧表演给与下层社会的好处是应当充分被考虑的。

《明治初期の文学思想》下，348—349页(笔者译)

在《论稗史讲谈演剧的改良并为当今稗史讲谈演剧从业者谋》中，作者认为，由于长期的封建统治，"下层社会的人民不知政治为何物，对于时事、自由、文明、民权、开化等也不理解，与维新前没有什么两样，与中上层社会相比较，他们就如生活在另一个世界里。"[①]对于这种现状，作者认为不可等闲视之，而应

① 柳田泉著《明治初期の文学思想》下册(日文版)，东京：春秋社，昭和四十年七月，351页。

当积极想办法改变,“今天,如果我们能做到,通过改良稗史、讲谈、戏剧来培养政治思想的话,下层社会将会受到极大地感染,从而引起他们政治上的觉醒,这样的话,会对日本社会、日本国家的政治革新有极大的贡献。”[1]在戏剧表演的台词、动作间“传达忠君、爱国、民权思想,给民众以精神上的激励,用以培养人的道心。以上数点如能贯穿到稗史小说、讲谈、戏剧中的话,下层社会就会被感动,这该是多么强大的政治教化啊。这样,下层社会的政治自觉也就必然被唤起。”[2]

需要注意的是,日本关于戏剧改良及其启蒙民众作用的讨论是在日本自由民权运动的大背景之下进行的。除了启蒙下层民众的目的外,戏剧改良倡导者们还有更为广阔的视野。他们认为:18世纪以来,专制政治业已倒台,贵族阶级已经式微,僧侣阶层也已经衰落,人民第一的世界已经到来。19世纪是平民文明、资本家全盛的时代,按照东方常说的盛极必衰的道理,今日全盛的资本家也还是要衰落的,那么取而代之的会是谁呢?那就是劳动阶级,也就是下层社会。如果西方的预言是正确的话,下一个阶段将是下层劳动阶层的全盛时期,一个平民的天下。虽然这是大势所趋,但我们不能坐以等待,而必须行动,从现在开始,我们就有必要着手做促进下层社会民众进步的工作。[3]可以看出,日本的戏剧改良倡导者们不仅关注戏剧改良当下的作用,而且还对日本社会未来的发展有所考量。此外,他们还提出应该向西方学习,提高演员的社会地位和个人

---

① 柳田泉著《明治初期の文学思想》下册(日文版),东京:春秋社,昭和四十年七月,353页。

② 同上书,354页。

③ 同上书,340页。

素养；剧作家在有知识有学术见解的同时，还要能够敏锐地观察时事的变迁。他们认为只有演员和剧作家具备了高的素质和修养，才能保证戏剧本身的质量，也才能感动人民，更好地完成戏剧在社会发展中所承担的教育和启蒙民众的工作。

陈去病和柳亚子在他们的文章中所提出的戏剧对下层民众的教育作用，虽然没有日本文坛讨论的那么透彻，视野所及也远不如日本的倡导者那样广阔，但在戏剧是教育启蒙社会下层民众的最好工具这一点上，看法是相当一致的。虽然我们没有十分确凿的证据断定陈去病、柳亚子的观点就是日本影响的结果，但如果考虑到他们在文化观念上和改良派的亲缘关系，就不能排除他们的这些观点与日本的戏剧改良运动之间存在关联的可能性。梁启超在《译印政治小说序》等文中就曾提到，作为通俗文学的小说、俚曲对下层社会，如兵丁、农民、工匠、车夫马卒、妇女儿童有着巨大影响作用。梁启超的这些观念的形成与日本思想文化界影响的密切关系则是众所周知的事实。另外，还有一个信息值得注意，这就是三爱（陈独秀）发表在1904年9月《安徽俗话报》第11期上的《论戏曲》一文，该文"将发聋振聩、振敝起衰的责任给予戏剧。"[①]其观点与日本戏剧改良观点相同点甚多。王晓平先生已在《近代中日文学交流史稿》中指出了该文受日本影响的情况[②]。可见，当时日本的戏剧改良理论已经开始在中国传播，而正关注中国戏剧改良、致力

① 李孝悌著《清末的下层社会启蒙运动：1901—1911》，石家庄：河北教育出版社，2001年11月，172页。

② 王晓平著《近代中日文学交流史稿》，长沙：湖南文艺出版社，1987年12月，294～295页。

于以戏剧传播民族主义思想并唤醒民众的陈去病和柳亚子，不应该不注意这个情况。因此，他们了解、掌握日本戏剧改良理论的一些观点当然也不是不可能。

尽管陈去病、柳亚子的戏剧观与日本戏剧改良理论的一些看法非常接近，但是由于两国的境况不同，他们所面临的问题与日本也有很大不同。因而，除却对戏剧更容易教化下层民众这一点上看法完全相同外，陈、柳二人的戏剧改良认识与日本学界提出的观点还是有较大差别的。

首先，日本戏剧改良是由自由民权运动的倡导者们最先发起的，他们的目的是启蒙社会下层以便实现社会改良。虽然他们的戏剧观是功利性的，但他们只是要通过教化民众推动社会的进步，并没有把国家的未来、民族的命运全部寄托于戏剧；而陈去病、柳亚子们，虽然他们也是要教化民众，但由于中国当时正当变法失败，面对国家深重的内忧外患，他们深感有志难酬，只得将其推翻满清的政治革命要求和民族主义的热情寄托于戏剧，甚至把国家的未来、民族的希望都寄托于戏剧。因而，他们的戏剧观比日本的具有更为强烈的实用主义和政治功利色彩。

其次，日本的戏剧改良倡导者们的戏剧观虽然是功利主义的，但他们提倡以戏剧为教化启蒙下层民众的工具，并不是仅仅为眼前的政治斗争服务，而是着眼于社会的发展与未来。他们认为广大民众的启蒙不仅是为了眼前自由民权运动的成功，还为了日本能顺应社会发展的趋势和世界的潮流；陈去病、柳亚子们虽然也向往共和政治，但他们的目光所及，却只是当时的中国社会，在他们眼中，普及"民族大义"、恢复汉家河山就是他们孜孜以求的全部。

再次，日本戏剧改良者们还提出了戏剧整体改良的设想。他们认为，应该像西方社会那样给演员以较高的社会地位，同时，社会也应当帮助演员提高素养，对剧作家的培养也要着眼于提高他们的境界与创作技巧；而陈、柳他们并未提出完整的戏剧改良观念，在他们的观念里，依然有着传统的歧视戏剧及演员的表现，认为演剧“本不可以为善良之风俗”，只不过是因其便于教育下层民众而“利用之”。因此，他们把从事戏剧演出看作“我不下地狱谁下地狱”的勇者所为，把“牺牲一身倡言堕落，明目张胆而去为歌伶”看作“舍身取义”的壮举。归根结底，他们还是把戏剧看作下等文学，意识深处还是把演员看作下等人的。当年闹得沸沸扬扬的柳亚子与戏剧演员冯春航的关系，虽然未必完全是捧戏子，但他为冯春航写的文章与“捧角”的小报文章相比，也没有特别高明的见解。也正因为如此，才有了当年那场文字官司。

由于日本的戏剧改良理论从一开始就比较超脱于具体的政治目的，所以，在日本戏剧走向现代的过程中，它为日本戏剧观念的现代化打下了较好的基础，对之后的戏剧改良实践和全方位提高戏剧品质都起到了不容忽视的作用。虽然，他们的理论未出“实学”文学思想范畴，认为戏剧是启蒙教化民众的便利工具，但是其超越具体政治目的的品格，使日本戏剧与其他文学形式一道，在走向近代化后就远离了政治。

再看陈去病、柳亚子的戏剧观点，明确具体的政治目的（反满）是他们对戏剧目的的最高追求。他们是要通过戏剧表达他们的政治诉求，他们所关心的是目的而非戏剧本身。因此，在他们的理论中没有对戏剧现代化的具体指向与要求，可以说，在理论上，他们并未搭起中国戏剧走向近代的桥梁。像其他文学形式一样，中国的戏剧，无论是观念还是实践，都必须经过五四新文化运动的洗礼，才能真正完成质的变革。

第三节　田桐及其《扶桑诗话》[1]

田桐（1879—1930），字梓琴，号玄玄、玄玄居士，笔名恨海，晚年署江介散人。田桐出身于湖北蕲春县一个农民家庭，其父亲是个穷秀才，在当地设塾教书。田桐从小随父亲读书，勤奋而兴趣广泛，“惟于八股时文，则鄙弃弗置。”[2]少年时代他曾远游庐山，并在白鹿洞读书。22岁补县学生，后湖北兴办新学，他考入武昌普通中学堂。在那里，他结识了志同道合的同学宋教仁，他们不满清王朝的腐败无能和丧权辱国，经常在一起“肆谈革命”。

1903年冬，田桐因在考卷上“鼓吹革命”遭教员告密，被学校开除，随后他便东渡日本求学。在日本，田桐结识了黄兴、陈天华、程家柽、张继（均为同盟会早期会员）等革命志士。之后，他便更倾心于反满革命，并与同乡留学生刘仲文、白逾桓、鲁鱼及好友宋教仁等创办了鼓吹民族主义的刊物《二十世纪之支那》。1905年夏，孙中山在日本发起成立同盟会，田桐积极参与筹备发起工作，并邀“二十世纪之支那”社同仁一起加入。同盟会成立后，田桐当选评议部委员并兼任总理书记。不久，书记

① 《扶桑诗话》原文无标点，本节引文中标点均为笔者所加。

② 冯自由《田桐事略补述》，见《革命逸史》第2集，北京：中华书局，1980年，151页。

部负责人马君武入京都大学读书，在黄兴推荐下，田桐又担任了书记部书记，负责会内机要。当年冬，由于清政府惧怕留日学界的革命思潮，请日本文部省颁布“支那留学生取缔规则”，引起留日学生抗议，陈天华蹈海以死相抗，田桐因联络同学组织罢课斗争而上了清政府的黑名单。1906年5月，田桐回国，与高旭、柳亚子、雷铁崖等出版《复报》月刊，鼓吹民族主义和民权主义，该刊因文字浅显易懂而风行一时。之后，田桐一直追随孙中山从事反满革命活动，曾协助潮州、黄冈、镇南关起义。他还先后在新加坡主持《中兴日报》、在泗水主持《泗滨日报》。由于同盟会领导的南部边省起义屡屡失败，田桐决意实行他认为正确有效的“中央革命”，打算在京师发动起义。1909年下半年，他潜入北京，一面创办《国光新闻》以“倡导立宪排斥官僚政治”为号召，一面与同盟会同志景定成、井勿幕、熊克武等联络北方革命志士，密谋在京师举事。1911年武昌起义爆发，田桐星夜南下，在上海汇合黄兴一起赶赴武昌。在武昌革命军中黄兴任总司令，田桐任随军参谋，协助黄兴指挥了汉阳保卫战。南京临时政府成立时，田桐任内务部参事、参议院议员。1913年，“二次革命”失败，田桐流亡日本，支持协助孙中山重组中华革命党，并在日本各地游说革命党人拥护孙中山。

袁世凯死后，在北洋军阀统治中国的时期，田桐的主要活动基本都是以拥护共和、追求宪政为核心的：1916年，段祺瑞执政，田桐与马君武等组织“丙辰俱乐部”，以众议员身份“质疑”段政府的亲日外交政策；1917年，张勋复辟帝制，田桐于张勋进京的当晚就离京赴沪，甫到上海便发表演说，痛斥张勋的倒行逆施，认为应“除此奸贼”；张勋复辟失败后，段祺瑞复出，因其未经国会擅自组织政府，孙中山在广州举起护法旗帜，田桐即赴广州参加护法军政府并任大元帅府参议；1923年，曹锟重金贿选总统，田桐拒绝贿赂，愤然离京……

1924年是田桐政治生涯的转折点，一贯追随孙中山的他，因反对孙中山改组国民党及“联俄联共扶助工农”的三大政策，与孙中山反目。后宣布辞职，离开孙中山，从此他也离开了中国政治舞台的中心。蒋介石主政后，为配合北伐、统一中国，田桐曾募人将军阀孙传芳的军火轮炸毁，但后来他又不满蒋介石的独裁专制、党同伐异而拒绝与之合作。虽然他被蒋任命为国民政府委员、立法委员、中央党史史料编纂委员，但他一概拒绝不就，并于1929年春参加反蒋同盟。反蒋的同时，田桐也一直对共产党及其主义抱有看法。田桐的这种立场也正表明了政治的多元与复杂，它绝非非此即彼的简单对立。晚年的田桐在上海埋头著述，一度曾以卖字为生。1930年7月，田桐病逝于上海，终年51岁。

从上述简单勾勒的田桐一生的轨迹可以看出，在近代史上他并不是一个不值一提的人物，但我们的历史研究对他却非常冷淡。不过，从田桐1924年起与孙中山发生分歧以及他既反对共产党又不买蒋介石账的经历看，国、共两党对他不感兴趣也是必然，因而他在历史研究中被“遗忘”的遭际也就不难理解。由于学术不能完全摆脱政治的影响，长期以来，我们的历史研究，尤其是近现代史的研究，缺乏公正客观的态度，对一些在中国近现代史上曾经有作为、有贡献的历史人物或遗忘或冷冻或歪曲，以至于不足百年，一些历史事件和人物，在我们的眼中已如雾里看花，不甚分明了。田桐究竟是怎样一个人呢？我们很难说得明白，这里，借助田桐自己的一段文字，也许可以使我们对他有一点感性的认识。

> 党人好作牢骚语，恒闻之曰，同盟会有负于我，国民党有负于我，×××有负于我，是皆以自身为革命之客体，非以自身为革命之主体也。应转一语曰，同盟会之目的未达，我之责任未尽也，国民党之目的未达，我之责任未尽也，民国之国是未定，我之本愿未偿也，孙××之大业未成，我之体力未弭也。自古四五等功易赏，三等功次之，二等功不易赏，一等功恒未见有受赏者。以牢骚论，余诚有之，不问后来，即当同盟会成立时，余以二十世纪支那社革命团体百余中心革命人物加入合作，曾为谁道之哉？盖致力于天下者，不能自念小功也。

录自田桐《革命闲话》

（《玄玄遗著》下册），文中×××为原文所有

从文中我们可以看出作为同盟会、国民党双料元老的田桐的不得志，但更能感受到他为党、为国的公心与境界。如果超越历史上党派的斗争与恩怨，打破意识形态的樊篱，我们甚至可以说他是一个高风亮节的人。挖掘有限的、被尘封已久的历史文献，虽然不能使田桐这样的被遗忘的历史人物变得鲜活，却至少为我们的后人留下了一点历史。或许，几百年后的文人会以近现代中国复杂、丰富的历史，去作一部类似于《三国演义》的不朽之作吧。

田桐一生著述不少，但大部分刊发于报章杂志。由于身处战乱年代，加上他对共产党的成见以及晚年与蒋介石的关系不睦，他的作品能够留下来的并不多。他唯一的著作《玄玄遗著》，也是他去世7年之后，由朋友们筹资刊刻的，这多少为我们保留了一些可资研究的材料。《玄玄遗著》分为上、下两册，内辑《太平策》、《杂著》、《扶桑诗话》、《革命闲话》、《诗存》等。

《扶桑诗话》（见《玄玄遗著》下册，156—187页），大约是田桐晚年蛰居上海时所作，约3万余字，共120则。作者以中国传统的“诗话”形式，记录了中日两国间文化、文学交流的事实与典故，辑录、保存了中日两国诗人留下的许多极为珍贵的诗文，是中日文学、文化交流的重要文献。其中，作者对日本文人的评论、对日本汉诗的解读，又表现出了饱受传统文化熏陶的作者微妙的文化心态和在特定的历史环境中复杂矛盾的心理，折射出了近代中日关系的复杂微妙。以我们今天的眼光看《扶桑诗话》，应当充分注意它的双重价值：一是诗话作者所辑录的诗作本身的史料价值以及诗作所反映出的时代意义和精神；二是诗话作者在辑录时的选择眼光和他似乎不经意的点评的用心所在及其意义。

《扶桑诗话》中辑录了大量日本人所作的汉诗，由不同时代的作家所作。但其中所占篇幅最大的是幕末和明治时期的著名政治家、学者的作品。这种选择本身就是田桐某种思想和态度的表达，也就是说，作为清末的革命志士和民国创建者中的一员，田桐对幕末、明治政治家与学者之汉诗的青睐，除了文化上的认同之外，还有着更为复杂的东西，比如政治要求的相似、情感上的共鸣等。这也就是说，作为体现作者文艺观念的诗话作品，田桐在《扶桑诗话》中评价这一时期的作家作品，是以政治为重要标准的，这一点我们从他辑录的诗歌的内容和作者的身份上可以找到较为充分的证据。

《扶桑诗话》中所辑幕末时期诗歌主要是倒幕志士、勤王党人的作品。如秋月古香、吉田松阴、佐久间象山、间崎哲马、丰田稻美、藤本铁石、日柳燕石、松本奎堂、黑泽胜算、中野治平等。他们的诗歌在一定程度上反映了幕府末期日本政治斗争的尖锐复杂，革新势力与保守势力之间的斗争，也反映了倒幕志士的精神境界。

吉田松阴是著名的倒幕先驱，田桐认为他是“主唱维新之最早者，置之我国革命党中则如章太炎者，一时豪杰之士皆出其门，文章经济兼而有之。”对他评价甚高。《诗话》中录了吉田松阴被捕之后作的《自题小影》和被押解入京时作的《次友人江子远见韵七律一首》：

《自题小影》：

三分出庐兮诸葛已矣，一身入洛兮贾彪安在哉；
心师贯高兮而无素立名，志仰鲁连兮遂乏释难才；
读书无功兮朴学三十年，灭贼失计兮猛气廿一回；
人说狂顽兮乡党众不容，身许国家兮彭殇吾久齐；
至诚不动兮自古难其人，人宜立志兮圣贤敢追。

《次友人江子远见韵七律一首》：

臣罪如山今日行，槛车无面拜神京，上林阴雨愁难霁，东海风波险未平；

无补蜻洲千岁业，空偷蠹简百年名，极知汝痛兼人痛，从此神交隔世情。

《玄玄遗著》下册，184页

在吉田诗后，作者评道："盖多情多泪狂热学者也"。可见，他在情感上是理解吉田松阴的。《诗话》里所录的间崎哲马、丰田美稻、黑泽胜算等人的诗，所表达的思想感情、人格精神与吉田松阴诗也很接近。

间崎哲马《狱中感怀》：

长天一恸起悲风，囹圄湖山一梦中；料得群儒且饶舌，也论成败到英雄。

间崎哲马《临刑留别》：

男儿异女儿，一死决群疑；笔砚抛闲事，风尘辨路歧；

除魔三尺铁，愁在数茎丝；报国平生志，驰驱及此时。

丰田美稻《感怀》：

慷慨堂堂八尺身，读书明理养天真；休言措大成何用，三尺毫锋刺佞人。

同上书，162页

黑泽胜算《无题》：

呼狂呼贼任人评，多岁阴霾一旦晴，正是樱花好时节，樱田门外血如樱。

同上书，172页，标题为笔者所加

上述几位诗人都因倒幕而被杀，他们留下的这些诗歌多是他们在狱中或临刑前的作品。诗歌中展现出的对民族国家的责任感和诗人等闲生死的豪迈精神，使他们悲剧的人生平添了许多壮丽。这样的情感和精神，对于曾经历过清末反满革命艰难历程的田桐来说不仅理解，而且会引起极强的共鸣。他的一句“临死不屈之慨可想见矣”的评语，已经明确表达出他所看重的是诗歌中表现出的诗人的精神境界，这也正是田桐在《诗话》中不厌其烦地辑录这类诗歌的原因所在。在记录黑泽胜算的一则诗中，田桐还记载了黑泽的事迹：黑泽在樱田门狙击幕府大佬伊井，事后恐他人误被株连，即行自首。田桐慨叹黑泽有视死如归的大丈夫气概。田桐对倒幕志士的爱戴常在不知不觉中表露出来。在“赖氏一门”中，他称赞赖山阳家学渊源深厚，在中日两国均享有盛誉，这似乎是称赞赖氏的学问，但结尾时，却笔锋一转，露出真意：山阳之子“三树能继承父业，无所不通，以唱倒幕之说为幕府所杀，亦足为赖门生辉。”[①]可见，在田桐看来，使赖门“生辉”的还是“倒幕”的烈士。

田桐对幕末具有革新精神的思想家和学者也非常看重，他在《诗话》中称吉田松阴的老师佐久间象山为“大儒”，认为他的诗歌远胜过赖山阳（日本幕府时代最著名的学者），这样的评价显然已经超越了学术，这恐怕也与他对反幕志士特别钦佩有关。田桐还为佐久间象山生前没有看到维新胜利而惋惜，又为自明治起，日本已“如其志而行矣”感到欣慰。《诗话》中收录了象山《送吉田义卿》一诗，这是吉田松阴决定不顾幕府禁令，打

① 田桐著《玄玄遗著》下册，民国二十六年线装刊本，162页。

算偷乘美国黑船赴海外，临行前去见老师佐久间象山时，象山为壮其行色而作的赠别诗。

之子有灵骨，久厌鼈躄群；奋衣万里道，心事未语人；
虽则未语人，忖度或有因；送行出郭门，孤鹤横秋旻；
环河何茫茫，五洲自为邻；周流究形势，一见超百闻；
智者贵投机，归来需及辰；不立非常功，身后谁为宾？

《玄玄遗著》下册，171 页

这首诗不但是幕末开国派思想的体现，其实也是一段历史的记录。

《扶桑诗话》中所记录的明治时代知名人物作的汉诗就更多了。西乡隆盛、福泽渝吉、乃木希典、木户孝允、高杉晋作、伊藤博文、犬养毅、大久保利通、中江兆民、幸德秋水、陆羯南……几乎囊括了明治时代日本政界与民间各个方面的著名人物。因此，《扶桑诗话》堪称是明治时代名人汉诗之精选。

乃木希典是明治政府军界要员，曾指挥日俄战争，明治天皇逝世，乃木大将与妻子一起殉死，以谢皇恩。田桐虽然认为"其死有不当"，但因其"生平嗜诗"（这里的"诗"就是指汉诗）对他评价还是相当高。说他"文章道德皆有可传"，"大有儒将风度"，他似乎忘却了乃木对中国的不友好。《扶桑诗话》中录有乃木汉诗两首，均为日俄战争时所作：

《战金州》：

山河草木几荒凉，万里腥风新战场；征马不前人不语，金州城外立斜阳。

《凯旋》：

王师百万征强虏，野战功成尸作山；愧我何颜见父老，凯歌今日几人还？

《玄玄遗著》下册，157页

伊藤博文也是明治时代重要的政治家，曾任日本外相、首相、日本统治朝鲜时期的第一任驻朝鲜统监，是明治时期日本对外扩张政策的重要决策人和执行者。田桐在《诗话》里记录了他壮年、老年及被刺前一日所作的诗各一首：

豪气堂堂横太空，日东谁令帝威隆？高楼且尽三杯酒，天下英雄在眼中。

同上书，159页

这首伊藤博文在壮年时期所作的绝句，的确霸气十足，是有“气冲六合之概”。与下面这首其老年所作的诗确有不同：

蹇翮凌霄志已非，老年岂复思高飞，孤云一片青天外，满目江山带夕晖。

同上

而1909年，伊藤在哈尔滨被刺之前一日，口占一绝，苍凉悲壮，风格大异于一般日本汉诗，田桐认为该诗可称“谶语”，正可

说是伊藤的绝命之作。诗云:

万里平原南满洲,风光辽阔一天秋;当年战地留余愤,更使行人牵暗愁。

《玄玄遗著》下册,157页

明治时期政治家的诗中还有木户孝允、高杉晋作的诗也是田桐所看重的。他认为木户孝允因“闻望功业人所倾倒,而学问之精反为所掩”,所以他在《诗话》里特意收了木户三首意境各异的绝句,以展其才。

《香木客中绝句》:

清流回户外,四壁皆青山,听水思琴瑟,对云忘世间。

《过古战场》:

林树模糊带暮云,栖栖小鸟不成群,路旁曾是战争地,秋草花开见古坟。

《戊辰之岁》:

六十余州大道通,乾坤何物起雄风,行人解否长征意,一剑寥寥春雨中。

同上书,161页

从《诗话》中看,明治时期的文人学者中,陆羯南、中江兆民、幸德秋水的诗都是田桐非常看重的，但他欣赏他们的诗歌原因并不一样。田桐对陆羯南从文到人都非常欣赏，认为："羯南雄长文坛三十余年，主《日本》新闻笔政亦二十年，驾乎现代文豪之德富苏峰、三宅雪岭、黑岩泪香三人而上之，其人格则更不待言，羯南以二十年前之思想道出今日之社会状况，日本维新以来第一文章家也。其学问渊博能和能汉能西，以及诗歌无所不能"。[①]读田桐所录陆羯南的几首汉诗，的确能感觉到比较地道的汉诗风味。

《送鸟井素川从军》：

凭尔谕胡虏，化为皇国民，山东多俊杰，移檄讨嬴秦。

《大风行》：

风伯一怒天地动，飞石翻沙万籁鸣，黄云卷地白日暗，屋瓦如雨飞纵横。

枝头栖鸦失母子，天边过雁乖弟兄，倚庭乔松吼如虎，潜阶候虫寂无声。

忽来忽去拔山势，疑是万马奔腾行，晓来风定天如水，萧条秋声残月明。

呜呼天机何奇绝，我今见之感自生，安得大帚如风伯，一扫天下皆澄清。

哭诸冈正顺墓有序：

① 田桐著《玄玄遗著》下册，民国二十六年线装刊本，173页。

序云：名士早凋，良朋易失，肥前诸冈正顺君气高识深，同人所推。君久患肺以致不起，闻讣之日，予在床蓐，不能抚棺尽哀，顷临其墓，为之凄然者久之。

诗云：江湖曾未觉名闻，气节棱棱自绝群，一国浮沉忘宿疾，半生心血见遗文，翻云覆雨凭欺世，流水高山谁识君？泪落坟前荐蘋藻，乱蝉声里立斜曛。

《玄玄遗著》下册，173—174页

田桐高度评价中江兆民及其诗歌的原因相当复杂。首先是中江兆民在日本自由民权运动中的地位与作用，这使田桐认为他的思想境界高出明治时期一般的政治家和改革者，所谓"首倡民权，译卢梭《民约论》，以飨国人，不似尊王攘夷者之思想"；其次，兆民的汉文也令田桐钦佩，认为"其古文不在赖山阳之下"，这当然是作为中国人特别的感受；再次，更令田桐心仪的还是兆民诗歌中表现出的心情、意境及"脱尽尘俗之气"的淡定，这非常符合晚年厌倦政治后蛰居上海时的田桐的心境，如：

残灯吹炎已，凉月一窗明，病客梦方觉，阴蛩三五鸣。

同上书，168页

中江兆民厌恶政治斗争后以学问自娱的心情，实际上可以说是晚年田桐的一种自况。"曾被选为众议院议员，不年余，厌倦政治生活之龌龊也，弃之，以学问自娱。日本维新以来之功人应首推兆民，特其人格高尚，不以功名耳。书法亦佳，诗不多见。"对照田桐生平看，他评论中江兆民的话似乎都是他的自我表白。

对幸德秋水，田桐的情感则更为复杂。他不仅钦佩秋水的思想、学问，称赞他“为中江兆民先生之高弟，精通法文及汉文”，同情他被明治政府处死的悲剧命运，更重要的是，田桐与秋水曾是朋友，他们有过近两年的交往。“明治三十九年(1907)，居东京大久保时，余主《民报》事，常相往还，越二年，余膺新加坡主《中兴日报》之聘，(中略)癸丑(1913)余复亡命走日本，访其身后，据云老母已卒，无子女，唯其夫人居歧阜，贫不自给，余欲往济之而力不逮。秋水之文精确穷理，不染尘埃，又复犀利能感动人心，大有功于现今日本之文化，其诗亦复悠远清逸，有非食人间烟火者所能辨。”[1]如果读一下秋水的《狱中四绝》，我们也会为他的洒脱、智慧和胸襟宽广而惊叹，田桐的评价的确不算过誉。

载酒江湖既隔年，囚衣今日又因缘；个中消息谁能会，狱里禅兼病里禅。

随读随吟堪养真，有衣有食忘却贫；满都车马何忙剧，怜煞人间得意人。

鸠唤声声烟树昏，愁听点滴欲消魂；风风雨雨家山夕，七十阿娘泣依门。

图圄潜居先妣丧，何知四海入新阳；昨宵荞麦今宵饼，添得囚人愁绪长。

《玄玄遗著》下册，179页

①田桐著《玄玄遗著》，民国二十六年线装刊本，179页。

田桐在《诗话》里还记录了一些并非政界、学界名人所作的汉诗，如实业家涩泽青渊、商人关山丰义的作品。他们的诗虽然没有政治家、学者们的气度与境界，但也没有商人的铜臭和市井的俗气，的确符合中国人对诗歌的审美要求。涩泽青渊“以经营银行起家，骤致巨富，人以陶朱公目之，”但却能写出“流亮脱口”的汉诗：“春花落尽忽秋霜，一瞬朝晖又夕阳；休说世间人事剧，看来造化比人忙。”[①]吟咏季节的变化，是诗歌的传统题材，但此诗有新意，一句“看来造化比人忙”的确不同凡响。关山丰义出身商人世家，他到年长始学汉诗，有《题不忍池》绝句一首：“怅望湖光秋已残，凄风度水送微澜；枯荷衰柳同酸态，添得祠边夕照还。”[②]这些文学史上不可能提及的诗歌的大量存在，表明了明治时期汉诗在日本的普及程度，也印证了这一时期的确如日本学者所说的那样，是“汉诗全盛时代”（日本汉诗人大町桂月语），是日本汉诗的成熟期和丰收期。这也正是产生《扶桑诗话》这样材料丰富而且充满时代色彩的“诗话”作品的现实土壤。至于在明治年间这样一个日本全盘欧化的时代，为什么会出现汉诗的鼎盛，王晓平先生在其《近代中日文学交流史稿》的第七章中有令人信服的论述，这里笔者不再赘述。

田桐在《扶桑诗话》中还记录了一些中日文化交流的历史事实。《沈高轶事》（174—176页）、《高彝上沈归愚书》（177—178页）两则详细地记述了日本长崎诗人高彝（字旸谷）与清代大诗

① 田桐著《玄玄遗著》，民国二十六年线装刊本，168页。

② 同上书，176页。

人沈德潜的一段文字交往。有意思的是,田桐不仅描述了高彝的才气和他对中国文学的真知灼见,表示了对沈德潜因患得患失而失去结交日本诗人机会的惋惜,还写了来往于浙江与长崎间的商人在这种文字交往中穿针引线的工作,直接、详细地再现了商业活动在文化交流中的作用。沈德潜因“固位”之私心加上惧怕清廷怀疑他擅交外人,拒绝给高彝回复。后来,在一位老商人的策划下,捎信的商人找来几位杭州文士伪作回信和答诗。但这些诗作水平并不差,尤其是其中一句“才调能胜中晚唐”深得高彝喜欢,他竟把这句诗刻了一枚印,“以永佩念”。虽然此事的真相后来被互市的商人说破,但这极富戏剧性的一段文案,确实是中日文学交流中不可多得的一段趣事。它从一个侧面展现了汉诗在日本的地位。从田桐的叙述中可看到高彝的博学,也可以透视近代的中国文人谈起古代中日文学关系时的微妙心态,隐约之间,文化上国的优越感还会透露出来。

《扶桑诗话》中还记录了不少明末遗民避居日本后的事。其中关于陈元赟的一则很有意思,不仅记录了陈元赟与日本人的文字交往,还记载了他在日本传播中国武术的情况。陈元赟,浙江武林人,明亡后避居日本,“常与京都江户诸名人为文字交,善拳术,授之日人,江户国政寺僧徒尽得其道。善操日语,与僧元政交尤笃”。[①]二人常相唱和,有《元元唱和集》行世。“元元”即指元赟、元政,此“唱和集”也是中日文化交流的极好史料,可惜不易找到。

---

① 田桐著《玄玄遗著》下册,民国二十六年线装刊本,165页;王晓平《近代中日文学交流史稿》第10页也谈到元赟与元政的交往。

《扶桑诗话》还记载了清末大学者俞樾与日本文人的一段文缘：光绪十六年（1890），俞樾70岁生日，他在国内“不触一客，亦不受一诗一文之赠，”但他的日本门生井上陈政（字子德）却在日本为他的生日“遍征诗文”。次年8月，这些诗文被送到俞樾手中。深感意外的俞樾觉得异国赠诗却之不恭，便把这些为他贺寿的诗文当作“寻常之投赠”，“因编次其诗文为一卷，题曰《东海投桃集》，以识诸君子爱我之情，亦见中外同文之盛”。[①]俞樾是我国近代对日本汉文学有过接触和研究的为数不多的学者，他编选的《东瀛诗选》使他在日本享有盛誉。关于他对中日文学交流的贡献，王晓平先生在《近代中日文学交流史稿》中有专题介绍[②]，但对这卷《东海投桃集》却不曾提及。

相对于古代中日文化交流的逸事，田桐在《扶桑诗话》中所记载的他自己及同时代的人与日本文人间的交往应该更有价值。因为这都是史书上难觅踪迹的珍稀资料，具有极高的史料价值，是研究清末民初中日文人交往不可多得、不易见到的资料。

田桐在《诗话》里记载了他在戴季陶家所见的犬养毅所书的一幅中堂，“顷在戴天仇家见其（犬养毅）所书堂幅云：十年磨一剑，霜刃未曾试，今日把示君，问有不平事。”[③]犬养毅在日本政界素以熟悉中国、能与中国人交往著名，但在对待中国的根本态度上，他与别的政客并无太大不同。由于他有很高的中国文化素养，因此在与中国人交往时往往容易博得好感，当时

① 田桐著《玄玄遗著》下册，民国二十六年线装刊本，170页。

② 见王晓平著《近代中日文学交流史稿》，长沙：湖南文艺出版社，1987年，412～420页。

③ 田桐著《玄玄遗著》下册，民国二十六年线装刊本，172页。

有许多中国人与他友善，特别是在日本活动的改良派、革命派重要成员，如梁启超、孙中山等。田桐所记此书与戴天仇条幅一事，也可看出他很懂与中国文人交往的方式。在文中，田桐也毫不掩饰地表达了对他的好感：木堂（犬养毅字木堂）“性倔强而奇特，志之所在不为流俗，自少重任侠，（中略）通汉籍，书法学二王，局势气质不落寻常窠臼”。[①]当然，这与当时一些日本政客支持中国革命党人相关。出于各种政治目的，明治政府中有不少官僚与孙中山等革命党通款，而犬养毅正是开此风气者。

田桐在《诗话》中还记录了他于“二次革命”失败后流亡日本时，与日本文人户田静学的交往。户田静学是水户名门之后，此人“重气节，有落落难合之概……虽头白如雪，而风流蕴藉不减当年。”[②]静学晚年寓居东京丰桥，田桐流亡日本时曾与他“畅谈再四”，并互有诗作应和唱答。户田静学以一首《目城怀古》见示田桐：

千年王业迹茫茫，宫殿模糊幽径长，日照铜驼山鬼哭，草封石兽帝陵荒；

繁华歌吹空流水，金粉楼台易夕阳，春梦如尘尘似梦，落花风里说兴亡。

《玄玄遗著》下册，181页

田桐次韵答诗曰：

① 田桐著《玄玄遗著》下册，民国二十六年线装刊本，171页。

② 同上书，181页。

勋业神仙各渺茫，南风不兢客途长，青山万叠停孤杖，黄海横流泻大荒；

柳絮有情迷古渡，榴花无语怨斜阳，云山笑我空憔悴，十五年中两出亡。

《玄玄遗著》下册，162、181页

田桐还另有一首答静学的七绝：

重访蓬莱履旧盟，扶摇六月驭风轻，绸缪未善东山雨，愧被苍生识姓名。

同上

虽然是与日本友人的酬唱之诗，但田桐诗歌里的壮志未酬、愧对苍生的情怀和政治斗争中失意的情绪还是表露无遗。这正是处于革命低潮年代、身为革命志士的田桐人性中最真实部分的反映。

田桐在《扶桑诗话》中记述的他在奔波国事、动荡不安的生活中结识的日本友人的诗歌活动，也是值得一提的历史资料。1907年，为谋划广东的反清起义，田桐与林时塽、胡汉民同在香港，与他们同住的还有日本人日下部鸣鹤。日下部鸣鹤“为人淳朴，喜谈风月，复嗜诗酒，座中置法帖，平生临摹《十七帖》、《过庭书谱》不知几千本，在闽十余年”，[①]可以说是个中国文化

① 田桐著《玄玄遗著》下册，民国二十六年线装刊本，163页。

通。他们在香港一起度过半年，关系融洽，他们曾一起吟咏，所作"甚多"，但没有保留下来。田桐记录了日下部在中国游历时所作的几首汉诗，有《金陵杂诗》和《自苏州至杭州舟中》等。

《金陵杂诗》：

玉树金莲逝水流，胭脂井涸翠烟愁，六朝歌舞豪华尽，明月江风绕帝丘。

《自苏州至杭州舟中》：

一路吴江十幅蒲，半川烟柳隔姑苏，撑蓬坐觉诗怀阔，宝带桥西是太湖。

十日蓬窗旅客闲，梦魂时落翠微间，遥青一抹眉如画，知是西施湖上山。

从韵脚看，后者应是两首绝句。均见《玄玄遗著》下册，163页

这是非常地道的中国诗。由此可见，直到明治末年，日本文人作汉诗还是很风行的。笔者以为，这是因为那个时代的日本文人并未把汉诗看成外来文化，而是将其当作他们自己文化传统的一部分。

1915年秋，流亡日本的田桐来到明末流亡日本的中国学者朱舜水曾讲学二十余年的水户。凭吊之余，他作了《水户感怀并简诸同志一首》：

秋风鸿雁菊花天，沧海人来路八千，杨柳楼台盘

胜地，衣冠文物似当年。

将军倘许开生面，夫子何曾肯息肩，正是万方多难日，斯文消息接群贤。

《玄玄遗著》下册，186页

在水户他还有《宿霞浦》一首，表达了“二次革命”失败后他流亡国外、有家难回的处境。虽然是诗，但却是记载那一段历史的生动的资料。

白杨风动旆悠悠，日落长川水北流，云渡星河人出塞，月明霞浦客登楼；

梧桐叶落难栖凤，芦荻花飞好狎鸥，几度沧桑经事惯，离乡宋玉不悲秋。

同上

田桐在《扶桑诗话》里还记载了一些明治时代日本政客、文人来华时所作的诗歌。这些日本人用汉语所作的以中国为题材的作品，也是研究近代中日政治、文学关系的珍贵资料。甲午中日停战后，大久保利通（明治时之政治家）作为议和大使来到中国，在华期间多有吟咏。田桐认为大久保利通“文学亦有可观者”，记其二绝：

《过厦门》：

秋色长天望里清，一湾绿绕厦门城；山川蟠郁多风趣，造化奇工画不成。

《通州途上》：

奉命单航到北京，黑烟堆里蹴波行，和成忽下通州水，闭卧蓬窗梦自平。

《玄玄遗著》下册，172—173页

用汉文写成的这样温文尔雅的诗句，很难让人把它和甲午战争中两国间的兵戎相见联系在一起。也难以想象大久保利通作此优雅汉诗的同时，日本正向中国提出割让台湾和澎湖列岛、赔偿2.3亿两白银等苛刻的"赔偿"条件。这样的做法真是"把你悠久的文化的精华吸收过去，再在你老大的年龄头上击一鞭子"的形象写照，只是田桐并未加以评论，我们很难揣测他记录这些诗时的内心感受。

20世纪初，由于日本对中国满蒙地区事实上的占领，大批日本人定居满蒙，还有大量的日本人以各式各样的身份和理由在满蒙地区作短期滞留，当时日本在华、来华的人数极多。日本明治、大正年间著名佛学家、僧人南条文雄就曾来华游历，并留下了他在华期间作的汉诗，《宿大连别院》是其中一首：

随缘飞锡入禅关，红叶黄花秋色闲；兀坐客窗先得句，此生初见满洲山。

同上书，174页

此诗果然如田桐所论"有禅心，有逸气"，"非食人间烟火者所能道"。作为殖民者的日本人当然体会不到被外国人欺压的中国人的苦难与耻辱，但日本游客的优雅诗歌也不能掩盖日本在中国东北殖民统治的霸道与残酷的历史。那个时代，在帝国主义铁蹄下充满苦难的中国的土地上，能吟咏出如此闲适的汉诗的，恐怕也只有日本人吧。

田桐在《扶桑诗话》中所辑录的日本汉诗的作者，大部分是幕末的“志士”、明治政府的要员和学者文人。而这些人中有许多都具有极端民族主义思想，他们对中国怀有野心，支持日本政府的扩张政策。正如戴季陶在《日本论》中所说的：

> “日本如果要在大陆发展，应该要和俄国同盟，中国的领土，就可以由日俄两国平分”。这个意见，木户孝允极力赞成，以为是日本建国唯一的良策。他这主张，还在西乡隆盛之前。不过是后来大家虽然是理想一样，政策上打算就不同。主张征韩的，以为“国里面的封建制度废了，不赶快向外面发展，那些没有米吃的武士们，怕要闹乱子。”反对的人说，“日本国里面的政治，还没有改良，力量还没有充足，赶快要整理内政。”相差的地方，不过如此，并不是根本上有什么两样。
>
> 戴季陶《日本论》，九州出版社，2005年4月，52—53页

但是，我们在田桐的笔下看不到他对这一问题的关注。他津津乐道于某某官僚的汉诗不亚于中国人，某某学者精通汉籍，某某名人书法师宗二王……田桐何以如此呢？是这些日本人优雅的汉诗征服了他，使他爱屋及乌而对现实中民族的苦难视而不见？恐怕不是，也许这正表现了近代中日关系的一个微

妙奇特的现象：一方面，后来居上、成功完成变革的日本，一边野蛮地在中国土地上杀戮、掠夺，咬牙切齿地骂中国人“支那猪”，说中华民族是劣等民族，一边又优雅地吟咏着从中国学去的汉诗；另一方面，历史悠久的中国，一边忍受着日本的侵略与压迫，在自己的土地上过着屈辱的生活，一边又在心里欣赏着敌人学着自己的祖先、用自己民族的语言作的诗歌，而且心里暗暗自豪。就像面对暴发户的财富和年轻人的强壮一样，古老、羸弱、贫困的中国，只有面对自己古老文化的时候才能找到一丝安慰，寻得一点尊严。这是当时大部分中国文化人或多或少都有的精神状态，田桐在《扶桑诗话》里表现的中国文化中心主义就是这种状态的体现。

《扶桑诗话》承载了作者的特殊文化心态。虽然20世纪初的中国，外忧内患，国事不堪，但当时的中国文人却还承载着千年的文明重负难以释怀，中国文化中心主义的余响依然在他们心中袅袅不绝，在他们的眼中，斜阳的余晖依然灿烂。尤其是面对日本这样一个吮吸着中国文化乳汁长大的“同文同种”的“近亲”，千余年历史中积淀的牢固观念，文化上国的优越感、对自己文化的自豪感，的确很难在短时间内完全改变。

田桐在《诗话》中，还罗列了大量日本人易汉姓的例子，以此来说明日本人对中国文化的崇拜。“日本诗人慕吾华文化，易多字姓而为汉人之一字姓者，不可胜数，就其名家考之：滕懒斋本姓藤井，高篇亭本姓高野，汤常山本姓汤浅，武龙梅本姓武田，南南山本姓南部，田鹤楼本姓益田，田篇陵本姓田中，管麟屿本姓管原，（此处“管原”疑为菅原）庄子谦本姓庄田，高旸谷本姓高阶，石濑滨本姓石金，原东岳本姓原田，边华山本姓渡边。盖此风始于唐时，唐长安元年日本遣其使粟田贡方物，仲满副之，后粟田归，仲满慕华不肯去，易姓名曰朝衡，朝亦作晁，唐时华人皆称晁监，盖曾居唐祕（秘）书省监之职也。"[①]所列人物，在日本历史上都算知名，这大概也正是使田桐感觉自豪的主要原因吧。

田桐在《诗话》中经常会对日本人作的汉诗指指点点。"日本人士长于汉诗者原不乏人，然大都不免滞涩，矫其蔽者复不免滑口。"[②]"和文弱点，一在章法不整齐，二在字不烹练，往往重复，首尾乖离。"[③]茅原华山"诗学盛唐，有器局，无日人滞涩纤巧之病，而有潇洒飘逸之致"。[④]三浦梧楼，"维新之人物也，工汉学善诗，草书健拔脱化，华人中亦不可多得。"[⑤]无论是表扬还是批评，都有着居高临下的优越感。有时他在不经意间还表现出以中国诗人的作品作为评判日本汉诗的标准。在评论梁川星岩之妻红兰女史的诗时，他认为其诗"清醒婉丽宛似宋人朱淑贞口吻。"[⑥]在论佐久间象山的诗时他说："近代汉学家类皆首推山阳，然山阳史笔固独绝，而词章一道，象山则远过山阳。其樱花赋一篇，渊博隽永，力学汉赋，即置之汉籍中，亦非易才，至其古体诗亦胎息汉魏六朝，颇有心得。"[⑦]词章一道象山"远过山阳"，还是因为他的"力学汉赋"、"胎息汉魏六朝"，而不是别的原

① 田桐著《玄玄遗著》下册，民国二十六年线装刊本，170页。

② 同上书，160页。

③ 同上书，180页。

④ 同上。

⑤ 同上书，183页。

⑥ 同上书，160页。

⑦ 同上书，171页。

因。虽是称赞，但骨子里中国文化至上的优越感是十分明显的。

对日本人的嗜诗、沉醉于中国文化和中国山水名胜，田桐也津津乐道。在论诗人村上佛山时，田桐以欣赏的口吻写道："嗜诗，终日沉吟如醉，常慕中国文化及山水，因遍游内地"，[①]游历过程中，村上写了不少汉诗，有些诗还"颇有风趣"。但田桐所看重的未必是他这些诗"风趣"与否，而是他对中国文化的倾慕、痴迷。久保天随也是田桐喜欢的诗人，因为他"专治中国文学，古文杂作皆有戛戛独造之处，"诗则"力学温李，声调气味兼而有之"。一次，田桐在旅途中将刊有天随诗作的《下野新闻》遗失，非常遗憾，以至"至今怏怏"，可见所爱之深了。[②]可以看出，田桐在《扶桑诗话》中评价诗人与诗歌的标准，除了对待幕府和维新的态度之外，还有一个硬标准，那就是诗人对中国文学与文化的态度。凡幕末志士、维新功臣和痴迷中国文化、热爱中国古典的，他对其评价都不会低。

个中原因，当然也不复杂。倒幕维新是他政治上的同道，热爱、痴迷中国古典是他文化、文学上的知音。田桐对于中国古典的情感，在他论王维的《送秘书晁监还日本国诗并序》中已经表达得非常明确："典雅环琦，庄严修饬，不下永兴，有过王骆，若以今人观之，华人自矜之气不免过高，然当有唐一代，即使开关相较，谁国文化可以望肩？"[③]中国古代，尤其是唐朝，那是中国人的骄傲，是民族历史上最光辉的篇章。对于生活在20世纪初的中国人，尤其是中国文人来说，这是他们唯一的骄傲

① 田桐著《玄玄遗著》下册，民国二十六年线装刊本，163页。

② 同上书，164页。

③ 同上书，169页。

和心理安慰，是他们面对强敌侵略时减轻精神痛苦的鸦片。理解了这点，我们就容易理解田桐在评论日本汉诗的时候，时不时表现出的文化优越感了。

在差不多一百年后的今天，我们虽然应该理解田桐那一代中国知识分子对中华文化的情感以及他们内心的痛苦与期望，但是对于民族的文化与历史，还是应该有更为清醒、理性的认识。如果祭起古代文化的大旗就能使中华民族强盛，就能使我们真正屹立于世界民族之林，那么，近代中国知识分子的痛苦也就不存在了。这一点，也许正是我们今天大力倡导“国学”时应当充分考虑的。如果仅仅恢复传统、倡导“国学”就能解决现实中的问题，那也就不会有近代以来几代中国知识分子的艰难探索与痛苦选择了。

《扶桑诗话》中还记录了一些描写幕府时期日本与外界交往情况的日本汉诗。从这些诗中我们可以看到，在幕府闭关锁国的政策下，日本与外界交往的情况。日本汉学家、大诗人赖山阳的《咏拿破仑》一诗，真实、具体地记录了西方信息传入日本的情况。

> 赖山阳与拿破仑同时，惟当时东方无报纸，西方战事传之到东，非年余不可，拿在莫斯科败后有军医逃至长崎，备述当日情形，山阳有《佛郎王歌》详记其事。歌云：
>
> 佛郎王，王起何处大西洋，太白钟精眼碧光，天附韬略铸其肠；
>
> 蚕食欧罗东拓疆，誓以昆仑为中央，国内游手收编行，兵无妻子武趪趪；

缩挺为铳伸为枪，铳退枪进亘撞搪，所向无前血玄黄，独有鄂罗相拮颃（抗）；

潜遣谍贼怀剑铓，王觉故与之翱翔，能刺刺我不能亡，汝主何不旗鼓当；

遣客即发阵堂堂，绒旗蔽天日无芒，五战反国我武扬，鄂罗如鱼泣釜汤；

何料大雪平地一丈强，王马八千冻且僵。运路梗塞无梯航，马肉方寸日充粮，王曰天不佑佛郎，我活吾众降何妨，单骑降敌敌不敢戕，放之阿墨君臣庆。戊寅岁，吾游崎阳，遭逢蛮医闻其详，自言在阵疗金创，食马免死今不忘。

君不见，何国蔑有贪如狼，勇夫重闭贵预防，又不见，祸福如神何可常。

穷兵黩武每自殃，方今五洲休夺攘，何知杀运被西荒，作诗记异传故乡，

犹觉杀气迸奚囊。云云。

此皆当时事实，惟俄人焚室清野之事歌中未提，岂军医未道及耶？

《玄玄遗著》下册，165页

从历史上看，赖山阳（1780—1832）的诗中虽然有文学创作的夸张，但其中所记的基本史实与我们所知的历史还是相符的。令人惊讶的是，事件从发生到被传到日本并被赖山阳写入诗中，时间并不久远，可以说就是“当代”的事。通过这首诗的内容和写作时间，我们可以得到一个信息：即使在闭关锁国的江户幕府时代，日本仍有接受外来信息的渠道与可能，远非我

们以为的那样闭塞。这也许就是幕末会出现为数不少的、勇于接受外来科学文化的志士和学者的原因吧。

当时日本长崎与外界交往的情况在诗人梁星川岩的《长崎诗》中也有描述：

> 万叠峰围一席天，海云崖树碧于烟；市楼笼地无空阔，佛刹缘山互接连；
>
> 落日锣声荷兰馆，回风旗扬浙江船；时清不见窥窬者，夷往蛮来二百年。

《玄玄遗著》下册，161页

这正是江户时期的长崎，作为日本唯一的对外开放城市的风光，“荷兰馆”、“浙江船”、“佛刹缘山”这些意象，准确地描述了闭关时代日本仍然有着“蛮往夷来”的对外交往。这些诗歌的形象描写是对史书的补充，使我们可以更全面、感性地了解一个时代、一段历史，从而更客观地认识历史的纷繁和它的多面性。

通过上述分析，我们可以看到，田桐在《扶桑诗话》中，以中国人的眼光、中国诗歌的标准品评日本的汉诗，从另一个侧面反映了日本近代汉诗创作的情况及水准。虽然用的是中国传统的“诗话”形式，但作者并非一味仿古，而是有着相当的现代因素，如评价诗歌时强烈的政治色彩、关注文化交流情况等。另外，以中国的“诗话”传统去品味外国人的作品（虽然是用汉语写的，但毕竟是外国人的作品），恐怕也算是中国文学史上罕见的“诗话”作品了，仅就这一点看，它的文学史价值也不能低估。

第四节 景梅九与日本

景梅九(1882—1959),名定成,字梅九,山西安邑(今属运城)人。与民国时期的许多人物一样,景梅九也是一个很复杂、很有趣的人。他的经历、他的性格无一不折射出那个时代的特征,他身后的际遇,也像民国时期许多与他经历相似的人一样,很少被人记起,更少有人对他进行研究。无论是传统纸媒还是电子传媒,国内关于景梅九的研究,除他的嫡孙景克宁和赵国瞻著的《景梅九评传》外,学术性的研究寥寥。一些文章热衷于传颂他的逸闻趣事,更多的是对他生平事迹的介绍,有的文章中甚至连他的生卒年都有误。

翻阅景梅九留下的文字和一些民国年间的史料,我们发现,在清末民初,尤其是辛亥革命时期,景梅九在晋陕一带,甚至在华北都是相当有影响的,可以说他是晋陕地区领导辛亥革命的核心人物之一。不过,笔者以为,重新认识景梅九不是为了旌表他的历史功绩,而是因为他的人生经历、他的性格形成和他生活的那个新旧交替、中西激荡的时代之间的关系对今天的研究更有现实意义。

像清末民初的许多知识分子一样,景梅九既有深厚的旧学功底,又热情追求新思想、新学问。12岁时,他和父亲同时考中秀才,17岁时又进入太原一所具有维新倾向的书院——令德堂学习,并喜欢上了数学;1901年冬,京师大学堂开学,作为山西省的5名保送生之一,景梅九入读京师大学堂;一年多后,他又考取了清政府的日本官费留学生,进入东京帝国大学第一高等学校理化科,并梦想成为理学博士。留学日本,大大地扩展了景梅九的活动舞台,为他后来成为辛亥革命的骨干打下了基础,也影响了他的人生走向。

景梅九是革命家,又是报人。在京师大学堂时代,景梅九就受到留日学界革命思潮的影响,他曾阅读邹容的《革命军》和陈天华的《猛回头》、《警世钟》等书籍。到日本后,他又结识了一批反清革命的志士。同盟会成立不久,他就加入了同盟会,任同盟会山西分会评议部长。此后,无论是在留日界的学潮中还是辛亥前后的斗争中,他都是革命军中的"马前卒",他奔走革命,文能办报武能带兵。说到办报,可以说这是景梅九一生的"正业"。留日时期他先后主持、参与创办的报刊有:《白话报》(1904,与秋瑾等合办),山西留日学界的进步刊物《第一晋话报》(1906)、《晋乘》(1907),湖北留日学界刊物《汉帜》(1907),山西第一家民办报纸《晋阳公报》也是他在日本时组织办起来的。这一时期他还为《民报》、《民呼日报》等报刊撰文。辛亥革命前夜,他和友人在北京创办的旬报《岁华旬记》(后改为《国风日报》)成为辛亥革命时期革命党人的喉舌,报社也成为京城革命党人荟萃的机关。同一时期他还和同盟会元老田桐创办了《国光新闻》,1912年他和友人在山西创办了《山西民报》。九·一八事变后,他在西安创办周刊《出路》并参与创办月刊《国光》。七七事变后他使曾三次被迫停刊的《国风日报》在西安复刊，宣传抗日救亡主张。景梅九办报的同时还扶持、培养了一批批文学青年和年轻的报人。20世纪20年代，他在北京《国风日报》开辟的“学汇”专刊，扶持了文学青年高长虹、石评梅、荆有麟等，30年代在西安又帮助了李尤白、郑伯奇、姚青苗等。办报贯穿了景梅九一生，他通过报纸救国救民、声张正义，通过报纸发表言论、表达思想，通过报纸联系同志、培养青年……

景梅九还是学者、作家和思想家。他研究国学，发表过《黄帝外记》、《黄帝与易教》、《往教新说》、《尊孔评议之概略》、《尊孔与群忠》等国学论文及文学史专论《文学源流概说》。他还研究红楼梦，写下了十万余言的红学专著：《石头记真谛》（又称《红楼梦真谛》）和《石头记忖真》。他留日时期就开始创作小说，并著有长篇白话小说《玉楼影》（未完成）、短篇小说《客心》、《一夕雨》。他还写下了数十万字的回忆录《罪案》、《入狱始末记》，保留了许多清末民初的珍贵、生动的史料。此外，他还创作了大量的诗歌，是北方地区为数极少的南社诗人。他信仰无政府主义，在日本留学时就钻研过克鲁泡特金和巴枯宁的学说，他还研究过社会主义和共产主义学说，对马克思的《资本论》也有研究。

景梅九还是教师，从日本归国后他先后在山西大学堂和西安的高等学校教授过英文和算学；景梅九还是翻译家，他精通日文、英文和世界语，曾翻译但丁的《神曲》（部分）；景梅九还是社会改革者，他提倡禁鸦片、主张妇女天足。

景梅九率性甚至偏激。在太原读书时，陕西开乡试，同学多去应试他独不去，有人开玩笑说：“照你这样，原来可以薄举人而不为。”他回答：“岂但举人，我还薄天子而不为的哩！”[1]在东京加入同盟会后，他就“非关系革命的书不愿看，非关系革命的人不愿见，非关系革命的话不愿谈，非关系革命的事不愿做了”。[2]景梅九不拘小节、不修边幅，为人随和慷慨。到朋友家碰上饭就吃，需要的衣服拿上就穿，对需要帮助的人他也慷慨解囊，尤其对年轻人，凡找上门来的，要钱给钱，要物送物。景梅九洒脱幽默，爱憎分明。辛亥革命成功后，山西革命党组阁，景梅九不以功臣自居，主动提出主持稽勋局工作，表彰革命中的功臣并为牺牲的烈士树碑立传。朋友看了他写的文件说：“别人的事通有了，就缺你自己的事”，他笑答：“真要我唱‘丑表功’吗？稽勋局原重在死者，生者可以不写，况且看现在这情形，革命不算什么成功。若提到我自己十年来革命的事迹，全是罪过，我打算作一册罪案，详述一遍”。[3]这就是他的回忆录《罪案》的起源。

行文至此，突然发现自己的文字根本无法展现景梅九多姿多彩的人生经历，惯常的历史写作方式也很难表现他摇弋多姿的个性。纷乱多事的清末和民国年间，在多灾多难的中国大地上，正是像景梅九这样的人给那个时代带来了亮色与希望，也为后人留下了许多有趣的话题与无尽的遐想。以现有的资料很难还原一个活生生的景梅九，笔者从自己的研究兴趣出发，以景梅九的留日经历为重点，探讨这段经历对他的人生所产生的影响，希望能对他的一个侧面有比较客观的认识。

---

① 景梅九《罪案》，北京：国风日报社，1924年，8页。

② 同上书，66页。

③ 同上书，345页。

景梅九两次赴日都是在辛亥革命前。第一次是留学，1903年他在京师大学堂考取了公费赴日留学资格，是年冬，入东京帝国大学第一高等学校理化科，1907年毕业回国[①]；第二次是1910年，为与同盟会总部联系再次去日本，为期数月。

赴日留学，对景梅九的一生产生了巨大影响，而最重要的影响是，他在日本结识了一批反清革命志士。当时的东京汇集了中国的改良派和革命派的骨干，可谓风云际会，精英云集。正是在那里，景梅九结识了孙中山，成为章太炎的学生，与宋教仁、黄兴、张继、田桐、陈汉元、唐继尧、李烈钧、杨少石等倡导反清革命志士结下战斗的友谊。这些人多是来自国内各地的精英，同盟会的骨干，对后来中国社会的走向产生了巨大的影响。在与他们的交往过程中，景梅九从一个普通的爱国青年成为一个坚定的反清革命者，也使他由一个来自地方的、旧的士人成为一个能放眼全国甚至世界的新式知识分子。可以说，留日改变了景梅九的人生。由于在日本结识了各路英雄，景梅九回国后游走各地，或教书或办报或从事革命活动，1909年还加入了主体为东南地区进步文人的南社。

景梅九在日本还结识了不少日本友人，其中有孙中山的好友宫崎寅藏、日本著名社会党人幸德秋水、大杉荣等。

宫崎寅藏（1870—1922），号滔天，孙中山的好友，多年支持孙中山领导的反清斗争。景梅九结识宫崎是在《民报》周年纪念会上，当时景梅九"为执翻译之役，于是时常来往"。两人非

---

① 他初到日本怀揣实业救国的理想，有做理学博士的愿望，但并未实现，董大中先生在《著名无政府主义者景梅九》一文中说他"获法学博士学位"，不确。参见《文史月刊》，2004年第6期。

常投契，曾在一起痛饮高歌。[1]如果说景梅九结识宫崎寅藏是因参加了孙中山领导的反清革命活动，而他认识大杉荣和幸德秋水则是由于思想上的认可与共鸣。幸德秋水和大杉荣是日本著名社会主义者（其实他们的思想中有较多无政府主义成分）。景梅九在认识幸德秋水前曾读过他的《社会主义神髓》一书，非常钦佩，1907年在锦辉馆听了幸德的演讲后，迷上了社会主义，遂开始研究。“自从听了这场演说，对于社会主义更加一番研究，因为这社会主义就是三民主义里的民生主义，与同盟会不相违背，所以和日本社会党人握手起来，天天在一块儿谈些世界革命大势。这时他们（日本社会党人）组织了一个‘平民新闻’，出版后，很受社会欢迎；社会小说、纪事闲评，莫一样不精彩的，何公馆（景梅九和友人在日本东京的住处）订了一份，自己看，并且劝大家朋友看，看来看去都有一点平民思想，我和小友（景梅九留日时期的一位年轻朋友）越发走到迷信的程度，把雇得下女都传染成了社会党。”[2]不难看出，景梅九接受社会主义是因为从中发现了与孙中山的三民主义相似的东西，认为“社会主义就是三民主义里的民生主义”。当时同盟会成员中多有人接受社会主义思想，恐怕这是一个重要原因。因为这样的原因，“在日本的中国学生，也成立了一个社会主义研究会”，[3]有四五十人参加活动，景梅九还曾在一次聚会上讲演，但他讲的却是无政府主义。

需要说明的是，由于当时日本思想界对社会主义、无政府

① 景梅九《罪案》，北京：国风日报社，1924年，70页。

② 同上书，73页。

③ 同上书，80页。

主义和共产主义等思潮认识模糊，且往往混为一谈。所以，当时中国思想界对于社会主义、无政府主义和共产主义也区别不清，景梅九的认识就很有代表性。辛亥革命后的1912年夏末，山西教育界在太原发起暑期演讲会，景梅九应邀作了题为《社会主义概说》的演讲。他后来回忆说："我讲的社会主义，一半是在东京听来的，一半取材于靳克天从日本携来几本社会主义的书，编成一篇《社会主义概说》，一直讲到无政府主义，自然是归结无政府共产方面。"[①]从他的这段话我们可以看出两点：他是通过日本接受这些思潮影响的；他把无政府主义与社会主义混在一起。更能说明后面一点的是，这次演讲后他和阎锡山的一次非直接的对话。听过他的演讲后，阎锡山对人说："梅九讲的'社会主义'是亡国主义！"景梅九对人说："伯川（阎锡山字伯川）还懂得些，社会主义，本来就是无国家，无政治，无法律，无宗教，无家庭，岂但没有什么国？"[②]景梅九演讲的内容也明显表现出他的所谓"社会主义"的驳杂，他的演讲涉及傅立叶、马克思、巴枯宁和托尔斯泰等人的思想。[③]

景梅九与日本社会党人来往，除了接受无政府主义、社会主义思想外，还接触到马克思的《资本论》。1907年，他在日本社会党人办的夏期讲演会上，听了关于马克思的《资本论》的讲解，非常感兴趣，尤其对其中的"剩余价值说"心悦诚服，大为赞赏。[④]从时间上看，景梅九可以说是中国较早接受马克思主义

① 景梅九《罪案》，北京：国风日报社，1924年，307页。

② 同上书，318页。

③ 同上书，307～318页。

④ 同上书，75页。

经济学的人之一。

由于受无政府主义影响，景梅九在东京还学习了世界语，原因是世界语无国界，非常符合他对“社会主义”的理解，而且世界语是他敬佩的无政府党人发明的，“原先为虚无党秘密通信之用，后来发表出来，有提倡作为各国通用语言”。[①]他和大杉荣的交往，就与学习世界语有关。《罪案》记录了这样一件事：有一天在某处楼上，他参加的日本社会党人的秘密集会，“被警察知道了，到楼上干涉，把许多人赶下楼去，我没理会他，但向大杉荣先生请教世界语的读法，在那里审音订声，孜孜不厌。”[②]这一段逸事不但表现了景梅九的个性，也记录了他学习世界语的执着。多年后他能把世界语版的《神曲》翻译为中文（部分），也证明了他在日本学世界语不是一时兴起，也不是应景，而是实实在在、认认真真地学了。

留学日本时，景梅九除钟情于无政府主义外，还接受了许多西方思想，如进化论、人道主义等。他特别喜欢用中国传统思想对西方思想理论加以注解，如他读卢梭的《民约论》，接受了天赋人权主张，还特意加以研究，把西方的民权思想与中国的“天民”说加以比照，认为古人的“天视自我民视天听自我民听”和“民之所欲天必从之”，可以理解为“民底言语可以叫作天声；民底行为可以叫作天职；顺民者可以说他顺天；逆民者可以说他逆天”。[③]

景梅九在日本接受的还有西方的文学。虽然受传统文学熏陶多年，但景梅九并不排斥外国文学。他把文学作为他革命

① 景梅九《罪案》，北京：国风日报社，1924年，75页。

② 同上书，73页。

③ 同上书，53页。

生涯闲暇时光的个人趣味，但这并不影响他颇具水准的阅读选择和评判。他的回忆录里很具体地记录了他1910年在日本读的西方文学作品。1910年农历8月，“为和同志商量革命方略”，景梅九再度赴日。但当时“因自（汪）精卫入北京，谋炸清摄政王后，《民报》机关已取消，孙（文）、黄（兴）诸先生，皆走欧洲，或南洋去了”[①]，日本的社会党人又因“大逆事件”有包括幸德秋水在内的20人入狱，景梅九“既不得见日本无政府党人，又不得见同盟会中人”，因而很“闷”，很“寂寞”。[②]无奈之下，他只得以听章太炎先生讲国故、学英文打发时光。这一段他尤其对英文颇为上心，请了一位日本的留欧博士为他讲英文，因而英文大有长进。他“觉得比在学堂五年的英文功夫强的多了”。作为学习的读本，他读了“荷马的史诗，斯宾塞的《社会学》，叶马逊的论文集”，[③]还读了英译毛巴逊（莫泊桑）及欧美名家的小说。“读英译毛巴逊底小说不少，还有欧美名家小说，见有用现在习俗描写古剧的，以及甚么科学小说”。[④]

这种阅读还刺激了他写小说的欲望，他甚至构思了一篇小说的梗概，“写秦始皇开国会，先派李斯出洋考查（察）宪法，回来招集议员，开了国会；第一交出筑万里长城的案子，议员不通过，秦始皇大怒，把他们全坑了！”[⑤]这个构思有点清末“穿越”小说（清末有一批描写古人来到现代社会的小说）的风格，可惜没写出来。

---

① 景梅九《罪案》，北京：国风日报社，1924年，170页。

② 同上。

③ 同上书，170页。

④ 同上书，168页。

⑤ 同上。

这种阅读还使景梅九对莫泊桑的小说情有独钟，他在《罪案》里几次提到莫泊桑的小说，当时他专门从丸善书局买了几本英文本莫泊桑小说来读，对其中一部长篇（现译为《一生》）印象尤其深刻，甚至把故事的梗概讲给当时在东京某医院住院的同乡景耀月听，还翻译了书中描写美女眼睛的诗与景耀月交流，译诗为“如此美兮如此媚，媚如春风美如乐”，认为“中国文学家对美人目，未尝有此喻”。[①]这种比较虽是一种本能与直觉，但它必须是接触了外国文学后才会有的感觉，这也说明只要有文化的交流，就会有比较文化产生。而从中国对莫泊桑小说的介绍、翻译史看，景梅九应该是最早介绍莫泊桑小说的人。拿《一生》这部小说来看，在他之前还没有人介绍过。撇开他读此小说的时间（1910）不说，就从他的《罪案》发表的时间看（1924）也比徐蔚南翻译的《一生》早了差不多两年。徐蔚南译的莫泊桑的《一生》是1926年1月由上海商务印书馆作为文学研究会丛书之一出版的，[②]而景梅九的《罪案》在1924年4月就由国风日报社出版了。虽然只是一个故事梗概，但从文学交流的角度说，这也是一种输入和接受。景梅九还对莫泊桑的小说有所评论，如“毛巴逊小说，每用露骨写法，写巴黎淫风，有过于中国《金瓶梅》等笔法”。[③]其中，他对于法国自然主义特征的把握也是相当准确的。

景梅九对日本的认识：

---

① 详见景梅九《罪案》，北京：国风日报社，1924年，173～174页。

② 钱林森著《法国作家与中国》，福州：福建教育出版社，1995年，354页；北京图书馆编《民国时期总书目〈外国文学〉》，北京：书目文献出版社，1987年，145页。

③ 景梅九《罪案》，北京：国风日报社，1924年，173页。

与同时代的许多中国知识分子一样，景梅九的对日认识也有一个发展变化的过程。1903年他到日本留学，刚踏上日本土地，就被日本小孩骂“豚尾奴”，这令他深受刺激，次日他就剪了辫子。在甲午战争失败后李鸿章代表清政府与日本议和之地——马关，他感到“真叫人羞得无地自容”，慨叹“可怜万古伤心地，第一难忘是此关！”[①]虽然受辱，但景梅九并不恨日本人，而是感到自愧不如，有一种泱泱天朝被弹丸小国打败的羞愧。这时候他对日本的认识与当时中国的主流对日认识非常一致，认为日本是学习西方富国强兵的成功榜样，是中国的老师。所以，他一踏上日本的国土，就有一种新鲜的好感。“到了长崎，上了岸，只见那绿树遮山，翠光流野，真觉别有天地，同人精神，都为之一爽。”[②]对他来说，过马关所受的刺激可以说是一种激励，激励他好好学习，也鼓励他注意观察研究日本社会的长处。

景梅九对日本女性的天足以及日本女子可以与男子一样入学堂读书印象深刻而且非常羡慕。他在《罪案》里记录了1905年夏天，他和同学登浅间火山时，途中碰到日本女学生时的事情：“只听得前边一阵笑语声音，赶进前来一瞧，才是日本几个女学生在前面，且说且行，十分的踊跃。当下我动了两种观念：一种是羡慕日本女子不缠足，所以能和男子一样上山，毫不作难，要是中国缠足女子，到这里恐怕一步也走不动，（中略）一种观念是惊讶日本女子有冒险精神，我们若是赶不上人家，岂不教他笑中国男子软弱，连日本女子也不如么？于是乎努力

① 景梅九《罪案》，北京：国风日报社，1924年，17～18页。

② 同上书，17页。

快走了几步,居然跑到哪几个女子前面”[1]。这件事对他后来倡导妇女解放、主张男女平等所产生的影响不可小觑。之后不久,他回国休暑假时,就在家乡演讲,倡导“天足”,并发起成立天足会。为了让别人信服,他还先从自己家人做起,“对于天足会一事,颇注意劝导。争奈力量薄弱,仅仅能从家庭提倡,不叫自己的女子缠足,也费了一番喉舌;且微微用了些强制力,内人就不敢十分反对,算是两个小女有幸福,再没受那样半刖足的刑罚。”[2]在清末保守的晋南乡间,这样的举动应该是非常超前的了。在海外接受了新思想的洗礼,加上个性中的“狷”劲儿,景梅九对认准了的事是不会回头的。后来他的妻子病逝,有人给他提亲,景梅九本一心想自由恋爱一回,不愿意答应这门亲事,但听说女方读过书还是天足,竟答应了。婚后,他和这位续弦的夫人阎玉青果然成了志同道合的好伴侣。

在日本,每每看到日本现代化的成就,景梅九就会联想中国的现实。乘火车的快捷便利让他想到在中国筑路的不易。“从新桥上火车,一霎时到了横滨。(写出火车飞快的情形,来的是妙。)听说这条铁路是日本最初借外债修筑的,当是(时)人民,也有反对的;及到修成,人人觉得便利;反对的人一变都成了赞成的了。不多几年,把全国的铁路都筑起来了,说到这里,又想起中国的铁路历史了;起初和日本差不多,后来虽有觉着便利的,但究竟是少数人,那多数人仍然是不赞成”。[3]事实上,清朝末年的统治者,不仅政治上不思改革,就是实业上的发展

① 景梅九《罪案》,北京:国风日报社,1924年,41~42页。

② 同上书,43页。

③ 同上书,23页。

成果也是极其有限的。其直接后果是使中国在当时处于列强的利爪之下难以自卫，受尽屈辱。晚清时，中国国力开始落后于世界先进国家，也使后来的一百年来，中国在竞争中总是被动。历史的教训证明，执政者不能以一族的利益“绑架”一个国家，不能因少数人的利益耽误整个民族的进步，否则就是历史的罪人。

日俄战争爆发时，景梅九正在日本留学。他的回忆录里记录了他当时的见闻，也记下了他复杂矛盾的情感：

> 甲辰那年（1904），正遇日俄开战，日本称俄国为露西亚，也称为露国。旧时本译称鲁西亚，后来因取“日出露消”的吉兆，才改“鲁”为“露”；这本不过是个小巧，哪知道竟系一种魔术，把日本人都迷住了。（中略）那时节日本举国若狂，到处开什么演说会，鼓励人民的爱国心，总说：“露西亚怎么野蛮，有吞灭日本的心事，要是不主张打仗，就是甘心和波兰一样，不如把六千万人一起蹈海死了倒还干净；况且拿现在的民气、国运、公理来说，只有胜没有败，极而言之：就是败了，将日本人一同死到海陆战场里边，也留得大和魂在。”说得激昂慷慨，一时也记不得许多；但记得有人演说，总要提出中日战争的旧事；把人也就气坏了！又看见那送出征军人的家族和市民，常揭起一幅白旗来，上面写“祈战死”三个大字，把我的一腔血直激起来，像要喷到那三个字似的。所以有《观日露战纪写怀》一绝道：廿纪风涛激亚东，健儿血溅阵云红；

他年觅汝骨何处？也在霹雳炮火中。如今看来，真是中了毒，也不成诗，当时却被一个友人看见，称赞不了，说“也在”二字写出一种特别羡慕来。这评语，倒也恰合我当时的心理。

《罪案》，24—25页

当时的中国受欧洲列强欺负远甚于日本，但由于清政府政治腐败，国力孱弱，根本无力抵抗。热血男儿们报国无门，看到日本激昂的民气，怎能不“羡慕”！景梅九的《观日露战记写怀》明写日本，实写中国，写作者渴望以热血报国的一腔激情。后来，日本战胜了俄国，但由于外交的失误，日本得到的实际利益很少，这引发了日本民众不满。景梅九也见到日本民众的抗议活动：“报载各政团发起国民大会，在那日比谷公园集合数万人攻击政府。警察欲行干涉，为多人抗拒，说国民大会不准干涉，警察有‘我也是国民’的俏语。并载人民乘气球散布宣言，焚烧内相邸舍，捣毁全市警署，民心激昂，不比寻常；（中略）日本国底民气，中国万分不及，怎么能够相抗呢？”[①]对于日俄战争，当时景梅九并没有本质的认识，他只是从日本民众的表现中看到了日本的“民气”，进而羡慕，转而为自己的国家担忧。其实这种“怎么能够相抗呢”的疑虑，正是他意识到日本威胁的开始。

不久后的1905年，日本文部省颁布“取缔中国留学生规则”，“居然用对待朝鲜学生的法子待我国学生，种种限制禁

① 景梅九《罪案》，北京：国风日报社，1924年，49～50页。

令，教人受不了。”[1]这时，景梅九已经明显感到日本对中国学生的歧视，于是他参加了抗议活动。从此，景梅九的对日认识开始有了变化。

景梅九对日认识的明显转变是在1910年。当时他从日本回国途经朝鲜，亲眼目睹了亡国之后的朝鲜在日本统治下的惨状：

> 至高丽仁川登岸，目睹日本警察鞭打高丽苦力状况，愤火腾天！时日本已违背马关条约，合并韩国，一切政治权利，尽落日人之手，视韩人如犬马奴隶，顾早在人想象中，“国民之自觉”文中，所摸(摹)写的日人得意情形，齐来眼底；乃知不只是小儿得饼，实在像饿虎捕食，恨不得把两千万韩人活剥生吞，都咽到肚里边，才算满志。那一幅很(狠)恶凶暴的样子，真叫人看不下去！……在高丽旅馆住下，旅馆中小使都懂得几句日本话，他们知道我们是中国人，招待的很好，但问他日本对待韩人如何？总不肯讲，自然是“敢怒不敢言”的情形。我们到大街上一看，见了些商店银行等，完全系日本式；甚至街名巷名，都改成日本市町的名目，望见韩皇故宫，和中国宫殿样式差不多；还遇见了些汉衣冠的官吏，居民皆白衣，犹是殷制，妇女绿衣蒙首出行，有负戴于道路的卖物人，令人想见三代古风。又想起高丽人参，到中国人开设

① 景梅九《罪案》，北京：国风日报社，1924年，51页。

的参铺一问，说："近来高丽上等人参，全被日本人搜索一空，所以参价很贵，还得不到好的。"越教人想见日人垄断韩人利权的可憎恶处。我回到店房，因得《韩京书感》二律云：

朔风吹暮野，惨淡入韩京；白衿遗民在，绿衣仕女行。
冠裳犹汉制，都市已倭城；无限兴亡感，忧来不可名！
江山虽易主，城郭未全灰；误国多元老，交邻失霸才。
故宫成寂寞，亡社足徘徊；箕子为奴痛，千秋禾黍哀！

《罪案》，176—177页

有着深厚旧学功底的景梅九在朝鲜看到了"汉衣冠"、"殷制"、"三代古风"。然而，这本该优雅的古风，却在日本人的铁蹄下呻吟。他震惊于日本对朝鲜"饿虎捕食"般的凶暴，感叹朝鲜的江山易主、都市变倭城，也隐约感到了日本对中国的威胁。果然，几天后他到达中国境内的安东县（今丹东市），就发现"日本人居此地者"，虽"不及在朝鲜的横暴，然闻人言，时时因搜查韩人，有越境肆行骚扰的。且垂涎此地森林矿产，意图侵占"。[①]日俄战争本就是日本和俄国争夺在华利益，日本人占领朝鲜的目的就是为了进一步向中国扩张，但当时的许多中国人并没有认识到这一点，甚至相信日本与中国同文同种，是代表黄种人同白种人抗争，是代表亚洲抵抗欧洲列强。朝鲜之行看到的现实，教育了景梅九，他从日本人在朝鲜的所作所为窥到了其野心。

① 景梅九《罪案》，北京：国风日报社，1924年，177页。

虽然在近百年来中国起伏跌宕的历史中，知道、了解景梅九其人其事的人越来越少，但在邻国日本却早有人注意到他。1966年，他的回忆录《罪案》的前半部分被日本学者大高岩和波多野太郎翻译为日文，以《留日回顾——一个中国无政府主义者的半生》为书名出版。[①]据说，译者之一的大高岩是1930年代在北京地摊上淘到景梅九的原著的，而当时来中国学习中国文学的大高岩正狂热的喜欢《红楼梦》，他对景梅九的注意可能是因为景梅九写过《红楼梦真谛》一书。[②]

从景梅九的人生轨迹可以看出，留日改变了他的人生。由于当时的日本不仅是向中国传递西方新思想的走廊，还是中国改良派和反清革命派荟萃之地。当时在那里留学的中国学子大多走上了追求民族民主革命的道路，景梅九也正是在那里点燃了救国的理想，走上追求救国之道。他们这一代人为国家和民族所做的努力和贡献是不应该被忘记的。

---

① 董大中先生在《著名无政府主义者景梅九》一文中说《罪案》“出版后立即译为日文”。见《文史月刊》，2004年第6期。笔者访学日本时曾多方搜求打听，未发现也未听说有比此更早的译本。

② 大高岩、波多野太郎译《留日回顾》（日文版），东京：平凡社，1966年版，214页。

第六章 南社的国粹主义与日本

南社虽然是一个文学社团，但由于它产生于特殊的历史时代——清末民初，它以及当时的中国文学所面临的就不可能是单纯的文学问题，这从南社高举民族主义的旗帜这一点看就已经非常清楚。南社倡导的民族主义文学，不但与当时政治上的排满革命密切相关，更与当时中国思想界的国粹主义思潮直接相关。而中国国粹主义思潮的产生又与明治二十年代日本的国粹主义思潮的直接影响有关。本章所要讨论的就是南社与国粹派的关系以及中国国粹主义与日本国粹主义的关系。

第一节　南社与国粹派

在中国近代历史与思想史上，南社与国粹派是最为接近、关系也最为密切的。“南社的骨干分子是在国粹派国学思想熏陶下成长起来的，并成为国粹派举足轻重的一翼。”[①]虽然他们一个以学术为主，一个以文学为重，但二者之间确实有着“近亲”关系。

“国粹”，这个在20世纪初风行一时的名词，并非中国固有，而是从日本舶来的。正如黄节在《国粹学社发起辞》中所说：“国粹，日本之名词也。吾国言之，其名辞已非国粹也。”中国近代最早使用“国粹”一词的是梁启超，他在1901年9月的《中国史叙论》中说：“中国民族固守国粹之性质，欲强使改用耶稣纪年，终属空言耳。”[②]当时梁启超正流亡日本，接受这一概念当然非常自然。而中国报刊上最早刊登关于日本国粹主义信息的是1902年7月25日《译书汇编》第二年第五期上一篇题为《日本国粹主义与欧化主义之消长》的文章：

> 日本有二派，一为国粹主义。国粹主义者谓保存

① 孙之梅《南社研究》，北京：人民文学出版社，2003年9月，219页。

② 梁启超《饮冰室合集》文集6册，北京：中华书局，1936年版影印。

己国固有之精神，不肯与他国强通，如就国家而论，必言天皇万世一系；就社会而论，必言和服倭屋不可废，男女不可平权等类。一为欧化主义，欧化云者，谓文明创自欧洲，欲己国进于文明，必先去其过节，纯然以欧洲为师。极端之论，至为人种之强，必与欧洲互相通种，至于制度文物等类无论矣。

文章非常简短，而作者对国粹主义的了解显然还不够深入，只是简单地把它看作“保守之别名”。真正较全面地将日本的国粹主义介绍给国人的是黄节。黄节于1902年12月30日在《政艺通报》上发表了《国粹保存主义》一文，其中有一段介绍简洁明了，较准确地勾勒出了日本国粹主义的起因及主张：

夫国粹者，国家特别之精神也。昔日本维新，欧化主义浩浩滔天，乃于万流澎湃之中，忽焉而生一大反动力焉，则国粹保存主义是也。当是时入日本国民思想而主之者，纯乎泰西思想也，如同议一事焉，主行者以泰西学理主行之，反对者亦以泰西学理反对之，未有酌本邦之国体民情为根据而立论者也。文部大臣井上馨特谓此义，大呼国民，三宅雄次郎、志贺重昂等和之。其说以为宜取彼之长，补我之短；不宜醉心外国之文物，并其所短而亦取之，并我所长而亦弃之。

需要注意的是，黄节文中“文部大臣井上馨特谓此义，大呼国民”的说法有误。井上馨当时是日本外相，实际上正是被国粹派批评的倡导极端欧化主义的政要之一，另有一位井上圆了则是日本国粹派的重要人物，黄节当时恐怕是将两个“井上”搞混了。黄节这一文章发表后，“国粹”一词在各种报刊上的出现频率迅速增加，在中国也广泛传播，甚至成为一个很时髦的口号。到1905年“国学保存会”成立和《国粹学报》的发行，晚清国粹主义遂成学派。

虽然国粹派的崛起是以“国学保存会”的成立和《国粹学报》的发行为标志的，但一般来说，研究国粹派还应当追溯到和它有连带关系的《政艺通报》和“中国教育会”。因为“国粹派”的主要人物，几乎都与这“一报一会”有过关系。

《政艺通报》是邓实、黄节于1902年创办于上海的一个半月刊，目的在救国，所谓“是时国家方丁庚子之变，念亡国之无日，惧栋榱之同压，于是皇然而有《政艺通报》之刊”。[①]《政艺通报》的旨趣是介绍西方的政治与科学技术，讲求政、艺“二通之学”。除主办者邓、黄二人就是后来国粹派的核心人物外，其重要撰稿人也大多是后来的国学保存会成员和南社成员，如陈去病、高天梅、高燮、诸贞壮、马叙伦、王无生、马君武等。特别是《政艺通报》在第二年第一号开设了“风雨鸡鸣集”专栏后，在上面发表作品的几乎都是后来的南社诗人，高天梅、高燮、马君武、诸贞壮等人都在上面发表了大量诗歌。以高天梅为例，到1908年《政艺通报》停刊为止，他在上面发表的诗歌可考的就有

① 邓实《第七年政艺通报题记》，《政艺通报》第7年1号，转引自《辛亥革命时期期刊介绍》第2册，北京：人民出版社，1982年10月，322页。

50余首之多。可见其关系非同一般。

中国教育会则是由蔡元培、黄宗仰、蒋智由、王季同、汪德渊等人于1902年4月在上海发起、成立的。它表面讲教育救国,未超出改良的范围,实际上从一开始成立,教育会中就存在一个秘密的革命核心。他们想凭借当时最为风行的兴办教育的名义宣传组织、培养革命力量,带有明显的排满反清意向。由于中国教育会在当时最广泛地联系了中国新知识界的方方面面,如梁启超等改良派,孙中山等革命派,留日学界的活跃人物戢元丞、马君武、张继、吴稚晖等,以温和著称的蒋维乔、叶瀚,以激进闻名的章太炎、刘师培等等。因此,当中国教育会因种种原因停止活动后,其成员又形成各种小团体并创办报刊继续活动,为此后中国的反清革命在思想文化和组织活动上的重新集结、组合创造了条件。如爱国女校、《警钟日报》就是后来南社发起者集中的地方。《政艺通报》的大部分撰稿人都与中国教育会有一定的渊源,如马君武、马叙伦、林獬、柳亚子、陈去病、朱少屏、蔡冶民等均为教育会会员;邓实、黄节等虽未加入中国教育会,但他们的转向革命也是受到了中国教育会的影响,他们是教育会活跃期间蔡元培、章太炎、吴稚晖等人在张园演讲革命的积极热心参与者。柳亚子、陈去病等思想转向革命也是在这一时期。柳亚子在《自传、年谱、日记》中曾谈到这一段经历:“民族主义的推翻满清,从前在《新民丛报》时代,不过模模糊糊地在脑中若隐若现,现在是成为天经地义、无可移易的了。”是中国教育会以革命相号召,唤起了他们的种族记忆和革命热情。由此可见,正是在20世纪初的上海这个各种人物风云际会、各种思想激烈冲撞融合的大舞台上，后来的“国学保存会”、“南社”找到了他们的知音和同道。也可以说，这一时期的上海为他们以后的活动提供了人力资源和思想资源。如孙之梅在《南社研究》中所说：“在文化的潜移默转中，中国教育会促成了革命学术团体国粹派的诞生，也孕育了革命文学团体南社。”①

正是由于清末的革命是以民族主义为号召的，所以“国学保存会”才从“国粹”入手，在学术上寻找革命的理论依据。1905年1、2月间“国学保存会”在上海成立，2月23日就开始发行《国粹学报》，它以“研究国学、保存国粹”为宗旨，以“保种、爱国、存学”为号召，打起了“国粹”的旗帜，成为反满革命队伍中独特的一群。现在有据可查、确为国学保存会成员的有：邓实、黄节、刘师培、陈巢南（去病）、诸宗元、恽耆森、马叙伦、陆绍明、高天梅、朱少屏、马君武、文永誉、王钟麟、沈咏韶、柳亚子、吴钦廉、张桂辛、卢爵勋、胡孛、黄宾虹、蔡哲夫、黄侃、胡朴安等共23人。②这些人中有10人加入光复会、同盟会，超过40%；16人加入南社，占70%；据柳亚子回忆，后来未入南社的邓实、刘师培也是南社酝酿时期的积极分子。③南社的发起人柳亚子、陈去病、高旭均为国学保存会成员。④不能确定为国学保存会会员、但却是《国粹学报》主要撰稿人、后来又加入南社

① 孙之梅《南社研究》，北京：人民文学出版社，2003年9月，229页。

② 见郑师渠《晚清国粹派》，北京：北京师范大学出版社，1997年，16页。

③ 详见柳亚子《南社纪略》，上海：上海人民出版社，1983年4月，2～4页。

④ 详见孙之梅《南社研究》，北京：人民文学出版社，2003年，231～233页。

的还有刘季平、庞树柏、陈蜕等。这个名单不仅说明国学保存会和南社的血缘关系，也说明了他们与同盟会、光复会的关系。这当然也从一个角度证明了国学保存会和南社作为文化团体的革命性质。另外，据柳亚子《我和南社的关系》所记的“南社成立时的17名社友中就有14人是同盟会会员”[①]也很能说明这一点。

通过上述梳理，我们可以比较清晰地看出《政艺通报》、“中国教育会”、“国学保存会”、“南社”之间的关系。而联系它们之间的纽带正是其成员、同仁们的爱国之心。无论《政艺通报》的温和改良态度还是教育会激进分子的反满革命主张，不管是国粹派高举保存国粹的大旗，还是南社的倡导民族主义，都是爱国知识分子面对国家危亡局面的正常反应。他们的所作所为与其说是自觉地为同盟会宣传其革命主张，不如说是对清王朝失望后的必然选择。从它们之间的关系，我们也可以看出，中国近代史研究中一度的反历史倾向：对改良派与革命派非此即彼的判断的武断；认为只有革命才是爱国，改良必然卖国的逻辑的荒谬性。作为知识分子群体的“国粹派”，诚如郑师渠所说的那样：

> 国粹派是革命派队伍中的一个派别。他们多是具有传统学术根底的资产阶级小资产阶级知识分子，不仅主张从中国的历史与文化中汲取精灵，以增强排满革命宣传的魅力；而且强调在效法西方改革中国政

① 柳亚子《南社纪略》，上海：上海人民出版社，1983年4月，14页。

治的同时，必须立足于复兴中国固有文化。所以，他们一身二任：既是激烈的排满革命派，又是热衷于重新整理和研究传统学术、推动其近代化的著名国学大家。他们追求中国社会的民主化，但更关切传统文化的命运，孜孜以复兴中国文化自任。也惟其如此，他们倡言的国粹思潮不是独立的思潮，而是民主革命思潮的一部分；只是因经受中国历史文化更多的折光，而呈现出古色古香独异的色彩罢了。

《晚清国粹派》，8—9页

南社也是以民族主义为标榜的。它的正式成立虽是1909年，但其前身“神交社”的成立却在1907年，若追溯其民族主义的旨趣则可上溯至1905年“国学保存会”的成立。而其成员的聚合甚至可以追溯至1902年创刊的《政艺通报》的撰稿人群体，如黄节、高天梅、陈去病、高吹万、马叙伦、诸贞壮等南社成员都有大量作品发表于这一刊物。我想，这也许正是《南社史长编》的著者王学庄、杨天石二位先生从1902年开始记录南社人活动的道理所在。可以说南社的民族主义与“国粹派”的“保存国粹”是一脉相承的。其实，若从源头上论，“国粹”一词本来就是“民族主义”的另一种表述方式。日本“国粹主义”的倡导者之一志贺重昂在国粹派同仁杂志《日本人》创刊号上发表的《〈日本人〉所抱旨趣之告白》一文，就认为“国粹”的观念与英文中的“Nationality”是相当的，[①]而“Nationality”则含有“民族”、“民族

① 《明治文学全集》之《政教社文学集》（日文版），东京：筑摩书房，昭和五十九年，99页。

性”、“民族主义”等意思。可见怀抱民族主义的南社与“国粹派”从根本上就没什么不同，只不过他们把民族主义从国粹派的学术领域带进了更容易被一般人了解的文学领域罢了。关于国粹派与南社的关系，杨天石先生在《论辛亥革命前的国粹主义思潮》一文中也有论述。笔者虽然不同意杨先生文中国粹主义是落后、保守的复古思潮的观点，但他所论南社与国粹派的关系确是不错的：

> 南社的酝酿过程正是保存国学的呼声在革命派内部愈来愈高的时期。上文已经说过，南社的主要成员大都参加过国学保存会，南社的主要发起人之一陈去病更曾一度担任过《国粹学报》的编辑，因而国粹派的观点反映到南社内部去也就毫不奇怪了。
>
> 《从帝制走向共和》，485页

从高天梅在南社成立时所作的《南社启》也可以看出南社与国粹派的观点是相当一致的：“国有魂，则国存；国无魂，则国将从此亡矣！夫人莫哀于亡国，若任国魂之飘荡失所，奚其可哉！然则国魂果何所寄？曰：‘寄于国学。欲存国魂，必自存国学始’。”[①]

就实际而论，国学保存会做的事，可以说就是南社人做的事。南社成员对国粹学派的崛起、国粹派的学术建树起到了举足轻重的作用。黄节不仅从日本引进了“国粹主义”思潮，构筑了国粹学派的基本理论，而且他还是“国学保存会”的主要投资

① 郭长海、金贞菊编《高旭集》，北京：社科文献出版社，2003年，499页。

者。“国学保存会”作为一个文化实体，下设《政艺通报》、《国粹学报》两个报社和印刷所、藏书楼，而它们运转的经费是黄节不顾亲友反对，变卖家产筹得的。

> 在上海，有感于“国事日蹙”，“群伧用事”，不顾亲友反对，毅然将祖业变卖，与邓秋枚、章炳麟、马叙伦、刘师培、陈去病、诸宗元、黄宾虹、高吹万、高天梅、马君武、蔡哲夫、胡朴安、姚光等人创立“国学保存会”，设立“藏书楼”，捐出所购明清间禁书数千种，陆续编印《风雨楼丛书》和《古学汇刊》。
>
> 马以君《黄节诗集》附录之《黄节年谱》1905年条，286页

黄节对国粹派的支持还不止这些。事实上，在“国学保存会”成立前的1904年，他就倡导组织过“国粹学社”，并计划发行《国学报》，只不过因故未能开展实质性活动而已。虽不能说后来的“国学保存会”就是“国粹学社”的复活，但二者间的关系也是不能一概抹煞的。这不仅因为，“国学保存会”的成员中有曾是“国粹学社”成员的，还在于从黄节的《国粹学社发起辞》发表到“国学保存会”成立之前的一段时间(1904年3月—1905年1月)，《国粹学报》的一些主要撰稿人——后来的南社成员，其民族主义倾向已经非常明显，并突出地表现在他们的文学、史学创作上。如：1904年3月17日柳亚子在《江苏》第9、10期合本上发表《中国革命家第一人陈涉传》，推崇陈胜为中国历史上的大英雄、大豪杰；7月陈去病编著《清秘史》，其中有一部分就叫《二百四十年中国旧族不服满人表》，含义殊深；8月高旭在

《中国白话报》上发表《大汉纪念歌》、《逐满歌》、《光复歌》等通俗歌谣，号召反满革命；同年高旭还编辑了《皇汉诗鉴》，主张通过诗歌鼓吹民族革命；柳亚子在《题〈夏内史集〉》一诗中，歌颂抗清英雄夏完淳……这些作品所表现出的，可以说就是后来国粹主义的趣旨。

国粹派的主要任务是研究、复兴古学，并通过古学的复兴达到思想上的解放，为反满革命寻求学理上的支持。他们关于国学的研究、发掘主要有三个方面：先秦的诸子之学；民族主义的史学；宋、明节士遗民的作品和他们的事迹。

在第一个方面，他们的基本思路是：国粹——国学——先秦诸子之学，其意义在于通过对战国时代诸子百家学术争鸣的肯定，通过挖掘诸子学说的价值否定儒学的一家之尊，进而以学术的民主对垒政治的专制。南社的高燮、高旭叔侄就曾经对杨朱、墨翟的学说做过研究，高旭尤其执着于墨学，认为墨学的价值甚至远远大于儒学。其实，在这里究竟哪一种学说更有价值的结论并不重要，而是通过这种对古学的重新讨论，敢于对千百年来统治者定儒学于一尊之位说“不”的态度，这种反对一家独尊的态度，其本身意义就极大。

第二方面，国粹派构建民族主义史学过程的同时也就是构建新史学的过程。如果说在复兴诸子学说的过程中他们还只是利用西方的民主思想来反对专制的话，那么在新史学的构建过程中他们就已经有了明确的现代科学意识，并直接借鉴了西方现代史学的方法。不但西方的考古学、“地理环境决定”论（详见《晚清国粹派》第五章，该书作者郑师渠认为“地理环境决定论”是不科学的，笔者不同意这一看法）等都已进入他们的视野，还有一批介绍西方史学理论的著作和日本人用新的史学理论、方法写的中国史著作也被翻译过来，成为国粹派构筑新史学的资源。如浮田和民的《史学通论》、中西牛郎的《支那文明史论》、田口卯吉的《中国文明小史》等。可见，中国的史学走向现代科学史学的步子已经迈出。

南社人在旧史学的批判和新史学理论的构建上，是一支不可忽视的力量。马叙伦认为秦汉以来的史书除《史记》外均无足观，"唯司马一书独拔荆棘"。究其原因是"作史者无公权。以全部大学术、大政体、大教育所系之史，私之于朝廷，集众人而成书。宗旨既非，焉有信史"（《史学总论》）。黄节说："吾四千年史氏有一人之传记，而无社会之历史，虽使种界常清，而群治不进"（《黄史总叙》）。陆绍明认为秦汉以后的史学就是"君学"（《史学稗论》）。马君武说：中国"有朝廷而无国家，有君谱而无历史"（《法兰西今世史译序》）。二十四史是二十四家的谱牒，所以中国"有君"而"无史"（《中国无史辩》）。在对旧史学批判的基础上他们开始参与构筑新史学。马叙伦提出了以进化论为理论基础的国家、民族历史观，认为"欲拨乱而反诸正，其道必自掊击专制而立共治始"（《孔氏政治学拾微》），历史"可以推世界进化事理之因果，作史者固不独循列纪事为足尽民史之义务，当贯通数千百年之全史，撮征申义，成一家哲理之书"（《史学总论》）。他还致力于先秦经史的研究，试图从中寻求共和政治的雏形。马叙伦还在《史学大同说》中提醒人们注意近代西方史学的发展过程："有政治史，而复析为法律史、理财史；有学术史，而复析为哲学史、科学史；美词有史，修文有史，盖骎骎乎能析史而万其名矣，此欧美之所以为欧美欤？"这为正在转型的中国史学打开了视野，开辟了更为宽广的领域。

在宋、明节士遗民事迹的挖掘、写作方面，南社人的成果更是荦荦大观。如黄节的《黄史》、《宋遗儒略论》，马叙伦《啸天庐搜幽访奇录》，庞树柏《龙禅室摭谭》，陈去病的《烦恼丝》、《五脂石》、《明遗民录》、《扬州十日记》、《嘉定屠城记》等。尤其是陈去病，他不但搜求野史佚文极多，而且曾潜心研究明清史，对明末清初历史材料掌握多，运思气魄也大。如《明遗民录》一书就"收罗典籍至数万卷，所传人物，分省排次，气势更显博大"，[①]虽未完成，就已经有40多人的传记了。此外，对抗清志士、清朝文字狱受害者的遗文佚诗的收集，他也颇用心思，尽力搜罗，并整理、编辑了吴江抗清英雄吴易的《吴长兴伯遗集》和因组织"惊隐诗社"被清政府处死的吴炎的《吴赤溟先生文集》等。柳亚子先后写了《郑成功传》、《中国灭亡小史》、《台湾三百年史》、《松陵新女儿传奇》、《中国革命家第一人陈涉传》、《中国第一女豪杰女军事家花木兰传》、《中国女剑侠红线、聂隐娘传》、《中国民族主义女军人梁红玉传》、《为民族流血无名之女杰传》。柳亚子的这些作品虽然更倾向于文学创作，有些还是为倡导妇女解放运动而作的，但其中的民族主义情绪是不容忽视的。而且，中国近代妇女解放运动也是以民族的强盛为目标的，这也正说明了国粹主义思潮影响到了那个时代的方方面面。

除上述与史相关的创作外，南社的诗歌创作也充满了民族主义的色彩。这些诗歌展现了他们作为国粹主义思潮在文学上的代表的特点。南社诗人有大量吟咏民族英雄、抗击异族志

① 孙之梅《南社研究》，北京：人民文学出版社，2003年，200页。

士事迹的诗歌，其中尤以咏叹、纪念、凭吊岳飞的最多。高旭、黄节、高燮、高增、柳亚子等人都曾写过这类诗词，其中高旭和黄节的最多。高旭有《谒岳鄂王墓》、《虎林杂诗·谒岳坟》，黄节有《朱仙镇谒岳王庙》(1897)、《重谒岳王庙》(1903)、《岳坟》(1908)等。需要注意的是，他们的这些诗并非仅仅是怀古凭吊，而是寄托了深沉的现实感情和对历史的反思。高旭在《谒岳鄂王墓》中还把岳飞的冤死简单归罪于秦桧："北人狂笑南人哭，骇魄惊心三字狱。报国健儿何代无？收六州铁铸大错。神州历史暗无光，践踏宗邦恣犬羊。岳家军出外族惧，大增异彩扬轩黄。咄尔秦桧何虫豸！自坏长城一万里。男儿末路绝可怜，不死沙场死西市。"[①]但到《虎林杂诗·谒岳坟》中就已经指出让岳飞冤死的罪魁祸首是南宋皇帝了："南朝皇帝可怜虫，降虏甘心拜下风。"黄节则把这种对历史的反思表述得更为透彻，他在《重谒岳王庙》(1903)一诗中这样写道："早知宋室终降虏，应为苍生一驻师。甚惜忠君遗爱国，几经皇汉帝诸夷。两河父老今犹痛，忍向神丛读旧碑。"[②]诗人惋惜岳飞因忠君误了爱国，为了一个皇帝舍弃了两河父老和民族利益，落得个身亡国破的结果。这在历史上的岳飞评价中可以说是独树一帜的。他们对历史人物的评价已经超越了传统，"只有挣脱了君权的枷锁，为共和民主理想而奋斗的近代人才会作如是想。"[③]当然，尽管

① 郭长海、金贞菊编《高旭集》，北京：社科文献出版社，2003年，109页。

② 马以君编《黄节诗集》，北京：人民大学出版社，1989年版，14页。另有《过大梁朱仙镇》："桧柏中原立马悲，中原又到拜公祠。画淮早失南迁地，奉诏应留北上师。共惜忠君违爱国，那堪华夏帝诸夷。两河父老今犹痛，残照徊徨忍读碑。"见刘斯奋选注《黄节诗选》，广州：广东人民出版社，1984年4月，43页。

③ 孙之梅《南社研究》，北京：人民文学出版社，2003年，311页。

他们痛惜岳飞的愚忠和收复国土的事业半途而废，但仍像历代的凭吊者一样，把岳飞作为一个民族英雄来崇拜，用以寄托反满和追求共和的政治理想。高旭说："墓门一抹云如墨，我来对此三太息。阴森宰柏尚排胡，叶叶枝枝不向北。……半壁湖山宋南渡，人自亡之岂天数。为伤眼底无英雄，一瓣心香拜公墓。"黄节道："大汉天声垂断绝，万方兵气此潜藏。"

也许是与岳飞、文天祥这样的南宋英雄相比，明末的抗清英雄对反满斗争来说更具有现实意义，更能表达他们要推翻清王朝的意愿。于是，郑成功、张煌言、夏完淳、吴易这些人便被不断祭悼，他们的抗清业绩被不断提起、反复歌咏。这一度成为南社诗歌创作和聚会活动的突出特点和中心内容。关于这一点，从辛亥革命前南社活动的鼎盛时期到一百年后的今天，都有人认为这是遗民情怀。

笔者认为对于这一问题的认识，应当充分注意当时中国社会的情势，尤其要把南社的这些活动与同盟会"驱除鞑虏、恢复中华"的反清革命口号、策略，与国粹派"夷夏之辨"旗帜下要求民族独立、自主、平等的近代意义的诉求结合起来看，这样才能彰显出南社人自觉承担反满革命宣传任务的历史事实。否则就没有办法解释南社人的另外一些活动和言论。如高旭在《谒孝陵》一诗中对朱元璋的专制主义的抨击，"惜哉政治何专制，宰戮勋臣任私意。朕即国家奚畏为，颠倒乾纲太无忌。子舆实为民史宗，草芥寇仇论最公。高皇见之怒切齿，立驱文庙终不容。一代传人神武姿，后有继者慎勿师。牧羊政体久绝迹，大权独揽非其时。时移势迁今殊昔，石头虎踞秋瑟瑟。"[①]他既宣

① 郭长海、金菊贞编《高旭集》，北京：社科文献出版社，2003年，129页。

布君权专制的时代已经结束，当然反清排满就不仅仅是民族革命，而是有着政治革命的要求的。在清末中华民族以保种图存为第一要务的局面下，同盟会、国粹派、南社就像同一阵营中的不同兵种：同盟会以民族主义色彩极浓的口号加大号召革命的力量，最大限度地团结革命的同盟军；国粹派则通过“华夷之辨”来为这一革命寻求历史和学理的依据；南社的任务就是把上述革命号召和革命理由形象化、现实化，使之深入人心。说到底，民族主义不是目的，而是手段。南社的文学主张确如高旭在《愿无尽庐诗话》中所说：“鼓吹人权，排斥专制，唤起人民独立思想，增进人民种族观念。”[①]也就是说，南社的遗民情怀只是一种表象，“遗民情结只是南社诗人们为现实的政体革命、种族革命寻求历史支援时，文化类别的认同，事实上，他们更多的还是现世情怀。”[②]当然，在满族人统治期间做了二百多年的二等臣民的汉人，一旦论起“华夷之辨”，产生矫枉过正的大汉族主义也在所难免。这是研究国粹派和南社需要特别注意的。

在20世纪第一个十年的中国，民族主义中的“民族”与“种族”的含义几乎是重叠的。对中国人来说，它差不多是一个政治术语，爱“国”保“种”这种词语的组合，正表现了这一点。因此种族的生存在这里已非生物学的意义，而是完全政治化了，它成为凝聚国人、激励国人的一种特殊力量。这是研究那个时代文化、文学史必须充分注意的问题。

国粹派和南社虽然是学术流派、文学社团，但他们的文化、文学活动却是以为民族民主革命服务为目的的。因此，当辛亥

---

① 郭长海、金菊贞编《高旭集》，北京：社科文献出版社，2003年，545页。

② 孙之梅《南社研究》，北京：人民文学出版社，2003年，331页。

革命爆发，满清皇帝被赶下台后，他们结盟于政治大旗下的文化活动也就走向了终结。因为他们的文化观念本来并不统一，一旦政治任务完成，分化就成为必然。这其实也是辛亥革命后到五四时期国粹派和南社企图复兴却终归失败的根本原因。在封建帝制解体后，他们有人投身于政界做了官僚，有人退隐林泉当起寓公，有人做了比较纯粹的现代知识分子——学者或报人。但是，他们这一代人绝对承担不起中国文化革命的重任。他们所处的时代和他们所受的教养，使得他们在中国文化史上，就像那种被称为“解放脚”的一代中国妇女一样，虽然预示着新时代的到来，但决不能代表新时代。在文化史上，他们像但丁一样是过渡的一代，他们欢迎新时代的到来，但又扛着旧时代的重负。有论者认为说出“新意境、新理想、新感情的诗词，终不如守国粹的陈旧语句为愈有味也”(高旭语)这番话的人，一定是守旧的、顽固的、抱残守缺的，是抵制新文化的。[①]但笔者以为，这样评论有些苛刻，他们这些饱受传统诗书熏陶的“解放脚”们吟咏新诗，是由于近代中国政治革命和思想解放的需要。若从欣赏文学的角度论，不用说他们，就是今天的我们，难道会认为经历了千百年磨砺、完美到几近烂熟的中国传统诗歌会不如刚刚出现不足百年的、稚嫩的新诗有“味道”吗？创造并代表中国新文化、新文学的是他们的后辈——“五四”一代。

① 参见杨天石《论辛亥革命前的国粹主义思潮》，见《从帝制走向共和》，北京：社科文献出版社，2002年，470～490页。

第二节　中日国粹主义之关系

20世纪初在中国出现的国粹派，是受到日本国粹主义思潮的影响而产生的。中日两国在19世纪末20世纪初，共同面对的问题是：在西方资本主义文明大军压境的局面下，如何保持本民族固有文化的精髓；在强势文化的威胁下，怎样能够既保持民族的独立性，又跟上世界潮流的脚步。但是，由于19世纪末两国的命运出现了很大的不同：日本通过明治维新走向强国之路，中国在内忧外患中成了列强嘴边的肥肉。因而，面对强劲的西方文明，两个民族所面临的课题，也有明显的不同。再加上两国的国粹派学者的学识素养不同等原因，两国的国粹主义就表现出很大的不同。

中日国粹主义思潮产生的背景及原因：

日本的国粹主义产生于明治二十年代，其直接原因是对政府的极端欧化政策及社会上肤浅的欧化思潮的不满，于是打出"国粹主义"的旗号与之相抗衡。日本明治维新以来的"文明开化"，本来就是沿着欧化主义的道路前进的。到明治十年代后半期，政府高层为修改条约（幕末时期日本被迫与西方签订的不平等条约），面对西方提出的日本"不开化"、"没有资格修改条约"的指责，极力倡导"欧化"、"洋化"，积极推行极端欧化主义的政策。当时的外相井上馨甚至说:“把我国化为欧式的帝国吧!把我国人民化为欧式人民吧!在东方的前门创造出欧式帝国吧!惟其如此,我帝国才能在条约上与西洋各国跻于同等地位。我帝国只有如此才能独立,只有如此才能达到富强。”[①]明治十六年(1883),政府又耗巨资建成了鹿鸣馆,专门用以接待外宾和举办各种欧式外交礼仪活动,以政府高官为主,频频在此举办各种各样的欧式舞会、游园会之类的社交活动。从上到下,对欧美的一切文化、风俗的模仿和吸取都受到鼓励,用欧化来改良社会生活的潮流风靡一时:

> 那种一心一意只顾羡慕洋风以求交际的跳舞会,于此时举行;出自奢华风流之余的妇人慈善会于此时兴办。此外还有脱和入洋的罗马字会;舍风趣而取外观的演剧改良会;以古雅为迂腐而走向露骨感情的说书歌舞的矫风会;他如书法改良、言文一致、小说改良、音乐改良、唱歌改良、美术改良、衣食住改良之类,则贵贱上下翕然唯洋风是拟,西人是仿;其甚者竟至提倡改良人种论,欲以高加索人种改换大和民族。于是终于在宫廷之内也令改穿洋式衣服,其礼法仪式也令模拟欧洲。此乃国家之所基,社会之所仰。其所作所为,不无缘故。而宴会之盛行,古今无过于此时,彼处是总理大臣的宴会,此处是外务大臣的夜

①《世外井上公传》,转引自近代日本思想史研究会著《近代日本思想史》第2卷,北京:商务印书馆,1992年,5页。

宴，早晨悠扬的歌声起于东京府知事之官邸，晚上铿锵的乐声响于陆军大臣之邸内。其中明治二十年四月二十日伊藤伯爵主办的化妆跳舞会，与二十七日井上伯爵在鸟居坂邸供天皇观览的演剧等，是其最著者。有人评论说：未到罗马盛时，而先学其弊。这确是明治十七、八年至二十年之间的情况。

指原安三编《明治正史》，见《明治文化全集·正史编》

在推行从衣食住行到音乐、美术、文学等表面欧化的同时，明治政府对国内追求欧美民主主义根本理念的自由民权运动，却是持坚决镇压的态度。这就使得日本的“欧化”非常表面化，有人形象地用化妆舞会来形容其肤浅和社会对它的痴迷，“化妆舞会并不只是鹿鸣馆一个晚上，整个欧化时代一直都是化妆舞会。”这种“自上而下”的、对欧美文明盲目、狂热的崇拜，肤浅机械的模仿、照搬的“欧化运动”，像一股势头迅猛的洪水，很快就几乎裹挟了全日本。正是在这样的局面下，日本国粹主义出现了。

1888年，三浦重刚、志贺重昂、井上圆了、三宅雪岭等人创立了以保存国粹为号召的政教社，并于同年4月创刊了《日本人》杂志。之后，1889年2月开始发行的报纸《日本》的同人福本诚、陆羯南等，因与他们的立场相同而加入政教社，组成一个反对政府欧化政策的知识分子集团。后来他们认为“保存国粹”的提法过于消极，又改为“彰显国粹”。他们通过《日本人》和《日本》这一报一刊发表自己的看法，公开对政府的极端欧化政策进行批评，被人们称为国粹主义。其最重要的文献有：志贺重昂的《日本风景论》、三宅雪岭的《真善美日本人》和《伪恶丑日本人》等。他们所指的国粹（Nationality）是日本岛国特有的地理环境化育的大和民族精神、日本特有的文化遗产及他国无法模仿的特性。

日本国粹思潮对中国的影响，始于甲午战争之后中国人竞相东渡留学日本之时。1898年底，梁启超在横滨《清议报》创刊号发表《清议报叙例》，文中有"发明东亚学术，以保存亚粹"的说法。"亚粹"一词显然是受到"国粹"的启发。1901年梁启超在《中国史叙论》一文中第一次使用了"国粹"一词，这也是迄今为止所见到的中国人第一次公开使用"国粹"一词。1902年4月，梁启超在致康有为的信中又一次谈到了"国粹"问题：

> 孔学之不适于新世界者多矣，而更提倡保之，是北行南辕也。（中略）弟子意欲以抉破罗网，造出新思想自任，故极思冲决此范围，明知非中正之言，然今后必有起而矫之者，矫之而适得其正，则道进矣。即如日本当明治初元，亦以破坏为事，至近年然后保存国粹之议起。国粹说在今日固大善，然使二十年前而倡之，则民智终不得开而已。

《梁启超年谱长编》，278页

显然，梁启超信中认为当时在中国提倡国粹还不是时候。但这年七八月间，梁启超对国粹的态度发生了一百八十度的变化。他计划创办《国学报》，并与黄遵宪相商。而黄遵宪对他保存国粹的说法不以为然，回信中说：

公谓养成国民，当以保存国粹为主义，取旧学磨洗而光大之。至哉斯言，恃此足以立国矣。虽然，持中国与日本校，规模稍有不同。日本无日本学，中古之慕隋、唐，举国趋而东，近世之拜欧、美，举国又趋而西。当其东奔西逐，神影并驰，如醉如梦，及立足稍稳，乃自觉己身在亡何有之乡，于是乎国粹之说起。若中国旧习，病在尊大，病在固蔽，非病在不能保守也。今且大开门户，容纳新学。俟新学盛行，以中国固有之学，互相比较，互相竞争，而旧学之真精神乃愈出，真道理乃益明，届时而发挥之，彼新学者或弃或取，或招或拒，或调和或并行，固在我不在人也。国力之弱至于此极，吾非不虑他人之搀而夺之也。吾有所恃，恃四千年之历史，恃四百兆人之语言风俗，恃一圣人及十数明达之学识也。公之所志，略迟数年再为之，未为不可，此大事后再往复。

《梁启超年谱长编》，292—293页

笔者之所以不厌其烦地长篇征引黄公度的这封信，是因为此信中透露的信息很多。尤其明白显示出的是，梁启超所说的"国粹"，与后来的国粹派的"国粹"是存在较大差异的。仔细琢磨黄遵宪的话，会发现梁启超所说的"国粹"与日本国粹派所说的"国粹"倒是更为接近，而后来的中国国粹派的"国粹"却有几分走样。这也就是为什么在清末，从朝廷的封疆大吏，如张之洞；到改良派巨子，如梁启超；再到反满革命的急先锋，如章太炎、柳亚子等，都在嚷嚷保存国粹，其实他们要保存的"国粹"和高喊保存国粹的目的都是不一样的。朝廷大吏是要保存皇帝的统治及其基础，以挽救行将灭亡的封建王朝，所谓“正学既衰，人伦亦废，为国家计，则必有乱臣贼子之祸；为世道计，则不啻洪水猛兽之忧。此微臣区区保存国粹之苦心，或于世教不无裨益”[①]；改良派是要保存民族的文化，寻找立国新民、以免被西方消灭的根本，即梁启超所谓“养成国民，当以保存国粹为主义”；革命者则是要在古学中寻求现实斗争急需的思想资源与武器，恢复光大古代文化中的民主精神，为反满革命寻找学理依据。

可见，晚清时代众声喧哗的“保存国粹”，并非合唱，而是各有各的调子。而真正形成学派的却只有反满的革命派。因此，讨论中国的国粹主义思潮，绝不能一概而论，把所有口称“国粹”的人都放在一个勺里烩。而应仔细甄别，区别对待，否则就会得出有悖历史真实的结论。另外，黄遵宪信中对中国和日本的弱点也都直中要害，他所担心的国人“病在尊大，病在固蔽”的老毛病，后来在国粹派的一些人身上的确是又犯了。这也就是国粹派被后来的一些研究者诟病的原因所在。

中国以“国学保存会”为代表的国粹主义思潮形成与于1904—1905年间，其产生的原因比日本则要复杂得多。它的形成既与中国近代文化思潮的走势、中国当时所面临的民族危机及反满革命斗争需要以及20世纪初出现的对西方文化的反思有关，又与当时外国文化思潮的影响，尤其是日本的国粹主义

① 张之洞《保存国粹疏》，转引自郑师渠《晚清国粹派》，北京：北京师范大学出版社，1997年，8页。

思潮影响有着直接的关联。

首先,是中国近代的文化思潮走势。鸦片战争以后中国近代文化思潮经历了"师夷长技"到"中体西用"再到"变法维新"的过程。这不仅反映了国人对西学认识由表及里的逐渐深化过程,也表明了面对深重的民族危机时,进步知识分子的中西文化价值判断。这虽然是一种进步的追求,但不免因急功近利、急于求成而缺乏深刻的思考。因此,当它发展到一定的程度时,反思也就成为必然。果然,进入20世纪后,人们发现,长期以来被西方文化冲击的中国文化,再加上国人自己的批判、贬斥,已经到了妄自菲薄、几乎完全丧失自信的程度。而要解除民族危机,没有自信如何可行?于是,就有了"今日之中国使自知其病犹易,使自知其自身之可爱则更难"的感叹,就有了起衰振弊先要通过颂扬祖国文明的可爱、唤起国人的自信、自觉,就有了《二十世纪之支那》、《神州日报》这样的革命派刊物的"复古"、"颂古"热,就有了激进的留日学生中出现"国学热"的奇特现象。

其次,是中华民族在19世纪末20世纪初所面临的民族危机和反满革命的需要。"庚子国难"的起因虽与清王朝的愚昧有关,但八国联军的暴行和之后列强在中国明目张胆的势力范围的划分,却使中国的民族主义抬头。面对"瓜分豆剖"的危机局面,"爱祖国"、"铸国魂"的口号就格外响亮,而文化人的救亡则考虑得更为深刻一些。除了"保种、爱国"还要"存学",他们认为民族危机与文化危机是一致的,并且文化危机是更本质、更深刻的民族危机。只要保存住民族固有的文化,就可使民族的"元气"得以保存,文化救亡是最根本的救亡。当然,这种国粹救国的想法确实有些幼稚和书呆子气。由于满清政府的腐败无能，救国心切的革命党人把反满与救国联系在了一起。尤其是1903年由留日学生发起的“拒俄运动”遭到清政府打击后，中国进步知识分子普遍对清政府失望，革命派的影响进一步扩大，推翻满清王朝在许多人看来已成为救中国的必行之路，这使得当时燃烧的民族主义激情找到了最直接的宣泄口。于是，为现实的排满革命酿造激情、寻求依据就成了赞成革命的知识分子的自觉任务之一，如章太炎所说的“用国粹激动种性，增进爱国热肠”。[①]历史地看，1905年初国粹派的兴起与同年8月同盟会的成立决不是偶然的巧合。

再次，对西方资本主义文化的反思也是国粹主义思潮产生的重要原因。进入20世纪，资本主义文化固有的弱点日益暴露，劳资矛盾、贫富悬殊的社会现实被眼界已经打开的中国人看到。因而，19世纪后期以来产生的对西方社会、文化的完美想象破灭了，随之而来的是新的思考：单纯的学习西方是出路吗？正像孙中山在《民报发刊词》中说得那样：“近时志士舌敝唇枯，惟企图强中国以比欧美。然而欧美强矣，其民实困，观大同盟罢工与无政府党、社会党之日炽，社会革命其将不远。”[②]另外，八国联军的暴行恐怕也是西方文明在国人心目中受到质疑的原因之一。既然西方文明不是十全十美，那么中国未来的出路在哪里呢？这种疑问本身就为重新审视民族文化提供了契机。

---

①《东京留学生欢迎会演说辞》，见汤志均编《章太炎政论选集》上册，北京：中华书局，1977年，269页。

②《孙中山集》，北京：人民出版社，1981年，76页。

最后,日本国粹思潮的影响是中国国粹主义产生的一个最直接的因素。关于梁启超等受到国粹主义影响的情况在此不再赘述,这里仅对国粹派所受影响的情况来做一说明。1905年2月,黄节在《国粹学报》创刊号上发表的《〈国粹学报〉叙》说得很明白:"昔者日本维新,归藩覆幕,举国风靡。于时欧化主义浩浩滔天,三宅雄次郎(雪岭)、志贺重昂等撰杂志,倡国粹保全,而日本主义卒以成立。呜呼!学界之关系于国界也,如是哉!"[1]正是受到日本国粹主义的影响,从一开始,中国的国粹派就把"国界"与"学界"联系在了一起。

其实,早在1902年末,黄节就在《政艺通报》上发表了题为《国粹保存主义》的文章,向国人介绍了日本的国粹主义,并发表了自己的看法。黄节曾于1901年前后游学日本,有可能是在日本直接接触、了解了其国粹主义思想并受到其影响。黄节的这篇文章是中国国粹主义的第一篇重要的论文。此后,1904年第一期的《政艺通报》上又刊出了黄节的《国粹学社发起辞》,其中有"日本之言国粹也,与争政论;吾国之言国粹也,与争科学"的说法,可见他对日本国粹主义是有比较准确的认识的。但是,对在中国"言国粹"究竟要达到什么目的,其实他不太清楚。以中国当时的局势看,内有腐败守旧的清政府顽固阻挠中国社会的近代化,外有列强压境瓜分的威胁,虽然有人"醉心欧化",但根本无从切实地实行,中国学习西方唯有不足,哪有过分?中国根本不存在西学淹没中学的情况,"最主要的问题还不是西方的民主政治学说介绍得太多了,而是很不够,资产阶

① 转引自王学庄、杨天石《南社史长编》,北京:中国人民大学出版社,1995年,41页。

级的民主理论并没有变为群众的自觉行动，共和观念更没有深入人心。”[①]像日本国粹主义那样，校正明治政府过度欧化的任务在中国也根本不成立，所谓“与争科学”实在是一个既不得要领又不合时宜的理由。这也显现出中国国粹主义倡导者最初的尴尬。而只有当他们校准了靶心——把反清排满作为主要任务时，只有当他们把自己纳入当时中国的民族、民主革命运动的大潮时，中国的国粹主义才有了形成气候的可能。

因此，中国的国粹派虽然在组织宣传的具体形式上，很明显地借鉴了日本国粹派的做法：借鉴日本组织政教社和刊行《日本人》杂志，成立了国学保存会、发行《国粹学报》杂志。他们也相信，像日本国粹派那样倡导保存“国粹”、提倡“民族精神”，是一条促使中国由融合中西文化走向民族复兴的道路。但他们所做的具体工作却是从民族的历史与文化中挖掘出一些古老的语言与口号，为排满革命制造舆论。“所以，晚清国粹派是借用了日本国粹派的语言、口号和组织形式，在自己民族的舞台上，演出了历史的新话剧。”[②]

再来看两国国粹派成员的情况：

日本的国粹派成员基本上都是受过现代教育的新式知识分子，他们多是明治维新后新学堂的毕业生。井上圆了、三宅雪岭、棚桥一郎、辰巳小次郎、加贺秀一等属于东京大学哲学馆；志贺重昂、宫崎道正、菊池熊太郎、今外三郎等则毕业于札幌农业学校。他们多集自然科学与人文素养于一身，经过逻

① 李喜所《略论辛亥革命时期的国粹主义思潮》，见胡伟希编《辛亥革命与中国近代思想文化》，北京：中国人民大学出版社，1991年9月，28页。

② 郑师渠《晚清国粹派》，北京：北京师范大学出版社，1997年，43页。

辑、实证等现代科学研究方法的训练，具有近代科学的观念和比较好的现代科学素养。如志贺重昂（1863—1927）从札幌农校毕业后，基本上一直从事地理学研究，虽然后来对政治十分关心，在思想界也有很大的影响，但他终生是以地理学家自诩的。他从事地理学研究，留下许多地理学著作，其作为国粹派重要文献的《日本风景论》就带有非常明显的地理学的特点。政教社另一个重要代表，多年执笔《日本人》的三宅雪岭（1860—1945）出生于医生家庭，少年时代在故乡金泽的法语学校、英语学校学习，17岁到东京求学，1883年毕业于东京大学文学部哲学科，后曾在东京专门学校（早稻田大学的前身）和哲学馆（东洋大学前身）任职，主讲逻辑学和哲学史。其他如：杉浦重刚（1855—1924）作为东京开成学校（东京大学的前身）的学生曾被选派赴英国留学达四年之久，在曼彻斯特、伦敦的大学学习化学、物理；陆羯南（1857—1907）和福本日南（1857—1921）曾就读于隶属日本政府司法部的法律学校，在该校的“法兰西法学系”学习。

而中国国粹派成员虽然大部分也曾接受新学的影响，但由于大多出身于传统的士绅家庭——所谓书香门第，从小就受过正规的传统教育，有良好的旧学功底，对中国的传统文化不仅极为熟悉，而且有着深厚的感情。如：邓实（1876—？），字秋枚，广东顺德人，生于上海，少年时代就崇拜顾炎武，19岁时回广东，曾就学于广东著名经学家简朝亮门下；黄节（1873—1935），字晦闻，广东顺德人，1895年受业于简朝亮，学成后又独居云林僧寺苦读数年，1901年前后曾赴日本游学。刘师培（1884—1919），字申叔，江苏仪征人，家传经学，闻名于世，自幼博览群书,“内典道藏旁及东西洋哲学,无不涉猎及之”。[1]12岁考秀才,19岁中举人,著述有几十种之多,与章太炎同被誉为国学大师、革命党学者,人称“二叔”(章太炎一字枚叔),1907年应章太炎之邀赴日游学、办报;章炳麟(1868—1936),字太炎,浙江余杭人,曾师从清代著名学者俞樾,“精研古训,博考事实”,后成为公认的国学大师,1902年东渡日本,曾大量阅读日本与西方的哲学、社会学著作。此外,其他成员如陈去病、马叙伦、高旭、柳亚子、马君武、黄侃、胡朴安等也几乎个个都是自幼饱读诗书,受过国学熏陶的。从整体上看,这确实是一支受过严格传统学术训练的国学队伍。

可以说,日本是现代的新学者讲国粹,中国是国学家讲国粹。加上中日两国所面对的文化遗产也很不同。中国是有着几千年文明的古国,国粹派面对的是灿烂的古代文化和源远流长的学术传统。因此,他们很容易把“国粹”等同于这些历史的遗产,于是在他们的笔下,“国粹”常常被替换成“国学”、“国故”。他们所作的文章也就出现了《国故论衡》(章太炎)、《国学发微》(刘师培)这样古奥的学术专论。日本在古代主要吸收中国文化,近代又以欧美为师,而它无论是古代还是近代的学习外国文化热潮,都是由政府号召、自上而下形成的。不论哪一个阶层,传统和对于传统的重视远没有达到成为负担的程度。日本政教社成员的国粹主义是在近代民族主义观念的影响下形成的一种对民族传统文化的自觉认同,所以,他们的“国粹”观念是从这一词(Nationality)的本来意义——“民族性”上考虑,他们关心的是“日本式的开化”这样一个现实的问题,他们发表

① 冯自由《革命逸史》第3集,北京:中华书局,1981年,186页。

的文章也是像《真善美日本人》、《伪恶丑日本人》这类自我认识、自我评价的文章。他们不像中国国粹派那样面对泱泱的传统文化，不是顶礼膜拜就是负罪内疚。

日本国粹主义的基本观点：

政教社的国粹主义虽然高唱“保存国粹”，强调民族的独特性，但由于政教社成员多是学哲学和自然科学出身，他们更崇尚科学和理性，相信逻辑与实证，因而对日本所谓的国学者们缺乏理性的神国思想旗帜鲜明地表示拒绝；“与后来的日本国家主义者所叫嚣的‘天皇统治的大义’、天皇的‘神圣’、‘万世一系’等带有浓厚政治意识形态的观念也有很大的差异。”[①]志贺重昂在其《拥护〈日本人〉之宗旨的自白》中说：“我辈虽也略解事理为何物，但并不仿效那些所谓国学者流的口吻，荒诞无稽的陈列什么神国、神州、天孙等字眼。”[②]他们认为：“国粹”就是“居住于叫作日本的这块土地上的民族，通过长长的历史而留下的不可磨灭的生活年轮，它应该包括的不仅是政治，同时还有地理、经济、文化等观念在内。”[③]志贺重昂在他的《拥护〈日本人〉之宗旨的自白》中是这样表述“国粹”的：

> 所谓国粹，是日本国土上存在的、适应外界环境并随之变化的、有利于民族成长与进化的东西，就是大和民族中千百年间遗传、醇化而来的、至今依然存在的、并促成它继续发育成长的东西，而且它还是有

① 《政教社文学集》(日文版)，东京：筑摩书房，昭和五十九年，423页。

② 同上书，101页。

③ 同上书，423页。

利于大和民族现在与未来进化改良的基础。正确的说，它是一种顺应生物学大原则的东西。

《拥护〈日本人〉之宗旨的自白》，见《政教社文学集》，99—100页（笔者译）

这个表述带有浓厚的、生物进化论式的、科学的色彩。与之相应的，便是三宅雪岭在《真善美日本人》中的第一句话就提了"日本人是什么"这样一个问题。他认为日本人的本质必须由日本人自己做出回答，这个回答不能是主观的、感觉的，而应当是逻辑的、合乎理性的。同样表现了重视经验、实证的思考态度。在《伪恶丑日本人》中他又从学问、道德、艺术等领域批评了当代日本人的各种缺点，对日本民族的认识，也表现了理智与冷静的科学态度。总之，在这样一种带有自然科学思考方式基础上的日本国粹主义，意识形态的色彩就比较淡，而表现出浓重的生态、文化特点。

与此相关，政教社对外来文化就表现出一种比较健康的态度。他们虽然反对政府的欧化政策，却并不反对欧化本身；虽然强调民族独特性，但并非狭隘的排外主义。三宅雪岭说："为祖国尽力就是为世界尽力。发扬人种的特色以裨补人类的化育，护国与博爱焉有矛盾？"[①]陆羯南在《日本》创刊号上发表的《"日本"这个标题》一文中，代表《日本》的同仁发表了自己的看法：

① 三宅雪岭《真善美日本人》，见《三宅雪岭集》，东京：筑摩书房，昭和四十二年，200~201页。

我们所以非议极端欧化主义，其理由无非是因为如此的醉心西洋于我国并非好事。说来如今的西洋诸国比我们先进、开化这是谁都知道的事实。我们也珍视权利自由学说并尊重西洋各国的法律；我们也尊敬哲学理性并喜爱西方各国的技术与文艺；对其经济实业方面非常佩服，就是对其风俗习惯也并非没有欣慕之感。但是，即使是如此厚爱的东西，当它传到我国以至于要被采用，就不能不慎重考虑其是否合适。采用实在是一个重要的问题。对于西洋事物，我们不能只是因为它是西洋事物而采用它，而是要从日本的利益和幸福来考虑采用它。对于西洋来说是好的东西，移入我国如果不适当的话就要坚决抛弃。我们发刊这份报纸的本意也就在此。

《陆羯南全集》第2卷，5页（笔者译）

在他们看来，各国的国民都应自觉意识到各自文化的独特性，并且相互尊重对方的文化，只有这样才能充实和发展世界文化。日本不仅是一个民族性的国家，还是一个世界性的国家，因此，在世界范围内发挥民族的特性和能力，就是每一个日本国民应尽的义务。日本国粹派的眼光更多的是投向未来，着眼于日本民族与世界的关系。这与中国国粹派更多地关注历史，致力于从历史的角度寻找推翻满清专制主义制度的文化理由有着明显不同。

由于日本国粹派认为构成国际社会的应当是民族的多样性这样一个无需多言的原则，因此，在他们看来，对异民族也罢，异质文化也罢，学习吸收不是问题，关键是如何学习、如何吸收。志贺重昂就声明：

> 我辈确信保存国粹是至理至义之举，（中略）然而，我辈决不是那种想要彻头彻尾保存日本固有物的一切旧分子、旧元素的人，只是主张在输入西方文化、进行开化时，要以日本国粹的胃脏咀嚼之、消化之，使之同化于日本的身体中。
>
> 《拥护〈日本人〉之宗旨的自白》，见《政教社文学全集》，101页（笔者译）

志贺的话清楚地表明他们既不否定欧洲文明，也不反对学习欧洲文明，而是反对那种肤浅的、表面的模仿。他们认为应当让欧洲文明融入日本的土壤，成为日本人血肉中的有机成分。

那么中国的国粹主义又具有怎样的品格呢？"国粹"一词来自日本，但中国国粹派所讲的"国粹"与日本却不尽相同，而且国粹派本身对此也没有统一的界定。综合国粹派主要人物的观点与国粹派的学术实践，我们可以做以下理解。

首先，它指中国的民族精神与特性。邓实说："夫一国之立，必有其所以立国之粹，精神不灭，则国亦不灭。"黄节说："立乎地圜而名一国，则必有其立国之精神焉，虽震撼掺杂，而不可以灭之也。灭之则必灭其种族而后可；灭其种族，则必灭其国学而后可。"徐守微说："国粹者，一国精神之所寄也，其为学，本之历史，因乎政俗，齐乎人心之所同，而实为立国之根本源泉也。是故国粹存则其国存，国粹亡而其国亡。"这种说法表面上与日本国粹的原意相仿，似乎是指缘于地理、人种、历史所形成的民族独特性，其实差别很大。差异之一，把“国粹”和种族的存亡紧密联系在一起；差异之二，引出了“国学”这一概念。这已清楚地表明了国粹派的政治目的和文化趋向：说“国粹”的本意是在民族的存亡，当然这也是晚清时期中华民族所面临的最重要的问题；讲“国学”是要从历史的角度否定现实的异族统治和专制政府。这就决定了中国国粹派强烈的意识形态特点。而当他们把“国粹”推进到“国学”的具体层面时，这一特点就更为突出了。

其次，泛指中国的历史文化，也就是国粹派提出的“国学”这一概念的具体化。邓实在《国学保存论》一文中提出了“国学”这一概念。邓实所说的“国学”特别强调指先秦——君主专制建立之前、“异族”入主之前，“中国作为‘汉族的民主的国家’之学术。”[①]他认为早在秦始皇焚书、外族入主之时中国的国与学就俱亡了，国亡学亡则根本无从谈保存国粹。因此，要保存国粹需先保国保学，而保国保学就必须兴民权反专制，尤其要推翻异族之朝廷。黄节也与他持相似看法，黄在其《国粹学报叙》中说：

> 溯吾学派之衰，则源于嬴秦。始皇烧《诗》、《书》、百家语，藏书博士，窒塞民智。至于汉武，立博士于学官，罢黜百家。以迄刘歆，则假借君权，窜乱经籍，贼天下后世。然则秦皇汉武之立学也，吾以见专制之剧焉。民族之界夷，专制之统一，而不国，而

① 郑师渠《晚清国粹派》，北京：北京师范大学出版社，1997年11月，103页。

不学，殆数千年。（中略）国于吾中国者，外族专制之国，而非吾民族之国也。学于吾中国者，外族专制之学，而非吾民族之学也。而吾之国、之学之亡也殆久矣乎！

转引自《南社史长编》，40页

可以看出，无论是邓实还是黄节的文章，反清排满、要求民族、民主革命的意思已经非常明显了。为了实现这一政治目的，为改变两千年来“神州学术伏于专制君统之下”的局面，国粹派提出了“国学、君学对立”、“复兴古学”的学术主张。他们说的“古学”，就是先秦的诸子之学。他们希望通过挖掘藏于民间的“国学”资源，振兴诸子之学与“君学”，使之和为专制制度利用了两千年的“儒学”相抗衡，并借此铸造新的“国魂”，进而争取民族的独立。至此可见，国粹派所说的国粹与民族性（Nationality）这一词的本意已经相去甚远。

在对外来文化的态度上，中国的国粹派与日本国粹派倒是有相似之处——讲求国粹，但并不排斥外来文化。由邓实、黄节创办的、后归属于国学保存会的刊物《政艺通报》本身就很能说明这一问题。《政艺通报》创办时的主旨之一，就是要会通中外的政、艺。从创办起，《政艺通报》一直保留有专门介绍西方政治、学术、技艺等的专门栏目，也发表了为数不少的各类文章。它和《国粹学报》的同时发行，本身就是国粹派对西方文化的一个态度。就是《国粹学报》本身，也并不是完全不发表关于西学的文章，这从它第一期上发表的《国粹学报略例》中可以看出：“本报于泰西学术，其有新理特识足以证明中学者，皆从阐发。阅者因此可通西国各种科学。”至于国粹派的一些成员则表白得更为明确。其中坚人物黄节在《国粹保存主义》一文中说：

譬如有地焉，蓬蒿棘榛，郁勃蹊径，甚矣其荒也；有人焉，为之芟夷而蕴崇之，缭以周垣，树以嘉木，不数年葱茏蔚森矣。夫地之宜于植也，其生是嘉木，犹其生是棘榛也，其宜于植者，地之粹也。因其宜于植，而移其嘉木以植之，或滋兰焉，或树桂焉，则焕为秀发者。虽非前日之所有，而要之有是地，然后有是华，不得谓非是地之华也。是故本我国之所有而适宜焉者，国粹也；取外国之宜于我国，而吾足以行焉者，亦国粹也。井上之言，是知我国之所有者为国粹，而不知外国之宜于我国而吾足以行焉者，亦为国粹也。

转引自孙之梅《南社研究》，236—237页

虽然这其中也表现出黄节对日本国粹派对外国文化的态度不了解，甚至有误解，但他对外国文化的态度却可以说是开放、健康的。而国粹派成员中，抱这种态度的并不是个别。徐守微也说过：“国粹者，助欧化而愈新，非敌欧化以自防。”[①]高旭在其《学术沿革之概论》一文中则表述得更为清晰生动：

闻之开新、守旧两派之言矣。开新者曰：欲造新

① 徐守微《论国粹无阻于欧化》，转引自郑师渠《晚清国粹派》，北京：北京师范大学出版社，1997年，136页。

中国，必将中国一切旧学扫而空之，尽取泰西之学，一一施于我国；守旧者曰：我欲强我国，行我古代圣王之法而余，不必外法。或但取其艺。二家之见，所谓楚则失矣，齐亦未得也。（中略）至于外来之学，其有大利益于我国者，则掠取之，以为补助之资料。其学虽善，而于我国现势不合者，则无宁舍之而勿顾焉。譬人之饮食然，既欲物之适口，又必欲不妨害卫生。若以多多益善，物物而啖之，急不暇食，必罹腹胀垂毙之患，……自今以后，为吸收与保存两主义并行之时代。果能尔尔，于西学，庶免食而不化之讥；于中学，冀呈晦而复明之象。

《高旭集》，492—493 页

以黄节、高旭的看法与日本国粹派相比较，他们对于西方文化的态度确实没有本质的差别，尤其是和前引陆羯南的那段文字相比较，连表述方式都有几分相近。也可以说，中国国粹派对西方文化的这种积极态度是受到日本影响的。正是日本学习西方，吸收外来文化的成功，使国粹派相信，只要从民族文化自身的需要出发，合理吸收外来文化并使之与本民族文化真正有机地融合，对中华民族及民族文化的发展就绝对是有益的。国粹派的文化观念中确实有着吸纳整合外来文化的品格。然而，西方文化中的什么是适合中国的，怎样吸收，如何整合，却是一个不仅当年的国粹派没有解决，就是今天的我们也没有解决的难题。

当时的日本，虽然曾受中国文化影响，但面临西方的强势文化的威胁却能够“幡然悔悟”，一心一意向西方学习。不但学习富强之术，还学习侵略扩张，从明治年间的欧化运动就可以看出他们几乎举国一致的步调。因此，没过多久，日本就变成一个富强而能发动侵略战争的国家。日本的国粹派所做的不过是矫治过分欧化对民族及民族文化固有特点的破坏，其本义和政府、和全民学习西方的目的并无本质的不同。所以，当明治政府实行对外扩张时，他们的国粹思想便很自然地由民族主义走向国家主义，并最终与军国主义合流。而中国当时所面临的首要问题，本来也应像日本一样，是如何尽快学到欧美文化的富强力量，保持自己国家和民族应有的地位，然后再像日本一样，考虑学到了欧美文化富强的力量后，怎样才能使自己的文化精神更加发扬光大。但由于满清政府的不争气，当年的中国所面临的首先是如何推翻这个阻止国家进步的少数民族政府的问题。这使得面临西方文化冲击的中国本来就很难解决的文化问题变得更加复杂，这也正是中国国粹派总是不可避免地透露出大汉族主义，总是要在古文化里寻找种族革命理由的一个根本原因。

“中日两国国粹思潮的出现有着各自的历史机缘，他们对于各自的国家来说，在一定历史时期内，都曾经是合理的。日本的国粹思潮促进了日本式的开化；中国的国粹思潮，不仅促进了民主革命思潮的高涨，它所倡导的国学研究新风，同时也促进了传统学术的近代化。”[①]但是，日本的国粹主义随着日本的对外扩张走向极端国家主义，中国的国粹派在辛亥革命后走向保守复古，这样的结局至今仍然是值得思考的问题。

① 郑师渠《晚清国粹派》，北京：北京师范大学出版社，1997年11月，54页。

第三节 《政艺通报》、《国粹学报》与《日本人》、《日本》

中国的国粹派以"国学保存会"为核心，编辑发行有两个刊物：一个是国粹派的机关刊物《国粹学报》，另一个是国粹派核心人物办的《政艺通报》。日本的国粹派以"政教社"为中心，也发行有《日本人》和《日本》这一刊一报。同样是报刊杂志，同样是宣传自己国粹主义的主张，但它们却有着很大的差别。

《政艺通报》于1902年2月24日创刊于上海。最初为半月刊，1908年2月改为月刊，出两期后停刊，共出146期，主编为邓实。该刊分上、下两篇，上篇言政，下篇言艺，故名"政艺"。该刊篇幅大，内容杂，主张融会贯通古今中外政治、技艺，突出一个"通"字。1902年第12期至1904年第2期，曾增设"中篇"专言历史，后取消中篇，将其中的"皇朝外交政史"、"万国外交政史"等栏目并入上篇。该刊第一年出版结束，就模仿欧美《列国岁计政要》的体例，将全年所刊内容按类归并，出版汇编本，称《政艺丛书》。《丛书》按年分集，到1907年共出6集。

上篇论政，设有8个栏目：政学文编，专门刊载讨论时事政治的论文；政书通辑，选载有裨益时用的奏议、条约；内政通纪，汇刊清政府与各行省现行政略的章程、文牍、条例规则等；外政通纪，选译欧美议院、法案、预算、调查报告及法律制度；要电汇录，辑录中外电报；西政丛钞，录欧美各国政略章程、条例规则；历代政治文钞，历代政治家、政论家议论时政的文章；皇朝政治文钞，录当代政治家政论文稿。

中篇言史：刊载史学论文；辑清政府与各国往来的公文合同照会，译录世界各国相互间签署的外交文书；介绍东西各国政治家、科学家传记及其理论等。

下篇说艺：汇集当时有关工商技艺的论文、奏折、章程合同；报道当时工商技艺的成就，介绍自然科学知识、世界科技发展情况；辑译欧美技艺，介绍世界各国矿藏、物产、工商农牧业情况；还有附录，专登诗词类文艺作品。

单从《政艺通报》的栏目也可以看出，它是一个所涉范围极其广泛的刊物，真可谓："举凡内国外国，立法行政兴艺饬工之大典大法奇术新理，皆灿然明备，诚政界艺界之巨观，国闻掌故之渊海。"[①]如此大的刊物，所涉内容如此广泛，它需要一个庞大的供稿队伍，包括自然科学、社会科学，中国、外国，官方、民间、持各种不同政见等方面的作者。连袁世凯、张之洞、刘坤一等朝廷重臣的名字也经常出现在该刊的作者中，可见它的包容性之大。综观中外报刊史，像这样百科全书式的刊物是极其罕见的。这也体现了作为总编辑的邓实的胸怀和他卓越的组织才能，难怪连傲气如柳亚子那样的人，都称赞他是一位"了不起的人物"。

虽然如此，但它救国救民的宗旨却是非常明确专一的。如

①《光绪壬寅、癸卯丛书广告》，转引自丁守和主编《辛亥革命时期期刊介绍》第3册，北京：人民出版社，1982年，47页。

《上海政艺通报社编辑政艺丛书缘起》中说的那样：

> 本社创始，适丁斯会，乘兹变故，未雨绸缪，哀黄氏之多艰，祝神州之早振，思所以裨国为群之途术，知一大蠢物百孔千疮，非胪陈病状，博采药方，必不足以起沉疴而建新体。于是收集时政，网罗国闻，域中域外，日记月书，排比整齐，殚心抉择，何者当兴，何者当革，何者为利，何者为弊，异同黑白，灿然瞭然，使操枋之臣、忧时之士，得以竟镜比观，咨于掌故，以资时用。庶几病药相发，体强气昌，而老大帝国、东方之病夫，犹可以不亡乎！
>
> 转引自《辛亥革命时期期刊介绍》第3册，48—49页

虽然《政艺通报》政治上始终持温和的改良态度，但并不影响杂志刊登不同政见、介绍不同政治理论。所刊政论中不仅有主张立宪、自治的，还有言说革命的；它介绍的外国政治理论，不仅有伯伦知理的国家主义色彩的政治学，也有社会主义理论。国学保存会成立后，虽然它隶属于该会，也倡导保存国粹、振兴国学，但并没有改变其兼容博收的品格，依然不遗余力地介绍西方的社会科学和自然科学，并希望借此改变中国多年的一些陈腐观念。如对中国传统上不重视实用科学的观念、鄙视工商实业的观念都提出了批评。更值得一提的是，它的文艺栏目"风雨鸡声集"培养、聚集了一批后来的南社诗人，高天梅、陈去病、黄节、高吹万、高增、诸贞壮、庞树柏、马君武、马叙伦、蔡守、胡蕴玉、黄宾虹、刘季平等南社诗人都在上面发表过不少

作品。

《国粹学报》的发行是在国学保存会成立后的1905年2月23日，也是创刊于上海，以邓实、黄节为核心形成编辑队伍。阴历每月的二十日发刊一期，从未间断，连续刊行了7年，1912年初停刊，共出了82期。后改名为《古学汇刊》，从1912年6月起到1914年8月停刊，共出12编24册（每编2册）。《国粹学报》面向全国发行，最初的编辑部和发行所都在上海，1911年起在北京琉璃厂设立分社，在全国24个地方的几十个书店设代售处。像《政艺丛报》一样，《国粹学报》也有两种版本行世，一种是分期的原刊本，一种是分类汇编的合订本。汇编本曾多次印行，如1905年汇编本第7册的版权页就有："光绪三十一年乙巳出版，同年再版，光绪三十三年丁未三月三版，中华民国七年戊午四版"的记载（《辛亥革命时期期刊介绍》第2册，316页），可见其发行量及影响都不小。《国粹学报》"虽重旧学，而实寓种族革命思想，是其特色也。"[①]也正因为如此，它曾有"屡经官家之注目，始饴以金资，继加以威吓"[②]的经历。

《国粹学报》开设的栏目前后是有所变化的，头两年设7个栏目：社说、政篇、史篇、学篇、文篇、丛谈、撰录，后又逐渐增设博物篇、美术篇、藏书志、地理篇、绍介遗书等栏目。到第6年（1910），栏目发生了大的变动，分为通论、经篇、史篇（包括政治、地理学、目录学）、子篇（附理学）、文篇（附小学）、博物篇、美术篇（附金石学）、丛谈、撰录等。这种变化不仅是一个技术性问题，它也从一个侧面反映出刊物的政治色彩越来越淡，而

① 戈公振《中国报学史》，北京：三联书店，1955年版，131页。

② 丁守和主编《辛亥革命时期期刊介绍》第2册，北京：人民出版社，1982年，319页。

且逐渐走向专讲学术的道路。从这一变化来看,它在辛亥革命后不久即改为《古学汇刊》也就不足为怪了。

从他们的办刊主张和刊物内容,我们发现,20世纪初属于国粹派的这两个刊物,他们所担负的任务是极其复杂的。他们既要救国救民、振衰补弊,又要开启民智、普及科技知识;既要"阴激排满革命热情",又要照顾各方意见;既要保存、发扬国学、国粹,又要翻译介绍各类西学、西术;既想实事求是解决现实问题,又要收罗遗籍,阐发幽光;既要博采异闻、知旧求新,又要匡古志今,针砭时弊;既言志,又研学……总之,当时中国所面临的各种各样盘根错节的问题,他们都感觉到了,并试图去研究探讨。

日本以政教社为核心的国粹主义者们,也办有一份刊物《日本人》和一份报纸《日本》。与中国的国粹派相比,他们的任务就单纯、明确得多。他们就是要校正政府的过度欧化政策,为日本国全民欧化的狂热泼点冷水,给全速滑向欧化的日本跑车增加点摩擦力。他们表面似乎是与政府唱对台戏,但实际上却是为日本的现代化走向正常轨道助力。

《日本人》杂志的创刊发行,是在明治二十一年(1888)四月三日,它成为国粹主义者最初的组合。主要成员有当时在哲学馆任职的井上圆了、三宅雪岭、棚桥一郎、辰巳小次郎、加贺秀一、岛地默雷和任职于东京英语学校的杉浦重刚、志贺重昂、菊池熊太郎、松下丈吉、今外三郎、宫崎道正等人。由于哲学馆的棚桥、辰巳和英语学校的杉浦重刚关系密切,于是,以杉浦为中介双方结识,并开始运作《日本人》的编辑发行。据说《日本人》这一刊名是三宅雪岭选定的,而"政教社"之名则是宫崎正道和井上圆了的提案。《日本人》是一份综合性杂志,半月刊,最初分“日本人”、“寄书”、“杂报”等栏目,不久“日本人”一栏改为“论说”,后来又增设了“书评”、“社会杂闻”、“人物论”等栏目。杂志表现出对外强硬、对内反藩阀官僚的立场,发表了大量抨击西欧帝国主义和日本藩阀官僚的文章,并对明治时期资本原始积累过程中对劳动者的残酷剥削表示关注。以志贺重昂、三宅雪岭的文章最有代表性,如志贺的《日本生产略》、《高岛煤矿矿工受虐状况的报道》和三宅的《三千奴隶怎么办》等。也正因为如此,《日本人》受到官方的弹压,曾数度被停刊。为继续发行,他们曾两次改名为《亚细亚》。虽然几经停刊又复刊,也不断有新人加入,但它的基本格调一直是多政治评论和主张。虽然如此,《日本人》并不轻视文学,他们对新思想、新文学也给予了充分的关注,还专设了文艺栏目。不仅发表坪内逍遥、田冈岭云、屉川临风等新派文学家的稿件,也发表汉诗、和歌、俳句等传统文学作品。经常投稿的有汉诗人森槐南,和歌作者坂正臣、高崎正风、中岛歌子,俳人正冈子规、高浜虚子等,翻译小说和文艺随笔也在该刊有一席之地。《日本人》一直发行到明治三十九年(1906)十二月二十日,共449期,到明治四十年(1907)改名为《日本及日本人》。

日本国粹主义的另一个重镇《日本》,是明治二十二年(1889)二月十一日创刊的。它的前身是《东京电报》,该报于明治二十一年(1888)四月九日创刊。据说杉浦重刚和高桥建三曾鼎力支持,谷干城也给予了资金方面的援助,陆羯南为主笔,有福本日南、国分青崖等加盟。其中高桥和陆羯南在内阁所属的官报局工作,福本、国分和陆羯南则还是在司法部法律学校学习时因“贿征伐”（因伙食问题的纠纷）事件而一起被迫退学的好友。此外，这个报纸还与反对明治政府极端欧化政策、与政府持对立立场的谷干城、三浦梧楼、鸟尾小弥太这些被称为“不平将军”的人有联系。报社一直处于一种桀骜不驯的氛围之中，报纸上的文章也是以慷慨激昂的汉文调发表不合潮流的议论著称，再加上经营者是外行，报社很快就陷入经济困境。仅仅10个月之后就以改组为《日本》而告终。不过，报纸《日本》的创刊，还是由《东京电报》时的谷干城和高桥建三以及《日本人》杂志的杉浦重刚等为有力后援的。在“不平将军”们和前广岛藩主浅野长勋等提供资金援助的同时，杉浦的旗下也集结了一批学者，与陆羯南、福本诚、国分青崖等《东京电报》时的编辑阵容合流，形成一支强大的编辑队伍。最初，报社的组织不是很明确，杉浦好像是以“社长代理”或者“编辑监督”的身份代表乾坤社与作为主笔的陆羯南共同经营。但从明治二十三年（1890）三月开始，随着《日本》阵容的完善，形成了兼任社长与主笔的陆羯南统管经营与编辑的状况，这种状况一直持续到明治三十九年（1906）陆羯南因病引退为止。①

报纸《日本》与杂志《日本人》作为政教社的两个言论机关，观点立场基本相同。他们有相当密切的交流，并互寄稿件。到明治四十年（1907）两家合并，改刊为《日本及日本人》一直发行到昭和十九年（1944）才停刊，有将近60年的历史。

在《日本》的发刊词中，陆羯南代表同人表达了该报的观

① 参见《陆羯南全集》第2卷（日文版），东京：みすず书房，1969年，797～798页。

点："近代的日本失去了它自己的本领、抛弃了它固有的东西，几乎是举国一致归化泰西，叫作日本的这个岛地，逐渐将要成为一个与地图上的空名一样并排悬挂的东西了。"他们所提倡的"恢复、发扬国民精神"与《日本人》的"保存国粹"、"彰显国粹"本质上也没有太大的不同。该报自称"既非争夺权力的机关"，"也非谋取私利的商品"，而是有独立品格的报纸。但无论如何《日本》与《日本人》相比还是表现出了比较浓重的政治色彩，以陆羯南的文章为代表的那些高调的时政论文，被公认是其主要原因。

明治二十一年（1888）井上（馨）外相因修改条约的外交失败而辞职，紧接着就任外相的大限重信以新构想为基准再次开始条约改正的外交。正在进行之中，偶然间，政府的条约改正原案泄漏，而且其中有任命外国人做日本最高法院裁判长这样丧失主权的条款，反对这一改正原案的急先锋正是《日本》，陆羯南与《日本》因此名扬天下，而大限的提案也被否决。此后，《日本》始终紧盯着条约改正问题，并总是对政府的内政外交政策持严厉批评的立场。其论说阵容也很强大，除陆羯南外，还有后来也加入政教社的内藤湖南、长谷川如是闲、丸山干治、千叶龟雄等。因此《日本》屡屡被历届内阁敌视，常常被强令停止发行。根据陆羯南自己的记载，明治二十二年（1889）至明治二十九年（1896）间，被政府明令禁止发行竟有30次之多，合计停刊的天数达230天。这一事实正表明了《日本》作为文人政论的主力地位和报纸独立论政的意义所在，也表明了《日本》的本来面目。

当然，作为报纸，发行量也是很重要的。为了确保发行量，他们也注意报纸的通俗化，不仅发表小说、插图等，还专设有由汉诗、俳句、短歌构成的文艺栏，活跃于《日本人》的正冈子规、高浜虚子、中岛歌子等也常在此发表作品。由此也可以看出政教社两个媒体之间的“亲密”关系。

《日本人》改名《日本及日本人》，原因在《日本》的经营问题和人事变动。到明治三十九年(1906)，自创刊不久就一直担任社长的陆羯南因肺病卧床，已经承担不了为报纸的经营日夜操劳的重担，于是在当年6月，他把报纸的经营权转让给原“时事新报”的编辑局长伊藤钦亮。事先伊藤以保证维持报纸原有特色和以报社原有成员为核心而得到大家的谅解，但接手后伊藤却完全按照个人的意愿对报纸加以种种“改革”。这使一心一意想保持报纸原有特色的报社老成员非常反感，在交涉无效的情况下，以三宅雪岭、古岛一雄为首的所有原报社成员联袂辞职，并公开发表声明，联合加入《日本人》。为表示继承《日本》的精神，将《日本人》改为《日本及日本人》，改名后的杂志在刊物的期号上还接续《日本人》，所以第1期的《日本及日本人》的期号是第450期。

《日本及日本人》仍然是政教社的机关刊物，由三宅雪岭主持，也是半月刊，并于春秋两季各发1期增刊。更名后，杂志依然遵循原先的以时事政论为主兼顾文学的办刊方针，并且一度表现出更开明的态度和更大的包容性。由于三宅雪岭的民族主义观念含有世界主义的一面，他倡导在尊重、发展国粹的同时也要注意与世界文化的调和，所以杂志的作者更为广泛，有持自由主义观点的长谷川如是闲、久津见蕨村，也有持极端国家主义观点的三井甲之这样的人。在文学方面，不仅继续保持汉诗、和歌、俳句这些传统文学的栏目，对近代新文学也给予了应有的重视，发表了长谷川如是闲、德田秋声、樱田大我等人的不少小说。对外国作家、作品的翻译介绍也有不少，如美国的爱伦坡、法国的雨果、英国的狄更斯等的小说，俄国屠格涅夫的散文、诗歌，德国歌德的“谈话录”、“杂论”等。大正末年，三宅雪岭因与一些同人发生意见分歧而退出《日本及日本人》。之后杂志的主导权先后转到三井甲之、五百木飘亭、国分青崖等人手中，杂志的右翼化倾向也逐渐加强，最终走向宣扬日本神国国体论、协助战争的极端国家主义，成为日本军国主义侵略扩张的帮凶。

从上述中日两国国粹派的四个杂志、报纸的内容、风格和发展历史等情况，我们已经可以比较清楚地看出它们各自的特点与不同。虽然它们都是各自国家国粹派团体办的刊物，但由于两国的国粹主义产生的背景不同、国粹派成员文化背景的差异等原因，中日两国国粹派的这四个报刊还是表现出很大的不同。

从内容看，《日本人》和《日本》的内容已经具有现代报刊的特点，不仅直面现实、关注时政，具有新闻性、时效性，还追求一定程度的通俗性以扩大发行和影响。我们从其刊发的一些文章的题目也可感受到这些：《东洋的和平是什么》（杉浦重刚）、《贫民问题》（陆羯南）、《政界的技术及批评》（陆羯南）、《兵强而国贫》（陆羯南）、《足尾铜山矿毒事件》（福本日南）、《言论自由与国恶隐讳》（内藤湖南）……而《政艺通报》和《国粹学报》却比较古奥，尤其是《国粹学报》，根本就是一个专供国学专业人士阅读的学术性刊物。以《政艺通报》第2年第3期和《国粹学报》第1期的一些文章题目为例来看，《政艺通报》包括：正式栏目之前的"上谕全录"，录当朝皇上半月之内的所有上谕；政学文篇，《政治通论外篇》（邓实）；政书通辑，《直督袁具奏募练新军章程》（袁世凯）；内政通纪，《十八行省要政》；外政通纪，《美国禁止华工法案》；历代政治文钞，《管子集录》；皇朝政治文钞，《顾亭林郡县论》（顾炎武）；艺学文编，《说铁》（丹徒陈庆年）；艺书通辑，《江西巡抚李奏设工艺局片》（李兴锐）；艺事通辑，《纪俄国西伯利亚铁路》；西艺丛钞，《格致总论》……《国粹学报》包括：社说，《国学今论》（邓实）；政篇，《古政原始论》（刘光汉）；史篇，《黄史礼俗书》（黄节）；学篇，《周末学术史叙》；文篇，《论文章源流》（田北湖）；文录，《天宝宫词序》；诗录，《咏明四大儒》（光汉子）；丛谈，《国学发微》（刘光汉）……可以看出，这两个刊物的古奥和远离现实是很明显的，其作为近代媒体的特点则很少。

《日本》与《日本人》已经有了"新闻独立"的意识，所刊文章也多是直言批评，有很强的现实针对性，已经具有文人论政的特点；而《政艺通报》基本没有涉及这一方面，《国粹学报》则是隐晦地借回顾历史来发表对现实的看法，极少直接论说现实问题，对清政府的决策、政策等更少直接批评。从报刊史的角度看，日本的这两个报刊，明显走在了中国的前面。虽然他们的口号是保存国粹，但从办报的情况看，显然，他们已经具备了西方近代新闻媒体的特点，其思想的敏锐性、对政府政治决策、策略的直言批评都是中国的两份杂志所不能比的。《日本人》与《日本》虽然屡屡批评政府，但因其编者是一帮文人，并无推翻政府的意图，只不过是站在知识分子的立场，对政府的决策和执政情况发表自己的看法而已，其本意也是让政府纠正失误，避免给国家和民族带来重大的损失，根本上并未越出文人论政的范畴。与之相比，虽然《政艺通报》和《国粹学报》明显离近代意义的报刊还有相当的距离，也没有尖锐的时政评论，甚至还刊载清廷大员的东西，但中国“国粹派”的大部分成员，确实有颠覆清政府的想法。

就如何看待在野的知识分子与政府、官方的关系这一问题，我们一定要改变观念，跳出那种凡反对政府的就是要革命、就有要推翻政府意图的思维定势，这样才能比较客观地对待一些历史事件和人物，才能解决好现实中的一些问题。作为媒体，《国粹学报》和《政艺通报》的现代性明显不如《日本》与《日本人》，这一点既与中国当时的专制政治有关，也与办刊者的文化结构和观念有关。《政艺通报》和《国粹学报》的同仁们虽有一腔爱国之情，他们中的一些人虽然沐浴了一点欧风美雨，但他们基本是一群尚未完全摆脱传统士人状态的半现代文人，对于近代传媒方式的认识和运作显然还不够成熟；而日本的国粹主义者们虽然倡导保存国粹，但他们自身却是受过西洋近代思想洗礼的一群人，“独立不羁”的“自由主义”精神也许正是他们意识深处的主要成分。

从读者受众看，日本当时已经开始普及全民教育，一般民众识字的不在少数，《日本》、《日本人》的读者除知识分子外还有其他阶层。如有人曾统计当时《日本》的“读者来信”栏目，发现来信中农民占20%的比例，一些青年学生也很喜欢读它。[①]而其读

① 山本武利《明治三十年代前半〈日本〉的读者层》，见《政教社文学集》，东京：筑摩书房，昭和五十九年，416页。

者的广泛，也促使编辑者们在办刊的过程中有意识地追求一定程度的大众化与通俗性；而中国当时一般民众尚无受教育的机会，识字率很低，两个刊物主要是给知识分子阶层看的，不仅读者有限，这也使得办刊者放弃或忽视了通俗化、大众化的努力，其影响始终局限于知识分子中，只“在广大的士大夫阶层及中上层知识群体”中传播。[①]而这种状况似乎也影响到中国国粹主义思潮的影响范围和深度。

《日本》与《日本人》对文学也比较重视，不仅文学内容所占分量比《政艺通报》与《国粹学报》大得多，而且其文学观念也更现代、更独立。此外，刊物还有几乎是专职作家的基本队伍，当然这也是与日本的近代文学发展进程相关的。《国粹学报》和《政艺通报》虽然也有“附录”刊登文艺作品，但毕竟没有职业的作家队伍，不仅作品品种单一（主要是诗歌），内容往往也是传统的抒情言志与唱酬往来居多，而且刊载作品所占版面比例极小，可以说仅仅是一种点缀。这与两家日本报刊相比要逊色许多。《政艺通报》的“风雨鸡声集”虽然荟萃了一批南社诗人，但南社的诗人们在此聚集是以政治为第一因素的。他们首先是政治的同盟，其志同道合主要反映在反清排满的政治要求上，这在他们的诗歌创作中已经表现得相当明显。

《国粹学报》与《政艺通报》到辛亥革命就结束了其历史使命。这虽然和其反满的政治任务已经完成相关，但更主要的原因怕是他们这样的报刊和办报方针已经不适合新时代的要求，

---

① 李喜所《略论辛亥革命时期的国粹主义思潮》，见胡伟希编《辛亥革命与中国近代思想文化》，北京：中国人民大学出版社，1991年9月，17页。

新一代的报人和报刊即将出现并取代他们。《日本》和《日本人》能够历经几十年而存在，和其从一开始就是按照近代媒体的理念和方式运作恐怕有着一定的关系。

通过梳理中日国粹主义的关系以及南社与中国国粹派的关系，我们深刻地感受到，作为一个近代的文学社团，南社的产生和它所代表的文学思潮，不但与国内的文化传统、现实政治密切相关，也与外来的文化思潮密切相关。这也正是它区别于传统文人结社的一个最大的特点。虽然南社的文学创作中现代性的特点很少，其创作也因与政治关系密切而缺少现代文学的独立品格，但它毕竟是中国文学走向现代道路上的第一个文学社团，文学史应该铭记这一点。

第七章
南社的国民性批判与日本

国民性批判是“一个发端于晚清启蒙运动、而在五四演化成为中国现代文学重要思想范畴的话题。”[①]由于这一话题始终与近代以来中国追求民族自立和国家的现代化密切相关，因而它绝不是一个纯文学的问题，这一点在晚清时期表现得尤为明显。

戊戌变法失败以后，中国改良派知识分子试图通过“变法”来强国的理想受挫。流亡日本的康、梁等改良派核心人物在总结变法失败的经验教训后认为，由于长期封建专制统治的压制、封建纲常的束缚，造成了中国“民德薄”、“民性弱”的状况，中国国民性存在很多弱点，而这正是变法失败的重要原因所在，也是中国积弱的根源。于是他们发起了一场自上而下的、以“开通民智”为核心的思想启蒙运动，提出了“新民”的主张，“然则苟有新民，何患无新制度，无新政府，无新国家。……夫吾国言新法数十年而效不睹者何也？则于新民之道未有留意焉者也。”[②]既然“新民之道”关乎国家前途，“新

① 杨联芬著《晚清至五四：中国文学现代性的发生》，北京：北京大学出版社，2003年11月，157页。

② 梁启超《新民说》，见《辛亥革命前十年间时论选集》第1卷上册，北京：三联书店，118页；《饮冰室合集》第6册，《饮冰室专集之四》，北京：中华书局，1989年影印版，2页。

民”——改造国民性成为启蒙主义者们倡导文化革命、文学革命的目的也就顺理成章。按梁启超在《小说与群治之关系》中梳理出的文学与“新民”的逻辑关系：“欲新一国之民，不可不先新一国之小说。欲新道德，必新小说；欲新宗教，必新小说；欲新政治，必新小说；欲新风俗，必新小说；欲新学艺，必新小说；乃至欲新人心，欲新人格，必新小说。”[①]国民性批判到后来成为中国文学的一大“话题”，也就极其自然了。

国民性批判在中国产生并成为文学的重要主题之一，除上述国内政治文化演变的内在因素外，外在文化环境的影响也不容忽视。晚清时期，西方民权思想理论的引进，是中国国民性批判的先导。而戊戌变法失败后，改良派主将东渡日本，在那里受到了日本自明治维新以来的国家主义理论的影响，接受了日本知识界为应对政府全盘欧化政策而产生的国粹主义思潮的洗礼，则是中国国民性批判思潮形成的更为直接的原因。

南社成员中，绝大部分是清末民初的进步知识分子。他们直接或间接地受到西方民权思想和日本国粹主义思想的影响，积极参与开通民智、启蒙大众的文化活动。他们是晚清启蒙运动的重要参与者，他们办报纸、出刊物，写文章、搞创作。他们的工作是当时国民性批判的重要的、有机的组成部分。由后来成为南社发起人和主要成员所办的《国民日日报》、《觉民》等报刊，单从名称上就已经很明确地表达了这样的意思。

本章中，笔者拟就中国的国民性批判与日本的关系、南社作家的新闻活动和创作活动中的国民性批判等问题谈谈自己的看法。

① 梁启超《小说与群治之关系》，见《近代文论选》上册，北京：人民文学出版社，1999年，157页。

第一节　中国的国民性批判与日本

谈中国的国民性批判，首先要回顾“国民性”这一概念在汉语中出现的过程。“国民性”一词的出现，是以“国民”这一概念的出现为前提的。在中国的传统中，并无“国民”这一概念，因为自古以来，国家是皇帝的私产，人民不过是皇家的奴隶，他们只是“庶民”、“臣民”、“草民”，而非“国民”。中国的近代国家意识和国民概念，是在甲午战败后的维新运动中催生出来的。

中国近代最早表达现代国家观念与国民意识的是严复[1]，而最早使用“国民”这一词汇的却是康有为。1898年，康有为在呈光绪皇帝的《请开学校折》中使用了“国民”一词。“国民”这一汉语词汇来自日本，它是日本利用汉字对英文Nation的翻译。1899年，梁启超在《论近世国民竞争之大势及中国前途》一文中对“国民”这一概念做了初步的界定：“国者，积民而成，舍民之外，则无有国。以一国之民，治一国之事，定一国之法，谋一国之利，捍一国之患，其民不可得而侮，其国不可得而亡，是之谓国民”。[2]对“国民”一词做出清楚明确解释的是邹容。1903年，正留学日本的邹容在“拒俄运动”的高潮期间写下了《革命军》一

① 严复《原强》与《原强修订稿》，见王栻主编《严复集》第1册，北京：中华书局，1986年。

②《饮冰室合集》第1册，《饮冰室文集之四》，北京：中华书局，1989年影印版，56页。

文，其中这样界定国民："国民者，有自治之才力，有独立之性质，有参政之公权，有自由之幸福，无论所执何业，而皆得为完全无缺之人。"[①]无论是梁启超还是邹容，他们对"国民"的认识理解都有来自日本的影响：流亡日本的梁启超对国家与国民的认识，很大程度上受到当时在日本流行的民权思想和国家主义理论的影响；而邹容写《革命军》也与他在日期间读卢梭的《民约论》和孟德斯鸠的《万法精神》有直接的关系。[②]

近代日本对国民性的关注起始于明治初年的启蒙学者，主要有福泽谕吉、中村敬宇等明六社成员。[③]福泽谕吉在他作于1872—1876年的《劝学篇》和作于1875年的《文明概略论》中，探讨了国民与国家的关系、民族整体素质与文明的关系；之后，与福泽同时代的中村正直（敬宇）也在《明六杂志》第30期上发表了《改造人民性质之说》一文。但是这一时期日本的启蒙者关注的重点是日本国家的未来发展以及如何使国家强大起来等问题，具体说就是如何学习西方文明的问题。福泽谕吉认为，后进民族被压迫的原因是其本身文明落后，因此日本的任务就是学习西洋文明、赶超西洋文明。国民性只是他们讨论时附带涉及的问题，并不是核心问题。而且，由于这些早期的启蒙主义者大多又同时是国家主义者，因此在他们看来，"国家独

---

① 周永林编《邹容文集》，重庆：重庆出版社，1983年9月，67页。

② 见丁晓禾主编《中国百年留学全纪录》第1卷，珠海：珠海出版社，1998年1月，227页；另见佐藤慎一著、刘岳兵译《近代中国的知识分子与文明》，南京：江苏人民出版社，2006年，248页。

③ 明六社是明治六年即1873年由刚从美国归国的森有礼倡议成立的日本近代知识分子社团，网罗了明治初期日本的高级知识分子，是日本启蒙者的核心，有机关刊物《明六杂志》，主要人物有福泽谕吉、加藤弘之、西周、森有礼、中村敬宇等。

立是目的，而国民的文明是实现这一目的的手段。”[①]“所谓保国体，就是不丧失本国的政权，欲使本国政权不丧失，则不可不推进人民的智力。”[②]尤其需要注意的是福泽谕吉的观点，他认为欧洲文明是最高层次的文明，因此他提出了“脱亚入欧”的口号，把进入欧洲文明作为日本努力的目标。可以说，在某种程度上，他的这种思想就是日本明治年间欧化运动的理论基础。

真正把国民性作为重要问题关注并讨论的是明治二十年间出现的、以政教社为核心的国粹派。政教社的形成和国粹主义产生的直接原因，是明治政府为促进修改条约而推行的极端欧化政策（详见本书第六章第二节）。他们认为政府推行的所谓“欧化”是肤浅的、粉饰性的，反映出的是媚态的性格，“他们主张，要以日本人的国民的自觉性，以日本历史、传统、文化的独特性，来表现日本人的姿态和气概。”[③]他们写了一系列文章来讨论“日本人的本质”、“什么是民族独特性”等问题，从学术、道德、艺术等各方面批评了当代日本人的各种恶习和缺点，提出要冷静地对日本及日本人作自我认识与评价。他们还创办了《日本人》、《日本》作为发表他们看法的阵地。

谈中国近代启蒙主义关于国民性问题的探讨与日本的关系，梁启超是一个绕不开的人物。梁启超关于国民性问题的认识，最初是受到了福泽谕吉和中村正直思想的影响。福泽谕吉在谈日本近代化的具体操作问题时，提出：每个国民都要“独立

① 《福泽谕吉全集》第4卷（日文版），东京：筑摩书房，昭和四十一年，307页。

② 同上书，32页。

③ 松本三之介著、李冬君译《国权与民权的变奏——日本明治精神结构》，北京：东方出版社，2005年4月，112页。

自尊”，先做到“一人之独立”，然后在此基础上争取“一国之独立”，把国家的“独立”建立在国民“独立”的基础之上。中村正直则认为，“改造人民的性质”是日本当时最主要的工作，维新的真正意义是“人民之一新”，而不是“政体之一新”。正是福泽谕吉和中村正直的思想影响，奠定了梁启超以新民为核心的启蒙思想的理论基础，[1]使他认识到改造中国，不能仅仅依靠一个光绪皇帝，而应该从教育民众做起。这也正是梁启超能够超越保皇党立场的根本原因之所在。

在国民性这一问题上，尤其是对国民性的批判，梁启超更多的是受到了日本国粹派观点的影响。

其实，在日本，“‘国粹’一词也是从国民性（Nationality）的译语中产生的。”[2]日本国粹派对它的理解与解释是符合其本来意义——“民族性”的。日本的国粹主义思潮出现在明治二十年前后，其重要著作的刊行大多在明治二十到三十年（1880—1890）间。如《真善美日本人》、《伪恶丑日本人》均出版于明治二十四年（1891），《日本风景论》出版于明治二十七年（1894）；表达他们立场观点的报刊《日本》和《日本人》不仅在日本影响很大，而且持续的时间也很长，从明治二十一二年发刊一直延续到明治四十年（1907）。据德富苏峰考察，《日本》的读者数量差不多已经超过了当时日本最有影响的报纸

① 详见郑匡民《梁启超启蒙思想的东学背景》第2章、第3章，上海：上海书店出版社，2003年10月。

② 松本三之介著、李冬君译《国权与民权的变奏——日本明治精神结构》，北京：东方出版社，2005年4月，115页。

《国民新闻》,[1]可见其影响之大。

据史料记载,早在戊戌变法失败之前,梁启超主《时务报》笔政时,就已经开始接触日本国粹派的报刊。当时《日本》的编辑佐藤宏"经常寄送《日本》及《日本人》等杂志给《时务报》馆和黄遵宪、康有为等人,用以联络感情,通过这些途径,也使梁启超加深了对日本的了解。"[2]另外,从时间上看,梁启超流亡日本时,正是国粹派十分活跃、他们的观点在日本产生广泛影响的时候,梁启超与日本国粹派的一些核心人物也有较长时间的交往。当时的梁启超急于寻求救国之道,主观上也具备接受他们影响的条件。戊戌变法失败后,梁启超流亡日本,负责接待、照顾他的是东亚会,而国粹派的核心人物陆羯南、三宅雪岭都是东亚会的主要成员。他们不仅参加了接待梁启超的工作,而且早在政变刚一发生时,他们就参与了发起营救康、梁的活动;[3]到日本后不久,梁启超还与日本国粹派的另一个重要人物志贺重昂有一次会面,并且留下了"笔谈记录"。梁在笔谈中对志贺重昂深表敬慕:"久闻高名,曾读《日本风景论》及其他地学各书,略窥硕学之一斑,今日相见恨晚。(中略)足下著述宏富,钦仰无似,仆既淹贵邦,此后当可常亲颜色,他日尚乞赐教也。"[4]检点梁启超当时的文章,我们发现他关于国民性问题的观点,与日本国粹派的说

---

① 详见近代日本思想史研究会著、李民等译《近代日本思想史》第2卷,北京:商务印书馆,1992年6月,18页。

② 郑匡民著《梁启超启蒙思想的东学背景》,上海:上海书店出版社,2003年10月,13页。

③ 同上书,24~25页。

④ 汤志均著《乘槎新获——从戊戌到辛亥》,南京:江苏古籍出版社,1990年,649~652页。丁文江、赵丰田编《梁启超年谱长编》159页有"10月26、27日,先生在日本与日本外务大臣大隈重信的代表志贺重昂举行笔谈。"应是指同一次笔谈。

法非常接近。梁启超在《论教育当定宗旨》一文中是这样表述他对民族性(可以说就是国民性)的看法与态度的:

今日之世界,民族主义之世界也。凡一国之能立于天地,必有其固有之特性。感之于地理,受之于历史,胎之于思想,播之于风俗。此等特性,有良者焉,有否者焉,良者务保存之,不徒保存之而已,而必采他人之可以补助我者,吸为己有而增殖之。否者务刮去之,不徒刮去而已,而必求他人之可以匡救我者,勇猛自克而代易之。

《饮冰室合集》第2册,中华书局,1989年,60页

在《新民说》(1902)中他也有基本相同的表述:

凡一国之能立于世界,必有其国独具之特质,上至道德法律,下至风俗习惯、文学美术,皆有一种独立之精神,祖父传之,子孙继之,然后群乃结,国乃成。斯实民族主义之根柢源泉也。我同胞能数千年立于亚洲大陆,必其所具特质,有宏大高尚完美厘然异于群族者,吾人当保存之而勿失坠也。

王忍之、张楠《辛亥革命前十年间时论选集》第1卷上册,三联书店,1978年,122页

在《欧洲政治革进之原因》中梁启超又说:“一国之所以能

立于大地而日进无疆者，非恃其国民之智识也，而恃其品性。”[①]梁文中所说的国民的“品性”，应该说有民族性的含义。

对同一问题，日本的国粹派又是怎样看的呢？国粹派代表人物志贺重昂说：

> 所谓国粹，是日本国土上存在的、适应外界环境并随之变化的、有利于民族成长与进化的东西，就是大和民族中千百年间遗传、醇化而来的、至今依然存在的、并促成它继续发育成长的东西，而且它还是有利于大和民族现在与未来进化改良的基础。
>
> 志贺重昂《拥护〈日本人〉之宗旨的自白》，见《政教社文学集》，99—100页

日本著名明治思想史学者松本三之介在总结国粹派思想时说：“他们主张，要以日本人的国民性的自觉，以日本历史、传统、文化的独特性，来表现日本人的姿态和气概。”[②]“国粹”就是“居住于叫做日本的这块土地上的民族，通过长长的历史而留下的不可磨灭的生活年轮，它应该包括的不仅是政治，同时还有地理、经济、文化等观念在内。”[③]

把梁启超的言论与日本国粹派的观点稍作比较，就可看到

---

① 梁启超《饮冰室合集》第4册，《饮冰室文集之三十》，北京：中华书局，1989年，39页。

② 松本三之介著、李冬君译《国权与民权的变奏——日本明治精神结构》，北京：东方出版社，2005年4月，112页。

③《政教社文学集》（日文版），东京：筑摩书房，昭和五十五年五月，423页。

他们的相似之处。梁启超所说的与上述日本国粹派的观点在表述上虽略有不同，但核心内容是一致的：共同生活在同一地区、在民族中长期传承、有别于其他民族的独特性、包括地理历史风俗经济政治等领域。在国民性产生的几个基本要素上他们的看法是大致相同的。由此可见，无论从与国粹派成员的关系看，还是从梁启超有关国民性生成的观点看，说他受到日本国粹派的影响并非没有道理。

中国晚清时期的国民性批判讨论源自日本，舆论界国民性批判的具体指向也与日本密切相关。笔者以为主要有两个方面：一是美国传教士史密斯（1845—1932）所著的《中国人的素质》一书的日译本《支那人气质》在当时留日学界的广泛影响；二是日本"晚清的中国观"的影响。

史密斯于1872年携妻来华传教，先后在天津、山东、河北等地的农村传教并从事教育及慈善事业，在中国居住长达50余年。1889年，上海的英文报纸《字林西报》以单篇形式开始连载他的《中国人的素质》，1892年全书英文版在美国出版，1896年日本博文馆就出版了该书的日译本《支那人气质》。这本书的日译本不仅"极大地影响了日本人对中国民族性的评价，而且在中国读书界流传颇广。它对晚清舆论的影响，大都通过日本留学生传播——当时中国改革派知识分子在日本发行的若干杂志，如《清议报》、《新民丛报》、《浙江潮》、《湖北学生界》、《江苏》、《河南》等，都热衷于探讨国民性。鲁迅的国民性改造思想，就是产生于这一时期。20世纪初期的晚清新小说，经常涉及到对中国人'性质'或'气质'的分析，'性质'、'气质'的概念，显然也是character或characteristics的日译。”[①]

所谓“晚清的中国观”是日本明治时期，特别是中日甲午战争后，日本政界和舆论界的对华认识。虽然有“吞并”中国与“保全”中国两种不同意见，但在蔑视中国、歧视中国人这一点上区别并不大。比较有代表性的有尾崎行雄、德富苏峰、鞅鞨生等人的言论。尾崎行雄在1894年的《支那处分案》中就认为中国人不知国家为何物，也没有国家思想；到1900年的《清国处分如何》中，他又说中国人没有爱国心，因此必然亡国。德富苏峰则在《日本与支那》中将日本人与中国人做对比，认为日本人有国家无个人、支那人有个人无国家，日本人以保国为荣、支那人以做官为荣，日本人教育重尚武精神、支那人教育重奴隶资格，日本人各有独立之资格、支那人无独立之资格……鞅鞨生在其《支那人之特质》中也说：“支那人民之旧习，唯限于一身之琐事，使不破坏其衣食居处之旧习，洗刷其冠婚丧祭之旧例外，仍可悠然享其平和康乐，至于国家之制度、国政之方针，无论如何改变，彼等必漠不关心。”[②]虽然日本政界、舆论界的这些看法伤害了中国人的民族感情，但他们对中国人国民性的某些看法却影响到了中国的知识界。如缺乏爱国心、奴隶性等提法都是后来中国国民性批判的重要内容。

由于梁启超在中国近代启蒙运动中举足轻重的地位和留

---

① 杨联芬著《晚清至五四：中国文学现代性的发生》，北京：北京大学出版社，2003年11月，193页。

② 参见阿英《所谓“晚清的中国观”》，见《阿英全集》第6卷，合肥：安徽教育出版社，2003年，17~25页。

日学界舆论对国内知识界强大的影响力，国民性讨论很快在中国知识阶层传播开来并形成一种社会思潮。随着启蒙主义者对“国民”意识的呼唤，爱国知识分子纷纷起来响应，一时间，关于国民性问题的文章纷纷涌现。产生了广泛影响的有梁启超的《国民十大元气论》(1899)、《中国积弱溯源论》(1901)、《新民说》(1902)、《论中国国民之品格》(1903)，佚名的《说国民》(1901)等。以“国民”命名的报刊也出现了，如《国民报》、《国民日日报》等。1901年5月，秦力山、沈云翔等在东京发刊《国民报》月刊，同时还组织了国民会，以革命为宗旨，提出“革除奴隶之积性，振起革命之精神”的口号。[①]

从上述梳理可以看出，中国近代关于国民性的讨论，是当时由改良派发起的启蒙新民运动的重要组成部分，与日本的影响密切相关。然而，由于当时中日两国的国情不同，所面临的问题也完全不同。日本在明治维新后，开始了一场自上而下的文化改良运动——欧化运动，到处弥漫着“洋风是拟，西人是仿”的对欧美文化盲目、狂热的崇拜和肤浅、机械的照搬风潮。面对汹涌而来的欧化潮，日本的国粹派考虑的是，面对西化浪潮如何增强民族的自信，如何弘扬民族历史文化的优秀传统。中国当时的情况是，外有列强瓜分的威胁，内有满族专制的统治；外国列强视中国为肥肉，专制政府把人民当作牛马。所以，中国的启蒙者考虑的是，如何唤醒沉睡的民众，挽救民族的危局。李泽厚用来解释五四运动及其后中国思想史发展的“启蒙”与“救亡”两大主题，同样可以用来解释清末的启蒙新民运

① 周永林编《邹容文集》，重庆：重庆出版社，1983年9月，11页。

动。可以说日本面临的是文化危机，中国面临的是民族危机。因此，两国国民性讨论的侧重点完全不同。

三宅雪岭是日本国粹派的代表人物，他的《真善美日本人》、《伪恶丑日本人》是日本国民性讨论的经典著作，表达了日本国民性讨论的主要观点。明治二十四年(1891)，三宅雪岭发表了《真善美日本人》，从历史的眼光和哲学的思考出发，提出让理想的日本在现实世界登场是日本人的使命的观点。他写作此文的目的就是呼吁受当时残留的、强大的欧化主义的迷惑而丧失自信、迷失自我的日本人觉醒，要求日本人自觉地承担历史的使命，认识日本国民的能力。雪岭认为：

> 由于受人类进化原则的驱使，人类的最高理想就是追求真、善、美的极致。日本人也是人类的一部分，当然应当参与这一理想的建设，这样既能给人类文明文化以帮助，同时也能发挥日本民族的特色。明治二十年代，有白人独占世界的观点，从实现真善美的宇宙理想这一点来看，这是违反大自然法则的。顺应这一法则的话，就是世界各民族间相互取长补短，互相帮助，促进真善美的发展。日本作为独立国矗立于亚细亚之一角，这就是日本人担负着实现与白人相对立的这种法则的证据。

《三宅雪岭集》，425页(笔者译)

在三宅雪岭看来，当雅利安白人文化极盛的时候，日本的觉醒对世界有着巨大的意义。担负着黄种人代表之重任的日本民族，具有实现真善美的能力。从雪岭所论的“真善美”的内容来看，的确是具有世界性和日本民族特点的。

> 第一是真，就是在学习西洋成为科学的大国的同时，拓展对东洋文物研究的道路。第二是善，就是在足食足兵维护国家的独立、谋求人权公德实现之外，在世界范围内推进正义。第三是美，日本虽然自古以来就是一个美术之国，但它的美偏向于优美，应当通过大力学习东洋、西洋美术的各个方面，走向宏大之美。
>
> 《三宅雪岭集》，425页（笔者译）

如果说《真善美日本人》是讲理想的日本实现的可能性，那么《伪恶丑日本人》就是三宅雪岭对日本现实痛烈的反省与批评。他认为，虽然日本有参加使人类走向真善美理想境地、建设未来新世界活动的可能性，但是，如果不发奋努力，像现在这种样子是不行的。实现理想的日本，必须要净化现实的日本，必须努力将真善美的对立面伪恶丑一扫干净。可以说，《伪恶丑日本人》就是雪岭对日本现实社会中伪恶丑的揭露与大扫除。

伪，主要是揭露教育与学术界的弊端。由于等级制度残余未尽，由来已久的鄙视学术的习惯在日本依然存在。从小学到中学再到大学，教职都是由行政官员批准，教授的晋升、学位的授予也是由文部省的官员来决定，研究经费的多寡也是受官方控制。由于行政权力对学术的支配与压抑，使学者们变得越来越曲学阿世、放纵自己的私利私欲,大学这个本来是自由研讨学问的地方已经成了名利场,大学教授们也再不是追求事实真相与真理的使徒。恶,是雪岭对日本所谓“绅商”、“政商”的批判,也是对明治维新以来“士风”的批判。作者认为,“士”的品性对国家至关重要。明治维新后,国家百业待举,但本应为国家奔走经营的“士”们却染上了商人的重利和浮靡,还学会了华族的傲慢。商业固然重要,但汲汲于眼前的小利,没有长远眼光与国家观念,不仅不利于日本实业的发达,还是一切腐败的根源。财力本是国家经济必须的,也是富国强兵的基础,但使用投机手段谋取私利,结果是不利于国民,只能造成巨大的牺牲。丑,是作者对表面欧化的批评,也是对日本美术界与文学界发出的警告。雪岭认为日本文艺界无内涵、只是学习西洋皮毛的夸饰风气,就像丑妇涂白粉一样令人感到可笑,根本不可能产生出真正的日本美。他说,作家首先要“养心”,只有伟大的心灵、美好的情感才能实现日本的美。如果一味地输入欧美的风俗习惯、文物典章,甚至于衣服饮食、洒扫应对方式,那么外国人眼中的日本就不是日本了,只不过是日本的山水风景摆在那里,人民则会被视同奴婢。因为学欧美学得再像,与欧美并列也不过是个劣等的赝品,这决不是造化孕育天地万物所希望的。①

上述三宅雪岭的观点是在强调:面对强势的西方文化,日本要想保持在世界上的位置,就必须去恶扬善,保持民族的独

① 详见三宅雪岭《伪恶丑日本人》,见《三宅雪岭集》,东京:筑摩书房,昭和四十二年,221~236页。

特性，屈从模仿只会失掉存在的资格。说到底，他们的保持民族独特性是一个文化问题。

中国的国民性讨论则与政治的关系非常密切。由改良派发起的启蒙新民运动，就是政治——戊戌变法失败的产物。梁启超认为，国民素质的改造，是中国政治改革的前提。正是由于政治斗争的失败，才使改良派痛切地意识到“民德”也就是“国民性”的重要性。他们认为，中国人道德品格方面存在很多弱点，国家要进步，首先要改造中国人的劣根性。而改造国民性的第一步就是批判旧的国民性。当时的舆论总结归纳了中国人国民性的诸多弱点，如：奴性、卑屈、畏葸、怯懦、保守、依赖、推诿、巧滑、柔媚、苟且偷生、爱国心薄弱、缺乏群体意识和公德观念等。

那么，在当时的启蒙者看来，中国人国民性最需要批判、改造的是什么呢？检点20世纪初中国国民性讨论的言论，我们会发现“奴隶根性”是出现频率最高的词汇之一。

最早指出中国人国民性中“奴隶根性”的是梁启超。梁启超写于1899年的《国民十大元气论》一文中说：

> 天下不能独立之人，其别有二：一谓望人之助者，二曰仰人之庇者。望人之助者盖凡民也，犹可言也；仰人之庇者，真奴隶也，不可言也。呜呼！吾一语及此，而不禁太息痛恨于我中国奴隶根性之人何其多也。

《饮冰室合集》第1册，中华书局，1989年，64页

1901年4月，梁启超在《中国积弱溯源论》一文中分析中国积弱的根源时，指出民众缺乏爱国心是中国积弱的最大根源。而缺乏爱国心是因为长期以来，国家是一家的私产，国人不知有国家，但知有朝廷，这样的国民，只能自居于奴隶的地位。梁氏在文中还引了福泽谕吉的观点追溯产生奴隶性的原因："日本大儒福泽谕吉曰：支那旧教，莫重于礼乐。礼也者，使人柔顺屈从者也；乐也者，所以调和民间勃郁不平之气，使之恭顺于民贼之下者也。"[①]之后，梁启超在他的《新民说》中也指出了传统文化与奴隶性的关系。中国的先哲们总是教导人们忍耐顺从，鼓励人们以德报怨，正是这种逆来顺受的人生哲学的长期熏陶，培养出了一种根深蒂固的屈从性格，使中国人不能勇敢地面对强权。虽然奴隶性的产生与传统文化有关，但现实中的奴隶性却是一个与民族存亡密切相关的问题。

1901年6月，《国民报》刊载了一篇题为《说国民》的文章。该文从国民与奴隶的对比出发，痛陈存在于中国上上下下各阶层中的奴隶性：

> 何谓国民？曰：天使吾为民而吾能尽其为民者也。何为奴隶？曰：天使吾为民而卒不成其为民者也。故奴隶无权利，而国民有权利；奴隶无责任，而国民有责任；奴隶甘压制，而国民喜自由；奴隶尚尊卑，而国民言平等；奴隶好依傍，而国民尚独立。此奴隶与国民之别也。

---

① 梁启超《饮冰室合集》第1册，《饮冰室文集之三》，北京：中华书局，1989年，29页。

《辛亥革命前十年时论选集》第1卷上册,72页

吾尝观中国之民,未尝不喟然太息也!不论上下,不论贵贱,其不为奴隶者盖鲜。试观所谓士、所谓农、所谓工、所谓商、所谓官吏,有如吾所谓国民者乎?天下至贵至重者莫如士,而中国则至愚至贱者莫如士。彼抱其八股试帖以应科举者,俯首受搜检,则形同窃盗而不以为耻,揣摩主试之意,则形同妾妇而不以为贱,(中略)是率一国之士而为奴隶也……

同上书,74—75页

作者认为奴隶是不知权利、责任、自由、独立、平等为何物的一群人,而我中国自开国以来,几千年的历史中人民就一直处于这种奴隶状态。

其喜惧颠倒悉听于他人之憎爱,闻有挫我折我者则色然而忧,闻有庇我豢我者则欣然而喜。故君相而能庇我豢我也,则奴颜婢膝唯唯听命,牛之马之不以为苦,盗之贼之不以为辱,苟能遂其高车驷马锦衣美食之心,则甘为一姓之家奴而不辞。且外人而能庇我豢我也,则摇尾乞怜于外人之前,以求保其身家,甚或借外人之力,戕贼同类以媚外人,而既以坚外人保我护我之心。

同上书,74页

由于君权专制制度的严酷统治，所以使“中国国民之种子绝，中国人求为国民之心死。”只好大家都做奴隶。

> 故父以戒子，师以率徒，兄以昭弟，夫妇朋友之相期望，莫不曰安分、曰韬晦、曰柔顺、曰服从、曰做官、曰发财。是数者皆奴隶之根本，国民之仇敌。故卒举一国之人而无一不为奴隶，即举一国之人而无一可为国民。
>
> 《辛亥革命前十年时论选集》第1卷上册，77页

这篇佚名作者的文章，对中国现状的批判可谓犀利痛彻。

对中国人奴隶性批判更为激烈的是邹容。1903年，18岁的邹容发表了《革命军》一文。《革命军》开篇第一句话就是“扫除数千年种种专制政体，脱去数千年种种之奴隶性质”，[①]在该文的第五章“革命必先去奴隶之根性”中，他又专门论述了中国人的奴隶性。

> 曰奴隶也，则既无自治之力，亦无独立之心，举凡饮食、男女、衣服、居处，莫不待命于主人，而天赋之人权，应享之幸福，亦莫不奉之主人之手；衣主人之衣，食主人之食，言主人之言，事主人之事。依赖之外无思想，服从之外无性质，谄媚之外无笑语，奔走之外无事业，伺候之外无精神。呼之不敢不来，麾之

① 周永林编《邹容文集》，重庆：重庆出版社，1983年，41页。

不敢不去，命之生不敢不生，命之死不敢不死。得主人之一盼，博主人之一笑，如获异宝、登天堂，夸耀于侪辈以为荣；及撄主人之怒，则俯首屈膝，气下股栗，至极其鞭扑践踏，不敢有分毫抵忤之色，不敢生分毫愤奋之心，他人视为大耻辱，不能一刻忍受，而彼无怒色，无忤容，怡然安其本分，乃几不复自知为人。（中略）中国人无历史。中国之所谓二十四朝之史，实一大部奴隶史也。（中略）柔顺也、安分也，韬晦也，服从也，做官也，发财也，中国人造奴隶之教科书也。

《邹容文集》，67—69页

从上述征引、分析可以看出，无论是改良派之主将梁启超，还是革命派之“马前卒”邹容（从文章的内容看《说国民》一文的作者应该也是革命派），都把奴隶性作为重点批判的对象，目标非常之一致，而且都是以现实状况和民族未来命运为出发点发表看法的。不过，在这一致性的背后，其实有着很大的不同。邹容是站在“天赋人权”即“有生之初，无人不自由，无人不平等”的立场。有意思的是，像许多反清革命派成员一样，邹容的接受自由主义理论正是得益于梁启超。他认为君主制是破坏自由平等的罪魁，“举民众所有而独有之，以为一家一姓之私产，而自尊曰君，曰皇帝，使天下之人无一平等，无一自由。”[1]因此，在他看来，革命应当是“除奴隶而为主人”，“使人人享受自由平等之幸福”之革命，是“恢复天赋之权利”的革

① 周永林编《邹容文集》，重庆：重庆出版社，1983年，61页。

命，打倒君主专制政体是恢复民众自由的必要条件。在君主专制体制下作为奴隶的中国民众，只有在共和体制下才能重新获得自由，成为国民。因此，必须革命，推翻清王朝的统治。

而对梁启超来说，进化论是他“用来说明横跨自然和社会领域各种事情的法则性的公例，包括民约论在内的其他一切学说，都可以通过进化论的框架来理解和接受。”[①]在他看来，自由是强者的自由，人类进化的历史至少有一方面是强权拥有者扩大的历史，也就是自由扩大的历史。“追求自由的运动就是被统治者获得强权的运动。因此，随着被统治者的知识和道德能力的提高，以多数人的强权凌驾于少数人的强权是不可避免的。”[②]梁启超自由论的基础是进化论，而不是“天赋人权”的理论。

梁启超与邹容的分歧还在于对中国君主制的认识。虽然中国改良派和革命派对中国自秦以来的政体都视为“专制”政体，而这也正是他们要求改良或者革命的原因，但梁启超认为中国的君主专制是一种“间接之专制”，它不像欧洲的“直接之专制”那样，能够深入到民众日常生活的各个角落。由于统治的能力有一定的界限，在事实上容许许多“野蛮之自由”（与“文明之自由”相对，是随时可能被权力剥夺的自由）存在，而且由于还有以科举选拔官吏的制度，所以还有很大程度的社会平等。梁启超认为，这样一种制度之所以不得不改良，主要是由于19世纪以来的国际环境所致。面对欧洲列强的威胁，一个容许被统治者“野蛮之自由”的、能力低下的政体，事实证明，其对外也没有充

① 佐藤慎一著、刘岳兵译《近代中国的知识分子与文明》，南京：江苏人民出版社，2006年，250页。

② 同上书，251页。

分的力量可以维护国家的独立，很容易在“生存竞争”中被淘汰。“因此，为了使中国强大到足以应对生存竞争的程度，非实现‘文明之自由’（建立在政治体制上的自由）不可。为此，必须将君主专制转换为立宪君主制，不论满族、汉族一律给予参政权，从而创造出作为政治上国民的‘中国国民。’”[①]然而，给予参政权后真正的国民就产生了吗？当然不是。

> 中国民众在“间接的专制”下长期的享受了事实上的自由。这种自由，并不是作为权利保障人人都是公平的，根据专制权利的恣意程度，每个人享有自由的程度有多的时候，也有完全失去的时候。这种环境中的民众会想到，与其共同起来反抗统治者而要求扩大一般性的自由，还不如迎合统治者的权威而追求仅仅扩大自己的自由这样更为有利。这种迎合权威、始终追求的只是扩大自己的利益的态度和想法，梁启超称之为“奴隶根性”（奴性）。他认为“奴隶根性”是在长期处于“间接之专制”之下的中国民众的精神构造中打下的负面烙印。因此只要“奴隶根性”起主导作用，“争取”自由这种主动的态度就不会在中国人中产生。（中略）科举考试的答案不需要有独创性。……许多有为的青年勤于适应权威的竞

① 佐藤慎一著、刘岳兵译《近代中国的知识分子与文明》，南京：江苏人民出版社，2006年，255页。

争，最成功的可以接近皇帝，而扩大个人自由。这种意义上，象征平等的科举，同时又是“奴隶根性”再生的温床。

正是由于这种“奴隶根性”的广泛存在，中国专制政体才得以超长期存在。尽管各个王朝不断更替，而未触动专制体制本身，这不仅仅是由于“间接之专制”很大程度上容许“野蛮之自由”，民众的“奴隶根性”的支持也不可忽视。在这种意义上，“奴隶根性”是所谓“内在的专制”。如果不克服这种“内在的专制”，中国就不可能实现“文明之自由”。

佐藤慎一著、刘岳兵译《近代中国的知识分子与文明》，255—256页（原著：佐藤慎一《近代中国の知識人と文明》，东京大学出版会，1996年12月，332—334页）

从佐藤慎一的这段分析中，我们可以看到梁启超新民说和他改良立宪政治主张之间的内在逻辑：由于“内在的专制”，也就是“奴隶根性”的存在，中国必须新民——改造国民性，但在制造这种“内在的专制”的现行体制下，改造国民性很难，因此必须改革政治。而由于民众中“内在的专制”的普遍存在，一下子进入共和体制也不可能，所以只能先实行君主立宪，等“内在的专制”被克服之后，中国再进入共和制度，真正实现彻底的“文明之自由”。

可见，晚清启蒙时期众口一词的“奴隶根性”批判背后，有着不同的逻辑和不同的政治诉求。这也正是中国国民性讨论与日本最大的不同。虽然，日本明治维新后其国力的强大，为中国展示了一个整合东西方文明的成功范例，中国的启蒙者也希望通过学习日本来实现富国强民之梦。但由于20世纪上半叶中国面临的问题一直是民族危机，因此，从晚清到五四，中国的启蒙（包括国民性批判）总是被救亡所压倒。甚至直到今天，在民众中普及国民理念和公民意识仍是尚待完成的课题。

第二节 《觉民》月刊的国民性批判

《觉民》月刊是同为南社社员的高旭和他的叔叔高燮(字吹万,1878—1958)、弟弟高增(字卓庵,1881—1943)集资创办的一份以启发国民觉悟、宣传爱国主义思想为主旨的刊物。1903年,高旭与高燮、高增在他们的家乡江苏金山县张堰镇发起、成立了“觉民社”,同年11月7日(农历九月十九日)开始发行《觉民》月刊。主要编辑就是他们叔侄三人,主要撰稿人大多是后来的南社成员,如马君武、黄节、包天笑、马一浮等。该刊至1904年8月为止,共发行10期。

“何为‘觉民’?即启发国民之觉悟也。”[①]单从刊名上看,《觉民》与晚清启蒙运动的关系已是一目了然。事实上,《觉民》月刊的创办,在很大程度上是因为受到中国启蒙活动中国民性批判的影响,但更为直接的原因可能是来自邹容《革命军》的影响。1903年5月底,从日本回国的邹容在上海发表了他写于日本的《革命军》,使“反清革命的呼声震动全国”。[②]这篇文章与同是发表于这一年的“章炳麟的《驳康有为论革命书》及陈天华的《猛回头》一起,是作为此前未定型的变革思想到使革命的思

① 丁守和主编《辛亥革命时期期刊介绍》第1册,北京:人民出版社,1982年,416页。
② 丁晓禾主编《中国百年留学全纪录》第1册,珠海:珠海出版社,1998年1月,232页。

想结晶化的具有催化剂作用的文章”。[1]尤其是《革命军》一文，它因邹容的被捕入狱而声名大震，成为鼓吹革命方面最具影响力、流传也最广（据说刊行近百万册）的战斗檄文。文中对中国人奴隶性的批判也产生了广泛的影响。高旭叔侄成立“觉民社”、创办《觉民》月刊正是在《革命军》公开发表后的几个月，这绝不是巧合。从《觉民》所表现出的强烈的救亡意识和它要唤醒国民觉悟的呼声中，都可以看到上述文章的影响。郭长海、金菊贞二位在《高旭集》的前言中也有这样的看法：

> 1903年是国内形势迅速变化的一年，也是高旭思想发生巨大转变的一年。4、5月间，先后出现了章炳麟的《驳康有为论革命书》和邹容的《革命军》，以及章炳麟为《革命军》所写的序言，这些革命书刊都给了高旭以新的认识。（中略）于是，他的立场开始转变，逐步形成了民族革命的思想。（中略）10月，他又亲自动手创办刊物，他和叔父高燮、弟弟高增一起组织觉民社，发行《觉民》杂志，声称要唤起国民之魂。
>
> 《高旭集》，2页

《觉民》的“唤起国民之魂”，就是要让中国人从昏昏沉沉地做奴隶到独立自由地做国民，担负起国民的责任，这样才能使中华民族免于亡国。在《觉民》的发刊词中，大抵也可以看到当

① 佐藤慎一著、刘岳兵译《近代中国的知识分子与文明》，南京：江苏人民出版社，2006年5月，248页。

时启蒙运动和国民性讨论中所表现出的民族危机感的影响。

> 国之兴,即国民之荣,亡即国民之辱。而其所以或兴或亡者,非国民之责而谁之责?
>
> 夫积民而成国。断无昏昏沉醉之民,而能立国于竞争之世。欧美之所以雄长地球者,人人有觉民之责任。若士若农若工若商,皆有主人翁之资格。(中略)我侪堂堂男儿,觉民之责任不容放弃。放弃己之责任,而诿之于人,是为自弃之人,处化日光天之下则安之,即处盲云毒雾之境亦安之。"我侪小民,安知大计?""各人自扫门前雪,莫管他人瓦上霜。"固几几乎尽人而守此好秘诀,盲人瞎马,黑夜临池,天下之可危,莫过于此。
>
> 《〈觉民〉月刊整理重排本》,7页

"放弃己之责任,而诿之于人";"即处盲云毒雾之境亦安之";"我侪小民,安知大计?";"各人自扫门前雪,莫管他人瓦上霜"。这些正是奴隶性的表现。而这种情况在习惯于做"臣民"的中国人中是普遍存在的,这就是中华民族面临"盲人瞎马,黑夜临池"的危机局面的原因所在。因此,唤醒民众是挽救"天下之危"的当务之急。

> 况乎欲扫千年之蛮风,不可不觉民!欲登我国于乐土,不可不觉民!欲为将来行地方自治之制,不可

不觉民！欲破大一统之幻想，不可不觉民！觉民哉，觉民哉，我侪其交尽之山，非不可移，独患无愚公之志；海非不可填，独患无精卫之诚。精神一到，何事不成？嗟嗟！五胡乱华，泣铜驼于荆棘，六朝浮靡，慨祖国之沧桑，苟有热血人，安忍坐视祖国之沦亡而不为援手，使重见天日也！

《〈觉民〉月刊整理重排本》，7—8页

从上文可以看出杂志创办者强烈的民族危机感。这其实也是《觉民》所刊发的文章中最为突出的特点。可以说《觉民》月刊的国民性批判是与挽救民族危机紧紧结合在一起的，它凸现了中国国民性批判思潮产生的原因和最本质的东西。

《觉民》中刊载的很多文章都描绘了列强觊觎下的中国的危机局面：

然而我国一息仅存，如风前灯，如日中露，其何能支持耶？况夫四面楚歌，一军皆墨。凡矿务权、财政权、用人权、铁路权、土地权，无不落于白人之手。俄取旅顺、大连湾，英取九龙、香港，法取安南，日本取台湾。且也江苏在英人势力圈中矣，浙江在意人势力圈中矣。诸如此类，不可胜记。今则满清祖宗发祥之地已归俄人，瓜分地图映入于眼。一虎已啖其肉而试之，群狼将磨牙以随其后。

重光《敬告我国民》，见《〈觉民〉月刊整理重排本》，16页英、俄两国之眈眈逐逐，竭其心力以图之，非西藏也，实欲先得西藏为根据地，然后得进而取四川、甘肃耳。若四川、甘肃既得，则宰制中土全部，如指诸掌上。

《四川甘肃之保障危矣》(作者不明)，
见《〈觉民〉月刊整理重排本》，133—134页

当时的中国，面临的局势已是“二十一行省在列强势力圈中者，已十之八九，而接踵而起者，犹未已也。亡国之惨，奚待察著。(中略)列国眈眈，咸思染指，瓜分豆剖，祸在燃眉。”[1]马上就到了四万万同胞无立锥之地，炎黄子孙将供人牛马的地步。然而，这时的中国人又是怎样一种状态呢？

“惟我全国男女老幼，各私其私，置公事于脑后，当此国步维艰，而犹不能发一片热心，出一点热力，以救一线之危亡。”[2]当时正是日本与俄国为争夺在华利益而在中国领土上开战之际，此本中华民族的危难关头。但中国的政府宣布中立，中国民间也有人以旁观者的态度议论双方的胜负，好像事不关己。不但如此，而且还供俄人之饷。

中国全国之象，则在上者方酣歌永舞，广敛苛征；在下者方持筹握算，多积隆储，曾不知以天下国家为念。乃至深受疮痍、日睹蹂躏之东三省人，亦惟有树

① 修真《阅报之有益》，见《〈觉民〉月刊整理重排本》，北京：社科文献出版社，1996年5月，11页。

② 修真《瓜分骇闻》，见《〈觉民〉月刊整理重排本》，北京：社科文献出版社，1996年，59页。

尔粮糗、备尔刍茭、献尔牛马、脂尔车乘，汲汲焉为俄人之准备，以应俄人之诛求。

《东三省人之供俄饷与日本国民之献金额》，见《〈觉民〉月刊整理重排本》，169页

作者还以日本国民的精神与中国人进行对比，并追究造成两国民众差异的原因：

中国以积贫闻于天下，中国人亦遂在在以积贫自居，故累对外战争，中国国民曾未献一矢，犒一羊，稍有捐征也，则士嗟于家，商怨乎廛。稍有供给也，则农咨于野，工唏乎肆。困苦憔悴之情，一若有不胜其烦，不胜其忧者矣。乃联军破京之役，则壶浆满道，灯彩盈城。而乱后核计兵燹之消耗，其为数之巨，盖不可以千万计也。及反而观之日本，日本亦以积贫闻于天下，而日本人辄不以积贫自居。中日战争，则国民之献金额者十六万有奇。上募公债也，则士倾其家，商罄其匮。上有征税也，女质其簪，童投其饵。及每次和平之后核计所失，亦辄有十年休养不足复元之概也。审如是，则日本之民情，与中国之民情，大相径庭乎。然推其歧流之源，背驰之迹，则不过有国民之资格与无国民之资格，有民族主义与无民族主义，一则利群一则利己，一则私群一则私己而已。

同上书，168页

正是因为长期的奴隶地位，使中国人没有国民的资格，进而导致他们没有爱国之心、缺乏民族精神。缺乏爱国心和民族精神又使家园破碎，生灵涂炭。面对这种情况，先觉者们痛感专制制度对民族精神的伤害。“由来专制伤民族，奴隶根株铲却难，种种不堪种种丑，令我一读心胆寒。”[①]是奴隶根性使民众丧失了责任感和血性。

> 独不解今日我国之所谓志士，有爱国之热血者，何其寥寥耶！所以然者，爱国不如其爱身家，不如其爱财物。肉体上之欲望浓，而精神上之欲望淡。利己心重，而利群之公德亡。
>
> 曰浮薄，曰作伪，曰柔顺，曰圆融，曰凉血部，此国民之大忌，我所深恶而痛绝之也。
>
> 大雄《爱国之真相》，见
> 《〈觉民〉月刊整理重排本》，19—21页

那么，中华民族的民族性中的奴隶根性又是如何生成的呢？《觉民》的编者们认为，数千年的专制政体下，统治者“视国家为朝廷之私产，视人民为一家之私臣。”[②]为维护其专制统治，统治者实行种种防民之术：养兵以防范人民、镇压人民，“挟弩有禁，佩剑有禁”，“使人尽病夫，国无壮士”。还实行种种愚民之术：“刚愎者，焚书坑儒以禁压之；狡猾者，开科取士以笼络之；阴狠者，采用试帖八股以愚弄之。”[③]在数千年专制制度的淫

① 黄天《题战余录》，见《〈觉民〉月刊整理重排本》，北京：社科文献出版社，1996年，238页。
② 脱羁《军国民主义》，见《〈觉民〉月刊整理重派本》，北京：社科文献出版社，1996年，45页。
③ 脱羁《教育箴言》，见《〈觉民〉月刊整理重派本》，北京：社科文献出版社，1996年，35页。

威下，中国的历史和教育也浸淫在奴性之中，成为统治者维护其万世帝王之业的工具。那些充满奴性的史书和“圣贤”的“教诲”对民族性的伤害是不容忽视的。

> 我国无历史。廿四史通鉴等书，乃余一人之家谱。而于我国民族之性质，则阙焉无闻。故某人始以割据土地而称反寇，不转瞬间削平大地，即馨香而顶礼拜之曰：此真人也！此太祖高皇帝也！（中略）又复于某时代书异族入主中夏，而我民作迎新送旧之丑态，以是为分所当然者。从此国民之人格亡，爱情塞，道德堕落，而为优等人所压服。中原民气消磨尽，一辙相寻廿四朝。始作俑者，其罪真上通于天矣。欲救其病，则不得不改良历史。（中略）俾根株尽拔，勿使滋蔓难图。
>
> 重光《敬告我国民》，见《〈觉民〉月刊整理重排本》，15页

正是这种奴化的历史毒害了民众，使中国历史上的“顺民”层出不穷。

> 至东晋之世，五胡入据中原。而此时人民，甘为之奴隶。石晋之于契丹，宋之于辽金元，称侄称臣，殆无宁岁。前之为辽金元顺民既去，后之为辽金元顺民更层出不穷。联军之入京，而北方人民为英国顺民，为俄国顺民者，相望于道。汉儿尽效洋儿语，争

向街衢骂汉人。

同上书，14页

追究中国盛产“顺民”的原因，其中“圣人”的说教也不能忽视。

> 我国圣人之学说，曰忠君，曰服从，以养成无量数一呼百诺屈伏强权之孝子贤孙。全国之人，皆奉为守身之不二法门。凡无骨无气自命道学先生之弱虫，佥曰是驯谨之也。其独立不驯，放言高论者，则骂之曰逆民。

砥中《顺民之由来》，见《〈觉民〉月刊整理重排本》，136页

多少年来以科举为目的的教育同样是助纣为虐，伤害中国人民族性的罪魁。

> 父以诏子，兄以勉弟。所娴习者，试帖八股之腐言，所希望者，富贵功名之光耀。富贵功名之希望既切，凡一切蒙养之法，不思讲求。而乳臭蒙童，即课以五经四子。学究又以夏楚之威，震慑恫吓。一误于君主，再误于学究。于是养成一种谨驯畏缩之性质，如槛中之虎，如丧家之犬，奴隶牛马，惟命是从。

脱羁《教育箴言》，见《〈觉民〉月刊整理重排本》，35—36页

正是专制制度及其帮凶使我中国人“不知国民之责任，而

坐视国亡种灭”。要救中国于危亡，就必须“改铸社会之现象、国民之性质”，让民众摆脱这种奴隶状态，使他们变成有国民之性格、国民之责任、国民之权利、国民之义务的、自尊自立的一群。因为“盖有完全之性格，而后有救国之责任；有救国之责任，而后有自由之权利；有自由之权利，而后尽自由之义务。”[①]那么，如何达到这样的目的呢？《觉民》的编者开出的药方是：改良历史，改良教育，倡导军国民主义。

改良历史。“欲救其病，则不得不改良历史。必取数千年蠹虫之历史彻底而燃烧之。快刀斩乱丝，一拳碎黄鹤。俾根株尽拔，勿使滋蔓难图。则恶草既除，佳谷得发荣滋长，我同胞其可以奋然起矣。”[②]当“从前种种譬如昨日死，从后种种譬如今日生”，蠹虫的“历史”死去之时，就是我中华民族获得新生之日。

改良教育。“教育者，国家富强之根底，而蒙学者，又陶铸国民之基础也。故施军人教育，则国民均有尚武精神，施奴隶教育，则国民咸有依赖性质。教育之与国民，如镜摄影，如影随形。其影响之神速肖合，有如此者。故教育者，一国之灵魂，而铸造社会之机关也。”[③]教育对于国家与民族如此之重要，那种专以蔽锢人耳目，窒塞人心灵的愚民教育；那种培养只知谋取个人功名富贵、而全无健全人格之徒的教育；那种“袭取孔孟糟粕”、“摭拾程朱唾余”，尸位素餐，误人子弟的教育，当然都在改革之列。新的教育就是要用国家思想、爱国精神来塑造新的国民人格，以新的教育方法“启迪后人异日富国强兵”；新的教

① 重光《敬告我国民》，见《〈觉民〉月刊整理重排本》，北京：社科文献出版社，1996年，17页。
② 同上书，15页。
③ 脱羁《教育箴言》，见《〈觉民〉月刊整理重排本》，北京：社科文献出版社，1996年，35页。

育就是要让偏僻如云南、贵州，穷困的乞棚、茅屋都有教育家；新的教育就是要让妇女也能有受教育的权利。一旦中国之新教育发达，有人格自尊、有爱国热情的国民何愁不会出现！

倡导军国民主义。“军国民者，以国民而兼为军人，有尚武之精神而有国家之思想者也。盖惟富于国家思想者，知国与身之关系，而后能牺牲个人之利益以求多数之幸福。掷头颅，流鲜血，以扬祖国之光焉。亦惟有奋不顾身之气概，而后爱国之热力始能实践。”①军国民主义是当时颇为流行的思潮。1903年4月，东京留日学生组织“拒俄义勇队”，要求清政府以武力抗拒俄国入侵我东北，遭到清政府弹压。当年夏天，拒俄义勇队中的一些中坚分子发起、成立了军国民教育会，不久上海也出现了军国民教育会的组织与活动。军国民主义又是针对中国国民无尚武精神、无爱国思想提出的一种精神教育。军国民主义是以当时在中国也颇具影响力的达尔文主义为基础的，其观点为：“世界者，一强权之世界，苟非实行军国民主义威震四邻者，虽声名文物见称全球，必不能自立于竞争激烈之舞台也。”②在“生存竞争”、“优胜劣汰”的国际环境下，军国民主义可以改善中国的民心人气。“军国民教育，冶铸新国家之洪炉，而转移国民性质之枢纽也。”③“补救中国之策，不从军国民教育下手，则维新事业终成画饼。行教育而不能奋发军国民精神，则奴隶教育汉奸人才终无实益。”④“夫人贵自立，国贵自主。其结我团

---

① 脱羁《军国民主义》，见《〈觉民〉月刊整理重排本》，北京：社科文献出版社，1996年，43页。

② 同上。

③ 同上书，46页。

④ 同上书，47页。

体，振我精神，人人申同仇之大义，奋军国精神，以振兴祖国为己任，则中国庶几其有豸乎。”[1]

综上所述，可见《觉民》月刊的国民性批判及其改造国民性的方案，都与当时中国所面临的民族危亡的实际问题密切相关。他们提出的改造国民性方案未必真正切合实际，但却非常有时代特点。透过这些文字，我们可以看到，在一百年前的那个风云动荡的年代，爱国知识分子为祖国命运振臂呼号、长歌当哭的可敬。

---

① 脱羁《军国民主义》，见《〈觉民〉月刊整理重排本》，北京：社科文献出版社，1996年，48页。

第三节　南社作家创作中的国民性批判

在清末民初启蒙思潮的影响下，许多南社作家对于改良派发起的国民性讨论都有共鸣。他们在自己各种类型的创作中，表达了对中国人国民性的看法，虽然提法略有差异，但核心内容却大致一样。

马君武是南社成员中与梁启超等改良派关系最为密切的人。当流亡日本的梁启超刚开始提出国民性问题之时，也在日本的马君武就发表了一系列文章参与这一问题的讨论。仅1903年，他就在《新民丛报》、《译书汇编》、《政法学报》等留日中国学人办的报刊上发表了《论赋税》、《创造文明之国民论》、《论中国国民道德颓落之原因及其救治方法》、《论公德》等一系列文章，发表自己的看法。在《论赋税》一文中，他引用了美国人史密斯所著《中国人的素质》中的观点，批评中国人缺乏权利意识，并将权利意识与爱国心联系起来。

美国人十弥时（即史密斯）曰："支那人性质之最可异者，即其政府贸贸然征赋税于人民，以之肥私囊，而不以之办公事。其人民亦贸贸然纳赋税于政府，任其肥私囊，而不责其办公事也。支那人民既纳税于政府之后，则以为天职已尽，大事既毕，一任政府之如何开销之，如对岸观火，不关痛痒，天下最可惊可愕可嗟可怪之事，莫此若矣。”呜呼！我国人民不可不深思十弥时之言哉！我国人无权利思想也，亦甚矣！富于权利思想之国民，虽一介不妄以与人，推是心也，则必爱其国土，如爱性命；爱其国权，如爱妻子；虽有千万眈眈逐逐之异族敌国，相逼而来，夫谁得而攘之窃之！哀哉！中国之人民也，不知国家之为何物，则其贸贸然纳赋税于政府，而不问其归结，而决无权利思想，亦何足怪。

《论赋税》，见曾德珪选编《马君武文选》，171页

在《论中国国民道德颓落之原因及其救治方法》一文中，马君武强调了道德改革对中国改革的重要性。“欲改革中国，则必自改革中国之道德始矣。（中略）国民之有道德也，犹之身体之有脑筋也，脑筋有病，而欲于区区肢趾间施药石以治疗之，其何能愈？”[①]马君武认为中国人道德颓落之重要原因是思想的专制：

孔子诚中国之伟人也，其说博大深奥，使遂无黜异端之惨祸。后人继起，以其学为底，正其谬，实其虚，攻诘辩难无已时，则中国之进步发达，孰能量之？乃专制君主利用其尊君之说，黜老墨之非尊君

① 曾德珪选编《马君武文选》，桂林：广西师大出版社，2000年1月，182页。

者，而定孔说以为一尊。呜呼！汉武帝尊孔学之日，即中国由进化转而为退化之日也。后人不察，反摭拾之以为美谈，不亦谬乎！

同上书，184 页

马君武熟读西方各种理论，也深谙中国历史。他既可以结合民权思想、自由主义理论来谈国民性问题，也能从思想自由的高度来谈中国专制政体对中国民族性的禁锢和伤害，这使得他的国民性批判富有超乎一般论者的理论色彩。评价客观，确实是当时国民性批判中最具理性的声音。

除马君武外，宁调元、雷铁厓等南社作家也有关于国民性批判的文字。虽然零星，未成体系，但却表明了这一社会思潮在南社作家中所产生的影响是非常广泛的。

宁调元在《噫吁唏！危乎！！悲哉！！！学界》一文中，批评中国学界的因循守旧和对政府鄙视、干涉学务的姑息让步。"哀莫大于心死。心死者，无动作，无声息之谓也。（中略）依赖性不除，奴隶籍不脱，长此生息于彼伪政府之下，摇尾乞怜，若学堂、若教员、若监督、若学生，将被封禁、被殴击、被收押、被围捕，而未已也，尚何进步足云？"[①]在《奴隶》一文中，宁调元还批评了无处不在、而官场尤最的奴隶性：人而不能自立，"又何在而不奴乎？今日新学界流行名词最广者，莫如奴隶二字。夫奴隶诚可丑矣，见人为奴隶，而自己仍步其故武，尤可丑也。自奴隶矣，转骂人为奴隶，或并且以奴隶勉人，则又丑中之最。大约今

① 杨天石、曾景忠编《宁调元集》，长沙：湖南人民出版社，1988 年，465 ~ 466 页。

日之官场、洋场之细崽，足当之矣。”[1]这简直就是等级森严的中国官场的绝妙画像。

四川籍南社作家雷铁厓在其题为《警告全蜀》的长文中，批判了四川人的“病根”。他认为，蜀人之“病根”主要有二：一是自私，“自私云者，即个人主义，无公共之心者。国家之全体不问，社会之公益不谋，日日缠绵固结于中心者，惟一身一家之富贵荣华耳。”二是推诿，“盖凡人之情，见权利当前则群相竞争，而唯恐落人之后，见患难将逼，则群相推诿，而唯恐居人之先。”[2]雷氏批评的虽是蜀人，但这实在是中国人的病根，不仅是过去国人的病根，也是现代国人的病根。

面对缺少国民意识、爱国心与公德心，做惯了奴隶的国人，启蒙者们提出了救治的方法——教育。“欲培养一国人民之公德，舍教育外无第二法也。教育者，改铸社会之机器也。教育者，一国之魂也。”[3]这种改造国民性，培养国民公德的教育必须是新的公民教育，而不是专事培养奴隶的旧教育。“夫奴隶既充斥于国中，则其国为奴隶之国，此其国之所以可侵可攻可裂可亡也！欲其国之不可侵、不可攻、不可裂、不可亡，则莫如使其国中之奴隶，变为国民。是非施国民之教育不为功矣。”[4]

上述关于国民性的讨论与本文上节《觉民》月刊中的国民性讨论一样，与中国当时的现实政治密切相关，在国民性的批

---

① 杨天石、曾景忠编《宁调元集》，长沙：湖南人民出版社，1988年，402页。

② 唐文权编《雷铁厓集》，武汉：华中师范大学出版社，1986年7月，53、60页。

③ 马君武《论公德》，见曾德珪选编《马君武文选》，桂林：广西师大出版社，2000年，197页。

④ 同上书，198页。

判中也表现出非常强烈的现实焦虑感——对民族危机的关注。在南社作家中,真正使国民性批判进入文学领域的是苏曼殊。

苏曼殊关于国民性批判的思想,比较明显地表现在他的早期创作中。主要是发表于1903年的杂文《呜呼广东人》和翻译作品《惨社会》。

《呜呼广东人》发表于1903年10月24日的《国民日日报》。与前述国民性批判的文章一样,这是对于现实中中国人国民性的批判,所不同的是他主要在抨击广东人的媚外。

> 我广东有天然媚外的性质,看见了洋人,就是父爷天祖,也没这样巴结。所以我广东的细崽洋奴,独甲他省。(中略)把自己祖国神圣的子孙弃吊,去摇尾乞怜,当那大英大法等国奴隶,来欺虐自己祖国神圣的子孙。你看这种人于广东有福?于广东有祸?我今有一言正告我广东人:"中国不亡则已,一亡必先我广东;我广东不亡则已,一亡必亡在这班归化籍的贱人手里。"(中略)我久居日本,每闻我广东人入日本籍者,年多一年。且日本收归化顺民,须富商积有资财者,方准其入归化籍;故我广东人,旅居横滨神户长崎大阪等处,以商起家者,皆入日本籍,以求其保护,而诓骗欺虐吾同胞。
>
> 柳亚子编《苏曼殊全集》第1册,158—159页

清末的广东是中国与外界接触最多的省份。一般认为广东风气早开,最早接受外界的新思想、新风尚,事实上当时倡导变革的思想者也以广东为最多,黄遵宪、康有为、梁启超、孙中山等清末思想界的先行者,都是广东人。而曼殊独看到广东人的媚外,这不仅仅是因为这种媚外是现实中存在的,还应当有当时国民性批判思潮对他观察社会、认识问题所产生的影响的原因。

苏曼殊的《惨世界》可以说是最早以艺术形象来批判中国人国民性的作品之一。《惨世界》原名《惨社会》,是苏曼殊对雨果小说《悲惨世界》的翻译(一般认为陈独秀参与了此事)。《惨社会》最初发表是连载在1903年10月至12月的《国民日日报》上,次年由上海镜今书局出版单行本时改为《惨世界》。《惨世界》并不是纯粹的翻译作品,而是翻译、创作相结合的(详见本文第一章第一节相关内容)。在苏曼殊脱离雨果的原作而创作的部分中,最能体现他的国民性批判意识。

作者对国民性的批判主要是通过人物形象来体现的。苏曼殊以他虚构的一个行侠仗义、扶弱济贫的人物明男德为中心,通过在他和周围一系列人物间发生的故事来表现自己对中国人国民性的看法。故事一:明男德在报纸上看到金华贱因饥饿偷了一块面包被捕入狱的事后,深感不平。于是,他赶赴巴黎,深夜潜入狱中救出金华贱。二人潜逃中,金华贱发现明男德身上有几两银子,便起歹意,用刀捅死男德(因天黑刀下偏了,未能杀死男德),抢了他身上的银子;故事二:明男德为一商人之妻打抱不平,杀死了欺压百姓的赃官满周苟,而那妇人为了五万元赏银却出卖了明男德;故事三:明男德投宿到一老太婆家，老太婆误把他身上带的一块铜表当作金表，便想谋财害命；故事四：店老板要无赖，要双份店钱，使明男德一文不名……这些人或忘恩负义，或谋财害命，或缺乏诚信。此外，作品中还写了明男德的父亲明顽的冷漠自私，写了一个叫范桶的富家子弟被他的朋友——名叫吴耻的小人骗得分文全无，最后街头乞讨惨死的故事。故事里面虽然也有好人，但面对这样的人和事，一心想拯救穷人、改造社会的明男德不免孤独。这种革命者与普通民众的隔膜，在鲁迅的小说中得到了发展。对这些以怨报德的小人物，明男德只是哀其不幸："这也是惨世界上人的本色，我也放（犯）不着和你这班无知无识的东西争个长短。"[①]但对另外一些人，他就是怒其不争了：

> 尚海那个地方，曾有许多出名的爱国志士。但是那班志士，我也都见过，不过嘴里说得好，其实没有用处。一天二十四点钟，没有一分钟把亡国灭种的惨事，放在心里，只知道穿些很好看的衣服，坐马车，吃花酒。还有一班，这些游荡的事倒不去做，外面却装着很老成，开个什么书局，什么报馆，口里说的是借此运动经济，才好办利群救国的事，其实也是孳孳为利，不过饱得自己的荷包，真是到了利群救国的事，他还是一毛不拔。

《惨世界》第8回，见《苏曼殊全集》第2册，140—141页

① 苏曼殊《惨世界》第9回，见《苏曼殊全集》第2册，北京：中国书店，1985年，165页。

《惨世界》中的这些文字表明，苏曼殊不仅批判了社会下层民众的不争气，也表达了他对所谓社会精英们的失望。他这种对中国社会整体性的批判态度，虽然有偏激的成分，但这不仅不是他消极悲观的虚无主义世界观的证明，而恰好是晚清时代国民性批判思潮巨大影响的注脚。在《惨世界》中，苏曼殊还对中国的传统文化——儒学做了不客气的评价："支那国孔子的奴隶教训，只有那班支那贱种奉作金科玉律，难道我们法兰西贵重的国民，也要听他那些狗屁吗？"[①]

晚清时期的国民性批判，虽然主要是在现实层面上的，极少数上升到文学层面的创作也很不成熟，甚至幼稚，但它毕竟是中国新文学的传统之一。

① 《苏曼殊全集》第2册，北京：中国书店，1985年，131页。

余 论
南社诗歌与日本明治时期的汉诗

从南社成员的整体创作情况看，南社是一个以诗歌创作为主的文学团体。就这点来看，南社确实又是一个带有中国传统诗社特点的文学社团，而且南社诗人的创作也以传统形式的诗歌为主。虽然由于受中国社会政治革命和诗界革命的影响，南社诗人的诗作中出现了不少新的内容，但他们的创作仍然是中国传统诗歌的延续。如果我们把南社的诗歌创作放在中国传统诗歌的发展史中看，南社诗人的创作可以说是中国传统诗歌的最后辉煌。仅南社诗人胡朴安1925年选编的《南社丛选》就收录了173位诗人的3085首诗作，这样庞大的数字本身就很能说明问题。

虽然南社诗人中有知名度极高者如柳亚子，有文学造诣被充分肯定者如吴梅，还有被人从各个角度深入研究者如苏曼殊，但对南社作家群的诗作在文学史上究竟应该给予怎样的评价、应该给其怎样的地位，学界所做的研究和探讨还很不够。当然，这种现状与南社所处的时代有关。南社处于辛亥革命前后、中国社会剧烈转型的时期，它的成员大多既有中国传统社会“士”的特点，又由于时代的感召而具有强烈的反叛传统的色彩，他们的创作既有别于之前的传统文学，又不同于之后的“五四新文学”。处于这样尴尬位置的南社文学，特别是其诗歌创作，既被传统视为叛逆，又被新文学看作异己也就在所难免。

由于学养有限，笔者无法对南社诗歌创作做出整体的评价与判断，这里仅从比较文学的视角，将南社的诗歌创作与曾经同属东亚汉文化圈、又在大致相同的历史条件下出现的日本明治时代的汉诗做一个对比。以期寻找这两种具有相同传统的文学成果的关联，并探讨近代转型时期中日汉诗的变化及特征。

明治时期的日本，虽然由于维新的国策已经开始了全盘西化，学习西方已成为不可逆转的大趋势，但具有悠久传统的汉文学并未很快衰落，而是迎来了它最后的辉煌。“直到明治后一二十年间，汉诗文依然显出兴盛的势头。”[①]“许多维新运动的领导人和学界人士，在江户末年已经具有较深的汉文学修养，又经历了幕府末年及明治初年的动荡和变革，他们能够运用汉诗来反映社会的变化。从来没有任何时代的汉诗，与日本的社会生活发生过这样密切的关系。”[②]日本明治时代著名文学评论家大町桂月（1869—1925）在《明治文坛之奇现象》一文中曾这样评论当时汉诗的鼎盛：“进入明治时代，西洋的文学、思想等排山倒海般涌入，这并不足奇，（中略）但是本来应该到了废灭时期的汉诗却意外的兴盛起来，而且其优秀的程度让我们觉得

① 王晓平著《亚洲汉文学》，天津：天津人民出版社，2001年8月，522页。

② 同上书，523页。

简直不可思议。汉籍传入(日本)已有两千年之久,但汉诗的创作技巧,却从未有明治时代如此之发达。(中略)明治二十年代实在是汉诗全盛的时代。”①

这一时期日本汉诗的兴盛是我们难以想象的。单从数量上看,这一时期文学史上有记载的诗社就有近30个,像“茉莉吟社”、“星社”、“随鸥吟社”等就是非常活跃的诗社,不仅网罗诗人多、诗作创作量大,还办有自己的刊物。而这一时期的汉诗作者更是为数甚多,中村忠行编的《明治汉诗文人雅号一览表》中就收录有2000余名诗人的雅号。②这里需要特别说明的是,自古以来,日本的汉语文学和日语文学就有明显不同的传统。汉语创作贴近社会政治,文人对功名事业、政治时事的关切更多地寄托于汉文写作;日本语写作则更多地表现个人感受、儿女私情,远离社会政治。③应该说日本汉语文学的特性是中国文学“诗言志”的传统影响的结果。

从东亚汉文学的角度审视南社的诗歌创作和日本明治时代的汉诗,我们会发现许多值得深入考察的相似与不同。比如它们都处于各自国家的社会转型期;它们都是传统汉文学的尾声,但又是它辉煌的一页;它们的作者都具有社会转型期文人的特点,诗人的创作都与中国古老的文化传统关系密切。再比如两国的诗人虽然与当时的社会政治关系密切,但日本诗人的诗歌风格多样,注重表现社会变化中的细节,而中国诗人的创作大多风格悲怆激越,多关注民族的命运……如果我们把这许

① 转引自三浦叶著《明治汉文学史》,东京:汲古书院,1998年,55页。

② 参见神田喜一郎编《明治汉诗文集》,东京:筑摩书房,昭和五十八年,441~455页。

③ 参见铃木修次著《中国文学与日本文学》,东京:东京书籍,1978年。

多的相似与不同放到一起来看，也许会有些新的发现。

首先，从外在的形态来看，南社的结成，很大程度上是由于政治的原因。清末的中国，政治腐败，外患频仍。面对亡国灭种的危局，中国的知识分子几乎没有人无动于衷，他们或提倡改良救国、或主张革命反满；或倡导引进西学以富国强兵、或通过诗文革新以唤醒民众。正是在这样的社会氛围下，一群政治诉求相近的文人走到一起，结成了南社。因而，它的主要成员，特别是活跃分子，几乎都是当时反满革命的志士。

再看日本。幕末时期的倒幕志士大多具有很好的汉学修养，他们常以诗歌来表达自己的政治主张并相互唱酬，甚至也有因政治观点相同而结成的诗社。像以幕末著名诗人梁川星岩（1785—1858）为核心的“玉池吟社”就带有这种特点。但随着维新之后日本国情的变化，明治初期诗社的结成就发生了变化。虽然当时的诗社多是以梁川星岩的门人为核心人物，但他们的组合可以说是以艺术上的趣旨为媒介的。“下谷吟社”是梁川星岩的弟子大沼枕山（1818—1891）创立的，它的特点是强调诗歌要宗宋，并特别推崇陆放翁的诗歌。而梁川星岩的另一个弟子森春涛（1819—1889）发起成立的“茉莉吟社”则鼓吹清诗，崇尚艳丽的诗风，其诗歌被称为“香奁体”。[①]明治中后期林立的诗社，更是体现了不同的艺术趣味与追求。这其实也是明治时期日本汉诗创作繁荣的原因之一。

从诗人的组成来看，南社的诗人中有很多本来就是反对专制制度的政治活动家，他们中有些人被清政府杀害，如周实；有

① 详见三浦叶著《明治汉文学史》，东京：汲古书院，1998年6月，27～28页。

些人被袁世凯杀害，如宁调元；有些人是创建民国的功臣，如黄兴、宋教仁、马君武、李根源；有些成为国民政府的要员，如于右任、叶楚伧。与此相似，日本明治初期的诗坛也有一批这样的"政治"诗人，如倒幕维新的诗人小野湖山、锅岛闲叟；著名的启蒙思想家福泽谕吉、中村敬宇；成为明治政府高官的木户孝允、大久保利通、伊藤博文、西乡隆盛等。与南社诗人一样，在国家的多事之秋，他们是以士的身份投身社会改革的。他们的诗歌创作也与南社诗人一样，与"政治"密切相关。但随着维新的深入，日本社会步入正轨，日本的汉诗也像明治时代其他类型的文学一样，与政治渐行渐远。

除政治家诗人外，南社诗人和日本明治诗人还多是报人。明治初期诗人城岛柳北曾任《朝野新闻》的社长，还创办了汉诗杂志《花月新志》；著名汉诗人森槐南不但主持《每日新闻》、《日日新闻》、《亚细亚》等报刊的副刊，还创办了《新诗综》杂志；国分青崖更是一个职业报人，他早年在《高知新闻》任记者，后来参与明治时代颇具盛名的报刊《日本新闻》与《日本人》的工作50余年；大久保湘南曾任北海道地区的《北海新闻》、《函馆日日新闻》的主笔……[①]南社诗人就更是如此了，稍有名气的南社诗人几乎都曾是报人：于右任办《民呼日报》、《民吁日报》、《民立报》至今仍是中国新闻史上的佳话；黄节变卖家产办《国粹学报》；陈去病、叶楚伧于清末主笔反清的《中华新报》；柳亚子在上海办《复报》；田桐在日本办《二十世纪之支那》；包天笑主编《小说时报》……

---

① 参见三浦叶著《明治汉文学史》，东京：汲古书院，1998年6月，20～84页。

这种大量的知识分子参与办报的现象，与当时中日所处的时代密切相关。明治维新后的日本与清末民初的中国一样，处于社会的转型期。由于社会的近代化变革，大批的文人或主动或被动地脱离了原有的生活轨道，开始以新的方式立足社会、谋取生存，而近代社会报刊的大量发行为他们提供了新的生活方式。当然，不论是日本文人还是中国文人，他们的办报并不仅仅为了谋生，他们在办报的过程中也在表达他们对时局、对世界的看法，释放他们人生的能量，追求他们的人生价值与理想。

近代社会大量报刊的出现，不但改变了文人的生活方式，也使得他们的创作能以与传统社会完全不同的方式传播。当时，中日两国的大部分报纸都办有副刊或开辟专门的文艺栏目，诗人们的创作就通过这些副刊和文艺专栏与读者见面。他们的创作可以通过报刊成千上万的发行量走进千家万户，在这一点上他们与前辈诗人已经完全不同了。除了在报纸副刊上发表诗作外，他们还出版社刊，把现代的传播方式引入诗社，使"诗社"这种古老传统与近代传媒结合。南社的《南社丛刊》和随鸥吟社的《随鸥集》就是这方面的典型。

其实，不论是从政还是办报，所表达出的都是文人对政治的关心和对社会责任的承担，但是两国的诗人及诗歌创作还是有很大的不同。虽然中日两国有着相近的文化传统，受过传统汉文化熏陶的日本文人，也怀有天下兴亡、匹夫有责的信念和治国平天下的人生理想，但他们的诗歌创作担任着完全不同于中国文人的角色。明治维新后，西化的日本日渐强盛，日本诗人们虽然关心时局，有自己的政治主张，但当时文学不能从属于政治的观念已经广为接受。所以，明治时代日本汉诗界诗社林立、流派纷呈，在创作上更多地体现的是不同的艺术追求。反观南社，由于清末中国社会危机四伏，救国图存成为第一要务，加上对传统文化中“士”承担的社会责任与角色的认同，已经开始接受西方文化的南社诗人仍然把政治的正确性作为诗歌创作的第一标准，艺术的追求反而退居其次。

中日两国诗人的诗歌创作，无论是明治时代的日本汉诗人还是南社诗人，在诗歌创作的数量上都是相当可观的，同时，他们的诗歌创作还有着共同的传统。中国自古就有诗言志、歌咏怀的传统，言志、咏史、抒怀是中国诗歌最为常见的内容，即使是叙事、写景的诗中也会或多或少地有言志抒怀的因素。这种传统在南社诗人的创作中自不用说，就是在日本明治时期的汉诗创作中也表现的很明显。著名诗人向山黄村（1825—1897）的《登久能山》就很有代表性：“维岳降神圣，救斯涂炭民。群雄随使役，大度本宽容。悬壁一千仞，壮图三百春。只今桑海后，白发泣遗臣。”[1]不仅是这种诗歌创作中表现出了与中国文人相似的思维模式和表达方式，日本的汉诗中还有与中国相似的历史文化观和价值判断。如对岳飞、项羽的评价，他们就秉承了中国主流历史观的看法。副岛苍海的《岳武穆墓》一诗，表达了对岳飞英年遇害的惋惜和对他的敬意：

呜呼岳公何早死，若不早死国之祉；中原可复敌

① 神田喜一郎编《明治汉诗文集》，东京：筑摩书房，昭和五十八年，23页。

可歼，王室岂至咏如毁。

奸人误国古来同，忠而得死不独公；唯公之死尤惨怛，唯公之忠尤大忠。

帝鉴孔章灵在天，墓木南向非偶然；鼓励天下忠义气，后贤宜须则前贤。

千载之下钦高义，自东海来表敬意；唯时十月天如拭，湖山呈送清明色。

神田喜一郎编《明治汉诗文集》，64页。从韵脚看这不是一首诗，应该是四首绝句，但选编者没有注明

副岛苍海在他的另一首题为《次韵吊项羽，答曾根俊虎》诗中还写了他对项羽的看法：

鸣雁枯芦天欲霜，乌江暮色正茫茫；沛公孙子今予在，鼓棹中流吊项王。

神田喜一郎编《明治汉诗文集》，64页

诗中对项羽的惋惜之情是很明显的，这显然与中国一般文人的观念与感情是一致的。

另一位叫西村天囚的诗人在他的《时事有感，赋古风一篇》中则表达了他对慈禧专权的看法："司晨牡鸡在，祝鮀况满廷；群阴剥阳德，九夏带膻腥；从古未尝闻，至尊被拘囹；至今未曾见，帝位如浮萍……。"[①]"牡鸡司晨"这个词很直接地告诉人们

① 神田喜一郎编《明治汉诗文集》，东京：筑摩书房，昭和五十八年，182页。

女人掌权就是僭越，有违天道。这本是中国传统中对于女人执政的看法，其本质是男尊女卑的伦理观念。应该说日本本土文化中是没有或者少有这种观念的，因为日本历史上曾有过多位女天皇，而且其开国神话中的天照大御神就是一位女性。这显然是受到中国历史文化观的影响。

如上所述，明治时代的日本汉诗在内容、形式及观念上都受到很多中国文化的影响。但日本的诗人更注重内容的多样性，情感表达也更为复杂，整体上与政治比较疏离，更贴近现实生活，且有很多诗歌写的是社会变化的细节。如明治时期最重要的汉诗诗人之一森春涛的《新历谣》，就写了维新后日本改用西历纪年这样一个具体事件：

太阳开历日丽天，不比殷周有变迁。一自缰原垂大统，二千五百卅三年。

《明治汉诗文集》，10页

另一位诗人大沼枕山的《西洋纪行题词》中写了留洋的日本人已经接受了西洋的食品。虽然只是生活细节，但记录的却是时代的变化："男子不思乡味美，笑将洋果（点心）下唐茶"。[1]

绪方南湫的诗《电气灯》更是通过对电灯这一工业文明成果的赞美，生动地展示了明治维新后日本学习西方取得的成果与变化：

① 神田喜一郎编《明治汉诗文集》，东京：筑摩书房，昭和五十八年，8页。

维岁明治十七年，电灯新自海外传；天柱千尺拔地起，一团玻璃挂其颠；

中心气脉从铜线，不借膏油火自然；祝融猛威无由施，况复不要费多钱；

比之石油与轻气，得失何啻异天渊；白气横空流星外，清辉射眼非月前；

此灯莫是鲁阳戈，挽回颓轮照虞泉；此灯莫是周郎舰，烧尽凶贼光涨天；

米国赋氏深哲学，刻苦经岁石可穿；奇外之奇奇不极，笑鹏斥鷃真可怜；

呜呼此灯一出照人界，公然夺取化工权；呜呼灵妙休说神仙术，人智毕竟胜神仙。

《明治汉诗文集》，55—56页

除了关注社会外在的变化，明治时代的汉诗还注意到社会内部的深刻变化。诗人大沼枕山的《嘲士为商者》和《车夫篇》两诗就是从阶级变迁这一角度来反映明治时代的社会变化的。

《嘲士为商者》：

昨来才失禄，卖物欲居贫。大小全家具，高低满席陈。

青袍忘武士，墨斗喜商人。重利轻恩者，休称旧世臣。

同上书，9页

这首诗写的是，江户幕府的武士在明治时代成为"重利轻恩"的商人。日本江户时代的四民身份制度中，武士的地位最高，商人是身份最低的。与中国一样，日本传统观念中也有轻商的倾向，商人差不多就是重利轻义的代名词。但维新之后，许多过去的武士成为工商业者，由以忠义仁勇为信条的武士变成唯利是图的商人，其间的落差难以想象，但这是当时的现实。

《车夫篇》：

车夫何早起，拂拭车上尘。车客犹未到，结束立凌晨。昔日胡为者，三千石幕臣。

出门乘舆马，扬扬上士身。今日浑忘此，快载商贾人。东西南北挽，终日得数缗。

妻子待薪米，余钱能饮醇。熟客给半臂，绀色映青春。我揖车夫说，君岂耻沉沦。

世今无贵贱，又能谁敢伦。知否旧僚友，卖媚列缙绅。无才又无力，不得转洪钧。

输君腕力健，轻轻推重轮。上下如平地，不省小嶙峋。旧僚与君遇，背面避故亲。

太悭囊中物，毫不恤君贫。我亦挥巨笔，桂玉免艰辛。至于其力健，太略与君均。

君虽不识字，听诗气应伸。醉踞君车上，酬君新钞新。

《明治汉诗文集》，9—10页

这首诗也是写武士阶层身份的变化，而且更富有戏剧性。

作者模仿中国乐府诗的叙事手法，描绘了一个昔日俸禄“三千石”的“幕臣”沦为一个人力车夫，他的生活也由原来的“出门乘舆马”变为每日为生计而奔波。所谓“东西南北挽，终日得数缗”正是这个幕府时代的“扬扬上士身”的现实生活。有意思的是，作者却并不鄙视这个成为体力劳动者的旧时武士，而是一再称赞他的勤劳与“力健”，对那些“卖媚列缙绅”、“背面避故亲”的势利小人却不屑一顾。

与日本明治汉诗的丰富多彩、多反映社会生活的细节相比，南社诗人诗歌的政治热情更高，他们更多地关注社会重大事件，而对于社会生活的细节却很少关注。

南社的诗歌风格多抑郁悲怆。宁调元的《癸丑狱中作》一诗就很能表现这种特点：“拒狼进虎亦徒忙，奔走十年此下场。吉网罗钳新伎俩，牛头马面旧跳梁。烂羊满地都如梦，纸虎横空任暂狂。今日凭窗一凝睇，水光山色剧凄凉。”[①]此诗是“二次革命”失败后宁调元被捕入狱，在狱中所作。

南社的诗歌多以感怀、伤乱、悼亡、怀友等为主题，更多地表达的是面对家国灾难的个人感受，而少客观的描述。南社诗歌中有不少诗作是围绕某个主题或某一事件而作的，最典型的有控诉清兵南下时对江南的屠戮，宋教仁遇刺后对袁世凯的声讨，对南社社员宋教仁、周实、宁调元、陈其美、周仲穆等遇害后的悼亡等。南社的悼亡诗尤其值得一提，不仅数量大而且有很强的政治性。《南社丛选》中选录的南社诗人的悼亡诗有百余

① 胡朴安选录《南社丛选》，北京：解放军文艺出版社，2000年7月，470页。

首，其中悼宋教仁、宁调元的诗最多，有数十首之多。这二人都死于袁世凯之手，显然与政治相关。在社友们眼中他们是民主斗士、民族英雄，社友们长歌当哭，悼亡的同时把自己的政治态度、个人情感和对国家民族命运的关切都注入诗中。蒋万里的《挽遁初先生》（宋教仁字遁初）极具代表性：

流血竟五步，伤心此国殇。风云愁黯黯，水月幻茫茫。申浦原吾土，桃源是故乡。灵均应痛哭，谁为遣巫阳？

政海风潮烈，吾徒可若何？豺狼当道卧，魑魅喜人过。万恶人间世，横流大海波。终有回天术，誓起鲁阳戈。

胡朴安选录《南社丛选》，
解放军文艺出版社，2000年7月，797页

此外，由于当时中日都在学习西方，大量引进西方科学技术、思想文化成果，所以两国的汉诗中都有些新词汇。但有趣的是，学习西方更多、更彻底的日本，其汉诗使用新词汇却比较谨慎，用的数量也少。而在学习引进西方文明的质与量上都远不如日本的中国，诗人们却更为大胆奔放，诗歌里大量使用了西方来的新名词。

神田喜一郎所编的《明治汉诗文集》中，能找到的使用外来词语的诗很有限。如中井樱洲的《西红海舟中》：

烟销亚罗比亚海，云迷亚弗利加洲，客身遥在青天外，九万鹏程一叶舟。

《明治汉诗文集》，70页

大江敬香的《麻理亚哲列沙歌》：

头戴玉冠腰金刀，凛然自见威仪高；匈牙将士齐迎揖，……

同上书，99页

以上两首诗中都只是音译外国人名、地名。此外，还有一些就是像前引的绪方南湫的《电气灯》一类的表现近代工业成果的诗歌。

我们都知道，日语中有大量的外来语词汇，日本文化对外来文化的吸收、改造的能力也很强，但他们在汉诗中却慎用外来词语，这的确耐人寻味。

南社诗歌中使用舶来词的诗歌数量就非常多了，不但数量多，而且使用也极其大胆。柳亚子和高旭的诗在这方面表现得尤其突出。

理想飞腾新世界，年华辜负好头颅。椒花柏酒无情绪，自唱巴黎革命歌。

柳亚子《元旦感怀》

一例须眉雌伏久，热心尚有女卢梭。

柳亚子《闻冯遂方女士演说赋赠》

献身应作苏菲亚，夺取民权与自由。

柳亚子《读山阴何孟厂得韩平卿女士为义女诗，和其原韵》

自此激出千卢骚，要使民权大发达，独立独立呼声嚣。

高旭《海上大风潮起作歌》

东亚荆榛壮士忧，自强回首看欧洲。脑筋发达人难阻，法律精神我自由。

高旭《伤时事》

演万头颅之活剧兮，汝其飞跃以步佛米。汝苟能至平等之乐园兮。……汝亦世界上无价之产物兮，汝岂不足以骄夸。我愿为祥风兮，姿披拂扫荡而莫我遮。以激起汝自由之锦潮兮，以吹开汝文明之鲜花。

高旭《爱祖国歌》

神州何日方清静，顽民顽，何如顺民顺，同胞唤难醒。倡独立，发愤图精进。白人入侵，势力圈划定。瓜分惨祸，已逼眉睫近。种劣者败，优者胜。天演家言，实在深湛信。

高旭《瓜分急》

政治异帜真恢奇，意大利产马志尼。共和制度尽热力，鼓舞文明完天职。法国辨者弥拉巴，抵抗政府功蔑加。压制政治论出现，万民欢呼看国花。……海上报界多死声，种亡族灭此先兆！天民帝民民以大，蚁民子民民以小。君大于民国权沦，民卑于官国础沉。若欲民权民生两发达，先将民智民德扶植勤。

高旭《祝民呼报》

我们看到，他们的创作从语言上到句法上都突破了中国传统诗歌的规范，远比日本人更放得开。从内容上看，日本的汉诗里主要是一些从西方引进的新事物和翻译音，南社诗歌中则以西方思想文化方面的内容为多。

何以如此呢？戊戌变法失败后，为了开启民智，中国改良派倡导“诗界革命”，南社人在文化上深受改良派影响，他们基本上秉承了改良派诗歌的观念与传统，用诗歌来表达政治情怀和要求变革的激情，在创作中重视诗歌的内容而不太在意其形式。从文学史的角度看，中国的传统诗歌历史悠久，形式上已经达到烂熟，而且在历史上有过多次诗歌革新，每一次革新后，中国的诗歌都能走上新的辉煌，因而从内心来说，中国诗人更有自信，相信自己文化的包容力与变革的能力。另一方面，与日本自上而下的改革不同，中国清末的变革是被迫的，作为变革主导力量的知识阶层，要推动顽固的统治阶级、启蒙处于愚昧状态的民众，需要更加强有力的刺激与推动力，而诗歌正是他们的得力工具之一。

日本自古以来就学习中国文化，虽然他们有着一千多年创作汉诗的传统，但从骨子里面对汉诗的创作毕竟不像中国人那样自信，因此在诗歌的革新方面会比较保守。而且，日本的社会变革是主动的、自上而下的，其阻力与所产生的社会矛盾远没有中国那样强大与复杂。因此，他们的诗人更为从容，写出的作品也更平和。

说起南社，必然会想到当年南社那场“唐宋诗”之争。这段公案的主角是柳亚子和南社社友朱鸳雏、姚鹓雏、闻野鹤。表面上是所谓诗歌宗唐、宗宋之争，本质上却是基于政治的原因。宗宋是清末“同光体”诗派的主张，柳亚子因反清而讨厌由清朝遗老为主的“同光体”诗人，故而和社友发生争执。这在柳亚子的《我和朱鸳雏的公案》一文中说得非常清楚：“我和鸳雏的争辩，发源于宋诗问题，讲起来，是很可笑的。从满清末年到民国初年，江西诗派盛行，他们都以黄山谷为鼻祖，而推尊为现代宗师的，却是陈散原、郑海藏（孝胥）二位先生，高自标榜，称为同光体，大有去天五尺之概。我呢，对于宋诗本身，本来没有什么仇怨，我就是不满意于满清的一切，尤其是一般亡国大夫的遗老们。（中略）我是反清的，我以为清朝的臣子没有一个是好的，所以就大大的攻击而提倡布衣之诗了。但社中也不乏捧同光体的朋友，（中略）那时候，我正是年少气盛，狂放到不可一世，为了胡先骕先生写信来恭维同光体，便还答了他两首诗……”[①]由此可见，这场争执中虽有柳亚子少年气盛的原因，但本质上还是政治态度所致。

① 见柳亚子《南社纪略》，上海：上海人民出版社，1983年4月，149～150页。

回看明治日本汉诗诗坛，也有宗唐、宗宋的争论，如曲坊吟社、读杜诗社的诗人就主张诗歌宗杜（少陵）；诗人小野湖山主张宗白（李白）；而大沼枕山则倡导宗宋（陆放翁）。但他们的争论纯粹是艺术问题。

以上对南社诗歌与日本汉诗的比较，从比较文学的角度来说也许并不成功。但通过这样的梳理与写作，我感觉自己对日本明治时代的汉诗和南社的诗歌有了较为明晰的认识，对这一时期中日汉诗的一些特点有了基本的把握。在19世纪到20世纪初那样一个世界剧烈变化的时代，在那种东西文明冲撞交汇、传统文化与现代文明裂变组合的时代，无论是中国、日本的文学，还是其他国家的文学；无论是汉诗，还是其他文学形式，都不可避免地会留下那个时代的社会文化基因。把这些基因整理出来研究清楚，对于历史、对于现在和未来也许都不无意义。

参考文献

中文书目：

陈去病：《浩歌堂诗钞》十卷（线装），[M]，民国13年（1924）刊本。

景梅九：《罪案》，[M]，北京：国风日报社，1924年4月。

梁启超：《饮冰室合集》1—6册，[G]，北京：中华书局，1936年影印版。

田桐：《玄玄遗著》上下两册（线装），[M]，民国26年（1937）刊本。

戈公振：《中国报学史》，[M]，上海：三联书店，1955年。

舒芜、陈迩冬：《近代文论选》上、下册，[G]，北京：人民文学出版社，1959年。

张楠、王忍之：《辛亥革命前十年时论选集》第1、2卷，[G]，北京：生活读书新知三联书店，1963年。

汤志均：《章太炎争论选集》，[G]，北京：中华书局，1977年。

陈敬之：《首创民族主义文学的南社》，[M]，台北：台湾成文出版社有限公司，民国69年（1980）。

拜伦：《唐璜》，查良铮译，[M]，北京：人民文学出版社，

1980年。

冯自由:《革命逸史》1—6集,[M],北京:中华书局,1981年。

钟叔河:《黄遵宪日本杂事诗广注》,[G],长沙:湖南人民出版社,1981年。

郑逸梅:《南社丛谈》,[M],上海:上海人民出版社,1981年。

上海图书馆:《中国近代期刊篇目汇录》第2卷上、中册,[G],上海:上海人民出版社,1981年。

张玉法:《清季的革命团体》,[M],台北:台湾中央研究院近代史研究所,民国70年(1981)再版。

裴效维:《苏曼殊小说诗歌集》,[G],北京:中国社会科学出版社,1982年。

中国社科院文学所近代文学研究组:《中国近代文学论文集》1949—1979戏剧、民间文学卷,[G],北京:中国社会科学出版社,1982年。

丁守和:《辛亥革命时期期刊介绍》1—5册,[G],北京:人民出版社,1982—1987年。

北冈正子:《摩罗诗力说材源考》,[M],何乃英译,北京:北京师范大学出版社,1983年。

马以君:《燕子龛诗笺注》,[M],成都:四川人民出版社,1983年。

丁文江、赵丰田:《梁启超年谱长编》,[G],上海:上海人民出版社,1983年。

刘玉来:《秋瑾诗词注释》,[G],银川:宁夏人民出版社,

1983年。

丘权政、杜春和:《辛亥革命史料选辑》,[G],长沙:湖南人民出版社,1983年。

柳亚子:《南社纪略》,[M],上海:上海人民出版社,1983年。

周永林:《邹容文集》,[G],重庆:重庆出版社,1983年。

郁风:《郁曼陀陈碧岑诗抄》,[G],上海:学林出版社,1983年。

中国国民党中央委员会党史委员会:《马君武先生文集》,[G],台北:1984年(中华民国73年)。

葛懋春、蒋俊、李兴芝:《无政府主义思想资料选》上、下册,[G],北京:北京大学出版社,1984年。

刘斯奋:《黄节诗选》,[G],广州:广东人民出版社,1984年。

柳亚子:《苏曼殊全集》1—5,[G],北京:中国书店影印北新书局,1985年。

谭行、刘志坚、邓小飞:《马君武诗注》,[G],南宁:广西民族出版社,1985年。

钱基博:《现代中国文学史》,[M],长沙:岳麓书社,1986年。

刘其发:《近代中国空想社会主义史论》,[M],北京:华夏出版社,1986年。

唐文权:《雷铁厓集》,[G],武汉:华中师范大学出版社,1986年。

王栻:《严复集》第1册,[G],北京:中华书局,1986年。

时萌:《中国近代文学论稿》,[M],上海:上海古籍出版社,1986年。

柳亚子:《苏曼殊研究》,[M],上海:上海人民出版社 ,1987年。

宋益乔:《情僧长恨——苏曼殊》,[M],太原:北岳文艺出版社,1987年。

伊文成、汤重南、贾玉芹:《日本历史人物传》(近现代篇),[M],哈尔滨:黑龙江人民出版社,1987年。

王晓平:《近代中日文学交流史稿》,[M],长沙:湖南文艺出版社,1987年。

周锡山:《王国维文学美学论著集》,[G],太原:北岳文艺出版社,1987年。

叶元:《叶楚伧诗文集》,[G],上海:上海三联书店,1987年。

章念驰:《章太炎生平与学术》,[M],上海:三联书店,1988年。

杨天石、曾景忠:《宁调元集》,[G],长沙:湖南人民出版社,1988年。

马以君:《黄节诗集》,[G],北京:中国人民大学出版社,1989年。

拜伦:《恰尔德·哈洛尔德游记》,[M],杨熙龄译,上海:上海译文出版社,1990年。

汤志均:《乘槎新获——从戊戌到辛亥》,[M],南京:江苏古籍出版社,1990年。

景克宁、赵瞻国:《景梅九评传》,[M],西安:陕西人民出版社,1990年11月。

莫世祥:《马君武集》,[G],武汉:华中师范大学出版社,1991年。

胡伟希:《辛亥革命与近代中国思想文化》,[M],北京:中国人民大学出版社,1991年。

柳无忌:《苏曼殊传》,[M],上海:三联书店,1992年。

近代日本思想史研究会:《近代日本思想史》第1、2卷,[M],北京:商务印书馆,1992年。

戈宝权:《中外文学因缘》,[M],北京:北京出版社,1992年。

张锡勤:《中国近代的文化革命》,[M],哈尔滨:黑龙江教育出版社,1992年。

熊月之:《西学东渐与晚清社会》,[M],上海,上海人民出版社,1994年。

王慎之、王子今:《清代海外竹枝词》,[G],北京:北京大学出版社,1994年。

陈星:《孤云野鹤——苏曼殊》,[M],济南:山东画报出版社,1995年。

毛策:《苏曼殊传论》,[M],北京:中国人民大学出版社,1995年。

桑兵:《清末知识界的社团与活动》,[M],上海:三联书店,1995年。

王学庄、杨天石:《南社史长编》,[G],北京:中国人民大学出版社,1995年。

程西筠:《世界历史名人谱》近代卷1,[G],北京:人民出版社,1996年。

郑彭年:《日本西方文化摄取史》,[M],杭州:杭州大学出版社,1996年。

高铦、谷文娟:《〈觉民〉月刊整理重排本》,[G],北京:社会科学文献出版社,1996年。

王克非:《中日近代对西方政治哲学思想的摄取》,[M],北京:中国社会科学出版社,1996年。

张炯、邓绍基、樊骏:《中华文学通史》第5卷,[M],北京:华艺出版社,1997年。

郑师渠:《晚清国粹派》,[M],北京:北京师范大学出版社,1997年。

李宏图:《西欧近代民族主义思潮研究》,[M],上海:上海社会科学院出版社,1997年。

曼昭、胡朴安:《南社诗话两种》,[M],北京:中国人民大学出版社,1997年。

张灏:《梁启超与中国思想的过渡》,[M],崔志海、葛夫平译,南京:江苏人民出版社,1997年。

陈万雄:《五四新文化源流》,[M],上海:三联书店,1997年。

姜静楠:《苏曼殊评传·作品选》,[M],北京:中国文史出版社,1998年。

程文超:《1903前夜的涌动》,[M],济南:山东教育出版社,1998年。

周作人:《日本管窥》,[M],长沙:湖南文艺出版社,1998年。

野村浩一:《近代日本的中国认识》,[M],张学锋译,北京:中央编译出版社,1999年。

〔英〕冯客:《近代中国之种族观念》,[M],杨立华译,南京:江苏人民出版社,1999年。

张宜雷:《近代文学变革散论》,[M],天津:天津社会科学院出版社,2000年。

王晓秋:《近代中日文化交流史》,[M],北京:中华书局,2000年。

钟叔河:《走向世界》,[G],北京:中华书局,2000年7月。

黄遵宪:《人境庐诗草》上、下,[G],钱仲联笺注,北京:中国青年出版社,2000年。

曾德珪:《马君武文选》,[G],桂林:广西师范大学出版社,2000年。

郭延礼:《近代西学与中国文学》,[M],南昌:百花文艺出版社,2000年。

胡朴安:《南社丛选》上、下册,[G],北京:解放军文艺出版社,2000年。

郭延礼:《中国近代文学发展史》,[M],第1—3卷,北京:高等教育出版社,2001年。

夏晓虹:《晚清社会与文化》,[M],武汉:湖北教育出版社,2001年。

孟华:《比较文学形象学》,[M],北京:北京大学出版社,2001年。

黄爱华:《中国早期话剧与日本》,[M],长沙:岳麓书社,2001年。

李孝悌:《清末的下层社会启蒙运动:1901—1911》,[M],石家庄:河北教育出版社,2001年。

程华平:《中国小说戏剧理论的近代转型》,[M],上海:华东师范大学出版社,2001年。

柳无忌、殷安如:《南社人物传》,[M],北京:社会科学文献出版社,2002年。

王向远:《比较文学学科新论》,[M],南昌:江西教育出版社,2002年。

程文超:《百年中国文学总系1903—前夜的涌动》,[M],济南:山东教育出版社,2002年。

杨天石:《从帝制走向共和》,[M],北京:社会科学文献出版社,2002年。

曹世铉:《清末民初无政府派的文化思想》,[M],北京:社会科学文献出版社,2003年。

杨联芬:《晚清至五四:中国文学现代性的发生》,[M],北京:北京大学出版社,2003年。

郭长海、金菊贞:《高旭集》,[G],社会科学文献出版社,2003年。

陈玉申:《晚清报业史》,[M],济南:山东画报出版社,2003年。

孙之梅:《南社研究》,[M],北京:人民文学出版社,2003年。

郑匡民:《梁启超启蒙思想的东学背景》,[M],上海:上海书店出版社,2003年。

卫茂平:《德语文学汉译史考辨》,[M],上海:上海外语教育出版社，2004年。

王宝平：《中日诗文交流集》之《晚清东游日记》，[G]，上海：上海古籍出版社，2004年。

王芸生：《六十年来中国与日本》1—8卷，[M]，上海：三联书店，2005年。

贾植芳、周立民：《我的日本印象》，[M]，上海：复旦大学出版社，2005年。

王德威：《被压抑的现代性——晚清小说新论》，[M]，宋伟杰译，北京：北京大学出版社，2005年。

王政、陈雁：《百年中国女权思潮研究》，[M]，上海：复旦大学出版社，2005年。

郑逸梅：《近代名人丛话》，[M]，北京：中华书局，2005年。

王向远：《日本对中国的文化侵略》，[M]，北京：昆仑出版社，2005年。

唐德刚：《袁氏当国》，[M]，桂林：广西师范大学出版社，2005年。

戴季陶：《日本论》，[M]，北京：九州出版社，2005年。

高文汉：《日本近代汉文学》，[M]，银川：宁夏人民出版社，2005年。

〔日〕松本三之介：《国权与民权的变奏》，[M]，李冬君译，上海：东方出版社，2005年。

小泉八云：《日本与日本人》，[M]，胡山源译，北京：九州出版社，2005年。

〔美〕亚瑟·史密斯：《中国人的德行》，[M]，张梦阳、王丽娟译，北京：新世界出版社，2005年。

陈平原:《中国现代小说的起点》,[M],北京:北京大学出版社,2005年9月1。

佐藤慎一:《近代中国的知识分子与文明》,[M],刘岳兵译,南京:江苏人民出版社,2006年。

日文书目:

吉田松阴:《幽室文稿》1—6(线装本),[G],品川弥二郎编,京都:田中治兵卫发行。

田熊渭津子:《明治翻译文学年表》,见《明治文化全集》第22卷,[G],东京:日本评论社,昭和二年(1927)。

尾崎行雄:《尾崎咢堂全集》第3、4卷,[G],东京:公论社,1955—1956年。

明治文化资料丛书刊行会:《明治文化资料丛书》第9卷,[G],风间书房,昭和三十四年(1959)十月。

池田谕:《吉田松阴》,[M],东京:弘文堂,昭和三十九年(1964)。

柳田泉:《明治初期的文学思想》上、下册,[M],东京:春秋社,1965年。

福泽谕吉:《福泽谕吉全集》第4卷,[G],东京:筑摩書房,昭和四十一年(1966)。

景梅九:《留日回顾》,[M],大高岩、波多野太郎译,东京:平凡社,1966年。

三宅雪岭:《明治文学全集》之《三宅雪岭集》,[G],东京:筑摩書房,昭和四十二年(1967)三月。

明治文化研究会:《明治文化全集》第5卷、第8卷,[G],东京:日本评论社,昭和四十三年(1968)一月。

陆羯南:《陆羯南全集》第2卷,[G],东京:みすず書房,1969年4月。

木村毅:《明治翻译文学集》,[G],东京:筑摩書房,昭和四十七年(1972)。

福田光治等:《欧美作家与日本近代文学》1—5册,[M],教育出版中心,昭和四十九年(1974)。

德富苏峰:《德富苏峰集》(明治文学全集之第34卷),[G],东京:筑摩書房,昭和四十九年(1974)四月

山口县教育会:《吉田松阴全集》1—10卷、别卷,[G],东京:大和書房,1974—1980年。

伊藤整:《日本文壇史》第1—15册,[M],东京:讲谈社,昭和五十年(1975)。

福田光治、剑持武彦、小玉晃一:《欧美作家与日本近代文学》第4卷(德国卷),[M],教育出版中心,昭和五十年(1975)。

《日本近代文学大事典》第1—6册,[G],东京:讲谈社,昭和五十二年(1977)。

下中邦彦:《日本人名大事典》第6卷,[G],东京:平凡社,1979年。

下中邦彦等:《日本近代名人大词典》第5册(日文版),[G],东京:平凡社,1979年。

神田喜一郎编:《明治汉诗文集》,[G],东京:筑摩书房,昭和五十八年(1983)八月。

松本三之介编:《明治文学全集》之《政教社文学集》,[G],东京:筑摩書房,昭和五十九年(1984)二月。

平林一、山田博光:《民友社文学的研究》,[M],东京:三一書房,1985年5月。

平川祐弘:《异文化中生活的人们》,[M],东京:中央公论社,1993年10月。

佐藤慎一:《近代中国の知識人と文明》,[M],东京:东京大学出版会,1996年12月。

三浦叶:《明治汉文学史》,[M],东京:汲古书院,1998年6月。

杂　志:

《传记文学》,[J],38卷(台湾)。

《新民丛报》,[J],1—30、37—48期。

《新小说》,[J],1—12期。

论　文:

王晶垚,"南社始末",[J],《中国社会科学》,1980年4期。

谭行,"南社杰出诗人马君武",[J],《广西民院学报》,1981年3期。

曾德珪,"试论马君武的诗歌创作",[J],《广西师院学报》,1981年3期。

谭行,"论马君武和他的爱国主义诗篇",[J],《广西民院学报》,1983年1期。

裴效维,"苏曼殊小说论",[J],《文学遗产》,1983年1期。

林雨如,"马克思主义传播与马君武",[N],《广西日报》,1983年3月14日。

柳无忌,“苏曼殊研究的三个阶段”,[J],《华南师大学报》,1984年3期。

杨天石,“辛亥革命时期的陈去病”,[J],《近代史研究》,1984年3期。

柳无忌,“我为什么写《苏曼殊评传》”,[J],《读书》,1984年9期。

苏先治,“马君武的爱国主义诗篇”,[J],《广西大学学报》,1985年2期。

邵迎武,“苏曼殊与拜伦”,[J],《天津师大学报》,1986年3期。

文伟,“陈独秀和苏曼殊的友谊”,[N],《团结报》,1986年5月3日。

丁闻,“可敬的民主革命前驱——纪念叶楚伧先生一百周年诞辰”,[N],《团结报》,1986年8月16日。

陆草,“苏曼殊与拜伦、雪莱之比较”,[J],《中州学刊》,1987年4期。

徐国昌,“柳亚子与高天梅”,[N],《团结报》,1987年5月23日。

袁荻涌,“浅谈苏曼殊与外国文学关系”,[J],《文史杂志》,1987年6期。

邵迎武,“苏曼殊:中西文化冲突下的选择”,[J],《徐州师院学报》,1988年2期。

孙倚娜,“漫论苏曼殊的译诗”,[J],《苏州大学学报》,1988年2期。

毛策,“苏曼殊小说的四个模式”,[J],《山东社会科学》,1988年2期。

郭长海,“《马君武诗选》讹误简析”,[J],《广西大学学报》,1988年3期。

邵迎武,“论苏曼殊的悲剧”,[J],《苏州大学学报》,1988年3期。

刘杰,“景梅九与国风日报”,[J],《太原师范学院学报》,1990年2期。

蔡定国,“马君武的抗战诗——纪念爱国诗人马君武逝世50周年”,[J],《学术论坛》,1990年4期。

蔚江,“飘零的诗魂——苏曼殊之死”,[J],《传记文学》,1990年6期。

刘杰,“景梅九早期报刊活动探议”,[J],《运城高专学报》,1991年1期。

徐鹏绪,“柳亚子研究述评”,[J],《南社研究》1,中山大学出版社,1991年7月。

管林,“试论柳亚子的文学思想”,[J],《南社研究》4,中山大学出版社,1993年12月。

金勇,“苏曼殊小说新论”,[J],《河南大学学报》,1994年1期。

钱仲联,“南社吟坛点将录”,[J],《苏州大学学报》,1994年1期。

袁凯声,“苏曼殊与郁达夫比较片论”,[J],《江海学刊》,1994年1期。

李尤白,“景梅九传略”,[J],《沧桑》,1994年5期。

陈东林,“拭去历史的尘封——还柳亚子在文学史上应有的地位”,[J],《南京理工大学学报》,1995年1期。

陈平原,“关于苏曼殊小说”,[J],《杭州师院学报》,1995年2期。

陈启源,“论马君武对社会主义学说的初步评价”,[J],《广西大学学报》,1995年2期。

丁赋生,"陈独秀对苏曼殊文学创作的贡献",[J],《南通师范学院学报》,1995年2期。

王立兴,"陈去病与晚清的戏剧改革运动",[J],《南京大学学报》,1995年3期。

高正琴,"杰出的翻译家——马君武先生",[J],《社会科学家》,1995年5期。

经盛鸿,"第一个加入同盟会的女会员唐群英",[J],《炎黄春秋》,1995年11月。

仁广田,"论苏曼殊的思想",[J],《西北大学学报》,1996年1期。

经盛鸿,"张继与第一次国共合作",[J],《安徽史学》,1996年2期;又载《民国档案》,1999年1期。

白坚,"简论南社的爱国主义精神",[J],《南京理工大学学报》,1996年2期;又载《学海》1997年1期。

纪毓,"马君武轶事",[J],《文史春秋》,1996年4期。

陈启源,"马君武与孙中山的早期交往",[J],《广西大学学报》,1996年6期。

虞达文,"马君武教育思想轨迹探索",[J],《广西大学学报》,1996年6期。

喻学才,"苏曼殊——翻译外国诗歌的先驱",[J],《中国翻译》,1997年2期。

丁赋生,"苏曼殊小说中的少女形象",[J],《南通师范学院学报》,1997年3期。

马以君,"论苏曼殊",[J],《文艺理论与批评》,1997年5期。

石在中,"论苏曼殊与佛教——兼与弘一大师(李叔同)比较",

[J],《华中师范大学学报》,1998年4期。

陈启源,“三长西大的马君武”,[J],《广西大学学报》,1998年6期。

袁荻涌,“苏曼殊与印度文学”,[J],《贵州文史丛刊》,1998年6期。

王萌,“浅析苏曼殊小说的创作心理”,[J],《中州学刊》,1999年1期。

金建陵、张末梅,“‘南社’小说的勃兴和创作成就”,[J],《南京理工大学学报》,1999年2期。

孙宜学,“断鸿零雁,苏曼殊的感伤之旅”,[J],《中国文学研究》,1999年2期。

经盛鸿,“亦酒亦诗的民国元老叶楚伧”,[J],《民国春秋》,1999年4期。

华夫,“李叔同:20世纪中国戏剧改革的先锋”,[J],《文艺研究》,1999年5期。

余杰,“以梁启超、苏曼殊、鲁迅为中心探讨民初文人的拜伦观”,[J],《鲁迅研究月刊》,1999年9期。

郭长海,“南社小说概览”,[J],《长春师范学院学报》,2000年1期。

林香伶,“千载有余情——从南社诗歌看唐代游侠诗的足迹”,[J],《南京理工大学学报》,2000年2期。

孙绪敏,“苏曼殊诗文中的佛教意识”,[J],《南京师范大学学报》,2000年2期。

武润婷,“论苏曼殊的哀情小说”,[J],《河北师范大学学报》,2000年2期。

毛庆耆,“黄节《诗学》研究”,[J],《北京大学学报》,2000年3期。

沈庆利,“从《断鸿零雁记》看苏曼殊独特的文化心理冲突”,[J],《中国现代文学研究丛刊》,2000年4期。

金建陵、张末梅,“南社与五四运动”,[J],《南京理工大学学报》,2000年5期。

孙之梅,“南社与“诗界革命派”的异同”,[J],《山东师大学报》,2000年5期。

孙之梅,“南社与南社研究”,[J],《山东大学学报》,2000年6期。

曾景忠,“传统文化与西潮之交汇——南社创立思想酝酿过程研讨”,[J],《南京理工大学学报》,2000年6期。

管林,“40年来柳亚子的研究述评”,[J],《南京理工大学学报》,2001年1期。

金建陵、张末梅,“南社女性解读:从个体到群体”,[J],《南京理工大学学报》,2001年2期。

杨丽芳,“论苏曼殊在中西文化冲撞中的心灵眩晕”,[J],《晋东南师范专科学校学报》,2001年2期。

梁淑安,“近代戏剧改良运动的先锋柳亚子与陈去病——兼谈南社社员在剧本创作与舞台艺术方面的实践活动”,[J],《南京理工大学学报》,2001年4期。

李诠林,“论苏曼殊对中国20世纪通俗小说发展的影响”,[J],《甘肃教育学院学报》,2001年4期。

王少梅,“黄节与《国粹学报》”,[J],《语文学刊》,2001年5期。

易劲鸿,“张继为何要重墨?”,[J],《益阳师专学报》,2001年5

期。

袁荻涌,“苏曼殊与外国文学”,[J],《青海社会科学》,2001年5期。

卢文芸,“爱情、死亡与革命——论苏曼殊小说及其他”,[J],《南京理工大学学报》,2002年1期。

李金涛、李志生,“苏曼殊诗歌的现代特征”,[J],《河北学刊》,2002年1期。

张伟,“略论蔡元培与马君武——纪念马君武诞辰一百二十周年”,[J],《广西教育学院学报》,2002年1期。

陈俐,“论南社诗人黄节”,[J],《牡丹江大学学报》,2002年1期。

何开粹,“柳亚子和马君武”,[J],《中共桂林市委党校学报》,2002年1期;又载《文史春秋》2002年6期、《党史天地》2002年1期。

刘颖白、殷安如,“陈去病诗文集编后记”,[J],《南京理工大学学报》,2002年1期。

佘协斌,“雨果在中国:译介、研究及其他——纪念世界文化名人雨果诞辰200周年”,[J],《中国翻译》,2002年1期。

龚喜平,“南社诗人与中国诗歌近代化”,[J],《兰州大学学报》,2002年2期。

陈俐,“南社及其主导的‘宗唐文学观’”,[J],《淮北煤师学院学报》,2002年2期。

陈金源,“马君武在梧州”,[J],《广西地方志》,2002年2期。

郭延礼,“近代外国文学译介中的民族情结”,[J],《文史哲》,2002年2期。

曾远鸿,“苏曼殊诗歌的‘情’‘佛’冲突及意义”,[J],《淮北煤师学院学报》,2002年2期。

黄乐琴,“南社与‘左联’——鲁迅的历史选择与政治价值取向”,[J],《上海大学学报》,2002年3期。

金建陵、张末梅,“南社在传播马克思主义中的作用”,[J],《南京理工大学学报》,2002年3期。

谭肇毅,“马君武改造国民性思想初探”,[J],《广西师范大学学报》,2002年3期。

郭长海,“中华民国成立时的文学”,[J],《长春师范学院学报》,2002年3期。

梁文宁,“近代诗歌意象与近代文人心态”,[J],《学术论坛》,2002年3期。

孙之梅,“南社与近代新闻报刊业”,[J],《文史哲》,2002年3期。

游友基,“古典向现代的转型——苏曼殊小说论”,[J],《福州师专学报》,2002年3期。

曾德珪,“马君武诗文著译系年录(一)”,[J],《广西师范大学学报》,2002年3期。

王天根,“藉‘纪念马君武先生诞辰120周年学术研讨会’看马君武研究”,[J],《广西师范大学学报》,2002年4期。

曾德珪,“马君武诗文著译系年录(二)”,[J],《广西师范大学学报》,2002年4期。

周广秀,“论柳亚子的戏剧理论及活动”,[J],《连云港师范高等专科学校学报》, 2002年4期。

郭延礼,“中国文学由古典向现代的转型及其文学史意义”,[J],《文艺研究》,2002年6期。

李仲明,“辛亥革命时期的‘上海新舞台’”,[J],《炎黄春秋》,2002年11期。

陈浩望,“马君武的诗与张学良”,[J],《海内与海外》,2002年12期。

龚喜平,“南社译诗与中国诗歌近代化”,[J],《外国文学研究》,2003年1期。

黄瑞云,“说晚清诗”,[J],《湖北师范学院学报》,2003年1期。

倪正芳、唐湘从,“《哀希腊》在中国的百年接受”,[J],《湖南工程学院学报》,2003年2期。

孙之梅,“民国前南社的遗民情节”,[J],《山东大学学报》,2003年2期。

雷锐,“中国小说的现代化质变”,[J],《广西师范大学学报》,2003年3期。

宋筱蓉,“‘五四’运动前德国文学在中国的译介”,[J],《江淮论坛》,2003年3期。

唐月琴,“苏曼殊的小说创作”,[J],《湖南社会科学》,2003年3期。

张恒俊、张俊杰,“教泽在人——记三任广西大学校长的马君武”,[J],《零陵学院学报》,2003年3期。

林威,“苏曼殊作品的感伤之因”,[J],《南通师范学院学报》,2003年4期。

郭延礼,“试论中国近代文学精神”,[J],《山东大学学报》,2003年5期。

林威,“苏曼殊:一个失落精神家园的漂泊者”,[J],《江西教育学院学报》,2003年5期。

朱文华,“晚清各体文学的走向和中国文学的古今演变”,[J],《复旦学报》,2003年5期。

黄永健,“苏曼殊诗画的禅佛色彩”,[J],《深圳大学学报》,2003年6期。

孔庆东,“试论叶小凤的小说创作”,[J],《涪陵师范学院学报》,2003年6期。

杨联芬,“晚清与五四文学的国民性焦虑(二)晚清新小说批判国民性母题的形成”,[J],《鲁迅研究月刊》,2003年11期。

吴正明,“辛亥革命时期南社社友手中的两大法宝——报刊与诗文”,[J],《南京理工大学学报》2004年4期。

董大中,“著名无政府主义者景梅九”,[J],《文史月刊》,2004年6期。

樊庆彦,“高旭文学思想初探”,[J],《南京理工大学学报》,2005年3期。

后 记

这本书的基础内容是我的博士论文，如果从写博士论文算起，从开始写作至今就已经有八个年头了。之所以拖这么长的时间，和我的性格有极大的关系，我属于那种做一件事时会非常专注，可一旦放下就不容易很快拿起来的人。现在看来，当年老师王向远先生在我博士论文准备答辩时坚持要我延期半年毕业，把已查到资料的部分全部修改完成的决定真是有先见。另外一个可以勉强算作原因的是这本书是开放性的结构，常常是准备收尾了，又发现了新的资料，就这样断断续续写了八年。也许冥冥之中真有一种难以解释的力量，在恰逢辛亥百年之际，我这本拖拉了多年、内容多涉辛亥人物的书终于完成了。

八年在人生中是够长的了，它长到足够一个人能品尝到人生的酸甜苦辣。在这八年间，儿子由一个懵懂少年长成了可以承担责任的青年，我感受了做母亲的幸福与甘甜；在这八年中，亲爱的母亲离我而去，让我知道了肝肠寸断的痛与永远的遗憾是什么味道；在这八年里，我明白了最简单的生活才是最美好的生活这样的道理，因而也特别怀念全力以赴写博士论文的那段日子。那是一段单纯到单调的日子，但现在回想起来却是那样的美好。那段日子里，我常常背着笔记本电脑、面包和水，骑着自行车去北京的各家图书馆搜索资料，脑子里也只装着那些生活在清末民初的南社文人。因为"南社与日本间的关系"是一个过去无人涉及的课题，资料必须自己一点点去发现、去挖掘。那一段我尽情地感受了“发现”的喜悦与兴奋，每发现一点有价值的资料，我都会兴奋得难以自持，常常忍不住要打一通电话给王向远老师，把“喜讯”告诉他。记得，经过多日搜寻，终于在国家图书馆的古籍部找到田桐的《扶桑诗话》的那一天，我高兴到彻夜难眠。在这八年间我还曾两度赴日本，为自己的研究寻找更多可靠扎实的材料。现在这本书截稿了，研究总算告一段落，但我既不觉得轻松也没有成就感，有的只是一种恋恋不舍。的确，和一件事纠缠了八年，怎能不生出感情？

当然，写这本书的过程中绝不是我“一个人在战斗”。首先必须提到的是王向远老师，当时我选这样一个题目做博士论文就是受王老师影响的。那时，我们常在一起聊，有一次，王老师说了这样一番话：“国家花钱养着我们这帮人，不是让我们舒舒服服地搞审美，做真学问也不可能拿着现成的资料舒舒服服地做，要尽量找那些没人做过的、有填补空白意义的课题去做。”这番话我印象深刻，这大概就是我博士论文选题时放弃了自己轻车熟路的纯文学研究，而选择了没人做过的、涉及政治、历史、文学多方面问题的南社与日本的关系的原因。在我后来的写作中，每每遇到困难也是王老师的分析、点拨使我的思路豁然开朗。还有中国社科院近代史所的陈铁建先生，文学所的王飚、张中良先生，北师大的何乃英先生和山东大学的郭延礼先生也是必须提到的。他们参加了我的博士论文答辩，给了我极大的鼓励并提了许多宝贵意见和建议，让我感受到了前辈学者的学识与胸怀，也使我在后来的写作中始终有比较明确的目标和自己的观点。我从内心深处感谢他们。

必须感谢的还有《广西大学学报》、《北京师范大学学报》、《中国现代文学研究丛刊》、《文学评论》、《长江学术》、《重庆大学学报》、《南京理工大学学报》和《晋中学院学报》等刊物。这些学术刊物给我提供了宝贵的机会，使我的部分研究内容得以发表，增强了我做学术研究的信心。

还要感谢教育部哲学社会科学研究后期资助项目给我的资助，因为有了这个资助，我才有比较充裕的资金去访查搜集资料、参加相关的学术会议，而这些都是本书能够顺利完成的前提。还要感谢商务印书馆与编辑武强先生、陈娟娟女士，因为他们无私的帮助，这本书才能顺利出版。另外，还要感谢我大学时代的老师、著名学者、书法家姚奠中先生为我的这本书题写书名。先生已届百岁，一字难求，听说我要出书，竟欣然命笔，让我感动。

过去我的原则是工作和家庭要分清，但在这里我要破一次例，借此后记对我的丈夫和儿子表示谢意。一直以来，他们无怨无悔地支持我的学习和工作，更是他们的爱，支撑我度过了母亲去世后那疾病与痛苦交加的日子。最后，我还想感谢已在天国的母亲，她不仅给了我生命，在我几十年的人生里，她还给了我许多许多……

陈春香

2011年夏于“草原小屋”

图书在版编目(CIP)数据

南社文人与日本/陈春香著.—北京:商务印书馆,2013
ISBN 978-7-100-10161-5

Ⅰ.①南… Ⅱ.①陈… Ⅲ.①南社—文学史—研究 Ⅳ.①I209.5

中国版本图书馆CIP数据核字(2013)第174159号

南社文人与日本
陈春香 著

商 务 印 书 馆 出 版
(北京王府井大街36号 邮政编码100710)
商 务 印 书 馆 发 行
山西省美术印务有限责任公司印刷
ISBN 978-7-100-10161-5

2013年10月第1版 开本 889×1194 1/32
2013年10月第1次印刷 印张 14¼
定价:42.00元